U0450833

土摩托看世界

行走的力量

袁越 著

三联书店

Copyright © 2020 by SDX Joint Publishing Company.
All Rights Reserved.
本作品版权由生活·读书·新知三联书店所有。
未经许可，不得翻印。

图书在版编目（CIP）数据

土摩托看世界．行走的力量／袁越著．—2 版．—北京：
生活·读书·新知三联书店，2020.1
ISBN 978-7-108-06688-6

Ⅰ.①土…　Ⅱ.①袁…　Ⅲ.①游记-作品集-中国-当代　Ⅳ.①I267.4

中国版本图书馆 CIP 数据核字（2019）第 181891 号

责任编辑	王振峰
封扉设计	鲁明静
版式设计	康　健
责任印制	卢　岳
出版发行	生活·讀書·新知 三联书店
	（北京市东城区美术馆东街 22 号 100010）
网　　址	www.sdxjpc.com
经　　销	新华书店
印　　刷	北京隆昌伟业印刷有限公司
版　　次	2012 年 9 月北京第 1 版
	2020 年 1 月北京第 2 版
	2020 年 1 月北京第 3 次印刷
开　　本	720 毫米 × 965 毫米　1/16　印张 24
字　　数	300 千字　图 109 幅
印　　数	14,001-20,000 册
定　　价	79.00 元

（印装查询：01064002715；邮购查询：01084010542）

目 录

导　言　　1

格瓦拉的阿根廷　　4

谁的非洲　　12

天堂的衰落：莫尔斯比港　　35

热带雨林拯救站　　50

非洲的珍珠：乌干达　　59

坦桑尼亚的伊甸园　　68

非洲的象征：乞力马扎罗　　81

到尼泊尔去　　92

尼泊尔的农村　　105

神的印度　　116

贵族的印度　　128

寻访"飞人"的故乡　　138

冰岛传奇　157

再造亚齐　172

秘鲁探秘　183

兰屿：台湾最后的世外桃源　228

和平年代的战地医生　242

玛雅文明的兴衰　258

亲历日本抗震救灾　284

海地的天灾与人祸　297

哥斯达黎加：小国寡民的幸福生活　317

突尼斯：沙漠中的商埠　337

行走在"革命"后的埃及　354

导　言

　　我不是一个天生的旅行爱好者。我的第一次真正意义上的背包式旅行发生在2003年底，我和两个朋友去阿根廷参加友人的婚礼，顺便在那个国家玩了三个星期，这才第一次体会到了旅行的乐趣。那一年我已经35岁了，在那之前我只在三个国家——中国、美国和墨西哥待过，如今这个名单已经达到了50个。

　　回国之前，我看了一部描写切·格瓦拉的《摩托日记》，惊讶地发现年轻的格瓦拉居然选择了和我们一模一样的旅行路线。回国后我开了个博客，取名"土摩托日记"，以此来纪念那部电影以及那次旅行。因为这个博客名字，朋友们开始管我叫"土摩托"，据说这个外号比我的本名的知名度要高得多。

　　为了那次旅行，我专门买了台小DV，把整个过程拍了下来，剪成了一部小电影，并在这个过程中自学了DV拍摄和剪辑技术。回国后我把这个手艺用在了王小峰写的那个小电影《小强历险记》上。最终的结果肯定算不上有多好，但据说这是国内第一部网络电影。

　　编完《小强历险记》后不久，我突发奇想，把那次旅行的经历总结成了一篇游记，取名《格瓦拉的阿根廷》，我们杂志的主编看过后觉得很好，便给我打电话，专门给我开了个栏目，叫作"旅游与地理"。他让我以后就按照这个路子写，旅行的经费由杂志社承担。

　　你们看，仅仅一次旅行就为我带来了这么多好运气！

导言

从此，我就开始了在路上的生活。如今我平均每年有大约一半的时间不在北京，其中大部分都是在一些小国家跑。这样的生活虽然不稳定，但带给我的收获是巨大的。我因此拓展了视野，修正了很多根深蒂固的思维模式。

2012年初，我把在杂志上发表过的"旅游与地理"栏目的文章挑出一部分集结成册，并附上我自己拍的照片，结果就是大家现在看到的这本书。

需要提醒大家的是，这本书不是旅行指南，因为对于大部分读者来说，书中写到的很多国家都是你们这辈子很难有机会去到的。这本书写的也不是通常意义上的游记，而是借助旅行，考察一些国家的历史和现状，希望从中发现一些有趣的问题，寻找能为自己所用的规律。

另外，这本书也不是纯粹的历史书，我没有那个能力。书中的文章充其量只能算是深度游记，即用我自己的视角，观察这个大千世界，寻找我个人认为有意义的事情，并将其呈现出来。

希望大家喜欢。

袁越

2012年1月14日

丛林探险项目

格瓦拉的阿根廷

> 这是我在三联写的第一篇游记文章，正是从这篇文章起，我开始了"旅游与地理"栏目的写作。此文是根据我2003年底和几个朋友游历阿根廷的经历写成的，当时无意之中选择了和格瓦拉初次骑摩托车游历南美洲时相同的路线。我的第一个博客名字叫作"土摩托日记"，便是来自描写格瓦拉那次出游经历的电影《摩托日记》。

布宜诺斯艾利斯

2003年，因为我的好朋友赫曼要结婚了，我托他的福去阿根廷旅游了三个星期。按照格瓦拉传记片《摩托日记》里的描述，把格瓦拉去过的地方都走了一遍。

虽然格瓦拉成名于古巴，可他却成长在阿根廷。电影《摩托日记》开始于格瓦拉在布宜诺斯艾利斯大学上学的时候。那时他23岁，生活富足，对外面的世界缺乏感性认识。我所看到的布宜诺斯艾利斯和半个世纪以前差别不大，到处是欧式建筑和咖啡馆，每天深夜2点都还顾客盈门，不知道阿根廷人哪里来的精力和时间。这里的人每天要吃四顿饭：早饭、中饭、下午茶和晚饭。晚饭一般开始于23点以后，以致我22点去饭馆吃饭经常见不到几个顾客。夜里1点左右，饭馆的人最多，大家点的几乎都是沙拉牛排加红酒。几年前的南美洲经济大萧条，使得阿根廷比索一夜之间贬值了1/3（现在1美元大约合3比索），因此在阿根廷消费变得特别合算，这样一顿沙拉牛排红酒饭一般只要不到30比索。可据说现在阿根廷一个普通蓝领工人的平均月工资大约是600比索，朋友说布宜诺斯艾利斯人天性懒散而又好面子，即使家里揭不开锅也要去下馆子。

在布宜诺斯艾利斯的大街上，经常会产生错觉，以为自己是在欧洲的某个国家。阿根廷有97%的人口是欧洲移民，黑人和印第安人只占很少比例，和南美洲的其他任何一个国家都完全相反。格瓦拉本人就是一个爱尔兰和西班牙移民的后代。阿根廷

5 土摩托看世界

一百年前就是南美最富的国家,现在仍然如此。目前比索虽然贬值厉害,但据说邻国巴西的蓝领工人的月收入只能折合成40美元。不难想象当年格瓦拉走出阿根廷后,看到周围其他国家的印第安人的生活状况,肯定受到了很大刺激。

假如格瓦拉活到今天,他不用走出首都就能看到贫困了。有很多中国人不远万里来这里谋生,因此中餐馆遍布整个城市。不知为什么,布宜诺斯艾利斯的中餐馆几乎是清一色的自助餐,品种多得吓人,除了几样大众化的中式炒菜外全部都是阿根廷食品,包括烤肉。难怪突然变穷了的阿根廷人最喜欢去中餐馆,因为吃一顿可以顶一天。我去过的几家中式自助餐馆天天爆满,生意好得很。

有一家比较高档的中餐馆有厨师现炒现卖,我结识了一位炒菜师傅,她从上海来阿根廷已经有四年。"现在钱越来越不好赚了。"她向我抱怨了一晚上,"现在阿根廷人都穷了,每天的小费才几个比索。以前光小费一个月就是两千多!那时候同样这个工作每个月至少3000比索,大约相当于3000美元。可现在我每个月只能挣不到1000比索了,还是贬了值的。"

"你在这里快乐吗?"我问。

"还行吧。不过每天工作十几个小时,在炒锅前一站就是一天,回到家也没心思干别的了。我很想家,可已经有两年没回去了。从阿根廷到上海的飞机票要1500美元,我不吃不喝干五个月才够回一次家。"

我在布宜诺斯艾利斯待了六天,渐渐明白她为什么还待在这里不走。阿根廷毕竟曾经富裕过,底子厚,甚至连乞丐都穿得不错。其实布宜诺斯艾利斯大街上的乞丐不多,而且大都是小孩子。这些孩子在妈妈带领下向行人乞讨,但他们的态度十分友好,不给钱也不会追着你要。总的来说这个城市还是相当安全的,我感觉这里的贫富差距远比中国小得多。

可是,阿根廷人最喜欢谈论的就是贫富差距。我去博卡区参观,正好碰到博卡青年队体育场有一场表演赛,门票5比索。一个当地球迷兴致勃勃地跟我讲述博卡青年队和河床队之间的恩怨。原来这两支阿根廷最有名的球队都是从这个区出来的。河床队为了吸引富裕球迷,搬到了布宜诺斯艾利斯北郊的富人区,并修了一座新球场,1978年的世界杯主

格瓦拉的阿根廷

场就在河床体育场。而博卡青年队则坚持留在博卡区。博卡青年队和河床队这对冤家其实代表了阿根廷的穷人和富人，两者竞争超越了足球本身。

"其实巴西队和阿根廷队之间也是这样。"他补充道，"我们阿根廷比他们富裕，事实上阿根廷是南美最富的国家，所以整个南美洲都不喜欢我们。"

这段对话发生在一座咖啡馆里。布宜诺斯艾利斯的咖啡馆密度之大仅次于巴黎，喝咖啡清谈早就变成了这个国家的风俗习惯。格瓦拉的那些革命思想恐怕就是在喝咖啡的时候学到的。电影《摩托日记》刚开始不久，格瓦拉和好友格拉纳在咖啡馆喝咖啡，格拉纳指着旁边一个正在打盹的老头儿说："你不想你的将来变成这样吧？"这句话刺激了格瓦拉，他终于决定离开布宜诺斯艾利斯，跟着格拉纳出去看世界。

潘帕斯草原

电影里，格瓦拉最先来到一个海滨城市米罗玛，看望女友。望着女友家那幢欧式洋房，格瓦拉的伙伴格拉纳惊叹道："我们这是在哪儿？瑞士？"

布宜诺斯艾利斯街头的要饭小孩

Calafate 荒野上的废弃车轴和一只猫

米罗玛我没去成,倒是去了另一座十分相似的城市——马德普拉塔,因为这是我朋友赫曼的家。和米罗玛一样,马德普拉塔也是度假胜地,同处于潘帕斯(Pampas)草原。从布宜诺斯艾利斯往南开车300多公里就到了马德普拉塔,沿路是一望无际的野草,周围连个坡都看不到。奇怪的是,我没有看到一块农田,当地人几乎不种庄稼,完全靠畜牧业生活。因为阿根廷地广人稀,而潘帕斯的土质又实在太好了,非常像传说中的东北黑土,攥一把在手里,好像能挤出油来。这里到处是优质饲料,到处是嬉戏的乐园。在这里养出来的牛,肉质能不好吗?

我在马德普拉塔吃的第一顿晚饭就是牛排,阿根廷的每个餐馆都会有一张牛的解剖图,上面标着不同部位的牛排名字。老板推荐最好的部位叫作Lomo,是牛的后腰。因为牛一般用不到这部分肌肉,因此肉质最好。老板是赫曼的朋友,他亲自下厨烤了一块Lomo给我吃,采用了他特别研制的,用意大利陈醋、奶油和中国酱油调出来的酱汁,味道好极了。可最美味的要数牛肉本身,切的时候就像在切豆腐,非常容易,一口咬上去感

8

格瓦拉的阿根廷

觉竟像是在嚼炒鸡蛋,一点难断的筋都没有。毫不夸张地说,这是我一生中吃过的最棒的烤牛排。赫曼对我说,烤肉用的木柴也是当地特产,木质坚硬,烧起来香味浓郁。

第二天我去赫曼家参观。他在海边买了一块大约5000平方米的地,花了6000美元,他准备攒足了钱就盖幢房子养老。这里每幢房子周围都有一大片土地,却看不到一片庄稼,全是牧草。离赫曼家不远的地方有几幢粉红色楼房,显得很特别。原来这是阿根廷前总统胡安·庇隆修建的工人疗养院,现在则改成了青少年夏令营基地。有一处房子被铁丝网围了起来,赫曼告诉我说这是阿根廷总统的行宫。

提起庇隆也许读者不熟悉,但他的夫人艾薇塔大家肯定知道。那首著名的《阿根廷别为我哭泣》就因为她而被创作出来。事实上,从阿根廷大街上卖的名人头像画就可以看出,有两个人比格瓦拉更有名,一个当然是马拉多纳,另一个就是庇隆夫人艾薇塔。

庇隆是阿根廷人躲不开的一个历史人物,他在20世纪50年代用铁腕统治实行了一种类似于社会主义的政治制度,让阿根廷工人的地位有了很大提高,但同时他也给阿根廷带来了独裁和经济衰退,这是后来阿根廷政局动荡了几十年的主要原因。提起他,很少有阿根廷人能保持中立立场。"他第一任期还行,可第二任期就完全地腐败了。"说这话的是一个名叫萨伯里娜的高中生,我是在海滩上认识她的,当时她正和两个朋友坐在沙滩上喝马黛茶。阿根廷几乎人人都喝这种味道苦涩的廉价茶叶,茶叶装在一个木头或者葫芦做的罐子里,喝的时候随身携带的暖水瓶倒一点热水进去,然后用一根铝制吸管嘬。喝马黛茶最重要的一点就是大家共用一个吸管,以示友好。如果有朋友邀请你喝马黛茶,意思就是说他想和你聊天。我和三位阿根廷中学生坐在海边聊了一下午,他们正放暑假,无所事事,整天到处闲逛。

如果格瓦拉还活在世上,不知他会如何看待这三个阿根廷青年。他们抽美国香烟,看美国电影,喜欢美国摇滚乐,幻想着有一天能去美国旅游。他们全都"胸无大志",三人异口同声地对我说,他们的理想就是结婚生子,然后挣钱盖一所属于自己的大房子。他们也关心政治,但似乎并不觉得政治和他们的生活有什么关系。

那天不是周末,可海滩上到处都是喝着马黛茶聊天的人。赫曼告诉我,马德普拉塔人的生活节奏极其缓慢,几乎每天都是如此。我想,假如我也有几公顷不需要照顾的肥沃土地，我大概也会变成这个样子。

不过，阿根廷可不都是这样。其实，阿根廷分成了南北两大块，北边是潘帕斯草原，南边是帕塔格尼亚（Patagonia）荒原。格瓦拉他们的那次旅行就是在进入帕塔格尼亚之后才变得生动有趣的。

帕塔格尼亚荒原

从地图上看，帕塔格尼亚大致从南纬35°延伸到55°，纬度和海拔都不高，因此这里并不如西伯利亚或者西藏那样寒冷。这块土地几乎占了阿根廷国土面积的一半，而且大部分土地都是平的，没有多少东西能阻挡风的肆虐。正因为如此，帕塔格尼亚在阿根廷的地位很像中国的西藏：很多人都知道那里很美，但只有很少的人去过。如果说西藏的天险是高，那么帕塔格尼亚的天险就是风。

格瓦拉的帐篷就是在这里被风吹跑的，因此两人不得不向当地人借宿，格瓦拉于是第一次见识了贫穷的雇工们的生活。1952年1月31日，两人来到小城圣马丁，格瓦拉走到湖里抓那只被格拉纳打下来的野鸭子当晚饭，结果在小城巴里罗切病倒了。我选择了相反的方向，先去了巴里罗切，并在那里租了一辆雷诺牌小汽车驶往圣马丁。那个湖依然存在，湖水依然是那么湛蓝。在我看来，圣马丁就是一个世外桃源，这里的人主要依靠旅游业为生，日子过得比马德普拉塔人还要懒散。聪明的帕塔格尼亚人知道，他们其实能够提供城里人最需要的东西，完全不需要学城里人那样搞什么开发。格瓦拉当年见到的那些雇工现在在帕塔格尼亚已经很难看见了。

顺着河水往南开，可以一直开到南美洲大陆的最南端。我开了一天，居然只遇到了两辆车，可见帕塔格尼亚的荒凉。我参观了世界上最壮观的冰川——帕里托·莫里诺冰川，高达10米的蓝色冰墙甚是壮观。阿根廷人非常善于保护自然环境，他们把负责接待游客的小镇卡拉法特建在离冰川两小时车程的地方，因此冰川附近最大限度地保留了原始风貌。距离这里有一天车程的小镇查尔顿也有一处冰川，游客可以在导游带领下穿着钉鞋来一次

格瓦拉的阿根廷 10

我和路上偶遇的三个阿根廷中学生合影

冰川探险。我参加了一个这样的探险小分队，队伍里大都是来自欧美的游客，只有我一个亚洲人。游客中什么身份的人都有，我见到了澳大利亚大学生、法国大学老师、德国厨子和意大利游艇驾驶员，还有一个苏格兰银行家！他们中最"不济"的也已经在南美洲徒步旅行了三个月。其中一位来自以色列的音乐家已经在南美洲游荡了一年，一边行走一边创作。我们的导游是一个漂亮的阿根廷小伙子，他说他前妻是个时装模特，可他不喜欢她过分追求物质生活，便离了婚，独自一人来到帕塔格尼亚，以导游为生，其实是在"追寻真理"。

我不知道是不是格瓦拉的精神感动了他们，但他们所做的事情和当年格瓦拉的行为从本质上说是一样的。没准帕塔格尼亚这片神奇的土地正在孕育着下一个格瓦拉呢。

伊瓜苏瀑布

电影中，格瓦拉从巴里罗切进入了智利，然后沿着安第斯山脉北上，到达了整个南美洲的圣地——马丘比丘。我因为签证问题，无法进入秘鲁，失去了参观这个印加王国遗迹的机会。只有出了国境我才深切地感觉到，"签证歧视"已经代替了当年的"种族歧视"，包括中国在内的第三世界国家人民是最大的受害者。

　　格瓦拉那次旅行目的地是委内瑞拉境内的一个麻风病人隔离区，他在那里做了一名志愿者。而我这次旅行的目的地则是靠近巴西的伊瓜苏大瀑布，在那里我也看到了另一个隔离区。

　　伊瓜苏大瀑布被公认为世界三大瀑布之首，原因不在于落差（平均不到80米），而在于瀑布的数量。发源于巴西的伊瓜苏河在其尽头河道变宽，变成了一个宽达2公里以上的淡水湖。大自然却在其下游造出了一个狭窄的环形山谷，成千上万吨河水突然之间倾泻而下，形成了一个由275座大大小小的瀑布组成的瀑布群，场面恢弘壮观。早在1984年联合国就把伊瓜苏瀑布列为人类自然遗产之一，在阿根廷的地位仅次于帕里托·莫里诺冰川。站在瀑布下，我第一次真正体会了水的力量。腾空而起的水雾在阳光的斜射下变换出双层彩虹，让人禁不住想用手去触摸。

　　可是，就在距离这里不远的热带雨林中，我却意外地发现了一个"原住民村寨"。说是原住民，其实居民中有很多都是白种人。他们因为穷，在城里住不下去了，便来到这里安营扎寨，住的是用油毡和茅草搭起来的小屋，没有自来水，没有电，没有任何现代化的迹象。要不是居民们都穿着明显是捐赠来的花里胡哨的衣服，我甚至怀疑见到了原始人。这个村子里有一所露天学校，旁边还有一块烧荒得来的足球场。我去的时候正是圣诞，学校放假了，几个无所事事的孩子坐在学校的凳子上玩耍，陪伴他们的是几只鸡和一只骨瘦如柴的小狗。所有的人都面无表情，孩子们互相之间都不怎么讲话，也许是因为他们早已无话可说。

　　假如格瓦拉见到这个景象，不知他会作何感想。但我至今仍然能够清楚地回忆起自己当时的心情。我觉得这趟旅行之后，我才算真正了解了格瓦拉，懂得了他当时的心情。你可以争辩说格瓦拉采用的办法不对，但你不可否认，他当年所面临的问题直到今天都没有得到完全彻底的解决。

谁的非洲

这是我进入《三联生活周刊》后的第一次旅行,也是我第一次踏上非洲的土地。2006年,我选择了跟随一群来自世界各地的背包客一起乘坐大巴车游历整个南部非洲,途经五个国家以及三个世界级野生动物园,最终到达维多利亚瀑布。这次旅行给我留下了很深的印象,于是在2012年我又跟随同一家公司的大巴车去了趟莱索托。

好望角的狒狒

先从好望角说起。其实好望角不是非洲大陆的最南端,它只是从开普敦延伸出来的一个半岛的岛尖。这个半岛有20多公里长,其中一半都被辟为自然保护区。出发前导游千叮咛万嘱咐:"千万别喂那些路边的狒狒,不能让它们养成向游客讨食物的坏习惯。"

整个保护区内游人很少,甚至连工作人员都没有,除公路之外也很难找到任何人工痕迹。我惊讶于这里的干净程度,事实上我看到的唯一一个乱丢垃圾的动物就是一只小狒狒。它从一个女游客拎包里翻出一块巧克力,把包装纸撕开丢在地上。我们那个白人导游摸出一把早已准备好的弹弓,一边吼叫着一边朝那个可怜的狒狒冲过去,吓得它一溜烟跑了。不知为什么看到这里,我却联想到当初白人第一次登上非洲大陆时的情景,在手持火枪的白人海员看来,那些不穿衣服,拿着长矛的黑人就和这些狒狒一样吧?

从好望角沿着海岸线开车北上,沿途景色漂亮极了。出了保护区就可以看见山坡上散落着各式各样的别墅,乍一看和美国的加利福尼亚完全一样,但仔细看就会看出,这里所有房子的围墙上都缠着一圈电网。导游边开车边忙不迭地介绍哪位富商在这里买了房子,哪位明星又会定期来这里避暑,我却注意到路边坐着很多黑人,一言不发地望着我们。"这些人都是来找工作的,谁家需要个园丁或者清洁工,开车过来随便拉走一个就行了。"

在南非有句俗话:大街上走路的只有两种人——黑人和游客,此话一点不假。开普敦市区里的白人居民都待在车里,车子是美国的、欧洲的、日本的……就是没有非洲的。不在车里的时候他们就待在各自的房子里,有英国式的、德国式的、西班牙式的,就是没有非洲式的。大街上走路的人倒是五花八门,各种肤色的都有。走路的白人多半背着旅行包,一副好奇的样子。可据说在约翰内斯堡就连走路的白人游客都很少见了,大家都被那里极高的犯罪率吓住了。

我在飞往约翰内斯堡的飞机上刚好读到一份当地报纸,说2005年南非的失业率是26.7%,也就是说平均每四人就有一个没有工作。还有一个数据更吓人,说南非至少有1/4的人是艾滋病毒携带者,专家估计十五年之后将有25%的黑人居民死于艾滋病。这两个数据着实吓了我一跳,我以为自己来到了一个巨大的贫民窟。可是在开普敦大街上我并没有感到任何异样,周围哪个人也不像是失业的艾滋病患者。直到车子开出市中心,才看到了真正的问题所在。那一刻,我几乎不敢相信自己的眼睛,就在现代化的高速公路两边,居然是连绵不绝的棚户区,所有房子都是用油毡或者塑料布围成,像极了1976年的唐山。我们的导游,一个有印度人的相貌,却长着一对蓝眼睛的"有色人"对大家说:"欢迎来到'黑镇'(Township),这里才是真正的非洲。"

"黑镇"不黑

"黑镇"是位于南非大城市边缘的黑人棚户区的简称,也是种族隔离政策的产物。当初南非把人分成三等:白人、有色人和黑人。白人地位最高,大概因为华裔有钱,和日本人等东亚人一起被划到了白人堆里。南亚后裔,以及那些黑白混血被划为有色人,属于老二,很多苦力活都要靠他们。非洲的原住民地位最低,南非前白人政府在一些贫瘠的地区划出了面积很小的几块地,美其名曰"家乡"(homeland),强迫这些非洲原住民搬离大城市。南非政府想了一个借口,说各个民族应该隔离开来分别发展,这样才能保留各自独特的文化传统。

开普敦有一个著名的"六区"就是这一荒唐政策的活标本。这里本是一个繁忙的码头，原先是一个各民族混杂地，经济文化都非常繁荣。南非政府强迫黑人搬离这一地区，然后动用推土机把他们的房子都铲平了。曼德拉上台后颁布新政策，让"六区"的那些老居民搬回来。可是这些人都不愿意搬，因为他们不想再重温那段辛酸的日子。于是这里现在仍然是一片狼藉，和周围美丽的景色格格不入。

当初那些黑人在"家乡"活不下去，便偷偷进城打工，晚上就到离城市不远的荒地上搭个窝棚栖身。这些地方渐渐变成了所谓的"黑镇"，住满了打黑工的黑人青年。因为其中绝大多数都是男性，因此卖淫业便在这里找到了顾客，毒品、犯罪、艾滋病也随之而来。这里也是黑人抵抗组织的活动场所，当年曼德拉的"非洲人国民大会"就是在"黑镇"起家的。

"大家千万别给孩子钱，不能让他们养成讨饭的坏习惯。"进镇参观前，导游千叮咛万嘱咐，他的话让我想起了好望角保护区里的狒狒，看来好心并不一定都有好报。可是，进入"黑镇"后，眼前的景象却又令我大吃一惊。别看外表像一个贫民窟，镇子里面其实非常干净，水泥马路上虽然有沙土，但并没有多少垃圾，也闻不到贫民窟特有的异味。这里家家户户都有自来水和抽水马桶，甚至还有酒吧和旅馆，屋内装饰得也不错。

"南非政府拨了大笔款项兴建新的简易工房，这些居民将来都会搬到新区去的，所以这里的房子外表简陋，谁愿意出钱装修临时工棚呢？"导游介绍说，"我们政府的口号是，要让每一个南非居民都有自来水和抽水马桶。现在的总统姆贝基虽说没有曼德拉那么有名，但他年轻，有经济头脑，我对南非的前途充满信心。"

"都说'黑镇'治安不好，真是这样吗？"我问。

"以前确实不好，但现在这些镇子的管理权都交给了当地的部族首领，他们都是一些有威望的老人。镇子里的年轻人犯了事不关监狱，而是当众打板子，让他们丢人，这样一来年轻人就不敢乱来了，所以这里相对来说是很安全的。"

我跟着导游转了三个"黑镇"，发现这里确实挺安全，人们都很友好，孩子们从来不会上来要钱，他们穿着校服和皮鞋，显得很精神。我参观了一个黑人食堂，是由一个黑人大妈自发建立的，中午放学后孩子们就来这里吃午饭，每人一盘米饭加水煮豆子，不算好，但管饱，而且只收4毛钱，完全是公益性的。附近还有一个幼儿园，管理着二十几个

15　土摩托看世界

纳米比亚国家公园

学龄前的孩子，他们的父母白天都在城里打工，需要人照顾。这些孩子都非常有礼貌，一点不像好望角保护区里那个淘气的小狒狒。

"感谢大家参观，特别感谢来自外国的朋友。"参观完后，导游一脸真诚地对大家说，"当初就是你们从外部施加压力，才让我们能够消除种族隔离政策，南非才有了希望。"我本来想问他，为什么会支持外国政府制裁自己的国家，但看着这些可爱的孩子，我没有问出口。

纳米比亚探秘

南非是非洲最富裕的国家，到底有多富？据说光是约翰内斯堡所在的一个省的国民生产总值就占了整个非洲的1/4。所以说要想了解真正的非洲，必须走出去。

16

谁的非洲

我搭上一辆长途汽车,从开普敦北上纳米比亚。车内有空调,座位也相当舒适。南非的高速公路质量上乘,和美国没有区别。我特意观察沿路的加油站内的厕所,都非常干净,而且备有手纸。在南非旅行比在中国舒服很多。

南非西部属于干旱地带,一路上全是灌木丛,很少看见房屋,更不用说村落了。车子进入纳米比亚后人烟更稀少,经常是开几个小时见不到一幢房子。纳米比亚是非洲人口密度最低的国家,全国总面积80多万平方公里,总人口不到200万,还不如北京朝阳区的人口多。纳米比亚人根本不用种田,因为这里盛产钻石和金属矿,世界上最大的露天铀矿就在纳米比亚境内,而我的第一个落脚点就是铀矿附近的一个海滨城市——斯瓦克蒙德(Swakopmund),我在这里加入了一支探险小分队,准备开车横跨整个南部非洲。

小分队是一家名叫"流浪者"的公司组织的,一共有20个人,包括一名赞比亚司机兼导游和一名津巴布韦厨子。这个公司的老板是个年轻的白人,事实上我在南部非洲没有发现过一个黑人老板,但工作人员则几乎都是黑人。18位游客里没有一个黑人,除我之外还有两个日裔阿根廷人,其余的就都是来自欧美国家的白人了。他们当中年龄最大的61岁,最小的17岁,还是一个高二的学生。团里有好几个高中毕业生,趁上大学前出来见世面,用的都是自己打工挣到的零花钱。大家在一起都说英语,什么口音和语法都有,根本没有什么对错之分。我觉得有时还真得感谢英语,虽然在流行过程中牺牲了自己的纯粹性,却让全世界的背包族找到了一种共同语言。

我之所以选择这个"流浪者"旅游公司,就因为便宜,14天管吃管住,近5000公里的行程,报价才5000元人民币左右。不过,这么便宜的价格就住不到旅馆了,一路上都是自己搭帐篷睡觉。幸好露营地都是有专人管理的,有厕所和自来水。这些露营地都会有一个游客留言簿,我没有看到一个中文字,连繁体字都找不到。不是中国年轻人不想这样玩,而是非洲国家歧视中国公民的缘故。

在斯瓦克蒙德休整了一天,探险队坐着一辆奔驰大卡车上路了。第一站是纳米比亚的神山斯皮兹克普(Spitzkoppe),其实这山一点也不高,但因为它周围是一马平川,所以显得很宏伟。山上有一个洞,墙壁上能看到桑人(San People)留下的壁画。桑人是南部非洲最早的原住民,至少有十几万年的历史了。他们以打猎为生,没有属于自己的土地和牲畜。桑人的语言里没有"工作"这个词,因为他们每天的生活就是打猎和采集,对他们而言,生活就是工作。我看到的那幅壁画描绘的就是打猎时的情景,用的颜料是红色黏土加动物脂肪。这些壁画大概是桑人之所以区别于其他动物的一大原因吧。

  大约两千多年前,从非洲北方迁徙来了一批身材高大的班图(Bantu)人,和桑人和平共处了一段时间。可惜好景不长,这些班图人会种庄稼,会养牲畜,社会结构复杂,明显比桑人有优势,很快就把桑人驱赶到了更加边远贫瘠的地区,很多桑人都沦为奴隶。可见一个民族对另一个民族的压迫绝不是到了白人的时代才有的,而是非洲历史上的一个普遍现象。

  因为这里是圣地,没有装自来水系统,也没有电。我们晚餐吃的是篝火烤鱼,洗碗用的是水箱的水,分别装在两个塑料盆里,用过的盘子先在一个有洗涤剂的水盆里洗一下,再到另一个水盆里涮一下就好了。我很快适应了这种生活,对"脏"的定义也迅速地换成了"非洲标准",只要盘子表面上看不出食物残渣就算是很干净了。吃完饭大家围坐在篝火边玩游戏,玩累了就去睡觉。因为缺水,牙也没法刷。不过露宿在如此荒凉的地方其实是很美妙的,我的帐篷搭在一棵树下,因此听了一晚上的鸟叫。非洲的鸟不分白天黑夜都在叫,而且叫声居然是有旋律的!晚上起夜,头顶满是我不认识的星座。虽然这里看不到北斗星,但是有南十字星座,非洲人不用担心找不到方向,只有我这样的外来人才会不辨东西。

辛巴族的秘密

  第二天我们探访了辛巴族(Himba)的聚居地,见到了真正的原始人。辛巴族就是当年被更加强大的外来部落赶到沙漠里来的,他们至今保持着原始的生活方式,男人外出打猎,女人在家看孩子,照顾牲畜。外人最感兴趣的肯定是辛巴族的妇女,不仅是因为她们至今仍然拒绝穿上衣,更是因为她们的皮肤都出奇的好,几乎看不到皱纹。

  为我们揭示这个秘密的人叫亚库,他是一个只有28岁的白人青年。不过他本人似乎

部落女孩头像

没有得到真传,看上去有30多岁的样子。他为我们揭示了辛巴妇女美容的秘密,原来她们每天都要花三个小时美容!从早上5点起床开始,就要用一种特殊的香料熏私处,效果类似桑拿,要熏到浑身出汗为止。然后就是全身按摩,之后再用一种自制的棕红色涂料涂满全身。这种涂料是用当地一种黏土研磨而成的,据说可以防止皮肤起皱纹,还可以防止蚊虫叮咬。沙漠里水特别宝贵,辛巴人从来是不洗澡的,而是一辈子生活在这种颜料的包裹之中。

"你怎么会说辛巴语呢?"我好奇地问亚库。

"我生在这里!我家拥有1.7万公顷的土地(1公顷合1万平方米),这附近所有的土地都是我家的。"亚库满不在乎地说,"我从小就在这里长大,会说六七种当地部落的语言。事实上我就是这个辛巴部落的首领。"

最后这句话让大伙大吃一惊,可真正令人吃惊的还是:"我有三个老婆,大老婆42岁,是这里的女王,二老婆28岁,不久前我又娶了第三个老婆,16岁。不过辛巴人性生活很随便,每个人在婚姻之外都有情人。"

我渐渐了解到,这个亚库其实是英国后裔,其家族已经在非洲住了很多代。他利用自己的优势,专门负责为我们这些游客当翻译,每个游客收费60元人民币。"我是这里的巫师,我会作法的。谁要是有仇人,我会施法术,叫他倒霉。"亚库继续喋喋不休地介绍,"我自己种大麻,在作法的时候给大家抽。辛巴是一个非常虔诚的民族。"说话的时候他一脸真诚,看得出来他是真的相信自己的法力。

我不由得想起《野鹅敢死队》中的那个白人牧师,电影里那群雇佣兵走投无路,来到了前总统林班尼的领地,企图发动内战,借机逃生。可是那个牧师坚决反对这么做,感动了雇佣军的队长，村民们才逃过一劫。可是，宗教在非洲历史上的作用并不那么光彩，最早的那批白人居民正因为相信宗教赋予他们的"神力"，把自己当作了上帝的选民，这才有了后来的种族歧视政策。可以说正是宗教为种族歧视政策提供了"理论支持"。

到了亚库这一代，宗教又帮助他成了辛巴族的首领。看看这群被当作活标本被人参观的非洲最早的居民，我心里真是什么滋味都有。我想到，当初那些掌握了先进生产技术和武器的白人海员第一次来到这里，面对的就是这样一批人。比起最早入侵中国的八国联军来，海员们面对的是一个比清朝时的中国落后好几千年的民族，难怪那些白人海员的后代如此轻易地成了非洲大陆的绝对统治者，并让他们产生了高人一等的幻觉。

也许，黑人真的应该重新成为这片土地的主人。接下来的经历却让我发现，这个想法也许是太过简单了。

伊托沙草原上的辩证法

离开辛巴部落，我们的探险小分队继续向东。我明显感到，距离非洲的西海岸越远，草就越绿，树也越高。据小分队的司机兼导游麦克介绍，受寒冷的大西洋季风的影响，非洲西部地区的降雨量很小。但今年这一地区的雨季出奇的长，雨量也是近几十年来最多的一次，所以许多原本一片黄土的地方现在却是绿油油的，枝繁叶茂。

我们的奔驰卡车开了一上午，终于到达下一个目的地——伊托沙国家公园（Etosha National Park）。这个公园其实就是一个占地 23175 平方公里的野生动物自然保护区，共有 114 种哺乳动物常年生活在这里。保护区内的大部分地方是不对外的，开放的这部分区域内有几条土路，按规定游客只能坐在车子里沿着规定的路线边走边看，但绝对不能走出车子。这样的旅行方式英文叫 safari，其实这个词原先是狩猎的意思，可现在意思完全变了，别说朝野生动物开枪，就是大声喧哗吓着了它们，都会被管理人员驱逐出境。

伊托沙这个名字的意思是"白色的干河"，因为平时这里是一望无际的白沙，平得像一张纸。可那天我们看到的却是大片大片的草原，偶尔看到几片灌木丛也相当低矮，不到

2米高，动物们无处可藏，非常适合游人观赏。最先被我们发现的是一群跳羚，这种体型优雅的哺乳动物跑起来一跳一跳的，速度奇快。接着我们又陆陆续续发现了条纹羚羊、黑牛羚、斑马和长颈鹿。它们不是正在吃草，就是正在喝水，很少见到真正闲着没事干的动物。今年雨季大量的降水使得伊托沙草原上到处可以见到浅浅的小水洼，这些食草动物们不需走远就可以满足胃的需要。

"它们多幸福啊。"一个小姑娘小声说。她的话立刻引来了一片附和声。确实，在我们这些习惯了十几平方米小卧室的城市居民看来，这里无边无沿，阳光充沛，到处是现成的食物，到处是游戏的乐园，在这里生活一定很惬意。可我仔细一想却发现了问题，这些动物为什么总是在不停地吃啊喝啊呢？显然它们总是处于饥渴状态。草这种食品不好消化，绝对比不上既好吃又营养丰富的肉，真正幸福的动物应该是那些吃肉的家伙们。

"我们要看狮子！我们要看猎豹！"另一个小姑娘悄悄地发出一声感叹。看了两个多小时的食草动物，大家都有些厌倦了。野生动物和家养动物最大的不同就是前者不会陪你玩，不会为了拍你的马屁而做出任何谄媚的举动。也许，人类对小猫小狗的喜爱本质上满足的是人类自身对权力的追求，而在伊托沙这样的保护区内，人和动物是平等的，谁也不是谁的主人。

一百年前可不是这个样子。早期的欧洲殖民者在伊托沙看到的不是野生动物，而是猎物，手拿猎枪的"文明人"在这里找到了当家做主的快感。非洲英语其实不常用 safari 这个词，他们习惯用 "game"，这个词的本义是游戏，在非洲英语里就变成了打猎的意思。"game" 甚至可以用作名词，意思是"野味"。词义的变迁准确地反映了当初白人对待这些野生动物的态度，它们是游戏的一部分，是棋盘上的棋子，娱乐的工具。于是，非洲大陆上的野生动物数量锐减，象牙和动物皮毛源源不断地被运往欧洲，成了某些人炫耀财富的手段。这种做法可以从欧洲人的信仰中找到根源，他们认为世界分成三等：上帝、人类和自然，人类只有对上帝是需要敬畏的，而大自然则低人一等，理应服务于人类。

可对于土生土长的非洲本地居民来说，这些野生动物和他们所生活的这片土地一样，都是值得尊敬的。不过这也不能说明黑人天生就具有保护野生动物的意识，要知道，当初强大的祖鲁国就有用野生动物祭祀祖先的做法。黑人之所以比白人更加尊敬野生动物，主要是因为黑人掌握的打猎工具太过原始，在聪明而又强悍的非洲野生动物面前没有太大的优势。

值得一提的是，非洲之所以能保存下来如此大量的大型哺乳动物，与非洲黑人和野生动物之间的长期共处有很大的关系。非洲是人类的发源地，野生动物和人类共同进化，逐渐适应了人类的存在，懂得如何躲避人类的围捕。相比之下，其他地方的动物就不那么幸运，它们第一次面对的人类就是从非洲迁徙过去的掌握了高超技巧的猎人。于是，在过去的十万年里，世界其他地方有79%的哺乳动物灭绝了，而在非洲这个数字是14%。

"那么如今这些动物见了我们的车子都不躲，岂不是要遭殃了？"有人问麦克。

"不会，这里已经建成了保护区，从今以后再也没人敢在这里打猎了。"麦克的这个解释很值得玩味，因为当初在非洲建立动物保护区的想法反倒是源自白人。非洲最早的动物保护区是1898年在南非建立的克鲁格国家公园（Kruger National Park），这个保护区的发起人克鲁格以及后来的多位领导人都是白人，正是由于这些具有远见的白人的倡议和管理，才使得非洲的野生动物得以在保护区内延续生命。如今仅南非一个国家就有470个大大小小的野生动物保护区，一种濒危的非洲白犀牛就是因为在南非的一个动物保护区得到了保护，才不至于灭绝。

"不过，非洲的很多保护区都是非洲原住民打猎的地方，设立保护区剥夺了这些人的生存权。"麦克说，"为了解决这个矛盾，现在有很多保护区开始让原住民自己参与管理，旅游得到的钱也归他们所有，津巴布韦就实行了一种名为'自然财富共同管理'（CAMPFIRE）的计划，让原住民从动物保护中得到好处。其实动物保护是离不开原住民的，他们熟悉动物的习性，比如非洲的豹子一般人无法靠近，只有桑人才能够走到距离豹子10米远的地方向它们发射麻药针，没有桑人的帮助，科学家根本无法对这里的豹子开展科学研究。"

"快停车！"一个小伙子打断了麦克的介绍，"我好像看到了一堆骨头！"麦克把车子倒回去，果然在路边发现了一堆尸骨，皮毛还没有完全腐烂，阵阵恶臭不一会儿就充满了整个车厢。"这是大象的尸体，大概死了不到一个月。"麦克看了一会儿，肯定地说，"附近的狮子们肯定饿不死了，今年雨水多，它们的日子可不好过。"

据麦克介绍，狮子一般不轻易发动攻击，因为非洲的食草动物都已经学会了怎样和狮子周旋，要想抓到一头羚羊就得付出极大的代价。旱季时候草料稀少，很多动物都吃不饱，自然也就没力气跑，狮子们就比较容易得手。另外，缺水的时候动物们都会到固定的几个水坑饮水，这也给了狮子打埋伏的好机会。"这地方缺水是常态，雨下得太多了其实不是什么好事。"麦克继续介绍说，"比如很多植物的种子都要经过一场大火后才会发芽，老的草不死，新的草就不会长出来。死亡其实是大自然的一种正常现象，就像这头大象一样，它的死反而会养活一些别的动物。另外，弱者的死其实对整个种群是有利的，不适应环境的基因就是这样被淘汰掉的。"

看来，不光是莫斯科不相信眼泪，非洲也不相信。人道主义在这片荒蛮的土地上显得那么不合时宜。

非洲之王

我们在伊托沙公园里转了整整一下午，却没有看到一头狮子。雨季不但不利于食肉动物的生存，也不利于我们这些游客。眼看太阳落山，只好收兵回露营地。下车一看，车头粘着一百多只蝴蝶的尸体，白的红的黄的花的，甚是好看，看来在非洲采集蝴蝶标本根本不需要网，开车出去转一圈就齐活儿了。

等大家手忙脚乱搭好帐篷，天已经完全黑下来。我打着手电筒摸进厕所，一盏孤灯周围聚集了十几只大蛾子，翅膀击打灯泡的声音听了让人浑身直起鸡皮疙瘩。厕所是坐式的抽水马桶，很干净，但我却发现地板上有好几只叫不出名字的爬虫在找吃的。其中一条黑色百足虫足有15厘米长，1厘米宽，比中国的蚯蚓还要大。我坐下没多久，就听到蚊子们发出的战斗号角。非洲所有动物的个头都比一般的大，只有蚊子是例外，它们的体型和中国蚊子一样，但攻击力十分强大，一般的驱蚊剂根本挡不住它们。我一边不断地拍打，一边盼望墙上那只大壁虎能有所作为。它显然没有听懂我说的话，趴在墙上

狮子和牛羚

一动不动。

晚饭是在黑灯瞎火下吃的，大家都饿了，一阵狼吞虎咽。突然一个苏格兰小姑娘惊叫起来："哎呀，我刚刚吃了一个蛾子！"原来我们吃饭时候蛾子们也闻到了香味。她男朋友满不在乎地说："不错啊，蛾子可是富含蛋白质的哟！"

我突然觉得，我们只是这里的过客，动物才是非洲的主人。

第二天早上5点半就被喊起来，麦克说清晨是看到狮子的最佳时间。不到7点，奔驰卡车便又一次开进伊托沙保护区。晨光下草原上早已聚满了各种羚羊和斑马，但大家连眼皮都不眨一下，每个人都在养精蓄锐，等着狮子。

我们先看到的却是一头豹子，它躲在一棵小树后面，津津有味地啃着一条血淋淋的大腿。麦克把车子停在几米远的地方，大家举起相机一通狂拍。这时远处跑来两只豺狼，豹子警觉地抬起头，双方对视了一阵，突然那两只个头只有豹子1/3大的豺狼冲着豹子狂吠起来，那豹子竟一转身走开了。豺狼不依不饶，追着豹子狂叫。豹子依然一言不发，渐行渐远，消失在小树丛的后面。不远处一头黑牛羚饶有兴味地注视着这一切，好像在看

24

豹子的笑话。看来不仅人类喜欢戏剧性场面，动物也是。

离开豹子不久，我们看到另一辆 safari 汽车在远处停下来。富有经验的麦克小声提醒大家，狮子可能就在眼前。果然，5 分钟之后，两头狮子出现在地平线上。麦克把车停稳，大家摇下窗户，屏住呼吸，注视它们的一举一动。狮子渐渐走近，母狮在前，后面跟着公的，满头金毛在风中飘摆。狮子不愧是非洲之王，它们仪态威严，迈着沉稳的步子，旁若无人地朝我们这方向走过来。它们身后还有几只专吃残羹剩饭的豺狼，活像几个小跟班。远处一群长颈鹿发现了敌情，全都停止吃草，紧张地注视着这群敌人。记得小学教科书上说，长颈鹿之所以长这么长的脖子，是为了吃树上的叶子。可今天我立刻发现这个说法不完全正确。起码在这片草原上，长脖子的主要功能是帮助长颈鹿尽早发现敌人。

狮子渐渐走近，它们的肚子瘪瘪的，显然有一阵子没吃东西了。一群黑牛羚也发现了它们，一起扭转身体注视着这两个不速之客。300 米、200 米、100 米……领头的黑牛羚一转身，带领属下开始狂奔。公狮子发出低沉的吼叫，母狮子突然加快了速度，朝牛羚们冲过去。但它似乎不打算真追，跑了几下就又恢复了平时的速度。黑牛羚见母狮子不追了，便也停下脚步，扭过身子继续紧张地看着狮子。等狮子慢慢走近，牛羚们便又开始逃跑，母狮子也又一次假装追了几下，停下来继续走路。如此这般重复了好几次。整个过程中周围还有一群跳羚和长颈鹿，但它们似乎断定狮子不是冲它们来的，只是停下吃草注视着狮子们前进的方向，并没有显出惊慌失措的样子。

"狮子一般不公开追击猎物，代价太大，"麦克介绍说，"刚才狮子是在试探这群牛羚中有没有弱小的个体，显然它们失望了。食草动物们见了狮子也不会一味地跑，只要两者保持一定的距离，双方就相安无事。"听了麦克的介绍，我意识到，眼前的景象表面上似乎充满杀机，其实光天化日下的猎杀反而并不那么可怕，捕食者和被捕食者都遵循着一个共同的游戏规则，双方各取所需而已。"非洲之王"只不过是人类想象的产物，谁也不是这块土地上真正的王者。

我进一步想到，非洲其实是有人道主义的，只不过非洲的人道主义并不是一方对另一方无限制的同情，而是在一定游戏规则下的互相利用。人类本来也是这场游戏中的一员，但是人类过于聪明了，我们用自己的智慧从这场游戏中脱颖而出，自封为地球的主人，但最后却不得不为了争夺资源而自相残杀，并在屠杀过程中把祖先遗传下来的游戏规则丢在了脑后。

假如中国农民搬来非洲……

和伊托沙保护区的动物们相处了两天后，我们的小分队继续东行。车子在纳米比亚北部的丛林中开了大半天，我才终于见到了人的痕迹。那是一块农田，种的是最不用人操心的玉米。这是我在南部非洲待了一个星期之后看到的第一块农田，它夹杂在大片草地中间，显得非常不和谐。导游麦克说，这里气候太干燥，不适合耕种。

我们一路上见到的非洲农民大都无所事事地坐在大树底下乘凉，这里的农民们根本不需要种田，养一群牲畜就能生活了。牛羊不用走多远就能吃到上等的草料，很好养。

"这里真是世外桃源啊！"几个欧洲姑娘发出感叹。"不！不！欧洲才是！"麦克纠正了她们的看法，"你们欧洲人既可以过你们那样的生活，也可以随便来非洲体验我们这样的生活；而我们非洲人绝不可能去欧洲过你们那样的生活，这就是差别。幸福的标准只有一个：看你是否有选择生活方式的权利。"这个赞比亚导游经常会冒出几句很有哲理的话。

我们开进一个小村庄，说是村庄，其实就几户人家，每家四五个圆顶茅屋，用篱笆圈住。这些茅屋不通水电，甚至连窗户都没有，门很矮，茅屋里一边是床，被褥倒还干净，但没有衣柜，所有衣服都胡乱地挂在床边。另一边是一张没有抽屉的桌子，上面堆满杂物。女主人穿着一件绿色袍子，赤着脚坐在门边，据她介绍说，男人们都进城打工去了，只留下他们的妻子和孩子，她没事就会去附近的教堂唱赞美诗，一唱就是半天。

这家周围全是荒草地，除屋后种着几株玉米外，没有任何庄稼，院子外用木头搭起的很小的猪圈，养着一头瘦得不成样子的猪。我问女主人，为什么不多养几头牲畜？她回答说，为了保护环境，纳米比亚政府对每头牲畜都要征税，她养不起。

谁的非洲

芦苇荡划船

　　这里确实很少见到庄稼，牲畜也不多，大片土地就荒在那里，野草又高又密，能把小孩子藏在里面。纳米比亚没有强制性的法律让孩子上学，但附近一所小学里仍然挤满了各年龄段的学生，因为这里不但不收学费，还管一顿午饭。学校的房子很新，事实上这个地区唯一的砖房就是学校和教堂。我发现每间教室都有一个"宗教角"，就是在角落里贴一张宣传画，上面写几句《圣经》里的话。这学校就是教会办的，《圣经》自然是很重要的一门功课。

　　我们参观的时候正赶上学生吃午饭，所谓免费午餐原来就是每人一碗玉米糊，虽然很稠，却一点油水也没有，所以这里的孩子长得都很瘦小，看上去至少比实际年龄小3岁。

　　"说实话，我看了这样的学校很难过。"导游麦克说，"在非洲，教育基本上是没用处的。我毕业于赞比亚一所还算不错的大学，学的是经济学，可有什么用？国家不景气，没人需要大学生。我在家待了三年的业，最后实在没办法，只好出来当导游。"

参观完这所小学，我们的车子开进伦都市（Rundu）。这个地方只有一条很短的商业街，这条唯一的商业街以一家超市为中心，周围还有一个卖酒的小店和一个加油站。超市门口聚集了很多人，他们也像路上遇到的农民那样呆坐在那里，无所事事。这里每家商店门口都有一名荷枪实弹的保安，每一个出来的顾客都要被搜身。我逛了一会儿商店，发现这里的商品品种倒也不算少，但大多数都是从南非进口的。

独自一人拿着相机在转悠，不断有人冲我高喊：科尼基哇！然后就会伸过来一只手向我要钱。当我试图拍一张街景照片时，不知从哪里冒出来一个带枪的女警察，警告我说未经许可不许拍照。麦克警告过我们，说这里邻近安哥拉，局势不太稳定，看来他说的没错。转了一圈回到车里，大家都在抱怨这里的网吧速度奇慢，收一封雅虎电子邮件要等15分钟。

突然有人大叫："我的相机不见了！"原来他放在座位下的相机包不翼而飞，里面有价值1500美元的数码单反相机和镜头。大家想来想去，只有一种可能性，那就是有人在大家下车买东西的这几分钟里上车把它偷走了。我们甚至猜到了是谁，因为有一群孩子在我们刚下车时围着我们要钱，现在全不见了。麦克开车去当地警察局报了案，可除了浪费了大家半小时之外，没有任何收获。

上帝之手

从伦都市东行不远，就到了博茨瓦纳边境。麦克指着地图上一块很像伸开来的大手的地方说："这就是下一个目的地：奥卡凡哥三角洲（Okavango Delta）。这是地球上最大的一块内陆三角洲，也是南部非洲的标志性景观。"从地图上可以看到，发源于安哥拉境内的奥卡凡哥河在流到博茨瓦纳和纳米比亚交界处的时候被分成几个支流，然后迅速被沙漠吞噬。这片湿地是联合国专门立法保护的一处自然景观，因为它就像上帝之手，给这片干燥的土地带来了生机。虽然进入三角洲玩两天需要额外交纳160美元，但我毫不犹豫地交了钱，因为麦克保证说这笔钱会分一部分给当地居民，以补偿他们为保护自然资源而付出的代价。

博茨瓦纳的边境可不容易过。麦克先是嘱咐大家把所有小吃都藏好，然后又要我们把不穿的鞋都藏起来。边境线上有一个水坑，所有车辆必须从坑里开过去。水坑边还有一块湿垫子，每个人都被要求踩一下才能入境。据说这是为了防止口蹄疫传到博茨瓦纳。麦克说："这是当地政府故意做给国际社会看的，因为肉类出口是博茨瓦纳最重要的外汇来源之一。"原来，奥卡凡哥三角洲地区有取之不尽的牧草，牛羊们无须走动就能吃饱，因此肉质鲜嫩可口。唯一不好的就是周边国家流行口蹄疫，于是博茨瓦纳制定了世界上最严格的检疫法。

博茨瓦纳明显比纳米比亚富裕很多，博茨瓦纳的普拉（Pula）也是南部非洲诸国中唯一比南非的兰德（Rand）更值钱的货币，因为上帝不但给这个国家带来了充足的水，还给了它一批优质高产的钻石矿。

我们坐汽艇进入三角洲，河道两旁长满了姿态婀娜的纸莎草，当初埃及人就是用这种草造出的纸张。可是据导游介绍，这种草已然成了三角洲的公害，因为安哥拉境内农田施放的化肥顺着奥卡凡哥河扩散到三角洲，让纸莎草疯狂生长，不但破坏了其他植物的生存环境，而且堵塞了河道。

半小时后，换乘独木舟继续前行。这种名为"莫科洛"（Mokoro）的小船长5米左右，宽度却不到1米，只有它才能在浓密的芦苇荡中畅通无阻。撑船的都是棒小伙，从他们使用的木头撑杆来看，三角洲的水深大都在1米左右，没有芦苇的地方长满了水莲，粉红色的莲花开得到处都是，漂亮极了。河里经常可以见到鱼在游动，可整个湖区却看不到一个渔民。

"这里都是保护区，谁敢抓鱼啊？"负责我们这艘独木舟的"纽扣"说。这个有着奇怪名字的小伙子长得很健壮，可惜英文很差，费了很大劲才听懂了我的下一个问题："你说的'采采蝇'（tse tse fly）在这里已经看不到了，被飞机洒药杀死了。"这个"采采蝇"是传播非洲昏睡病的罪魁祸首，人类和家畜对此病毫无抵抗力。历史学家普遍认为这种吸血苍蝇的存在间接地保护了非洲许多地方的原始风貌，是非洲野生动物的守护神。

"我生在这里,今年 23 岁。我现在什么也不用干,靠给你们撑船就可以养活我那 3 岁的女儿了。"

"你给我们撑两天船能挣多少钱?"我问。

"两天一共 200 普拉(约合 300 元人民币)。"

我吃了一惊。因为他一个人负责两名游客,收费加起来是 320 美元。"我说麦克,你们公司从我们交的钱里拿出多少百分比给当地村民啊?"我问。

"我也不清楚。"麦克含糊其词说,"不过我告诉你,博茨瓦纳人都很懒,他们仗着有钻石和肉类出口,不愿劳动,连学也不愿上,就知道混日子。所以博茨瓦纳人很多都不懂英文。"

晚上我们在一个小岛上搭帐篷休息。如果说纳米比亚的蚊子是战斗机的话,那么这里的蚊子简直就是重型轰炸机,我胳膊上被各种小动物咬出来的红包连成了一片,不仔细看都数不清了。做饭用的就是湖里的水,黄色的,搅一下就能看见细沙。虽然我们把水煮开了才用,但第二天几乎所有人不是拉肚子就是呕吐。可是这几个船工就着生水吃干面包,照样有说有笑。他们放弃了做一个现代人的权利,或者,他们没有别的选择,而是把自己的命运交给了上帝。

起码在我看来,他们是快乐的。

凶猛的大象

一家名叫"三角洲黎明"的露营地的老板对我说:"非洲大象不是一般人心目中那种行动迟缓性格温顺的食草动物,而是非洲真正的霸主。我们这个露营地是新翻修的,去年来了一群大象,把所有设施都踩坏了。大象有个习惯,所到之处一切东西都要破坏掉,所以有大象的地方露营地的历史都不会太长。"

我们离开三角洲,来到位于博茨瓦纳北部的乔贝国家公园(Chobe National Park),这里以大象数量多而闻名世界,甚至已经出现了大象过剩。我们刚进门就看到一只,它刚在

好望角留影

河里洗完澡，准备往树林里走。前面有几只河马在吃草，没及时让开路。只听大象狂叫了一声，吓得那几只河马撅起屁股一溜烟跑开了。看来女老板的介绍不假，大象虽然不是食肉动物，可它庞大的身躯注定让它成为本地一霸。

我很快就注意到，公园里几乎所有比较高大的树木都死了，干枯的枝杈面目狰狞地伸向天空。"这些树大部分都是被大象弄死的。"导游介绍说，"大象长牙需要补充大量的矿物质，树皮里最丰富，于是大象特别爱啃树皮。"难怪非洲大象的牙都变短了，原来矿物质的来源都被啃光了。

乔贝国家公园靠近四国交界，它们分别是纳米比亚、博茨瓦纳、津巴布韦和赞比亚。因为地形复杂，我们的车子经常要在一天里穿越好几次国境线。其他三个国家都好说，唯独在进入津巴布韦时遇到了一些麻烦，因为签证是要收费的。有趣的是其他国家一般都收35美元，唯独英联邦国家是55美元。其实津巴布韦原来是英属殖民地，但最近津巴布韦正在搞土地改革，大批英国殖民者被赶了出去，原本在他们名下的土地也都被没收了。英国自然不干了，于是两国闹得很僵。

我们去津巴布韦是为了去看维多利亚瀑布。这是世界三大瀑布之一，虽然落差只有

100多米，但水量极大，从很远地方就能听到轰隆隆的声音。津巴布韦在距离瀑布很近的地方修建了一座旅游城，在这里逛街是一件很危险的事情，倒不是因为怕被抢，而是因为"朋友"太多。

津巴布韦人的朋友可不是那么好当的，他们很快就会从家长里短过渡到向你兜售旅游纪念品上来。

"你穿的这双袜子不错，我拿三个动物石刻跟你换怎么样？"一个小青年在跟了我100多米之后说。

"好吧，我这就脱给你。"我那双臭袜子买的时候只花了不到10块钱，而那几个漂亮的动物石刻每件最低也要卖1美元。我赚了。

很显然，这个国家物资匮乏已经到了很严重的程度。镇上只有一个超市，每天下午17点就关门，里面商品种类很少，而且全部是津巴布韦本地产的。这里甚至连香蕉都买不到，因为他们付不起运费。可据说在20世纪90年代，津巴布韦还是南部非洲的粮仓。那时候的津巴布韦是非洲首屈一指的富国，基础设施完善，人民生活富足。那时津元兑美元是1:1，没人要美元。而现在官方价格是10万津元兑换1美元（黑市价则还要高出50%以上），而且还在不断上涨，没人敢收津元了。津巴布韦政府显然没有对如此疯狂的通货膨胀做好准备，目前最大的票子面值才2万津元，于是我们每个人口袋里都揣着厚厚的一沓钞票，眨眼间就变成了百万富翁。可那些拿津元工资的普通老百姓可怎么活啊？在这个旅游胜地他们还可以换到美元，可在其他地方呢？我简直不敢想下去。

这个国家马路上的警察多得令人咋舌，麦克多次警告过我们：莫谈国事。不过，他对津巴布韦的局势也有自己看法："都是西方国家的错。他们逼着津巴布韦走西方道路，总统穆加贝不干，尤其是他手下的老兵不干。当初革命时说好了要分白人土地，可革命成功之后很多年都没有分，血不就白流了？"

我们的津巴布韦厨师对当地情况了解得更多一些。他介绍说，几年前，津巴布韦的白人农场主组织黑人农民投票支持反对党，穆加贝不干了。他借机加速土地改革计划，强行没收了白人农场主的土地，而且没有给他们相应的金钱补偿，因此引发了国际社会的经济

32

制裁。其实，穆加贝本来就不喜欢白人的投资，他希望所有本地企业都由黑人来经营，可黑人哪来那么多钱呢？于是经济就垮了。而且白人农场主逃走时带走了技术和设备，黑人老兵们不怎么会种田，于是田就荒在那里了。可是，说起来这些土地确实都是当初白人殖民者从原住民手里抢走的，理应还给他们才对。

谁对谁错？那要看你的立场站在哪里。当初大象为了保护自己不被狮子吃掉，长出了尖利的长牙。可是长牙有时也会成为大象欺负其他弱小动物的凶猛武器。不管怎么说，有一点是肯定的，现在的津巴布韦老百姓真是倒了霉，他们就像那些大象，再也长不出漂亮的牙齿了。

尾 声

在花费了1万多人民币，游历了五个国家，护照上被盖了将近20个戳之后，我结束了这次非洲探险之旅，回到了开普敦。我专程去参观了罗宾岛，当初这是一所监狱，曼德拉就曾被关在这里。如今这里变成了一个国家公园，以前的政治犯回来做了导游。我无法想象他们是如何说服自己每天带着白人游客参观当初折磨自己的地方，向他们宣讲和解的重要性。曼德拉受了那么多年苦难，却能够在翻身做主人之后还保持如此平和的心态，简直是一件不可能完成的任务，但是他做到了。从这一点上说，他是一个圣人。

《野鹅敢死队》中的那个林班尼总统，原型肯定就是这个伟大的曼德拉。他在电影中曾经对背他的白人小队长说过这么几句话："在非洲你必须记住：自由是新压迫者的一句空话。不管黑人白人，南方北方，要生活下去，都得为明天想想。我们应该学会互相照顾，要不非洲就会成为一个焚烧的战场。我们之间应该相互谅解，把过去的隔阂全忘掉。我们黑人白人在一起，就会有美好的未来。"

我再一次来到好望角，却没有看到传说中的印度洋和大西洋之间的分界线。分界其实是人为的，海水都是一样的蓝，一样的深。

非洲的三国演义

在南部非洲发展史上，有三股势力起到了决定性作用。第一股是最早的白人移民的后代，史学家把他们叫作"布尔人"（Boers）。这些人从三百多年前就随欧洲商船从好望角登陆非洲，在南非开垦土地，过着半农耕半游牧的生活。Boers这个词在荷兰语里就是"农民"的意思，南部非洲历史上第一种通用语言——"非洲语"（Afrikaans）就是荷兰语的变种。布尔人虽然是欧洲移民的后代，但他们长年脱离欧洲，对欧洲发生的文艺复兴和各种现代思潮完全一无所知，《圣经》是他们唯一的精神食粮。

1795年英国人占领南非，开始施行包括解放黑奴在内的新政策，这让布尔人很不快，遂开始了反抗英国统治者的斗争。他们离开海岸，向内陆挺进，一路上看到所有的原始村落都一片狼藉，好像是刚刚经历过一场血腥的战争。布尔人以为当地黑人平常就是这样打打杀杀的，因此更坚信黑人是未开化的原始人，自己为非洲带来了文明。其实他们只不过正好遇到了一次非洲历史上罕见的大屠杀，史学家把它叫作"迪法盖"（Difaqane），意为"强迫迁徙"。这是由位于南非东南部的祖鲁国（Zulu）发起的一场带有种族灭绝性质的大屠杀，祖鲁人兵强马壮，当时的祖鲁国王沙卡（Shaka）组织了一支特种部队，其成员不准结婚，专门打仗，所以祖鲁军队所到之处所有的原始部落就都遭了殃。

后来史学家对祖鲁国的这次大屠杀有很多不同评价，有人甚至认为沙卡是为了统一非洲的黑人部落，共同对付白人统治才这样做的。由此可以看出，欧洲白人进入非洲的时期非常类似于我们的秦始皇时代。

1838年，北上的布尔人和祖鲁军队干了一仗，结果大胜。布尔人认为是上帝保佑了他们，因此更骄横跋扈。其实，用火枪对长矛，岂有不胜之理？英国政府一开始对两强的争斗采取了放任态度，毕竟布尔人是信基督的白人后代。可后来眼看局势控制不住，便出兵干涉，最终打败了布尔人，取得了对南非的控制权。当然那时的英国政府也不是什么黑人的福音，只不过他们比保守的布尔人进步一点点罢了。

这三股势力的影子至今仍在。如今的南非就是保守的白人、进步的白人（包括来自国外的进步势力）和黑人这三方势力角逐的战场，所有矛盾都可以从中找到根源。

天堂的衰落：莫尔斯比港

> 这是一次刻骨铭心的旅行。2006年，我第一次见识了什么叫作"失败国家"，并在真正的原始森林里住了一个星期，没有电，没有手机信号，除了米面没有任何食物，靠打猎才能吃到蛋白质，蚊虫肆虐，浑身上下被咬了无数包……但最让我难忘的是生平第一次遭到抢劫，丢掉了照相机、录像机、飞机票和若干现金，总计损失了5000美元，所幸自己只受了点轻伤。

"天堂"里的第一天

国营的"新几内亚"航空公司几乎是外国人去巴布亚新几内亚（Papua New Guinea）的唯一途径。我乘坐的这架波音767-300型客机座无虚席，而且什么种族的乘客都能找到，真有点挪亚方舟的意味。"新几内亚"自己办的机上杂志名字就叫"天堂"，第一页就是一篇为该国首都莫尔斯比港（Port Moresby）辩护的文章。原来，英国《经济学家》杂志按照居民生活的舒适程度把世界上130个主要城市排了个队，莫尔斯比港因为犯罪率高而被排在了倒数第一的位置。这篇辩护文章是一个在莫尔斯比港生活了很多年的澳大利亚人写的，他振振有词地反问道：旅游手册上都说外地游客千万别在莫尔斯比港逛街，可世界上有哪个国家能让你初来乍到就一个人上街闲逛？读到这里我心中一颤：天啊，看来我要去的地方真是世界上最差的城市。

飞机在第二天凌晨到达了莫尔斯比港国际机场。出关用了一个多小时，却没看到接机的人。走前我预订了马吉拉旅馆的一个床位，他们答应负责接机。这个旅馆是我在网上找到的唯一一家背包族旅馆，每晚要价50基那（1基那约合人民币3元），其余的旅馆每晚至少要130基那，比欧洲都贵。等不到人，我只好换了钱去打公用电话，却发现机场里六个公用电话坏了五个。就这样，我在机场等了一个多小时才坐上了马吉拉旅馆派来的车。后来我在莫尔斯比港住了两个星期，发现这里真是一个磨炼人耐性的好地方，因为办任何

36

天堂的衰落：
莫尔斯比港

事情都需要花比预想的多得多的时间。

车子很快开到目的地，两名手拿警棍的保安拉开一座铁门，把我们放了进去。门口有一个两层楼高的瞭望塔，里面有一个手持美式M16自动步枪的保安时刻警惕地注视着四周。这里24小时都有至少三名保安把守大门，要不是墙上写着的"Magila Motel"，真就是一座活生生的监狱。我的房间也很像囚室，里面除了一张单人床和一个柜子以外再没有别的家具了。房间的墙壁居然不到屋顶，留下了1米多的空间，外人可以很轻易地爬进来。我决定出门时一定要把相机和钱随身携带，不能便宜了小偷。

放下包，立刻出门找吃的，却被前台服务员拦住了："你想去买东西吗？让我帮你叫辆出租车吧。""可是，商店离这里只有100米远啊！"我踮起脚尖向铁门外望去，可以看见不远处有几家商铺，门前人来人往。"不行的，这里很不安全，要么我帮你叫车，要么就在旅馆里吃饭吧。"我想起了《天堂》杂志上的文章，只好听从了服务员的话，去旅馆附设的饭馆要了份鸡肉薯条。这个饭馆是露天的，总是坐满了人。可这些人都不在吃饭，而是呆呆地坐在位子上看电视。他们都属于马来人种，肤色棕黑，毛发卷曲。男的大都留着大胡子，女的几乎都涂着红指甲。全都身穿T恤衫外加短裤或者长裙，体味熏人。我后来知道，这些人都是旅馆的工作人员，他们住在员工宿舍里，工作之余几乎从不上街，而是坐在这里看电视打发时光。虽然我是那天唯一的食客，可我的鸡肉薯条还是在四十多分钟后才做好。两个小小的油炸鸡大腿，外加一堆用油过量的炸薯条，居然要价18基那，这些钱在北京可以去小饭馆点个四菜一汤了。

饭菜一进肚，我便体会到了热带气候的厉害。这里常年气温30℃以上，空气湿度几乎100%，啥事不做都会出汗，整天打不起精神。我去公共卫生间洗了个冷水澡（旅馆根本没有热水），然后踱进公用厨房。这里有煤气灶和冰箱，却没有任何做饭的炊具。冰箱里除了几瓶冰镇自来水以外别无他物，冰箱门上贴着一个有趣的通知，上面写道：请大家不要随便拿别人的水，毕竟血浓于水！

厨房紧挨着活动室，里面有一台只剩下绿色的海尔牌电视机，旋钮全都不见了，换台必须用小树棍伸进去捅。我试了试，发现居然能收到很多电视台，包括CCTV4和CCTV9。巴布亚新几内亚只有一家电视台，所以普通老百姓都会集资安装卫星电视。据我观察，当地人最喜欢看的是一个名叫"百老汇"的电影台，播放的都是不带广告的好莱坞大片，而且全都自带中文字幕！看来这个电视台用的都是中国盗版DVD，也就是说，中美联手为巴国人民提供了娱乐——中国负责硬件，美国负责软件。

活动室热闹非凡，进进出出的全是本地人，而且多是住在这里的服务员。他们告诉我，这个马吉拉旅馆几乎完全是为本地顾客服务的，除了旅馆以外还有一个舞厅兼酒吧，在当地很有名气，因为像这样的娱乐场所在莫尔斯比港不超过五个。马吉拉有两个老板：一个是华人，为人和善，唱红脸；另一个是希腊人，是个黑手党，唱白脸。保安和酒吧女招待每小时能挣2基那，清洁工就只有1基那。可他们除了住宿免费，吃饭还要自掏腰包，我亲眼看到一个女招待的晚餐就只有一包饼干。"天快黑了，不想出门买东西吃，怕危险。"她对我解释说。她告诉我说，她被抢过很多次，最多的一次丢了1500基那，相当于她两个多月的收入。那天晚上本来轮到她休息，而她家离这里只有10分钟的车程，但是因为害怕强盗，她选择了待在旅馆吃饼干，而不是回家看女儿。

"比起我的两个哥哥来，我算是幸运的。他们几年前在波根维尔战死了。"她说的波根维尔是巴国东边的一个海岛，在那里发生的那场战斗改变了这个国家的历史。"欢迎你来我们国家玩，可是我要说，我们国家快没救了。"说完，她叹了口气，继续吃她的饼干。据我观察，这里人的日常饮食以淀粉为主，几乎没有绿叶蔬菜，而且严重缺乏蛋白质，因此很多人都是虚胖，营养不良。

夜幕下的马吉拉

夜色来临，蚊子们也开始活动了，这里的蚊子不怕人，虽然我像一只猴子一样不停地乱动乱挠，可还是迅速地被叮了三个大包。为了躲蚊子，我来到了带空调的马吉拉酒吧，里面挤满了肥胖的男人和打扮妖冶的妓女，他们在舞池里伴随着恶俗的电子舞曲疯狂地扭动着身体，把整个屋子弄得臭气熏天。我掏出相机打算拍照，旁边一个小个子男人拍了拍我的肩膀："喂，这里不许拍照。"

38

"我是从中国来的游客,拍张照片留个纪念。"

"是这样啊?那么也请给我拍一张。"他站到灯下,摆出一个胜利的手势。

我花 5.15 基那买了瓶当地啤酒,和这个叫艾伦的家伙上了楼。艾伦自称是在政府部门工作的会计师,为了证明自己的身份,还主动拿出一张政府大楼的出入牌给我看。酒吧楼上的顾客很少,安静了许多。艾伦把我带到一张桌子前,指着一个满脸横肉的老头对我说:"介绍你认识约翰,他是我们国家好几届政府的高级顾问,是我们这里的大人物哦!"这个约翰待人挺和气,知道我来自中国后立刻吩咐女招待给我端来一瓶啤酒,然后又指着身边的女孩对我说:"你看她漂亮吗?喜欢她今晚就归你了。"

我赶紧拒绝了这个建议,他哈哈大笑,拍着我的肩膀说道:"别见怪,这是我们这里的风俗,我自己就有五个老婆。"旁边的艾伦也附和着说:"我也有四个老婆,你如果需要女人的话随时给我打电话。"

"先别说女人了,在你们国家我连上街都不敢。"我试图换个话题。约翰一听就怒了:"别相信谣言,那都是西方人造谣,他们不想让他们国家的人民来我国旅游。其实我们这里很安全的,我国人民生活都很幸福。"

"一说起西方国家我就来气,"约翰的话匣子一打开就收不住了,"我最讨厌澳大利亚人和美国人,他们不但掠夺我们的资源,还对我们政府指手画脚,干涉我们的内政。虽然他们给我们的经济援助很多,但都附加很多条件。既然给我们钱,就应该允许我们自己支配嘛!还是你们中国好,我喜欢中国人。"

艾伦和约翰轮番给我做了一个多小时的爱国主义和反霸权宣传,快把我说晕了。我借口空气不好,离开了他们,来到阳台上透透气。酒吧门前的空地上停了一排车,我发现每辆车进来之前都要接受保安的检查,生怕顾客带枪。远处一个阴暗角落里,我看到一个男人正在殴打一个女人,也许是因为两人躲在了车后,竟然没人前去干涉。突然,酒吧门前一阵骚乱,一个明显喝醉了的顾客和保安吵了起来,一个头戴棒球帽的保安二话不说,冲上去朝那个顾客挥拳就打。旁边几个保安也一拥而上,把那个妄图闹事的人打了出去。后来我发现,这样的打架事件在这里几乎每隔一天就要发生一次。

我终于熬不住困意,回房睡觉。躺下才意识到,屋子里充满了烟火的味道,原来旅馆后面有一个焚烧炉,整天都在烧垃圾,味道呛人。我忍了很久终于睡着了,却又在半夜被隔壁房间那张木板床有节奏的震动声吵醒了。一个男人兴奋地大呼小叫,折腾了足有二十多分钟。

我在"天堂"的第一天,就是在这样吱吱呀呀的催眠曲中结束的。

烟雾中的莫尔斯比港

第二天早上,我决定去市中心买飞机票,前台服务员坚决不让我坐小公共,她为我叫了辆出租车,并告诉我说最多不超过15基那。

车子很破,司机告诉我,这辆车是他三个月前买的二手车,花了9000基那,现在已经收回成本了,剩下的就是净赚。"现在我每周只干一天,其余的时间在家休息。"他告诉我。"这么说还有其他司机和你共用这辆车喽?"我按照常理问他。"没有,这车就我一个司机。我就是不想干,反正赚的钱也足够我花了。"司机的回答让我大吃一惊,看来热带的人真会享受生活。

这是我第一次走出马吉拉旅馆,亲眼看看莫尔斯比港这个传说中的"地狱天堂"到底是什么样子。这个城市位于一个半岛上,市中心在岛尖,其他地方按照距离市中心的远近被叫作"四英里""六英里""八英里"……我住的马吉拉旅馆位于"六英里"处,是个贫民窟。进城的道路质量很差,坑坑洼洼的,一路上净是冒着黑色尾气的小公共,空气质量和北京最繁华的大街差不多。更可怕的是,这个城市到处都在烧火,只要有人坐下的地方总能看见一堆火。司机告诉我,巴国没有垃圾回收部门,所有垃圾都是一烧了事。因为这里气候潮湿,任何东西烧起来都是浓烟滚滚的,于是我就一直生活在烟雾里,嗓子一直疼,根本没有享受到热带岛屿应该有的清新空气。

到了地方,表上显示的数字是28基那,难怪这个司机三个月就挣回了车钱。市中心其实就是夹在山间的一小块平地,有几幢十几层高的办公大楼和高档旅馆,每幢楼门前都有好几个保安,这让我有了一点安全感。绿色和平组织的办公室就位于市中心不远的一座

40

天堂的衰落：
莫尔斯比港

小山上，门口照例有门卫把守。后来听说许多来自外国的员工和志愿者都没怎么出过门，即使出门也都是坐着防弹车，以至于他们在这里工作了很久却连这个城市是什么样的都没见过。他们如此谨慎绝不是杞人忧天，因为去年绿色和平组织的一个员工就曾在路边遭到过暴徒的枪击，损失了一个睾丸。

我站在小山上拿出相机拍照，还没拍几张就冲上来一个穿制服的保安，态度友好地让我出示护照，还掏出数码相机给我拍了张面部大特写。原来，我无意中拍下了美国大使馆所在大楼，被他们的监视系统发现了。恐怖主义已经让全球的美国人都成了惊弓之鸟。

绿色和平组织的工作人员陪我去买机票，结果得知我还要等一个多星期才能去绿色和平组织设在热带雨林的营地参观。而明天正好赶上复活节，有四天都没有航班，哪儿也去不了，只好在莫尔斯比港多待几天了。不过我正好可以借机多走走，看看这个南太平洋上最大的城市到底为什么口碑如此之差。

我决定乘小公共回家，一来体验生活，二来出租车也实在是坐不起。绿色和平组织的当地工作人员山姆犹豫了半天，终于决定让我试试。他陪我来到公车站，用当地话嘱咐了卖票的小伙子几句，才让我上了车。我双手捂着相机包，紧张地注视着满车的大胡子乘客，不知道等待我的将会是一次什么样的旅程。

小公共

小公共，英文叫作PMV，在巴布亚新几内亚有着传奇般的地位。它出现的历史不长，是本地人经商少有的成功范例。可是所有的外国游客都不会去坐，因为小公共太危险，不但怕被抢，而且怕翻车。确实，我乘坐的这辆日本产小面包车肯定有年头了，挡风玻璃碎成了蜘蛛网状，座椅也脏得完全看不出原来的颜色。车上挤满了人，汗臭味加汽油味熏得我直想吐。幸亏车窗的玻璃都没有了，车子一开起来就可以透透气。

我乘坐的4路小公共走了一条和出租车完全不一样的路。车子沿着盘山公路蜿蜒而上，我也正好从高处领略了这座城市的全貌。这里地无三尺平，房子都建在山窝里，被地势隔成了一块块居民小区。其实巴国整个都是这样,险峻的自然环境把原住民分隔成了一个个原始部落,互相之间往来很少。正是由于这个原因,整个新几内亚岛居然有将近800种语言,占了世界语言总数的1/3！巴国人的部落观念特别强,他们把说同一种方言的人叫作"老乡"(Wantok),老乡之间好得就像一家人,出门都会相互照应。我亲眼看到很多人坐小公共不买票,这些人就是售票员的老乡。毫不夸张地说,"老乡体系"是理解巴国社会最重要的窍门,这个国家最好的一面和最差的一面都通过这个体系表现了出来。正是因为老乡的照顾,很多来大城市打工的人才不至于饿死。而巴国政府机构的腐败,也正是因为"老乡体系"带来的裙带关系。很多人都告诉过我,在巴国好好读书是没有用的,因为工作都被老乡们霸占了。

我只花了0.7基那,就到达了"四英里"这个地方。这是莫尔斯比港最重要的商业区,很多车都在这里始发。按照山姆的指示,我在这里下车换15路。可一下车我就傻了,原来小公共都是没有站牌的,我根本不知道应该在哪里等车。满眼望去,周围全是人,可就是没有一个外国人(事实上,我在这里住了两个星期,除了市中心偶尔可以见到几个白人之外,大街上根本见不到一个外国人)。根据巴国旅游部门发布的统计,该国每年有7万外国人进入,但大都是商人和探亲者,真正的旅游者只有1.5万人。相比之下,国土面积只是巴国4%的斐济群岛每年的游客数量超过50万人,是巴国的33倍。在巴国居住的外国移民也相当少,只有2万多人,占总人口的0.4%,其中大部分是传教士和商人,他们不是在乡村传教就是在郊区的别墅里享福,真正生活在城市里的很少。

我只好硬着头皮向当地人问路,一个二十多岁的年轻人主动要求为我带路,而且没等我同意就指挥我向前走。我装作满不在乎的样子跟在他后面,眼睛紧张地望着四周,心里突突直跳。找到车站,他一句话不说竟自走开了,我都没来得及感谢他。据我后来观察,大街上有很多像他这样的闲人,他们或站或蹲,无所事事地看着行人。15路小公共比4路新多了,起码窗户都是好的,而且车里的收音机也没坏,我上车的时候正在播放流行音乐,男主唱声音极高,好听极了。我忍不住问身边的一个大胡子:"你知道这歌是谁唱的吗？""小科派克斯(Junior Kopex)！"没想到他脱口而出,"他来自拉保尔(Rabaul),你也喜欢他吗？""我喜欢这首歌,而且我刚买了去拉保尔的机票,准备去玩几天。"我们俩居然在小公共里聊起天来,音乐真是一种无国界的语言。

42

天堂的衰落：
莫尔斯比港

    马吉拉旅馆很快就到了。聊天使我完全放松了警惕，居然决定去旅馆附近的商店转转。这里有四五家杂货铺，大都是华人开的。他们一听我说中国话都非常高兴，主动跟我攀谈起来。一个满嘴牙都坏了的店老板指着周围的当地人大声跟我说："你一定要当心这些土著，他们会骗你钱的。"我下意识地一摸兜，突然发现我裤子口袋的拉链被拉开了（幸亏那个口袋里没有钱），而我上车前还特意拉了一下的。从此我就养成了一个习惯，出门时每隔几秒钟都要检查一下口袋。可是这里的小偷真厉害，后来我的裤子口袋还是在不知不觉中被拉开过三次。

    这些杂货店里卖的食品价钱高得离谱，一公斤大米 2 基那，一包方便面 1.5 基那，一打鸡蛋 10 基那，一罐花生酱 6 基那。我仔细一看，发现这些东西全部是进口货，尤其以来自中国的最多。后来我知道，当初澳大利亚殖民的时候没有注意培养本地管理人才，结果巴国独立后政府管理一片混乱，欠了世界银行一屁股外债。从此该国任何小企业都拿不到银行贷款了，或者被迫接受很高的利息。这样一来，所有买卖都必须很快挣回投资才行，所以价格才会如此之高。

    还有一个原因，那就是经营成本太高了。因为治安不好，所有店铺都必须雇用很多保安。据说因为暴徒抢劫运钞车的次数太多，很多企业都改用直升机去银行存钱了。几年前莫尔斯比港曾发生过一起歹徒劫持直升机抢银行的事件，在这个城市已然成为一个传奇，我听过好几个人给我详细描述过那次冒险，细节都不太一样。总之，最后五名歹徒都被打死，警察也有多人受伤。

    其实只要比较一下这里的物价和工资，就知道暴力事件肯定无法避免。老百姓根本买不起任何东西，不抢怎么办？我也吃不起这里的高价饭，便买了一大堆方便面和一打鸡蛋，准备靠这个度日。出得门来，我看见一群放学的孩子正在等小公共，便掏出相机为他们拍照。这些可爱的孩子立刻拥上来摆出各种姿势让我拍，突然旁边一个中年妇女说话了："我是孩子们的老师，我必须警告你，在这里拿出照相机肯定要被抢的。"我赶紧收起相机，快步往旅馆方向走去。正走着，旁边有人冲我喊道："喂，伙计，有我在，没人敢抢你，我就是马吉拉的保安。"我扭头一看，说话的是一个面相凶恶的年轻人，头戴一顶脏兮兮的棒球帽。我认出来了，他就是那天晚上动手打人的那个家伙。我主动伸出手去做了个自我介绍。他握住我的手,粗糙的手掌压得我生疼:"我叫布兰,以后你出门跟我说一声,我来陪你。"

从此,我有了一个贴身保镖。

保镖布兰

我咨询过马吉拉的服务员,都说我找布兰算是找对人了,因为他在"六英里"一带的人缘极好。不过他上夜班,每天从晚上21点工作到早上7点,因此我只好选择下午出行。第一次跟布兰出门我就领教了他的麻烦,还没走几步他就向我讨了1基那,跑到路边小摊上买槟榔。马来人嚼槟榔比美国人嚼泡泡糖还要普遍,路边的小摊一多半都是卖槟榔的。只见他挑了一个最大的槟榔果,一口咬下去,露出青色的果仁,剥出来放进嘴里嚼,然后拿起一个被叫作"芥末"的树芽,用舌头舔湿,蘸上点玻璃瓶里装着的石灰,放进嘴里。很快他的嘴就变成了红色,他熟练地一抿嘴,滋出一口血色的口水。这个城市的地上到处都是这样的"血迹",仿佛这里的人民都在吐血。

"槟榔是我的能量。"布兰说,"我不吃饭没关系,但必须嚼槟榔,否则我就犯困。"那天布兰真的没吃饭,因为希腊老板又一次借故没发薪水。我跑去买了一个裹着一条小鱼的玉米饼,分了一半给他。我注意到他连鱼刺都吃下去了,显然是饿坏了。吃完又向我要钱去小摊上买烟,这里的槟榔小贩都兼卖散烟,一根0.5基那。一包25支装的香烟卖7基那,布兰却从来都是买散烟抽,因为他一次拿不出那么多钱。

我们去了著名的格登市场,这是莫尔斯比港最大的农贸市场,大约有一个足球场大,一半人卖菜,另一半人卖槟榔。要说这里是热带气候,种蔬菜应该很容易,可这里卖的菜种类非常少,大部分还是野生植物的叶子。我认识的蔬菜就只有南瓜叶。于是,我吃了两个礼拜的南瓜叶煮鸡蛋面,维生素、纤维素、蛋白质倒是一样都不缺。

这个集市是我见过的最脏的地方,到处是血红色的槟榔口水,到处是燃烧着的垃圾,闻不到烟雾的地方就只能闻人们的体臭,没有第三种选择。布兰果然是个红人,走到哪里

44

都有人和他打招呼。"我来介绍一个朋友给你。"布兰总是喜欢把我介绍给他的朋友,"这是我的室友,我们一块在监狱里待过 N 个月。"这个 N 从 3 到 22 不等。"你知道为什么没人抢你吗?因为我自己曾经是这里最有名的强盗!"布兰后来向我解释;"我曾经进过两次监狱,最长的一次待了一年 10 个月。"真没想到今年才 21 岁的布兰居然有如此复杂的经历。我又一想,发现在这里做强盗真不错,年轻时抢钱,等大家都怕强盗时就去当保镖,等于自己给自己创造工作机会。

在我的要求下,我们去了布兰的家。他家位于"六英里"附近的一个贫民窟,不过这里不叫贫民窟,而叫"移民区",就是政府出钱修的简易工棚,里面住的都是农村进城打工的人。由于来自不同部落的人被迫在这里混居,使得"老乡"之间的关系网支离破碎,马来社会原有的威慑力也就不存在了,于是青少年才会这样肆无忌惮地犯罪。布兰的家很像四合院,我们去时他姐姐正在洗衣服,见了布兰连招呼都不打。我去布兰的房间参观,里面没有灯,黑洞洞的,墙上挂满了美国歌星的 T 恤衫,都是帮派说唱和重金属类的。

他家附近有一个小卖部,里面除了饼干和方便面,就只有本地产的啤酒。布兰"建议"我买一打,他很快灌下一瓶,然后用手指把酒瓶弹出老远:"我们这里男人喝完酒一定要这样。"说完他又用牙咬开了第二瓶。小店外面聚集了一大群人,大家坐在地上玩"宾果"(bingo),其实就是在赌钱。我观察了一下,发现他们每次下注都不超过 1 基那,与其说是赌钱,不如说是在打发时间。有很多小孩子也在玩,显然他们早已无钱上学了。巴国不实行义务教育,很多孩子无钱上学。布兰上过六年小学,能说英文,算是不错的了。

我们俩在小店门前的台阶上坐了一个下午,我一边抿酒一边想象着自己成为这里的居民,每天玩玩宾果打发时间。"你当初为什么想到去做强盗呢?"我问布兰。"我想买好东西啊!"布兰醉醺醺地回答,"我那个时候可有钱了,天天吃好的穿好的抽好的,你看我这么结实,一身肌肉,都是那时候打下的基础。""那你为什么又不当强盗了呢?怕再进监狱?"我问。"不是,因为我有工作了。"说完,他把喝光的第十一个酒瓶弹出老远,摇摇晃晃地站起身来,冲我喊道:"走,我要回去干活了!"

从此,我跟着布兰逛了很多地方,还一起去看了场巴国国内的英式橄榄球比赛。这项运动完全来自澳大利亚,不过比澳大利亚本国的联赛粗野多了,运动员完全不讲技术,就知道闷头向前冲。不过这样的比法更能得到崇尚武力的巴国男性的青睐,因此看的人很多。这里的球场实在太差了,记分牌完全是个摆设,连计时表都没有。

我的胆子大了。兴许那个政府顾问说的没错,莫尔斯比港的治安并没有西方国家宣传的那么差,我想。可是,我很快就为自己的轻率付出了惨重的代价。

"天堂"里的罪恶

几天之后的一个下午,我去找布兰,想让他带我去参观国会大厦。这是一座国际知名的建筑,当年建成时英国查尔斯王子亲自来参加落成典礼。布兰住的宿舍一共十二个人,每人除了一张床别无他物。布兰的床脏得完全看不出颜色,汗臭味从门外就能闻到。他躺在床上,勉强睁开双眼,有气无力地对我说:"我大概得了疟疾,一会儿冷一会儿热。而且昨晚我又跟人打架了,他们五个打我一个,虽然我把四个人打进了医院,可我也受了伤。"说完他伸出左手给我看,小指上有一道很深的伤口,血迹斑斑。我还注意到,他的左手食指不知为什么完全变了形。我犹豫了一下,还是决定去,便坐上小公共直奔"八英里"。这里是巴国政府机关所在地,公路两旁看不到商店,全都是政府大楼。有趣的是,这是我第一次看见红绿灯,因为这个城市其他地方的交叉路口都建有中心公园,汽车绕一下就过去了。我下了车,正打算找人问路,一个和我同一站下车的人主动跟我搭话。他四十多岁,戴眼镜,文质彬彬的,自我介绍说是软件工程师,叫弗朗西斯。当他知道我打算一个人去参观国会大厦时,立刻警告我说,这里不安全。"我陪你去吧,反正不远。"

从车站到国会大厦需要走300米。柏油马路很宽,一边是国会大厦的铁栏杆,里面草绿花红,景色如画。另一边是一大片热带丛林,风吹过树叶哗哗地响。路上没有看到几个行人,因为今天是复活节假期的最后一天。到了门前才发现,国会大厦居然关门了,门口的小岗楼里不知为什么一个门卫也没有,我俩喊了半天也没人出来答话,只好顺着原路往

46

天堂的衰落：
莫尔斯比港

回走。

就在这时，我突然听到一阵脚步声。回头一看，五六个少年从树林里冲了出来。还没等我明白过来，其中一个面相狰狞的家伙就冲到我面前挡住去路，他挥舞着手里那把一尺多长的丛林砍刀，大声喊道："把包给我！"与此同时，两个家伙从身后抱住我，一个人开始用刀割我的腰包带子，另一个人把手伸进我的裤子口袋。很快，我的腰包带子被割断了，我拉着包不松手，前面那个家伙冲着我的手就是一刀，可当时我的脑子已然完全停止了工作，根本没有感觉到疼，也不记得我是如何松的手。这时，前面有一个人大吼着冲了过来，我依稀记得这是一个刚刚走过去的路人。见有人来，那几个强盗撒腿就跑，很快就钻进树林里不见了。

整个过程只持续了十几秒钟，我浑身僵硬，一点也没有想起来去追。走在我身后的弗朗西斯也同时遭抢，他跟那个跑过来帮忙的路人说："多谢多谢！幸亏他们没开枪，我看见一个家伙手里有一把玛格南左轮手枪。"

就在这时，国会大厦的保安出现在了门口，我们跑过去用他们的电话向附近的警察局报案。虽然距离只有两分钟车程，可警察还是在20分钟之后才赶到。他们简单问了两句，就开车出去抓强盗。半个小时之后警察们空手回来了。我坐上车去警察局登记，路上一个警察对我说："这些强盗肯定是附近贫民窟里的人，他们整天在国会大厦对面的小树林里躲着，见游客就抢。如果我们见到他们，肯定二话不说就开枪，这些强盗一点用处都没有，都应该去死。"

清点下来，我丢失了摄影包，里面有价值2300多美元的音像设备，外加1000美元现金和三张飞机票。幸亏有路人相助，强盗们没来得及掏我左边的口袋，否则钱包和护照就都保不住了。不过事后想来，我只受了点轻伤，没把命搭进去，算是幸运的了。

我没有把丢失的机票算在损失里面，因为我觉得强盗们绝对不敢盗用，所以肯定能补回来。事实证明我是多么天真，这里是"天堂"，不是人间。

第二天本来要飞去拉保尔参观活火山，结果"新几内亚"航空公司就是不让我上飞机，说必须再买一张票。更奇怪的是，那张回国机票居然也不给我补，非让我重新买。为了把这三张票补回来，我连着三天都往城里跑，而且都是一个人坐小公共，除了口袋拉链被拉开几次外，没有出现任何麻烦。

"新几内亚"航空公司负责接待我的是一位慈祥的老太太，她告诉我说，拉保尔的票虽然已经被注销了，但还是必须等三个月才能退款，因为还是有可能被人盗用。我不理解，就好奇地问她："假如三个月后我要求退票，你们只需要告诉我说，票被盗用了，我就肯定拿不回这400美元了，对吧？"她笑着回答："就是这样的。"

这位慈祥的老太太真是诚实，可我感觉我又被抢了一次。

莫尔斯比港警察总局的里奥警长更是慈祥。为了开一张被抢证明，我在警察局消磨了一个上午。大概是想让我高兴起来，他拼命夸北京好，还说他很喜欢北京人、上海人、台北人、香港人。里奥又千方百计地向我解释说，我只是运气太差，平时这里很安全的，每年平均只发生400起抢劫案而已。可是，当证明开出来后，我发现我的编号是1021/06。

被抢也有一点好处，就是马吉拉旅馆的服务员们都把我当成了自己人，开始跟我掏心窝了。我发现在这里工作的人真是人人都有一本难念的经。比如，保安罗宾一个人要养活全家六口人，所以每天靠饼干度日。前台的格蕾丝是个大学生，为了攒学费来打工，却始终未能攒够学费。管理员罗伯特居然是个同性恋，他喜欢日本人，希望被日本殖民。"因为日本人知道怎么管理一个岛国。"他对我说，"而我们自己的政府只知道卖资源换钱搞贪污，还真不如回到殖民时代呢！"

这里的人有一点是一样的：没有一个人没被抢过，而且都不止一次。有趣的是，他们非常热衷于帮我分析被抢的原因，而且所有人的第一反应都是：你是被陷害的！有人怀疑那个电脑工程师弗朗西斯，有人怀疑国会大厦的保安，甚至有人怀疑是布兰从中捣鬼，但我宁愿相信布兰是无辜的，他知道我被抢后，气得直咬牙："要是我在场，肯定不会出这事。"可我后来分析，布兰的势力范围是"六英里"，我这些天独自出门没出事，就是因为他把我作为朋友介绍给他那些"室友"了。出事的地方在"八英里"，属于一个新建的贫民窟，布兰不熟悉，如果他在场的话，估计得出人命。

临走的那天晚上，我最后一次和布兰聊天。他又一次详细地问了我遭抢的经过，眼里露出一种奇怪的光芒。"告诉你一个秘密吧，"布兰偷偷跟我说，"你看我的左手食指，有点残疾对吧？这是我自己开枪误伤的。当年我偷得一把玛格南左轮手枪，仗着它抢过无数次，都很容易地得手了。一次我抢运钞车，保安想反抗，我左手抓住他的衣领，一枪打过去，把他打死了，却也伤了自己的手指。后来警察抓住了我，却没有搜到枪，所以我才会以证据不足的原因被放了出来。后来我又去抢运钞车，中了埋伏，不过那次我没开枪，结果只判了一年十个月，出来后我就洗手不干了。"

"那你有没有想过再去当强盗？"我问。

"我弄不到枪了，不敢去当强盗。"他掏出随身携带的匕首，插在桌子上，眼中闪过一丝不易察觉的惆怅。

但愿我被抢的经历没有给他重新出山的勇气。

波根维尔的苦难

很多时候，来自地下的财富并不能给生活在地上的人民带来幸福，波根维尔就是一个活生生的例子。

波根维尔是巴布亚新几内亚最东边的一个岛，属于"北所罗门省"，无论从地理上还是人种上讲都更接近所罗门群岛。"二战"时这里曾经发生过惨烈的战斗，近六万名日本士兵死在了岛上。1964年，在岛上一个名叫盘谷纳的地方发现了一个大铜矿，一家澳大利亚矿业公司买下了经营权，几年之后，盘谷纳铜矿就成为巴国最主要的经济来源，该矿的出口占了整个国家出口额的45%，每年为该国贡献11%的GDP。矿主们只给了铜矿这一个地方的土地拥有者经济补偿，可铜矿的开采污染了环境，整个盘谷纳地区居民的日常生活受到了严重影响。于是，1975年9月1日，也就是巴布亚新几内亚独立前两周，波根维尔人打出了自治的旗号，开始和政府军对抗。

1987 年，盘谷纳人成立了"地主协会"，联合起来向铜矿业主提出经济索赔，并要求对方负责治理环境。当这项要求遭到矿主和政府拒绝后，一批盘谷纳激进分子便成立了"波根维尔革命军"，开始以武力破坏铜矿，骚扰矿工。在革命军的干扰下，1989 年，盘谷纳铜矿被迫停产，巴国的国民经济立刻遭受重创。为了让铜矿重新开业，政府军和革命军在波根维尔打起了游击战，有两万多人死于这场内战。战争封锁了交通运输，使这个曾经是巴国最富裕的岛变成了赤贫之地，岛上强盗丛生，打家劫舍，人民苦不堪言。

　　巴国政府军一直无法在战争中取胜，多次谈判也没能达成协议，于是，1997 年，当时的巴国政府总理朱利叶斯·禅（Julius Chan）用削减教育和健康预算的办法私自筹集了 3600 万美元，请国际知名的"桑德林"公司组织一批国际雇佣军偷偷进入巴国，希望借助外国军事力量来解决波根维尔问题，这就是著名的"桑德林事件"（Sandline Affair）。没想到此事被澳大利亚政府知道了，于是这项计划遭到国际社会一致谴责，禅不得不终止了和"桑德林"公司的合作，禅本人也因此被迫辞职。

　　2005 年 6 月，波根维尔自治区第一次成功地举行了选举，这个灾难深重的小岛终于走上了独立的进程。这个事件告诉我们：环境问题处理不好，甚至可能会导致国家分裂。

热带雨林拯救站

> 每年，印度尼西亚和巴布亚新几内亚的天堂雨林都会失去230个北京城区大小的森林。
>
> ——绿色和平组织

2006年，我来到新几内亚岛的中部。从飞机上看下去，这里是望不到头的热带原始森林，除了绿色没别的颜色，而且形状极不规则。仔细看却会发现，这里有无数种不同程度的绿色，以及由各种半岛和河流组成的奇妙图案。

一个多小时后，飞机在一条黄土铺成的跑道上降落。这一站上来不少当地人，每个人都携带着椰子、竹条等农产品，使机舱变得更像一辆长途汽车。这架飞机其实就是当地人的长途汽车，因为这里根本没有路，出门只能飞。

我们这架"公共飞车"在停了四站之后，终于到达了目的地——莫雷湖（Lake Murray）。这是巴布亚新几内亚最大的淡水湖，绿色和平组织在这里建立了一个"天堂雨林拯救站"，来自世界各地的志愿者轮番来这里做义工，其中有三名志愿者来自中国。

从飞机场到营地还需坐将近一小时的摩托艇。以每小时30公里的速度行驶在安静的湖面上时，感觉真是美极了。莫雷湖几乎没有被开发，一路上见不到多少人工痕迹，偶尔能看见湖边有几幢当地人盖的吊脚楼，孩子们站在楼前空地上冲我们大喊大叫。他们大都赤身裸体，以爬树和跳水为乐。与其说他们是这里的居民，倒不如说他们就是这片雨林的一部分，和那些野兽、飞鸟没有区别。

"莫雷湖水几年前清澈见底，现在已经不那么干净了。"一个当地人对我说，"都是因为上游的那个奥克泰迪矿带来了大量泥沙。"原来，在我看来就是人间仙境的莫雷湖其实已经受到了工业文明的影响，伊甸园并不在这里。

东经 141°23'79"、南纬 7°06'82"

绿色和平组织的营地隐藏得很好，我们到达时这里已经搭起了两座吊脚楼，一座是办公室，从里面伸出许多电线和一块太阳能电池板相连。另一座是宿舍，底层是食堂兼伙房，志愿者们都睡在二楼，每人都有一个用蚊帐隔出来的小空间。楼板用树皮和竹条铺成，中间有缝，人走在上面整个楼板都会晃动，不小心就会从缝中掉下去。

绿色和平组织的负责人约翰给我们上的第一课就是怎样使用卫星定位仪，我感觉自己就是凡尔纳小说中的航海家，终于知道了自己在地球上的位置。这东西在当地人看来简直就是神迹，因为他们大都从来没有离开过莫雷湖。不是不想，而是坐不起"公共飞车"（坐一次要1700多基那，约合人民币5100元）。

如果你不嫌脏的话，营地里的生活是相当安逸的。当地人用竹子和木头做了很多椅子，可以随时坐下来侃大山。侃腻了可以去划独木舟，不过尽量不要去湖里游泳，因为有鳄鱼。当地人把一片芦苇砍掉，形成一个"洗澡塘"，虽然水的颜色有点黄，但非常安全。游累了可以喝雨水解渴，这里基本上不必考虑节水问题，因为几乎每天晚上都要下一场暴雨。饿了呢？有当地人负责做饭，志愿者给他们打打下手。绿色和平组织运进来大量的米和面，但这并不是当地人的主食，他们吃西米（sago），也就是从一种棕榈树的树干里刮出来的丝状物，其成分几乎就是纯粹的淀粉，没有任何味道。这种树在天堂雨林里有很多，因此肯定饿不死人，但是蛋白质来源却是当地人面临的最大问题。以前湖水水质好的时候鱼很多，随便一捞就是十多条，现在能捞出一条就不错了，而且很多鱼种已经灭绝。

"所以啊，我到一个村子，首先看的就是孩子的身体情况。哪家孩子身体结实健康，哪家大人就一定是有本事的。"说这话的是当地一个名叫"鲶鱼"的家族的首领，名字叫作赛普·加列瓦（Sep Galeva），志愿者中间流传着一句名言：跟着赛普有肉吃。因为他是"鲶鱼"家族最好的猎手，每次出行总能逮到猎物。野味意味着蛋白质，这是雨林里最重要的财富。

我到达的当天晚上，赛普抓到了一头鹿，把鹿肉切成小条放进大锅里煮。火光映着他一身结实的肌肉，显得野性十足，一点不像43岁的中年人。鹿肉煮得很嫩，非常好吃，可是来吃饭的有三十多人，每人只能分到一勺。吃完饭，我拉住赛普聊天，惊讶地发现，他曾经当过警察，是"鲶鱼"家族里唯一"见过世面"的人。

"我爸有六个妻子，我妈是最小的那个。"赛普跟我讲述了他的传奇故事，"我在村里的小学上到六年级，因为学习好，被送到最近的县城里继续读了四年。毕业后却找不到工作，只得回到老家。我叔叔要给我包办婚姻，我不干，就又跑了出来，去首都当了十五年刑警，并在那里结婚生子。1999年，澳大利亚人彻底离开了警察局，整个莫尔斯比港警察的道德水平便立刻直线下降。我看不惯他们贪污腐化，就退休了。退休后我的日子并不好过，甚至被强盗抢过，就在你住的'六英里'车站附近。再后来我听说了家乡的森林遭到伐木公司盗伐的事情，就决定回家组织村民们和公司斗，争取自己的合法权益。"

赛普告诉我，他曾经找过政府，但很快发现伐木公司早就把政客们买通了。于是，他只好去找当地著名的环保律师安妮·卡泽（Anne Kajir）帮忙，并通过她认识了绿色和平组织。"当时我就想，既然政府不站在人民这一边，我就去找非政府组织。"赛普说，"因为凭我一个人的力量，是救不了天堂雨林的。比如说，我虽然在森林里长大，可我不懂伐木，是绿色和平组织找来了一帮行家，来这里帮助我们。"说着，赛普指了指另一张桌子，那里有一群人正在煤气灯下开会，讨论第二天的工作。

煤气灯下

"明天一早出发去这个营地，争取用三天时间把这块地的地界划完。"绿色和平组织的山姆指着一张地图对大家说。地图是塑料的，像军事地图一样布满了等高线和箭头。煤气灯周围是一群马来人，从外表上看和村民们没任何区别，但他们其实都是外来的林业专家，隶属于一个名叫"居民与社区发展基金会"（FPCD）的非政府组织（NGO）。这次绿色和平组织把他们请来，就是为了帮助当地村民开展"生态林业"。

"我们必须抓紧时间，天堂雨林只剩下40%的地方没有被盗伐过了。"山姆用红笔在地图上标出了非法伐木公司正在活动的区域,莫雷湖看上去就像一个孤岛,被红色的火焰包围了。

"我们反对非法盗伐,但并不反对伐木。"山姆见我来了,开始给我上课,"我们提倡的'生态林业'有两层意思,一是科学利用森林资源,让这片森林能持续地繁荣下去,二是把得到的收益返还给原住民。"

原来,许多国际伐木公司(尤其是来自马来西亚的公司)买通了巴国政府,用极低的价格买下了对天堂雨林的开采权。为了节约成本,他们采取了毁灭性的砍伐方式,平均每砍一棵树就要毁掉周围17棵无辜的小树,而卖木材所得利润却只有极少部分返还给了当地居民。绿色和平组织所要做的就是收回开采权,然后对这片森林进行详细而又科学的调查,标出适合砍伐的树木,训练当地人用手持电锯定向砍树,就地加工出口。卖木材得到的钱全部留在社区,用于提高当地居民的生活水平。

"巴国有一个独特的优势,"山姆对我说,"根据宪法,97%的巴国土地属于原住民,没有原住民的认可,政府无权和外国伐木公司签订任何协议。我们充分利用了这一点,在法律上同政府和外国公司进行斗争,已经获得了初步的胜利。"

头顶的煤气灯嘶嘶地响着,林业专家和志愿者们一边不断地拍打着讨厌的蚊子,一边讨论明天的划界工作。莫雷湖及其周边地区生活着五千多原住民,他们分成九个部落,邀请绿色和平组织来这里帮忙的是库尼部落,而赛普所在的"鲶鱼"家族只是库尼部落中的一支。所谓划界,就是把隶属于每一个部落的地域标记出来,然后按特点进行分类,有的适合开展生态旅游,有的适合打猎,有的适合伐木……划界的工作专业性很强,林业专家的一项主要任务就是对当地人进行培训,而来自各国的志愿者充其量也就是给林业专家们打打下手,或者做做宣传工作,帮不上多少忙。

"我已经不想再去宣传了,"赛普的态度让我吃惊不小,"说了好几年,没有效果。我要干出点成绩来,用事实说话。"赛普曾经私下跟我说,周边地区有一个家族的首领被买通了,决定砍伐森林改种橡胶树。那个首领在欧洲受的教育,当地人十分信任他。"语言是没有说服力的,道理不是讲出来的,而是做出来的。"赛普说,"我四年前就开始抗议非法砍伐,提倡'生态林业'了,可直到现在都还没有做出太大的成绩来,怎么说也没有用。"赛普说的就是2002年的那次设路障的行动,就是那次行动让赛普成为库尼部落的英雄。

世上本来没有路

在热带雨林里，路是一种宝贵的资源。马来西亚的一家伐木公司对此十分清楚。他们和巴国政府签订了一份协议，在 Kiunga 和 Aiambak 这两个城市之间修建一条 195 公里长的公路，所需费用以砍伐下来的树替代。路修好了，可原住民们惊讶地发现，有超过 10 万公顷的森林被破坏了。2002 年，赛普率领"鲶鱼"家族在 K—A 公路上设置了路障，不许运送木头的卡车通过，之后他通过 NGO 的律师把这家公司告上了法庭，这条公路也因此被关闭。

要想参观路障遗址，必须先穿过一大片原始森林。幸好赛普的祖先修了一条羊肠小道，直接通到 K—A 公路。出发前一天下了一整天暴雨，这条小路变成了泥汤，走起来粘脚。蚂蟥们躲在泥巴里，等待机会顺着鞋帮爬上小腿，饱餐一顿。我把袜子包在长裤外面，才没有成为蚂蟥们的食堂。可赛普他们就不行了，这些原住民一律打着赤脚，很快他们的脚踝上就都血迹斑斑，就连他们带来的猎狗也都着了道，趾缝间都是红颜色的。

两个小时之后，我们终于来到了 5 公里之外的 K—A 公路。这是一条用红土铺成的道路，加上路两旁的缓冲区，大概有 40 米宽。路周围林木茂密，但全是次生林，据说伐木公司经常会深入丛林 1 公里之多，砍伐优质的木材。为了多砍树，他们甚至故意把路修得弯弯曲曲，专门挑树种好的地方过。

"可是他们毕竟修了一条路啊，为什么你们不好好利用一下呢？"我不解地问。"这条路已经不能用了，因为好多桥梁都被水冲坏了。"赛普说，"伐木公司不会来帮我们修，政府也不管，只有靠自己。"

走累了，大家坐在路边休息。孩子们迅速拿出随身携带的丛林砍刀，砍来一堆柴火烧起来，又从树林里找来一些不知名字的果实，放到火上烤。当地人每到一个新地方，必先生起一堆火，一来烧东西吃，二来防蚊子。他们进城后，很自然地把这个习惯带进了城里，于是我才会看到那个总是笼罩在烟雾中的莫尔斯比港。吃完东西，孩子们敏捷地爬上树，砍下几片棕榈叶子，铺在地上当床，躺上去打盹儿。这些十几岁的孩子个个都是玩刀的好手，只要给他一把丛林砍刀，一切生活必需品都解决了。我突然想起，抢我的那几个少年使的就是这种丛林砍刀。他们进了城，失去了赖以生存的雨林。可他们又没有别的生活技能，只好再一次拿起手中的砍刀，继续靠它为生。

世上本来没有路，可自从有了路，不同文化之间就产生了交流。可是，谁能告诉我，这种交流的结果到底是好是坏呢？

梦中的飞翔

当天晚饭吃的是一只食火鸡（cassowary）。这是一种体积仅次于鸵鸟的走禽，属于濒危动物。但在这里数量很多，当地人并不觉得吃它们有什么不妥。有很多"鲶鱼"家族的人一直跟我们住在营地，赛普无奈地告诉我，一些当地人很懒，看到营地里有好东西吃，就天天赖在这里不走了。其实所谓的"好东西"就是饼干和鱼罐头，在我们城里人看来，这些东西怎么比得上这里的烤香蕉和鲜鱼呢？可村民们就是喜欢，一些孩子甚至不上课，天天和我们混在一起。

后来我有机会参观了一所学校。学校里有四百多名学生，年龄从10岁到18岁不等，可居然只有四个老师，还经常发不出工资来。其实学校一年的预算只有4万基那，可政府只负责8000基那，其余都要靠学费，每人每年80—150基那不等。我旁听了一次学校的家长会，谈的多半是关于拖欠学费的问题。最后校长无奈地说："从今年开始，不交学费的学生就不发课本了。"

这是莫雷湖地区唯一的学校，莫雷湖机场就设在附近。很多学生都住在很远的地方，其中一个小男孩居然要划一星期的船才能从家里赶到学校！每当我想起他独自一人带着干粮，奋力划着独木舟行驶在雨林中的情景，心里都会发紧。这孩子是个孤儿，学费和生活费都是靠他养鳄鱼换来的钱支付的。鳄鱼是当地人最重要的现金来源，每头鳄鱼至少要养两年才能卖，每张鳄鱼皮可以卖500基那。

山姆代表绿色和平组织给孩子们上了一堂环保课。我走到学生中间，随机挑选了十个人，问他们同一个问题："你们长大之后想做什么？"结果有五人说想当飞行员，有四人说想当教师！飞机和教师是这些孩子所能看到的唯一的新鲜东西。工程师、画家、律师、医生……这些职业他们连听都没听说过，更不用说把它们作为自己的理想了。

艰难的告别

　　一星期很快就过去了，最后一天晚上，赛普打到一只鹿，他把全村人都叫来和志愿者们一起联欢。不知是谁搞来几罐啤酒，这可是当地人很少见到的奢侈品。一位长者喝了一罐，结果他围着营地转了一个晚上，嘴里不停地破口大骂，骂年轻人不好好学习，泡在营地里吃白食，偷营地的勺子和茶杯。那天晚上大家就在老人的叫骂声中依依道别，那情景事后想起来真是很有点"后现代"的意味。

　　我注意到那个老人的膝盖上都是伤疤，一问才知，他有关节炎，而当地人流行的治疗办法就是用带火的木头烧。"其实当地人有很多做法都是不对的。"绿色和平组织的约翰对我说，"比如这里是毒蛇的天堂，而蛇毒是通过淋巴液扩散的，因此唯一的办法就是固定住被咬的肢体，不让肌肉活动。但一定不能绑得太紧，否则堵住了血管，那部分肢体就会因为缺血而坏死。前几天村里有个妇女被蛇咬伤，要不是我及时赶到，她不死也得截肢。"

　　话虽这么说，可是当地人绝对比我们要更适应森林里的生活。比如这里有一种小虱子，专门潜伏在皮肤的阴湿处。当地人从来不穿内裤，也就没事了。我们志愿者总是放不开，于是每个人都被咬得一片红肿，奇痒难忍。来自北大的志愿者王冕只待了不到两个星期就因为对这种小虱子过敏，不得不提早回家。不过另两位志愿者却如鱼得水，仿佛真的来到了天堂。来自香港的大学助教陈晓云平时是很腼腆的一个人，可她在营地里整天唱歌，还迷上了嚼槟榔，嘴里整天"血淋淋"的。来自北京的律师刘芳则完全变了个人，体态娇小的她在丛林里健步如飞，一点也不在乎被野蜂蜇、蚂蟥咬。她对我说："我就是想尝试着过一种完全不同的生活，看看自己究竟是怎样一个人。"

　　晚饭后，村民们搞来一台发电机，开始为大家播放美国武打片。与此同时，约翰在另一边用投影机播放绿色和平组织拍摄的环保题材纪录片，结果大部分人都被武打片吸引过去了，只有为数不多的几个中年人和所有志愿者选择坐在了环保片这边。这个场景太有说服力了，它清楚地表明，当地人就像一张张白纸，等待着现代工业文明的涂抹，这个趋势是谁也挡不住的。

绿色和平组织这次派了那么多中国志愿者来这里帮忙,也是有道理的。中国经济的飞速发展彻底改变了中国的形象,我们已经变成了一个天然资源的进口大国。拿木材说,1998年的长江洪灾让中国政府改变政策,严格限制国内森林的砍伐。但是木材消费却在逐年增长,于是,中国就变成了世界第二大木材制品消费国,第二大木材制品进口国,以及世界最大的工业原木进口国。根据国际热带林木协会的统计,2004年中国一共进口了730万立方米的热带木材,占全世界总数的一半以上,其中超过70%来自亚洲的热带雨林。中国是巴国木材最大的进口国,过去十年里中国从巴国进口的原木增长了26倍,接近150万立方米,占巴国总出口量的75%以上。

当然,中国进口的木材大部分被做成家具出口到了发达国家,他们才是天堂雨林最大的敌人,但是我们也不能把责任一股脑儿推给别人,这个责任必须由整个国际社会(包括中国)来承担。

奥克泰迪矿

越来越多的发达国家把对自然资源的需求转移到了发展中国家,而发展中国家也越来越意识到来自外国的钞票并不那么好拿,这是以牺牲环境为代价的。巴布亚新几内亚境内最大的奥克泰迪矿(Ok Tedi Mine)就是一个很好的例子。

这个矿是20世纪80年代初开始挖的,最初挖出来的是金矿,在当时是南非之外世界最大的金矿。挖到下面就变成了铜矿,产量很高,是巴国最主要的经济来源,占了巴国出口总额的1/5。由于世界铜价飞速上涨,2005年该矿一共收入33亿基那,比去年增长58%,并使巴国政府预算自独立以来第一次摆脱了赤字。

但是,目前这个矿平均每秒钟就要向奥克泰迪河倾倒110吨的垃圾，迄今为止一共倾倒了9000万吨！这些泥土和酸性石块堵塞了河道，污染了水源，破坏了1600平方公里的原始森林，5000名当地居民的生活受到了严重影响（莫雷湖的水并不直接来自奥克泰迪河，但是仍然受到了间接的影响）。由于这个原因，多年来一直负责经营铜矿的澳大利亚BHP公司于2002年退出，现在该矿主要由当地人经营。但是巴国前环境部长萨萨·奇贝（Sasa Zibe）指责澳大利亚是罪魁祸首："澳大利亚在巴国独立（1975年）前就开始计划挖掘奥克泰迪矿了，自那之后澳大利亚政府一直在支持这个矿。这些人应该知道开采铜矿的后果，他们的所作所为是不道德的。"

当然，BHP公司有不同的看法。奥克泰迪矿给当地带来了大量的金钱和就业机会，目前该矿雇用了2000名正式职工和2000名合同工，他们投资建设的医院使得该地区人口的平均寿命从建矿前的30岁增加到目前的50多岁，婴儿死亡率从1980年的16%减少到1993年的1.7%，该矿为当地居民发放补偿金，让这些原住民终于有了固定的收入。

但是，事情并不是那么简单。补偿金拉大该地区的贫富差异，造成了很多社会问题。距离奥克泰迪铜矿最近的城市塔布比尔如今已经变成了巴国西部省犯罪率最高的城市，抢劫和强奸是家常便饭。"补偿金并不是好事。"该省的天主教教主吉里斯·科特（Gilles Cote）说，"要知道，这里在1940年的时候还是原始社会呢，他们不知道怎样面对突然到手的金钱，于是卖淫和酗酒成了这里的主旋律。"就在最近，当地的一个社区要求奥克泰迪铜矿帮助他们修补被风刮坏了的一间校舍的屋顶，可村子里有大量闲散的年轻人拿着补偿金整天游手好闲，没有人愿意帮忙，虽然这只是举手之劳。

在任何一个社会，天上掉馅饼的事如果发生得太快、太突然，都不会是好事。

非洲的珍珠：乌干达

> 2006年，这是我第二次去非洲旅行。因为有当地的一个NGO负责接待，因此得以深入到乌干达社会的深处，看到了许多普通旅游者看不到的场景。最令我难忘的是和一群在乌干达的中国人吃了顿饭，见识了一群身份各异的华侨，切身体会到了中国人在海外谋生的不易。

似曾相识的国度

乌干达首都坎帕拉没有机场，必须先飞到恩托培，再坐一小时汽车。恩托培机场像极了国内偏远县城的小机场，干净但寒酸，机场里只有一条行李传送带，海关也只有一条通道。通向首都的公路也只有一条车道，公路上布满了大坑，不少坑直径超过1米，深达30厘米以上，所以开慢点也无妨。后来我发现，乌干达很少有双车道公路，而且普遍质量很差，坎帕拉市内的路更差，平均每10米就是一个坑。

"我们的交通部疯了，最近正在严打超速呢。其实造成车祸的绝对不是超速，而是大坑。"司机的口气听起来是那么熟悉，只有说到中国的时候他才转怒为喜，"坎帕拉有好几家中餐馆，你们中国人做的鸡可真好吃。"

坎帕拉的中餐馆每道菜要价约合人民币60元，大约相当于普通乌干达人月收入的1/15。在中餐馆里见到的食客多半是外国游客或印度商人，其余的一看就是公款消费者。本地人最喜欢光顾街边小贩的摊位，居然很多人在卖煎饼果子。虽然他们没有黄酱，却加了西红柿和洋葱，再摊一个鸡蛋。乌干达的鸡蛋很特别，蛋黄是白色的，据说是因为鸡饲料里缺少某种微量元素。

乌干达人最喜欢的小吃是油炸花生米，小贩们用塑料薄膜把花生米裹成一个圆球，每袋比乒乓球大不了多少，要价200先令（约合人民币1元）。

非洲的珍珠：
乌干达

乌干达的出租车都不装计价器，上车前要先谈好价钱，其实这样做吃亏的经常是司机，因为这里堵车是家常便饭。坎帕拉市很少有红绿灯，遇到十字路口就修一个环形路，大家顺时针绕，结果就经常发生抢道，100米经常要堵上15分钟。坎帕拉市区也像北京一样是个大工地，到处都在修路。司机说："修路是因为2007年的英联邦国家首脑会议要在坎帕拉召开，据说英国女王要来，得赶紧装装门面，修的只是市中心这一小块地方的马路。"

乌干达和中国还是有一些不同之处，我在国会大厦门前看到很多衣衫褴褛的人在草地上露营，掏出照相机，一个人嚷嚷着冲过来让我不要拍。当地朋友告诉我，这些人是上访的农民，他们不喜欢游客拍他们，怕给国家丢脸。

车子驶出市区，被一辆军车拦下。车上跳下几个士兵，手里端着冲锋枪对准我们。一个军官走过来检查我的护照，一看没什么问题，就说我没系安全带，要罚款。朋友与军官争论了半天，才放过了我们。朋友说，这样的事情经常遇见，其实对方就是想讹一笔钱。

如此公开的讹诈，在乌干达还遇到过几次。这里到处可以看见荷枪实弹的军人，其实，乌干达人已经过了二十多年相对太平的日子了，没必要让军队在城里巡逻。可正是这些士兵的存在，才使乌干达成为非洲最安全的地方之一。我很快发现，夜晚在坎帕拉的大街上行走是安全的，这在南非或者肯尼亚都是不可想象的事情。

乌干达的能源危机

办完事出门，我拦了一辆出租车，讲好价钱后，车子滑向山坡下的加油站。"先给我5000先令，我要加油。"司机说。原来，乌干达的汽油价格很贵（大约是中国的两倍），所以乌干达人的汽车里从来不装超过5升的汽油，一是买不起，二是怕被人偷。

乌干达人偷汽油可不是为了自家汽车，而是为了自家的发电机。发电机大概是乌干达最普及的家用电器，因为这里平均每隔一天就要停一次电。奇怪的是，坎帕拉仅有的几个红绿灯也都没有专用电源，于是每次停电必然造成市中心交通瘫痪。我住的旅馆那两天发电机正好坏了，害得我好几个晚上独自面对一根昏黄的蜡烛。

　　根据政府的估算，目前乌干达全国在用电高峰期需要35万千瓦，而该国的发电量还不到25万千瓦，其中主要来源是位于维多利亚湖出口附近的两座水电站——纳鲁巴里和基那。纳鲁巴里水电站早在20世纪50年代就建好了，后来经几次改造，装机容量提高到了18万千瓦。基那水电站其实不是传统水坝，而是在纳鲁巴里大坝旁边挖的一条运河，为的是再多放一些水发电。其结果就是维多利亚湖水位连年下降，自2002年运河建成以来已经下降了1.2米，给靠湖吃饭的附近居民的生活带来了严重影响。

　　"基那水电站的设计者和管理者虽然都不是中国人，但那条运河却是中国工人挖的，所以当地人把责任都推到你们中国人头上了。"阿方纳度拉教授介绍说，"基那水电站的设计装机容量是12万千瓦，再加上纳鲁巴里的话应该能发出30万千瓦的电。可由于维多利亚湖的水位下降，两座水电站的实际发电量还不到设计值的一半。"

　　阿方纳度拉是乌干达最大的麦克雷雷大学的环境学教授，也是乌干达最有名的环保积极分子。他专门选择了校园内一个露天凉亭与我见面，为的就是不用空调。他指着一张非洲地图对我说，维多利亚湖是非洲最大的湖，也是世界上面积排名第二大的淡水湖。有三个国家共享这湖，它们分别是乌干达、肯尼亚和坦桑尼亚。湖周围气候温和，降雨充沛，所以这三个国家总人口的1/3都选择居住在湖四周。这个湖唯一的出口位于乌干达境内的津加市，距坎帕拉一个半小时的车程。这个出口就是著名的尼罗河源头，也就是说，纳鲁巴里水坝是尼罗河上的第一座水坝，控制着整个尼罗河命脉。

　　我专程去参观了这座水电站，发现纳鲁巴里大坝大概有200多米长，20多米高，我去的时候大坝已经关闭，下游几乎没水了，露出了黑色的河床。紧挨着大坝的基那运河倒是有水，可水量也不大，比北京的护城河大不了多少。为了多发电，乌干达政府计划在大坝下游7公里处的布扎加利瀑布再修一座高差30米的水坝，设计的装机容量是25万千瓦，预算5.6亿美元。虽说这将是乌干达最大的水电站，可比起中国的水电站来实在是小巫见大巫。光是三峡大坝，建成后的设计发电量就达到了1820万千瓦。

　　可就是这么一座小水电站，却在乌干达引起轩然大波。乌干达最大的环保组织"全国专业环境学者联合会"（NAPE）的一位水电站项目的负责人卡米斯告诉我，NAPE联合了

卖沙发的人

国内外数家环保组织，发起了一场抵制布扎加利水电站的运动。除了环境、移民和贪污腐化等全世界水电站都面临的问题外，布扎加利还有自己的问题。处于上游的纳鲁巴里大坝年久失修，很多地方都出现了裂缝，一旦被大水冲垮，必然殃及下游的布扎加利，后果不堪设想。

　　NAPE 的抵制产生了效果。2002 年，乌干达政府宣布暂停这项工程，原本负责施工的一家美国公司被迫退出。不过后来乌干达政府仍然组织了一批欧美专家进行了四年评估，最后得出结论说还是要上马。目前该项目已经获得了世界银行支持，马上就要动工了。乌干达政府也有自己的苦衷，要知道，只有 5% 的乌干达居民能用上电，而在农村，这个数字降到了 2%，其中一大半人用的还是自家的发电机，效率低下。按照乌干达政府的估计，2025 年乌干达至少需要 200 万千瓦的电，不可能依靠汽油发电机来解决，乌干达也没有那么多钱发展太阳能或者风能，只有大力发展水电。

鸡头和凤尾

在乌干达到处都能看到中国的痕迹。大街上随处可见的非法"摩的"很多都是中国的嘉陵江牌，市中心好几幢政府大楼都是中国工人帮忙建的，乌干达国会大厦的扩建和国家体育场的建设也都被中国公司包了下来，坎帕拉最高档的饭馆是一家名叫"芳芳"的中餐馆，坎帕拉最低档的"小商品一条街"上则充斥着来自福建的箱包和衬衫。但走在首都的大街上，却没有遇到过一个中国人。

终于在一天下午3点左右发现了三个中国人，她们正坐在一家名叫"长城"的饭店里喝茶闲聊。这家饭店坐落在闹市区，门上挂着的招牌居然是书法家启功的墨宝。进去时店里一个顾客也没有，三位中年女士聊得正欢。一个黑人拎着一包鱿鱼走进来，冲其中一位毕恭毕敬地说："Madam，我送鱼来了。"那位女士起身拿钥匙打开收银机，取出一叠钱给黑人。

这位被尊称为"太太"的女人其实还是单身，独自一人从北京来非洲讨生活。"我最先到的是肯尼亚，可不喜欢那里的气候和治安，就来乌干达了。"她说，"乌干达气候好又安全，我喜欢。可就是穷，没什么娱乐，容易腻。"我问她为什么不回国，她自嘲地笑笑说："我回北京能干啥？在这里我是老板，什么活儿都有用人帮忙，连衣服都不用自己洗。我在乌干达待了八年了，人都变懒了，回国肯定得饿死。"

据她介绍说，20世纪90年代的时候乌干达还只有几十个华侨，现在已经有超过两千人在这里谋生。早先来的那批人大多数已经变成了老板，家里雇着好几个用人。新来的还有不少人在"小商品一条街"开店，但也都雇了帮手看店，因为雇一个黑人很便宜，一个月只需要50美元。"乌干达降水足，田里树上到处都是吃的，饿不死，所以乌干达人心眼都不坏，不像肯尼亚，干旱，不偷不抢就活不下去。"这个刘老板独自在外闯荡了很多年，见多识广，对什么都有自己的一套理论。她告诉我，乌干达有中国来的妓女，来之前根本不知道乌干达是黑人国家，直到在迪拜转机时还纳闷为什么一下子上来那么多黑人。这些人大多数都来自东北，行李中都少不了一床厚被子，可在这个赤道国家根本用不上，于是每隔几天就会看见她们在院里晒被子。她还认识一

非洲的珍珠：
乌干达

个东北妓女，来这里的头三个月挣了1000美元，不知道怎么存银行，便在门前的花圃里刨个坑，把钱埋起来。过半年再去看，发现钱早就烂了，好说歹说从银行里换了500美元回来，还觉得自己运气好。"在这儿的净是这样的人，比去美国欧洲留学的中国人差远了。"

我们从下午一直聊到晚上，我发现她除了管收钱，其余的统统交给黑人伙计打理，倒也十分轻松。"乌干达没别的坏处，就是无聊。你去旁边的赌场看看就知道了，全是中国人。中国人也不爱跟当地人交际，没事就聚一块喝酒打牌唱卡拉OK。就连去野生动物园都能在旅店里打一天牌，动物都顾不上看。"

两天后，她又邀请我到饭店吃饭，说是来了个新厨子，试试手艺。我去了才知道，这其实是一个借口，这里的老板们几乎天天在各家餐馆喝酒吃饭，轮流做东，为的就是找个说话的伴儿。到场的人有北京籍饭馆老板，长春籍国际倒爷，浙江籍箱包小贩，陕西籍无业游民，上海籍纺织厂厂长，山东籍包工头……还有一位中国驻乌干达使馆官员！大家抽着中国烟，喝着乌干达啤酒，侃起大山。在我听来他们个个都是英雄好汉，每人的经历都可以写一本传奇小说。

"别信他们。"刘老板后来私下里跟我说，"这儿的人吹牛都吹成习惯了，说出来的话能有一半是真话就说明对方是个实在人。"

很快一箱啤酒就被大家喝光了，据说他们每天如此，不喝得烂醉不肯罢休。山东包工头拍着胸脯打包票，说明天带我去参观工地，让我见识一下中国技术员是怎么在不会说一句英文的情况下指导乌干达工人干活的。陕西无业游民则跟我大谈她是如何倒卖太阳能电池板，后来我知道她其实无业，说的全是假话。

这时，一个黑人侍者有事要请教刘老板，就进了包间，没想到大家立刻用英文冲他喊：Get Out！让他赶紧出去，不要扰乱了大家喝酒的雅兴。我突然想到，假如我是个每月只挣50美元的侍者，看到一帮弱不禁风的人整天花天酒地，该会怎么做呢？

当晚他们都喝得烂醉，直到午夜时分才散。

防艾模范：乌干达

一个星期六的下午，几千名衣着整洁的年轻人聚集在乌干达麦克雷雷大学的一个游泳池边，一支嘻哈乐队在为大家表演。演出完后，主持人问领唱者：

"你禁欲多久了？"

"我从生下来就一直这样！"

"这么说你是处男了？"

"对，我是处男。"

"太好了，我也是！"

类似这样的聚会每两周就要发生一次，有人说，这就是乌干达艾滋病比率下降的主要原因，又有人说，这是防艾运动失败的先兆。

希拉里属于后者。他是乌干达最大的报纸《新视界》的健康版主编，他对我说，用提倡禁欲来防止艾滋病扩散的办法是美国人想出来的，布什政府于2003年批准了一笔为期五年、总计150亿美元的抗艾经费，规定其中1/3专门用于禁欲宣传。有钱能使鬼推磨，于是坎帕拉就涌现出很多以禁欲为主题的防艾组织，尤其以教会为主。

马德拉属于前者。她是乌干达卫生部下属的艾滋病/性病管理委员会的主任，也是乌干达防艾运动的官方最高领导人。她对我说，禁欲可不是美国人想出来的，乌干达卫生部早就开始提倡这么做了。对于那些未成年人，怎么可能提倡使用避孕套呢？必须先号召他们禁欲，等他们结婚了，再提倡他们对性伴侣忠诚。对那些实在忍不住要出轨的人，再提倡他们使用避孕套，这叫对症下药。这就是在国际上饱受争议的抗艾ABC计划的由来。

艾滋病人在跳舞

"我们还有一个名为 No Grazing（不放牧）的计划，也是针对乌干达的特殊情况制定的。"马德拉进一步解释说，"因为乌干达人有一夫多妻的习惯，很多男人在不同城市都有一个老婆，养不起老婆的就喜欢到处拈花惹草。我们便号召男人们不要到处'放牧'，只在自家地里吃草。"

乌干达男人的这个习惯我刚到这里就领教了。我住的旅馆位于坎帕拉市中心，每天晚上马路上都站着不少浓妆艳抹的女人，等着男人们光顾。坎帕拉的酒吧生意也特别好，那是乌干达男女寻找一夜情的好去处。《新视界》上刊登的一篇文章说，乌干达的年轻女性最近正流行"无责任的性"，她们也开始加入了"放牧者"行列。一批抗艾NGO眼看政府的禁欲宣传渐渐失效，便开始加大宣传力度。他们想出一个办法，在酒吧大屏幕上播放避孕套公益广告，让大家在看球时接受教育。在德国一家基金会资助下，他们把一种国外进口的避孕套的售价降到了每三个200先令（约合人民币1元），可酒吧门口的小店里这种避孕套要卖500先令一盒。同一个架子上还放着杜蕾斯，三个一包，要价5000先令。

如果连200先令也付不起，乌干达人还可以去遍布坎帕拉市的"艾滋病信息中心"免费索取。这个中心还提供HIV测试，要价低廉。我亲自去体验了一次，发现在乌干达做测试还真方便，只要付上不到20元人民币的测试费，填一张表，再等上20分钟，就轮到我抽血了。抽血前还有一个医生为我提供心理咨询，她告诉我，这个中心星期一最忙，很多周末出轨的男女都急忙跑来做测试。

"可传染后需要好几周时间才能被检测出来啊。"我问。

"是啊，这个问题我们宣传了多次，就是不见效。"

至今已有近140万人来这个中心做过测试，其中有17%是HIV阳性，远比平均值要高。20世纪90年代初乌干达进行过一次普查，结果表明整个国家的HIV阳性比率恰好也是17%，但去年这个数字已经降到了7%以下。这是撒哈拉以南地区抗艾最成功的范例，吸引了很多人前往调查，试图找出原因。

"这是我国总统的功劳。"乌干达总统办公室主任瓦布德亚对我说，"穆萨维尼总统早在20世纪90年代就认识到艾滋病的严重性。他最早在非洲成立了'抗艾委员会'，联合了包括卫生部、民间组织和外国基金会在内的所有力量，和艾滋病作斗争。"

"我国的抗艾口号已经不再是ABC了，而是ABC+。"瓦布德亚特意强调说，"这个+就是抗逆转录药物治疗，仅是预防已经不够了，必须加大治疗力度。"瓦布德亚承认，抗逆转录药物很贵，需要国际社会在资金上大力支持。

乌干达的抗艾经验其实并不复杂，政府官员的坦率态度和实事求是精神就是最有效的法宝。

坦桑尼亚的伊甸园

2006年,这是我第一次采取"加一段"的方式旅行,就是说我在某机构资助下出国采访,采访结束后多留几周自助旅行,这么做可以为杂志社省下不少机票钱,此后我的很多旅行都采用了这种方式。

动物的伊甸园

乌干达首都坎帕拉和肯尼亚首都内罗毕之间唯一的一条公路居然只有一个车道,路面布满了大坑。进入坦桑尼亚后,路况明显有了好转,因为中国曾经派来了筑路工人,帮助坦桑尼亚修公路,质量超群。

乌干达降水足,林木茂密,至今仍然保存有世界上最后一群野生森林大猩猩。相比之下,肯尼亚和坦桑尼亚则要干燥许多,枯黄的牧草代替了乌干达绿色的森林。几万年前,一部分人类的祖先离开森林,穿过沙漠向东进发,一直走到印度洋。迁徙的路上充满艰辛,他们既要和大象、犀牛和长颈鹿争夺食物,又要时刻提防狮子和猎豹的偷袭。化石证据表明,古时候的动物个头要比现在的大很多,那时的野猪和现在的犀牛一般大,羚羊的犄角有2米长。相比之下,早期人类只有不到1.5米高。但是,人类比动物聪明,他们依靠智慧,在这场人兽大战中占得先机。

当迁徙的人群经过坦桑尼亚北部的时候,他们遇到了火山带。这片地方一共有七座火山,其中六座都已经死掉了。喷发出来的熔岩抬高了地势,把这里变成了一片高地。原始人不想爬山,便绕道而行。他们没有想到的是,山上存在着一个世外桃源。

直到两三千年前,才终于有人爬上了这座高山。想象一下这样的情景:当你费尽千辛万苦,终于登顶,却发现山顶有一个巨大的圆坑。说是坑,其实更像是一个平底锅,直径19.2公里,平均深度610米,锅底的总面积达206平方公里!从上面看下去,锅底如熨烫过的一般平坦，在阳光的照射下泛出七彩炫光。下到锅底你会发现，这里牧草丰盛，盐湖河流沼泽地一应俱全。在山上看到的一个个芝麻粒大小的黑点原来是成群的野生动物，其密度之大令人咋舌。原来动物们早就发现了这个宝地，只有人类还一直蒙在鼓里。或许应该倒过来说，因为人类一直没有光顾这里，才使得动物们找到了属于自己的天堂。

这就是被欧洲探险家称为"世界第八奇迹"的恩戈罗恩戈罗火山口（Ngorongoro Crater）。虽然名称里有个"火山口"，其实更科学的叫法应该是"破火山口"（Caldera）。大约两百万年以前，这座火山最活跃的时候海拔曾经达到过4587米，可后来火山熄火，岩浆退回地心，造成了火山口坍塌内陷，最后形成了一个碗形大坑，碗边缘的海拔下降到了2400米。恩戈罗恩戈罗火山口是世界上最大的，保存最完整的"破火山口"，早在1979年就被联合国教科文组织确定为世界遗产，是世界上最早被确定为世界遗产的一批自然景观之一。它的北面有一条长约50公里的"奥杜威峡谷"（Olduvai Gorge），是地球上最著名的人类考古遗址，被誉为"人类的摇篮"。考古学家从峡谷中找到过375万年前的原始人脚印，以及170万年前的人类化石，它们和兽骨一道被火山灰埋在了峡谷的断层中。这些断层就像一本"生命之书"，记录着几百万年来人类的进化历程。

相比之下，这个恩戈罗恩戈罗火山口就是一本活着的"生命之书"，各种动植物在这个半封闭的山谷过着自给自足的生活，是研究生态系统的绝佳场所。这里只有一条土路能通到谷底，坡度极陡，只有越野车才敢开。路边可以看到很多奇形怪状的树，大都带刺，树皮也很粗糙，因为只有这样才能抵抗野火和野兽的侵袭。下到谷地，我们的车子立刻被斑马和羚牛包围了。这两种草食动物是非洲最常见的大型哺乳动物，而且经常在一起活动，因为斑马喜欢吃高一点的草，羚牛则喜欢矮小的草，正好互补。远处还可以看到野猪和水牛，以及各种羚羊，还能看见鸵鸟在散步。河马则只能在火山口中间的一个沼泽地里找到，它们把身子埋在泥巴里，不时翻滚一下，让后背也糊上泥巴。火山口西部有一个盐湖，可以看到很多火烈鸟。这里看不到非洲常见的长颈鹿，因为山坡很陡，长颈鹿腿又太长，不容易爬进来。而大象也只能在火山口南部的一片树林中才可以见到，因为它们需要大量的水，又怕晒。我看到了一具大象的尸体，刚死没几天，牙还在。尸体上聚集着一群秃鹫，可惜象皮太厚，它们没处下嘴，只好待在那里等待尸体腐烂。这也正好说明，这头

火烈鸟

象是自然死亡，绝对不是被猛兽咬死的。

　　火山口内生活着50头狮子，以及豹子、猎豹、豺狼和鬣狗等肉食动物，它们和超过2.5万头草食动物共同生活在这里，相互间维持着一种微妙的生态平衡。其实食草动物们并不是不能逃出火山口，但它们还是选择留在这里，和狮子、豹子们为伍，这样反而更安全。事实上，这个火山口内的野生动物密度是非洲野生动物园中最大的。比如其他地方很难见到的犀牛，这里有17头，密度相当可观。可是，1966年的时候这里曾经生活着108头犀牛！人们相信犀牛角有助于提高性欲，于是犀牛就遭了殃。

　　最先进入这个火山口打猎的是一个非洲游牧部落，可他们很快就神秘地消失了。后来又有一个非洲部落发现了这里，来此定居，却被英勇善战的马赛人（Maasai）打跑了。马赛人被欧洲殖民者称为"高贵的野蛮人"，因为他们装饰奇特，无论男女都身披色彩鲜艳的长袍，佩戴大量精美的饰物。马赛男人个头很高，人又瘦，喜欢随身带一根木头拐杖，颇有骑士风度，是摄影师们的最爱。后来有一个摄影师把登有自己照片的杂志拿给他们看，聪明的马赛人立刻意识到以他们为主角的照片是可以卖钱的。于是马赛人学会了出卖自己的肖像权，甚至为此修改了衣服式样，把袍子的下摆缩短，露出更多的身体，因为这样"更上相"。

　　马赛人是东非地区为数不多的几个仍然保持着原始的游牧生活方式的部落，当初他们发现恩戈罗恩戈罗之后便立刻喜欢上了这里，开始在谷底定居。可很快欧洲探险家也发现了这块宝地，德国人用枪赶走了马赛人，开始在谷底的平原上开荒种田。直到第一次世界大战结束后，英国人赶走了德国人，把这里变成狩猎场，禁止耕作和居住。但英国人对马赛人开了个口子，允许他们进来放牧，只是仍然不准进来居住。此举遭到马赛人多次抗议，但胳膊拧不过大腿，马赛人只好妥协。再后来，人类从自己犯下的错误中吸取了教训，渐渐有了环保意识。1974 年，坦桑尼亚政府接受了国际社会的建议，彻底禁止马赛人进火山口放牧，只允许残留下来的少数马赛牧民赶牲口进去吃盐湖附近的土（吸收矿物质）。

但是，人类的活动已经对火山口内动物的生态平衡产生了影响。由于牲畜喜欢吃长草，牧民们改变了火山口内的草种比例，结果造成了同样喜吃长草的水牛的数量急剧增长，而喜欢吃短草的牛羚、瞪羚等动物数量却越来越少。

赶走了游牧民，换来的是旅游者。如今这个火山口每天都有超过百辆越野吉普车开进来参观，把道路完全破坏了。这里的土都是火山灰，禁不起轧，车子一过尘土飞扬，好像刮起了沙尘暴，呛得游客睁不开眼，根本没有心思再去看什么野生动物了。

也许这就是大自然的一种平衡措施吧。人的力量实在太过强大，动物的伊甸园也许真应该禁止人类入内才对。

狒狒一家

72

坦桑尼亚的
伊甸园

人类的伊甸园

世界上大多数被称为伊甸园的地方都在地理上与世隔绝，也许只有这样才能独善其身。既然坦桑尼亚的动物伊甸园存在于高高的火山口内，那么人类的伊甸园便只能建在海岛之上了，这就是坐落在印度洋上的岛国——桑给巴尔（Zanzibar）。

从坦桑尼亚首都达累斯萨拉姆坐船向东，航行一个多小时便可以到达这个东非沿岸最大的海岛。入关手续十分简单，只要有坦桑尼亚签证就可以。出了海关，我立刻感觉像是来到了中东，因为满眼都是身穿长袍的穆斯林，男的头戴圆帽，女的围着头巾。我找到一辆出租车，正打算摆出一副砍价的架势，却听到司机报出了一个低于我的底线的价格。我有点受宠若惊地上了他的车，跟着车子拐进了石头城。

这个石头城大名鼎鼎，2000年刚刚入选了联合国世界遗产名录。旅游书上说它就是桑给巴尔岛上的一片老城区，有点像丽江古城。可我进去之后却发现，它一点不像现在的丽江，因为这里几乎看不到游客，也看不到多少旅游用品商店，倒是有很多当地居民，匆匆走在光滑的石板路上。巷子很窄，弯弯曲曲的，每一个拐弯都可能是另一片精彩的开始，有时是一个精美的木雕门，有时是一群玩游戏的孩子。更多的时候，孩子们躲在木雕门的后面，朗诵的童音传出很远。司机说，孩子们在用斯瓦希里语朗诵《古兰经》。

斯瓦希里语是东非最通行的语言，从它的演变史中几乎可以推断出东非的历史。这种语言的基础是班图语，说明最早移居到这里的是班图人，他们从公元前1000年开始就陆续从西非迁到这里。斯瓦希里语受阿拉伯语影响最大，说明最早来到这片地方的外国人来自阿拉伯半岛。出土文物证明，阿拉伯商人早在1000年前就来到了桑给巴尔岛定居，他们把黑人叫作Zinj，Zanzibar这个词在阿拉伯语里就是"黑人居住的地方"。斯瓦希里语中还有不少印度语和葡萄牙语单词，显示这两个国家也曾经到过这里。再后来就是英国人、德国人、法国人……斯瓦希里语在这些异族语言的影响下终于演变成现在的样子。

到了旅馆，我租下一间带浴室的单人间，每晚只要8美元。当我正在办手续时，司机又跑了进来，一看我已经住下，就冲我一笑，说："那我就可以放心走了。"刚刚习惯了非洲大陆高昂的物价和奸诈的小贩，我突然感到有点受宠若惊。

放下包，我一个人带着相机出了门，并很快学会了第一句斯瓦希里语"詹玻"（Jambo），就是"你好"的意思。我遇到的每一个人都会主动跟我说"詹玻"，从他们的眼神中我找到了久违的安全感。石头城像一个迷宫，但我不担心走失，因为城很小，三面环海，走着走着就到了海边。港口停着好几艘巨大的海轮，中间停靠着几条阿拉伯帆船，当初阿拉伯人就是靠它打通了和非洲的贸易走廊。

海边的路终于有了旅游城市应该有的气氛，商店和旅馆鳞次栉比。一座古代城堡夹杂其间，城堡里面居然是一个露天剧场。青灰色的城墙上还能看到保留下来的古代炮台，原来这里是葡萄牙军队抵抗阿拉伯入侵的军事要塞。葡萄牙殖民者于1503年占领了桑给巴尔岛，却遭到了岛民的顽强抵抗。手无寸铁的原住民打不过葡萄牙人，便邀请阿曼苏丹助拳，后者率领英勇善战的阿拉伯士兵驾驶帆船攻上了该岛，赶跑了葡萄牙人。

同样是殖民者，为什么阿拉伯人和葡萄牙人遭到了完全不同的待遇呢？关键的一点就是最早来到桑给巴尔岛的阿拉伯人是抱着定居的想法来的，他们和当地人通婚，并把伊斯兰教带进了非洲，成为东非最大的宗教。而葡萄牙人则完全是把桑给巴尔当作一个贸易口岸，把当地人视作未开化的野蛮人。虽然葡萄牙人统治了该岛长达两百年，但最终却输给了阿曼人。后来来到这里的印度人也抱着和葡萄牙人一样的心态，虽然他们有钱，但是始终没有政治地位，最终被统治者驱逐出境，弄了个人财两失。

值得一提的是，中国商船也曾经在一千多年前到达过桑给巴尔，而且中国船员也有不少人留在了岛上，并和当地人通婚。至今该岛仍然有一个部落自称是中国人的后代。

葡萄牙炮台旁边有一幢精美的阿拉伯建筑，旅游手册上称它为"奇屋"（house of wonder）。这里原是阿拉伯王室举行仪式的地方，后来又成了某位苏丹的行宫。原来，阿曼人在打败了葡萄牙之后进驻该岛，发现这里气候温和，降水充沛，和阿拉伯半岛的黄沙漫天简直不可同日而语。于是，当时的阿曼苏丹决定把首都从马斯喀特移到桑给巴尔，从此这个东非岛国变成了一个正宗的阿拉伯国家。

第一个移都桑给巴尔的伊斯兰君主名叫赛义德·本·苏丹（Said Bin Sultan），他从印度洋上的岛国留尼汪岛（Reunion）上移植了大量丁香树过来，把桑给巴尔变成了世界上最大的丁

坦桑尼亚的
伊甸园

桑给巴尔石头城

香出口国。除了丁香，该岛还出产胡椒、香草、生姜和肉桂，更不用说热带地区常见的香蕉和椰子了。有了这些经济作物，桑给巴尔便有了发财致富的法宝，又多了一个美名——"香料之岛"。据说早年印度洋上的海员只要一闻到丁香的味道就知道他们离非洲不远了。

　　阿拉伯商人用卖香料挣的钱建造了这座石头城，在当时可谓是极尽奢华。这里的大部分房屋都是用珊瑚礁石建造而成，接缝处和外墙抹了石灰。珊瑚礁石多孔，排水透气性能极佳，是热带雨林气候里最好的建筑材料。可惜我看到的很多房子都破旧不堪，有的墙皮脱落，有的干脆已经倒塌，碎砖烂瓦就那样堆在地上没人管。只有从那些精美的木雕大门上还能看到一丝奢华的痕迹，古城现存有560座木雕大门，它们大都是阿拉伯式的，花纹细腻，门上刻满了图腾或者《古兰经》经文，代表了阿拉伯雕刻艺术的最高成就。

　　石头城的衰落开始于1964年。那年桑给巴尔发生过一次革命，胜利者实行土改，取消了私有制，赶走了很多住在石头城的富人，把房子分给了农村来的穷人。他们没钱保养，不少房子就这样眼睁睁地被毁掉了。据说目前有85%的房子面临不同程度的损坏。1984年，桑给巴尔实行私有化改革，不少房子承包给外商改建旅馆。外商们不考虑当地情况，建了不少水泥房，不但从外观上破坏了石头城原有的格局，而且人住在里面又热又闷，不舒服。结果，私有化改革进行了五年之后不得不放弃，改向有关国际组织求助，希望依靠他们的专业知识和资金解决石头城的保护问题。

不管怎样，有一点是改不了的，那就是石头城的居民。桑给巴尔政府从来没有想过强行把居民赶走，他们认为保护古迹最好的办法不是把它变成博物馆，而是让它继续行使正常的功能。这个思路起码对于游客来说是非常正确的，因为石头城最吸引人的正是住在城里的那些居民。我用了一天的时间在城里漫无目的地走，试着穿过遇到的每一条街道，拐进每一个巷口。我看到男人们脱了鞋子跪在清真寺里祷告，妇女们头戴面纱站在门口聊着家长里短，孩子们在街道的交界处玩游戏，每个人的脸上都带着笑容，每条街道都气氛祥和。

唯一看不到的是炊烟。那时正是伊斯兰的斋月，白天不能吃饭。石头城里90%以上的居民信奉伊斯兰教，于是整个城市找不到一个能吃饭的地方。不过我却在这里找到了一座漂亮的基督教教堂，还发现了一座印度教寺庙，它们和清真寺肩并肩地待在一起，显得有些奇怪。也许，桑给巴尔人对不同宗教信仰的宽容态度正是这个岛国之所以如此和平的原因吧。

逛了一天没地方吃饭，我等到18点，终于忍不住踱进一家小饭馆，点了个面条。老板频频看表，18点10分的时候，他宣布：开吃！面条里拌进了各种奇妙的香料，我只吃出了柠檬，其余的一概不知。这碗面条是我吃过的味道最奇怪的食物，却非常好吃，而且价格便宜得令人不敢相信。

也许，充足的食物是这里的居民安居乐业的原因？要想证实这一点，只要走出石头城，去岛上其他地方转转就可以了。这个岛非常平缓，虽然总面积高达3354平方公里，可最高处只有100米左右，所以到处都是耕地和农田。我参观了好几个政府经营的农场，很少看到农民在劳动，但这并不妨碍农场里的丁香树和椰子树长势喜人。岛上到处都能看到香蕉树，有了它人就饿不死。丁香一年可以采两次，换来的钱也足够村民们日常花销了。丁香树有10多米高，需要爬上去才能摘到丁香花蕊，可这对于当地的小孩们来说并

坦桑尼亚的伊甸园

不是难事。他们一见到游客来参观就兴奋得欢蹦乱跳，缠上来跟我们聊天。个别害羞的孩子则用树叶做成各种小玩具，偷偷塞进游客手中。这些玩具都是礼物，不要钱。我很少碰见推销东西的当地人，即使有也都是非常有礼貌，从来不会威胁游客。导游说："桑给巴尔人自古以来就是这样，热情好客是我们的天性。"

那么，是岛民的乐观性格造就了这个伊甸园？也许真正的答案应该是所有这些因素共同作用，才把这里变成了人间天堂。

通向和平之路

桑给巴尔并不一直都是如此和平的，它也走过一段曲折的道路。

研究桑给巴尔近代史可不是一件容易的事情，因为这个岛国居民成分太复杂，阿拉伯移民和他们的后裔、本岛原住民、来自非洲大陆的黑人移民、亚洲移民，以及来自欧洲各国的白人统统混杂在一起，各种政治势力钩心斗角，比三国演义可复杂多了。其中，欧洲移民中英国人最多，因为英国政府用枪炮强迫阿拉伯统治者把该岛的"保护权"交给了英国，这实际上等于承认桑给巴尔是英国殖民地。这件事发生在1890年。六年之后，不满的阿拉伯军人发动了一次政变，试图推翻英国殖民统治，结果英国调来战舰向阿拉伯王宫开炮，只用了45分钟就迫使阿拉伯叛军投降。据说这是人类历史上时间最短的一次战争。

阿拉伯人拥有桑给巴尔的土地和黑奴，却并不是岛上最富有的人，这个头衔要让位给印度移民，他们通过放高利贷的形式，成功地迫使阿拉伯地主把卖香料挣来的大部分钱变成了还款和利息。但阿拉伯人运用自己掌握的政治权力，通过了一项法律，禁止亚洲移民从阿拉伯

（或黑人）地主手中购买土地。他们还发动阿拉伯后裔和黑人联合抵制印度小商贩，迫使他们放弃家业迁回印度。这些人回到印度后反过来说服印度商人联合起来抵制桑给巴尔丁香，双方斗了个两败俱伤，最后只好相互妥协。

解决了印度移民问题之后，阿拉伯人又开始向英国发起第二轮挑战。他们于20世纪50年代成立了一个叫作ZNP的政党，提出了"立即自由"的口号，主张进行普选，彻底消灭种族差异。不过他们这样做其实是想联合岛上的黑人原住民，共同抵抗英国统治，最终把桑给巴尔重新变成阿拉伯人占统治地位的伊斯兰国家。为了笼络人心，ZNP的主席和副主席一直由黑人担当，虽然该党的领导权其实完全掌握在阿拉伯人手里。

英国的态度十分微妙。它曾经为了消除黑奴制度和阿拉伯人打过仗，此时却在桑给巴尔推行一种以种族差异为基础的政策，因为它试图用这个办法阻止阿拉伯人和黑人联合起来闹独立。更有意思的是，岛上的黑人成立了一个名为ASP的组织，反对普选，希望维持种族之间的分野。他们的口号居然是"拒绝独立"，其实这也是不得已而为之，因为黑人知识分子们担心黑人选民受教育程度不够，很容易被阿拉伯人收买，他们反对的不是独立，而是阿拉伯人代替英国人对该岛实施新的独裁统治。

1957年，桑给巴尔进行了有史以来第一次大选，以黑人为主的ASP大获全胜。但是，这次选举大大激化了原本并不十分突出的种族矛盾，两党为了拉选票大打种族牌，互相辱骂，甚至以武力相威胁，造成了多人死亡。

1961年，桑给巴尔又进行了第二次选举，ASP和ZNP打成了平手。这个结果恰好证明ASP当初的担心是对的。因为ASP党内工作人员文化程度不高，活动能力不强，宣传工作做得不好。而阿拉伯人组成的

ZNP 经费充足，党内又出了个支持共产主义的强势人物巴布（Babu），此人精读马列主义，非常善于发动群众，为 ZNP 拉来不少选票。

1963 年底，桑给巴尔又进行了第三次选举。因为英国政府承诺让桑给巴尔在这次选举后独立，因此竞争格外惨烈。刚刚于两年前独立的东非内陆国家坦噶尼喀（Tanganyika）公开支持 ASP，英国政府也放风说不支持"少数人的政党（暗指 ZNP）统治桑给巴尔"。可选举结果却出乎政治家的预料，以阿拉伯人为主的 ZNP 再度获胜。ASP 指责 ZNP 在选举中舞弊，可实际的原因远比这个复杂。桑给巴尔原住民虽然也属于黑人，而且曾经给阿拉伯农场主当过奴隶，但他们认为阿拉伯主人待他们不错，反而不希望大陆来的黑人夺取领导权，于是他们用手里的选票把阿拉伯人送上了主席台。

可是好景不长。就在选举结束后一个月，也就是 1964 年 1 月 12 日，ASP 的黑人造反派在古巴军事顾问的帮助下发动政变，和政府军在石头城大打出手，双方一共死了 13635 人。最后造反派获胜，大批阿拉伯人被驱逐出境。在这场战斗中，受过马列主义熏陶的祖马再一次扮演了重要角色。他虽然曾经是 ZNP 高官，但因为他更喜欢具有共产主义倾向的 ASP，便从 ZNP 中独立出来，自组"人民党"，把岛内所有支持共产主义的游击队团结到自己身边，在 1964 年的这场"革命"中扮演了主力部队的角色。

革命胜利后不久，桑给巴尔和内陆的坦噶尼喀合并，组成了一个新的联合共和国——坦桑尼亚。Tanzania 这个词就是 Zanzibar 和 Tanganyika 这两个英文单词合并后生成的新词。

坦桑尼亚的第一任总统就是坦噶尼喀总统尼雷尔（Nyerere），他是非洲独立运动的先驱者，率先在坦桑尼亚实行社会主义政策。而桑给巴尔的 ASP 党主席卡鲁米（Karume）则成为坦桑尼亚副总统。此人是个典型的非洲强人，在桑给巴尔实行了多年独裁统治，1972 年被人暗杀。

回过头去再看这段历史，我们不难发现这一连串动荡的真正原因。四十多年前，非洲人民刚刚开始摆脱原始的部落生活方式，根本不了解民主的真正含义。他们不懂得党派之间应该合作，不懂得相互妥协和相互尊重。当选的一方从来都是摇身一变成为新的独裁者，上台后滥用权力，千方百计采取措施不让反对党有翻盘的机会。而失败的一方则立即寻求推翻新政府，甚至不惜动武。在这样的条件下，民主选举实际上变成了贿赂和要挟的最佳场所，与各派的政治主张毫无关系。坦桑尼亚的这场"阵痛"持续了二十多年。1985年，尼雷尔做出了一个历史性决定：他宣布从国家主席的职位上退休，并开始在国内实行多党制。从此这个国家的政治生活便翻开了新的一页。

桑给巴尔的贩奴史

最早进入非洲贩卖黑奴的是阿拉伯人和波斯人，他们从1世纪起就开始了这项肮脏的"贸易"，而桑给巴尔因其特殊的地理位置，成了奴隶贩子们最重要的中转站和交易中心。

阿拉伯奴隶贩子充分利用了非洲部落之间的冲突，买通其中势力强大的一方作为爪牙，到弱小方的村落里抢人，再卖给阿拉伯人贩，换回大量廉价的日用品（包括酒精）和枪支弹药。阿拉伯人贩们用大篷车把黑奴运至桑给巴尔的奴隶市场，买家再用阿拉伯帆船把挑中的黑奴运到阿拉伯半岛和南亚诸国充当苦力。

据统计，公元1000年的时候每年运进桑给巴尔的黑奴就达到了1.5万人左右。黑奴的死亡率非常高，奴隶贩子们正是通过虐待黑奴的办法淘汰老弱病残。20世纪初期去东非修铁路的印度工人曾经多次遭到狮子的攻击,后来发现那个工地正是当初奴隶贩子的必经之地,他们会把生病的奴隶丢弃在路边,于是那里的狮子养成了吃人肉的习惯。如果奴隶们幸运地没被狮子吃掉,活着到达桑给巴尔,就会被关押在黑奴牢房。岛上至今仍然保存有一处牢房,高度只有1.5米,黑奴们像牲口一样拥挤在里面,不少人因此窒息而死。

自1500年起,欧洲殖民者也效仿阿拉伯人,开始了贩卖黑奴的勾当。他们主要集中在非洲西部,大量黑奴经由非洲西海岸运往美洲大陆,其规模大大超过了东海岸的奴隶交易。

19世纪起,以英国为首的欧洲国家开始禁止贩卖黑奴。有人说这是因为这些国家的基督徒起了作用,也有人认为此举不是出于人道主义目的,而是因为英国的工业革命需要的是有消费能力的工人,而不是奴隶。不管出于何种原因,自1820年开始,非洲西海岸的贩奴活动终于画上了句号,但以桑给巴尔为中心的东部沿海的奴隶贩子们却仍然在活动。英国政府以武力迫使桑给巴尔的阿拉伯苏丹签订禁奴协议,但后者却认为此举是英国人为了削弱阿拉伯人的经济实力而采取的措施,千方百计暗中阻挠。为了躲避英国海上巡逻队,奴隶贩子们把黑奴偷偷运到海边的地牢里,等待涨潮时再偷运出境。因为法国仍然支持贩奴,他们就用挂有法国国旗的帆船运载奴隶,英国船队毫无办法。直到1890年英国成为桑给巴尔的"保护国",贩奴活动才算正式宣告终止,留在岛上种丁香的黑奴们都被解放了出来,成了自由人。值得深思的是,被解放的黑奴很多人都不愿意离开主人,因为据说桑给巴尔的阿拉伯庄园主待他们不错,离开农场后黑奴们便失去了饭碗,只能沦为小偷。

1877年,英国人在桑给巴尔奴隶市场的旧址建起了一座基督教教堂,借此希望人们不忘历史,但是宽恕罪恶。

非洲的象征：乞力马扎罗

2006年的非洲之行我本来没打算爬乞力马扎罗，只带了一件很薄的套头衫和一条薄裤，连羽绒服都没带，最后我把带去的五件T恤衫全都穿在身上，这才勉强爬到了山顶而没有被冻死。不过我随身带去的一瓶水全都冻住了，把我渴得不行。

第一天（1800—2700米）

爬乞力马扎罗的人都要从一个名叫莫西（Moshi）的镇子开始。这里海拔900多米，到处都是接待游客的旅馆和商店。我住的旅馆名叫"春之地"，硬件不错，服务很有坦桑尼亚"特色"。为了防止服务员贪污，买任何东西都不能付现金，只开小票，最后去出纳那里结账。为了防止游客收看"敌台"，整个旅馆只有一台电视机，遥控器掌握在服务员手里，游客每次想换台必须找她。

早上9点，我们坐上旅行车向山脚下进发。有两个人和我同组：一个是爱尔兰老太太，今年53岁；另一个是日本小学教师，今年27岁。我们的导游名字很奇怪，叫作"快乐上帝"（Happygod）。这不是外号，而是他爸爸给他起的学名。

公路很平坦，据说是日本人帮忙修建的。大街上跑着的也几乎都是日本汽车，新一点的是游客坐的丰田吉普，本地人坐的都是破旧的丰田面包车。

公路两旁都是农田，因为没有除草，所以作物和杂草混居，经常看不清种的是什么。当地农民几乎不施肥，所以也不在乎杂草偷吃。路上见到一个咖啡园，咖啡树排列整齐，围墙干净漂亮。一问才知，这是德国人开的，而附近一个国营咖啡农场看上去要差很多。

车子经过一个小村庄后开始爬坡，不久就来到了乞力马扎罗国家公园的大门口。这里海拔1800米，空气湿润，林木茂盛，一派热带景象。门口乱哄哄的，挤满了来爬山的游

82

非洲的象征：
乞力马扎罗

客和脚夫。入口处有一个磅秤，脚夫们背的每一件行李都要上去称一下，以免超重。这是在国际人权组织的倡议下设立的，为了保护脚夫的健康。

公园入口处有个纪念碑，上面刻的是第一个爬上峰顶的德国人汉斯·梅耶（Hans Meyer）的头像。旁边还有一块碑，刻的是那次登山的向导和脚夫的名字，一共六人。这个比例一直延续到了今天，于是我们这个组的三名游客却配备了十多个脚夫。脚夫们聚在一起用当地话交谈，始终和游客保持着一段距离。脚夫和游客很容易区分，因为游客群里没有一个黑人。事实上，我在非洲待过六个星期，跑了八个国家，居然没有见到过一个黑人游客。不知道那些在美国和欧洲出生的富裕黑人为什么不愿意回老家看看。

进山手续办了两个小时才办好，中午时分我们三人在"快乐上帝"和副向导詹姆斯的带领下开始登山。说是登山，其实一开始的这段路更像丛林探险，道路两旁浓密的热带植物挡住了头顶的阳光，也挡住了头顶上方的乞力马扎罗雪山。很难想象在这样一个距离赤道只有100多公里的地方会有一座雪山，难怪当初欧洲地理学界一直不相信乞力马扎罗雪山的存在。最早看到这座山的白人是一个名叫约翰·雷伯曼的德国传教士。1848年，雷伯曼在一个阿拉伯奴隶贩子的指引下来到山脚下，看到了乞力马扎罗。他后来在日记中写道："我看到这座宏伟的山顶上有好多白色的东西，当时以为是白云。"奴隶贩子告诉他，白色的东西其实是白银，有邪恶的神灵负责看守，上山的人都会遭到诅咒，浑身僵硬而死。

当地人从来没见过雪，不知道那是什么玩意儿。但雷伯曼爬过阿尔卑斯山，他很快就意识到那白色的东西是雪。回欧洲后他把这个发现登在了一本传教士杂志上，立刻遭到当时欧洲最权威的地理学家威廉·库利的攻击。库利坚信雷伯曼产生了幻觉，或者他看到的是石英之类的白色矿石，因为赤道上是不可能有雪山的。不过，这个顽固的库利也有自己的贡献，他是第一个写出乞力马扎罗的正确名字的地理学家。早在1845年他就根据听到的传说，把这座想象中的非洲第一高峰命名为乞力马扎罗（当时他的拼法是 Kirimanjara，现在标准的拼法是 Kilimanjaro）。关于这个词的来历有多种说法，目前最流行的说法是这个词来自当地土语，意思是"伟大的山"。可根据雷伯曼的记述，这个词还有一个意思是"大篷车之山"，因为这里是运送黑奴的大篷车的必经之地，山上流下来的泉水滋养了这片热带雨林，是黑奴贩子们重要的补给站。

远看乞力马扎罗

    关于乞力马扎罗是否有雪的争论直到1861年才终于告一段落。当年两名欧洲登山家试图登顶，最终被积雪挡住了去路。虽然没爬到山顶，但他俩亲眼看到了雪。二十八年之后，也就是1889年10月6日，梅耶成为登顶的第一人。

    "当地人有没有比梅耶更早登顶呢？"我问"快乐上帝"。

    "大概没有。山上没有草地，没法放牧，当地人上去干啥？再说了，即使有人上山也没有证据，因为当地人没有文字。"

    确实，关于这座山最早的文字描述不是来自当地土著，而是来自古埃及亚历山大城的天文学家托勒密。他在200年左右的时候在文章里描述过一座索马里南边的高山，几乎可以肯定那就是乞力马扎罗。之后又有几处文献提到过这座山，它们大都来自阿拉伯黑奴贩子的记录。不过他们只是从这里经过，最早来这里定居的是大约400年前来到这里的查加族（Chagga），他们没有文字，没人知道他们来自何方。

    他们肯定是被山脚下的这片热带雨林吸引而来的。这段路我走得很轻松，下午16点就到达了第一个营地——曼达拉（Mandara）。这里的海拔是2700米，有十几幢尖顶木屋。

非洲的象征：
乞力马扎罗

84

爬乞力马扎罗有十几条路可供选择，我选的是马兰谷道（Marangu Route），沿途每个营地都有木屋，不用雇用脚夫来背帐篷，所以这条路既是最舒适的，也是最便宜的。

我们这个组除了备有自己的厨师之外，居然还有一个侍者专门为我们准备热水和餐具！这大概也是殖民时期留下来的习惯。晚饭十分丰盛，有足够的面包、黄油和蔬菜，每人还有一条鸡腿。大家一点也不累，饭后兴致勃勃地聊到深夜，一点也没有意识到等待我们的将会是怎样的艰辛。

第二天（2700—3700米）

第二天早上，我被冻醒了。屋外下起了毛毛雨，空气格外清新。吃罢早饭，我们在云雾中出发，不知不觉间，原本遮天蔽日的大树变成了一人高的灌木丛。不时可以看见漂亮的鸟在枝头鸣叫，它们完全不怕人，对我们的到来视而不见。

山顶的海拔越高，那里的风光就越美，爬山的过程也就越枯燥。带路的"快乐上帝"低着头以恒定的速度迈动双腿，一句话不说。我只顾喘气，很快失去了提问的欲望。山路很陡，虽然并不危险，却很累人，我的衣服很快被汗水浸湿了。好在不久雨停了，露出了太阳。转过一个山口，我抬头一看，乞力马扎罗第一次出现在我的面前。天呐，它太高了！我完全不敢想象自己将要爬到那里。山上的白色积雪仿佛来自另一个世界，和周围的云融为一体。

说实话，乞力马扎罗比起青藏高原的许多雪山来，简直不值一提。不过它是世界上最高的独立山峰，最高处海拔5895米，周围的平原却只有1000多米。山顶呈圆锥形，是一个熄灭了的火山口。据说在火山口下面400米的地方仍然有熔岩在活动，显示这座火山并没有彻底死去。

当地人把最高峰叫作Uhuru，意为"自由"。后来成为坦桑尼亚第一任总统的朱利叶斯·尼雷尔（Julius Nyerere）在1959年的一次讲话中说："我们坦噶尼喀人民很愿意点燃一支蜡烛，把它放到乞力马扎罗的山顶，让这支蜡烛的光亮穿过国境线，照亮整个非洲。光线所到之处，希望将会代替绝望，爱将会代替恨，尊严将会代替屈辱。"

尼雷尔发表上述演说时，整个非洲只有九个国家是独立的，现在的数目是五十四个。尼雷尔以其远见卓识和非凡的个人魅力，成为非洲独立运动公认的领袖。后来的莫桑比克、安哥拉、津巴布韦、纳米比亚和南非等国家的独立运动领导人都曾经在乞力马扎罗山脚下的坦桑尼亚共和国居住和学习过，难怪后来的莫桑比克总统希萨诺称乞力马扎罗"擎起了非洲独立的火炬"。

现在呢？乞力马扎罗变成了外国冒险家的乐园，也是坦桑尼亚政府最重要的摇钱树之一。每年有1.5万名左右的游客来这里登山，绝大部分来自发达国家，因为最便宜的登山路线收费也要800美元。虽然登山的路比较安全，而且不大可能走失，但独自登山仍然是不被允许的，必须雇用当地向导和脚夫。我一直没见到那个负责背我的背包的脚夫，他们不和我们住在一起，更不用说一起吃饭聊天了。当地人仍然延续着当年殖民地时期的传统，把游客们当作老爷伺候着。

"你听说过海明威吗？他爬上过乞力马扎罗吗？"我问"快乐上帝"。

"我听说过他，他写过一本《乞力马扎罗的雪》，其余的我就不知道了。""快乐上帝"用一口蹩脚的英语回答。

乞力马扎罗的名声有一半得归功于海明威的这篇小说。小说描述的是当年他作为"探险家"来非洲打猎的故事，男主人公被树枝刮破了腿，生了疽，被迫宿营在乞力马扎罗山脚下等待救援。病痛中他开始回忆过去，后悔为了金钱娶了一个富婆。那富婆消磨了他的意志，让他失去了自我，没能完成他想象中的传世之作。小说中出现过一个名叫莫洛的黑人仆人的形象，他只说过两句话，一句是在主人吩咐他拿威士忌来的时候恭敬地回答："是的，先生。"另一句是好心地嘱咐女主人："你最好穿上防蚊靴。"

如果和那个时候相比，现在的情况算是好多了。

下午16点钟，我们终于到达了第二个营地——霍伦伯（Horombo）。这里海拔3700米，是最后一个有泉水的地方。我们到达的时候天又阴了下来，营地被浓雾环绕，能见度极低。我一停下来，立刻感到浑身冷飕飕的，气温从出发时的25℃下降到了5℃。

营地里挤满了当天刚从峰顶下来的游客，把饭厅挤得水泄不通。侍者们一律站在餐桌后面，随时准备为游客服务。我有些馋中餐，就拿出一包在山下买的方便面让厨师去煮，

非洲的象征：
乞力马扎罗

却发现方便面的口袋胀得像个气球，因为这里的空气比山下稀薄多了。今天大家有点累了，吃完饭便早早地上床休息。我因为睡袋太薄，加之空气稀薄，一晚上没有睡着觉。

第三天（3700—4700米）

眼看天亮了，我起床穿衣出门，立刻被眼前的景象惊呆了。原来这个营地已处在云层上方，浓密的云海在我的脚下波浪翻滚。不久太阳也出现在云的上方，把乞力马扎罗的雪照得格外洁白。

为了赶路，我们8点就出发了。转过一个山梁，眼前出现一片平原，当地人叫它"马鞍"，意思是说这是介于奇布峰（Kibo）和马文奇峰（Mawenzi）之间的连接地带。奇布峰是乞力马扎罗的主峰，海拔5895米。马文奇峰是它的姊妹峰，海拔5149米，算是非洲第三高峰。马文奇峰也是个死火山口，但它的顶端是尖的，雪积不住，所以是黑色的。很少有人爬马文奇峰，因为山顶碎石很多，需要有专业登山设备才行。

"马鞍"的海拔超过4000米，非常寒冷，只能看到零星的几棵低矮的野草，看不到动物活动的痕迹。我们的速度越来越慢，那位爱尔兰妇女每走十步都要停下来喘口气。她能坚持下来已经算好的了，有一个中年男人被脚夫们用担架抬了下来，肯定是高山反应太严重了。中午时候我们终于到达了乞力马扎罗的山脚下，从近距离看雪山，我发现山顶的积雪已经无法覆盖整个山脊了，露出了黑色的岩石。此时周围已是寸草不生，看上去就像是来到了月球表面。难怪当地土著没人爬上山顶，因为山上找不到任何对他们的生存有用的东西。

但是，有一只豹子却不这么想。20世纪20年代，有个登山家在雪线的上方发现了一只豹子的尸体。这只神秘的豹子是怎么爬上来的？为什么要爬到没有食物的地方？没人知道答案。1926年有个登山的传教士甚至砍下了这只豹子的耳朵当作纪念品！后来海明威知道了这件事，把它用在了《乞力马扎罗的雪》这篇小说的开头。他写道："在西边的山顶附近，有一具早已风干冻僵的豹子尸体，豹子到这样高寒的地方来寻找什么？没人做过

土摩托看世界

脚夫在休息

解释。"可是，此后的故事却和这座山没有任何联系。到了小说结尾，男主人公梦见救援飞机载着自己飞到了乞力马扎罗山顶，看见了白得令人不可置信的积雪。不过，这只是一个梦而已，男主人公最后还是死了。

我站在山脚下，望着周围寂寞而又神秘的荒原，突然明白了海明威在说什么。也许在他眼里，这座山是人类的精神高地，象征着人类理想。这理想也许不切实际，也许高不可攀，任何聪明人都不会妄图去实现它。但是那只豹子做出了勇敢的尝试，并为此丢掉了性命。海明威自己也试图这样去做，虽然他心里很清楚这样做的代价很可能就是自己的生命。

《乞力马扎罗的雪》于1936年首次发表，那时的海明威37岁，已经完成了《太阳照常升起》和《永别了武器》这两部传世之作，体力和声望都如日中天，可他还是在内心里感到了某种不安。当他看到乞力马扎罗雪山时，终于明白他想过的生活应该是什么样子的。他一直想要和命运抗争，即使他不敢肯定自己能否获胜，也没弄明白他的抗争有什么实际的意义。1952年，他又创作了《老人与海》，再次重复了这一主题。九年后，当他明白自己已经没有力气再去抗争了，便吞枪自尽。他不愿让世人看到一个老迈无力

非洲的象征：
乞力马扎罗

的海明威。

　　在如此高海拔的荒原上行走是对体力和意志力的挑战。还好我没有高原反应，在15点的时候顺利到达了最后一个营地——奇布。这里海拔4700米，历史上一直处在雪线以上。可因为全球气候变化的缘故，这里的降水量比过去下降了许多，因此奇布营地周围已经没有雪了，但是气温仍然在0℃以下。我已经有四十小时没合眼，但精神亢奋，浑身似乎充满了劲儿。可我知道必须抓紧时间休息，因为最后的冲刺是在深夜进行的。

第四天（4700—5895米）

　　深夜爬山似乎很荒唐，却是登山者最好的选择。一来可以在凌晨时候爬到山顶看日出，二来夜里气温低，沿路的碎石被冻住了，不容易滑倒。

　　我在霍伦伯营地就冻得睡不着，在这里更是不可能入睡，只能蜷缩在睡袋里，休息一下双腿。凌晨1点钟，我起床喝了杯热茶，吃了点面包，然后把带去的所有衣服都穿在了身上，向乞力马扎罗发起了最后冲刺。那天晚上万里无云，星星密得仿佛到处都是银河，可是我仍然看不清道路，只能用手电筒边照边走。山上寒风刺骨，我被冻得鼻涕直流。因为没戴手套，我的手也很快被冻得失去了知觉。走了一会儿我想喝水，却发现水已经冻在塑料瓶里，只好赶紧把瓶子塞进贴身衣服里焐着。

　　这段路大概是我有生以来走得最艰难的路，因为这里的含氧量只有海平面的40%，而且山路极其陡峭，坡度超过了70°，一点偷懒的机会都没有。我每时每刻都必须大口喘气，连擤鼻涕都不敢，那短暂的呼吸停止足以让我因缺氧而晕眩。后来我实在跟不上领头的副向导詹姆斯，每走十步就必须央求他停下来等我喘会儿气。那个爱尔兰老太太爬到一半坚持不住了，在路边呕吐起来，"快乐上帝"只好把她送下山去。

　　早晨6点时候，我终于登上了"吉尔曼峰"（Gillman's Point）。此处海拔5680米，相当于乞力马扎罗火山口的外沿，从这里可以看到火山口内的冰川和积雪。可我惊讶地发现，脚下只有零星的几块碎冰，积雪更是少得可怜。詹姆斯告诉我，乞力马扎罗的积雪已经快没了，几个月前西坡发生过一次塌方，砸死了四个登山者，就是因为原先那块岩石是被冰冻住的，冰风干之后没了黏着力，自然就要往下掉。

我们稍事修整之后，继续沿着火山口的边沿向最高点——"自由峰"爬去。这段路以前是要踏雪而行的，如今脚下都是岩石，倒也好爬了许多。不知不觉间，天空出现了一抹亮色。又过了一会儿，火红的太阳从云层上空慢慢升起，把光芒洒向冰川。这片冰川形状各异，雄伟壮观，被阳光一照，原本白色的冰柱泛出了橘黄色的光辉。如此美妙的景象在山下是不可能看到的，因为冰川都堆积在火山口内部，必须爬到山顶才能看到。根据地质学家的估计，如今的冰川连鼎盛时期的20%都不到，这是全球气候变化的重要证据之一。那天我测量到的山顶温度是零下17℃，冰川显然不是化成水，而是被风干了。按照目前的速度，科学家估计再过20年这里就不再有冰雪了，乞力马扎罗也将不再是白色的，流向山下的泉水也会逐渐干涸，山脚下那片茂密的热带雨林将会受到严重威胁。

正因如此，能在乞力马扎罗还是白色的时候看一眼山顶的冰川，真是人生一大幸事。不过我也确实累坏了，缺氧，缺水，外加缺觉，把我折腾得筋疲力尽。80年前那只豹子会不会像我一样累？它爬到这么高的地方究竟是为了什么？据说有人登顶后感觉自己征服了非洲，可当我终于登上最高点后，心里只想到两个字：孤独。站在峰顶举目望去，除了邻近的马文奇峰之外，我只能看到远处的非洲第二高峰——肯尼亚山的山尖，非洲的其他部分统统淹没在云层的下面，一点也看不到。海明威想象中的精神世界的制高点，其实只是一块黑褐色的岩石，老照片上经常可以看到的登山队员脚下的积雪如今早已消失殆尽，只有那块纪念牌还在，上面写道：祝贺你登上了非洲的最高峰！

和这块牌子合影是很多登山者的最大动力。据说目前全世界大约只有30万人登上过乞力马扎罗，大约有一半的登山者由于各种原因被迫放弃。我照完相便立刻返身下山，去寻找久违了的氧气。

下山的路比上山更加艰难。火山口的岩石大都是小碎块，下山的坡度又很大，极容易滑倒。我战战兢兢地往下滑，13点终于到达奇布营地。我的双腿已然不听使唤了，可"快乐上帝"逼着我们继续赶路，有氧气的地方才能休息好。这段路我走了五个多小时，几乎

非洲的象征：
乞力马扎罗

乞力马扎罗山顶留念

和上山花的时间一样。当天晚上，我睡了三天以来的第一个好觉，终于恢复了体力。

第五天（3700—1800米）

早上起床后，同组的爱尔兰老太太偷偷问"快乐上帝"："小费什么时候给比较合适？"

"旅游手册"上都说，乞力马扎罗的导游和脚夫的工资很低，收入全靠小费。我偷偷问过"快乐上帝"，发现导游的收入并不低，不过他们要参加考试，合格了才能当导游。"快乐上帝"的英文极烂，对乞力马扎罗的知识也很有限，不知他怎么通过的考试。我虽然不满意，小费还得给，因为在大多数强制要小费的国家，小费早已失去了最初的意义，变成了一笔固定的开销。

早饭过后，"快乐上帝"把我们三人叫到一幢木屋前，从里面走出十几个黑人，据说都是我们的脚夫和厨子，而我除了那个侍者外，一个人都没见过。接下来的场面现在想来还是很尴尬,我们三人走过去依次给每个人发钱,我给了每个脚夫20美元,"快乐上帝"和副导游詹姆斯则是每人40美元。按照"旅游手册"上的说法,这笔钱算是少的。可我一想到很多中国农民辛辛苦苦干一个月也就能拿这么多钱,心里就平衡了。

一路无话,13点就回到了出发的地方。工作人员发给我一张证书,我是今年第7641个登上峰顶的人。我想去商店买点纪念品,却发现除了非洲木雕之外,大部分小商品都是"中国制造"。我只好买了瓶"乞力马扎罗"牌啤酒,算是庆祝,一看商标才发现这种啤酒居然是南非出产的。

一口啤酒下肚,我这才感觉到浑身火辣辣地疼,防晒油根本无法抵挡高原的太阳。回想起来,我在五天的时间里从热带雨林走到了茫茫雪山,这样的事情大概只有在乞力马扎罗才有可能实现。

等了两个小时,我们终于坐上了一辆丰田面包车,开回人间。我又呼吸到了充足的氧气,夹杂着熟悉的汽车尾气的味道。回到旅馆,我抬头望去,乞力马扎罗笼罩在云雾里,看不清真面目。作为非洲人民自由的象征,它实在是太羞涩了,整天躲在云后不愿见人。从人间向上望去,将近5000米的高差让乞力马扎罗看起来雄伟壮丽,却又显得缺乏根基。

也许这才是非洲的象征。

到尼泊尔去

> 这次旅行的一大目的是考察中国背包客群体，于是我选择了中国驴友最常用的路线，从北京坐火车去拉萨，再转乘长途汽车南下进入尼泊尔，住进加德满都一家由中国人开的旅馆。旅行过程中我认识了很多极富个性的中国背包族，收获很大。

坐火车到拉萨

去尼泊尔其实早已不是新鲜事，关键是怎么去。2007年，虽然上海和成都都有飞机直飞加德满都，可我还是选择了从北京坐火车去拉萨，然后坐长途汽车从喜马拉雅山南坡一冲而下，最后从樟木出关进入尼泊尔。我想亲眼看看青藏高原是怎样在突然之间变成绿洲的。

选择这条路线去尼泊尔也不新鲜，关键是什么时候去。我选择了12月底的淡季，是想避开黄金周拥挤的人流。果然，毫不费劲就买到了一张硬卧下铺的车票，票价813元。火车花了一天多从北京开到格尔木，之后车厢里就只剩下了二十几个人。乘客们目不转睛地盯着窗外，神秘的西藏高原就像放电影一样透过双层保温玻璃展示在大家面前。"电影"里很少见到人，只能看到连绵的雪山和冰冻的湿地，还有成群的藏羚羊和牦牛，它们低着头努力寻找着荒原上仅剩的一点草根。因为铁路和公路是并行的，所以不时能看到进藏汽车被火车甩在身后，藏民们裹着厚厚的藏袍坐在敞篷的卡车上。

"我还是喜欢坐汽车进藏的感觉。"一位乘客说，"现在这样进藏少了很多乐趣。"乐趣虽然少了，但肯定是舒服了。车厢内有空调，每个床位上方还有独立的氧气出口，乘客完全体验不到窗外的严酷环境。可就在大家放松警惕的时候，西藏还是给了大家一个教训。隔壁一位中年妇女突然躺倒在床上呼呼直喘，表情痛苦。那时列车刚好驶过唐古拉山口，海拔5072米，可车厢里的氧气却不知为何突然停了。这趟列车上没有配备医生，通过广播招来两个当过医生的乘客，却被告知列车上没有氧气袋，两人束手无策。半小时后列车员终于找出原因，原来我们这节车厢的空调被关闭了，而氧气开关不知为什么竟和空调连在一起。

看来，进藏列车的硬件设施虽然先进，可操纵它们的人还是老样子。

好在列车过了唐古拉山口后开始下坡，病人渐渐缓过来。第三天晚上21点，火车终于平安到达拉萨火车站。初到拉萨，感觉和国内其他任何中小城市没什么不同，到处是汉式建筑和四川人开的饭馆，只有大昭寺附近才能见到来朝拜或者来摆摊的藏人。因是淡季，他们卖的东西也从旅游纪念品变成了当地人需要的袜子和内衣。

坐汽车到尼泊尔

拉萨的青年旅馆里游客寥寥，这些淡季出来旅游的人才是真正的背包客，他们在路上的时间是以月为单位来计算的。很多来拉萨的背包客都是为了去尼泊尔，从拉萨去尼泊尔可以搭伙包车，既舒服又节省时间。可我包的越野车司机在最后一刻变了卦，他没有找到足够多的乘客，就撒谎说车坏了，我只好改乘国营班车前往樟木。虽然时刻表上写的出发时间是早上9点，谁知出发前老板和司机当着乘客的面用四川话吵了一小时。原来这车是被这位老板承包的，他嫌自己雇的这个司机不肯吃苦，不想给他工钱。我后来才知道，那位司机不肯吃的究竟是怎样一种"苦"。

从拉萨到日喀则这段路路况很好，可这辆看上去很新的"宇通牌"大客车却在刚过拉孜时候抛了锚。当时已是傍晚，车外温度随着太阳落山急剧下降。老板拿着手机急匆匆爬上山去找信号，回来告诉大家，修理备件只有等明天才能从拉萨送来。大家在车里等了三个多小时，老板终于从拉孜雇来一辆卡车，拉着全体回到了这座海拔4000多米的小县城。县城里倒有几家旅馆，可设施差，房间里又脏又冷，我一夜没合眼。第二天中午车子修好，但老板死活不愿意继续开往樟木，直到众人用拳头相逼才就范。上车后老板偷偷说，这辆车刚买来一个多月，就已经出过七次事故。难怪吵架的那个司机不愿意开这辆车。

到尼泊尔去

发动机故障虽然修好，水箱却又开始漏水，每过一个小时就要停下来补充。好在这段公路和一条河并行，水倒不缺。每经过一个小镇，都会有村民拦车，西藏是没有班车的，去任何地方都只能搭顺风车。藏民几乎个个都抽烟，车内很快烟雾缭绕。下午，我们这间"流动吸烟室"跌跌撞撞翻过一座5000多米的山梁，进入珠穆朗玛峰国家自然保护区。这里是大片的无人区，车窗外蓝天白云，可乘客却根本呼吸不到新鲜空气。傍晚，车子终于从珠峰和希夏邦马峰之间的低洼处爬过，并随着太阳的落山开始下坡，不到三小时便从海拔5000多米的高原降到了只有2000多米的樟木。樟木的气候温暖湿润，林木茂盛，一派塞外江南的景象。公路两边停满了运货的大卡车，清一色是印度生产的TATA牌。车身涂满了五颜六色的图案，和国内灰头土脸的大巴车形成鲜明的对比。

一夜无话。第二天顺利过境，不到10点就已经站在了友谊桥对面。中国和尼泊尔以一条深谷相隔，谷底水流湍急，据说曾经卷走过不少试图偷渡的尼泊尔人的尸体。虽然只隔了一条山谷，可两边的风土人情相差巨大。尼泊尔人肤色黝黑，高鼻深目，女人一律穿鲜艳的长裙，眉心点一个红点，左边鼻孔穿鼻环。男人们却大都穿着普通的西式服装，追着游客招徕生意。

我花了2000卢比（1元人民币大约相当于9卢比）包了一辆1975年的丰田皇冠轿车，从樟木驶往加德满都。车子的发动机居然很有劲儿，但底盘的弹簧松松垮垮，感觉像是在坐过山车。尼泊尔的盘山公路质量很糟，不但窄，而且坑坑洼洼的，但是尼泊尔司机却比西藏同行们胆大多了，错车不减速，真让人提心吊胆。好在那个年轻司机放了一路的印度流行歌曲，很好听，让我忘却了危险。

迷失加德满都

四小时后，终于来到了尼泊尔的首都——加德满都（加都）。

加德满都是一个谜一样的城市，它用很多办法让人迷失其中。如果你第一次来加都，想靠一张地图走遍天下，那几乎是不可能的。首先，加都的路没有一条是直的，而且几乎

加德满都老城一景

都不是正南正北方向。其次，这些路大都没有名称，因此当地人指路从来不说路名，而是用某个著名的建筑物来作为地标，或者干脆只说一个区名。比如外国游客集中的泰米尔（Thamel）区完全就是一个巨大的迷宫，你只能指望出租车司机把你送到迷宫门口，剩下的路就只有依靠自己的记忆了。

一旦离开主干道（整个加都也就不到十条），出租车就比不过走路了。加都居民区的道路非常窄，汽车要和摩托车、人力车和自行车争道，困难重重。如果说在美国车与车之间的距离以米计算，北京则是以分米计算，而到了加都就必须用厘米。奇怪的是，如此拥挤的交通，却见不到一个吵架的人。加都的司机们只会拼命按喇叭，但没人说一个脏字。我百思不得其解，最后只能把尼泊尔人出色的涵养归功于印度教的熏陶。

这么多汽车同时怠速的结果就是空气污染。加都位于一个山谷的低注处，脏空气聚集在谷底很难被排出来。2006年亚洲开发银行公布过一份亚洲城市污染报告，北京被评为全亚洲污染最严重的城市，西安排第二，排第三的就是加德满都。加都街头的警察全都戴口罩，而加都人也都喜欢把头巾拉下来当口罩使，这已经成为尼泊尔年轻人的一个时髦装束。

加都不但空气脏，地面更脏。如果说随地吐痰是中国人的坏习惯，那么随地吐痰则是

96

到尼泊尔去

尼泊尔人的生活方式。他们站着吐，坐着吐，走路吐，从车窗往外吐，从楼上向下吐……每个人都练就了一嘴绝活，能把痰吐出老远。在加都老城的小巷里走路，即使你小心翼翼不踩痰迹，也会被从天而降的飞痰击中身体。如果你幸运地没被飞痰击中，也会被从天而降的鸽子粪袭击。加都绝对是一个人和动物和谐并存的典范，不但天上的鸽子多如牛毛，而且地上的牛羊鸡狗更是随处可见。它们在大街上随意溜达，和汽车分享道路，和行人分享厕所——也就是街道——活得比人还自在。

在一个家禽家畜们安居乐业的地方，人的生活大概也坏不到哪里去。尼泊尔人生性悠闲，马路上到处都是闲人。尼泊尔当地时间比北京时间慢2小时15分，尼泊尔人的生活节奏也比中国人慢半拍。去之前我还特意试了一下怎么调整电子表的分钟数，可我很快发现，15分钟的误差在尼泊尔完全可以忽略不计。一天中午，我去泰米尔地区的一家饭馆吃饭，虽然只有我一个顾客，可我点的一盘普通的尼泊尔咖喱饭居然还是等了40分钟才上来。饭费是315卢比，我给了服务员1000卢比的票子，居然找不开，饭馆的五个跑堂谁也没有那么多现金，只好出去换……两小时之后我才离开这家饭馆，而此时北京人已经该准备晚饭了。

这白白浪费的时间本来应该用来迷失在加都老城的小巷子里，这才是这个城市最吸引人的地方。加都的老城是老北京胡同和故宫的集合体，城内街道窄小，石头马路的两旁耸立着摇摇欲坠的旧式红砖楼，每家每户的门窗上都能看到精美的木雕，那木雕旁边很可能晾着一件刚洗完的衣服。每隔几幢民居楼就能看见一座印度庙或是佛堂，佛像和神龛旁边很可能坐着一个卖菜的小贩。相比之下，老北京胡同里的生活气息固然浓厚，但缺乏美感。故宫虽然很美，但已经完全成了没有实用价值的摆设。丽江古城似乎两者皆有，但现在已经变成了人造景观。而在加都，价值连城的历史古迹和柴米油盐的市井生活仍然紧密联系在一起。

尼泊尔是宗教国家，宗教在尼泊尔不仅存在于文物中，而且渗透到了日常生活的每一个角落，具有市民阶层特有的实用主义精神。尼泊尔的国教是印度教，据说印度教有3亿多个神。加都的神像多如牛毛，个个形态迥异。这些雕刻得栩栩如生的神像被供奉在同样多如牛毛的寺庙里，很容易让游客迷失其中。当地人倒是门儿清，经常可以见到过路的人走累了，在一座神像前停下脚步，花3秒钟做个简短祈祷，再敲一下据说能带来好运的铜钟，喘口气，然后继续匆匆赶路。

尼泊尔人在宗教上的包容性很强，什么神都拜，各种宗教都能在这里和谐相处。虽然该国80%多的人口信奉印度教，只有10%左右是佛教徒，但在距离加德满都市中心最近的那座小山上却修建了一座富丽堂皇的佛教寺庙。因为山上住着成群的猴子，人们习惯叫它猴庙。到了晚上猴庙会点起灯火，照在山顶高耸的佛塔上，从远处看真是美极了。

住龙游的中国人

看猴庙最好的地方就是龙游青年旅社顶层的露天吧台，这里晚上经常聚集了一大堆中国来的游客，围着篝火喝酒聊天，欣赏加都夜色。聊够了就去顶层的宿舍睡觉，这间客房编号501，有八张上下铺的单人床，每人每天收费100卢比。住在这里的都是真正的背包客，就是那种出门时间必须以月计的漂泊者。我住进来时八张床全住满了人，其中一个外号叫"小鱼儿"的驴友私下里按照房客的"神奇"程度给住501的房客排了队："大神"已经来尼泊尔一个月了，整天啥事不做，不知千里迢迢到这里来干啥；"二神"只带了800块人民币就来了尼泊尔，每天用旅馆免费提供的白糖泡水喝，这样可以省一顿午饭；"三神"每天一大早就拿着本《孤独星球指南》出门，直到天黑才回来，一个人跑遍了加都所有的犄角旮旯儿。

其实最神的是这个"小鱼儿"。他头戴藏式毡帽，皮肤黝黑，留着一撇小胡子，完全看不出是个上海小白领。他每天的工作就是陪不同的人吃饭买东西，因为他天生热情，又对尼泊尔很熟，"新驴"们都喜欢请他当参谋。其实他最喜欢做的事情不是逛街，而是爬山。自从2002年他第一次和驴友们去爬了浙江的天目石谷之后，便突然开了窍。从此他放弃了上海的铁饭碗，当起了不用坐班的合同工，挣够一笔钱就出来爬山。他最喜欢说的一句话就是：我们都是"三失"人员，就是失业、失恋、失常。确实，像"小鱼儿"这样的"三失"盲流在龙游能看到很多，能够像他们这样长时间出来闲逛的人最起码得失业才行。

比"小鱼儿"更神的是龙游的老板"土猪"。他是上海人，曾经当过兵，还在上海一

金庙的驻庙小和尚

家外企干过。和"小鱼儿"一样，"土猪"也是在一次自由行之后爱上了旅游，便辞职跑来尼泊尔，和另一个名叫大勇的上海人一起开了龙游客栈一店，取名"扎西德勒"。这家店以及相关网站很快吸引了众多国内驴友的注意，掀起了国内背包族的尼泊尔热。眼看生意越做越大，他们便又开了这家龙游二店。"土猪"和大勇轮流值班，一人半年。我去的时候刚好轮到"土猪"，结果第一天就碰到一伙上海游客和"土猪"吵架，抱怨房间里没热水，要求退款，无论"土猪"怎么解释都没用。

"别人都觉得我一边玩一边挣钱，一定很开心，其实根本不是这样。""土猪"一脸无奈地对我说，"我现在最希望的就是接班的人快点来，我好出去玩。"这个店就他一个人管，三十多间客房，八十多张床，大大小小的事情层出不穷，忙得他很难找出时间骑着那辆心爱的英国摩托车去尼泊尔乡下玩。客栈的留言簿上有人留言说"土猪"对待客人不够热心，其实"土猪"是把所有人当成背包客来对待，可游客们希望面对的是一个干练的生意人，两者之间显然存在很大的差距。

"你知道在加都每天的最低花销是多少钱吗？100卢比！""土猪"给我算了一笔账：龙游501房间每人每天收费100卢比，其中包括免费上网，以及每天早上免费提供的稀饭面包。午饭晚饭都可以去附近的赌场吃免费自助餐,只要你能忍住不赌,就可以一分钱不掏。于是很多中国人就这样在加都混日子,和国内相比又舒服又便宜。难怪网上流传着一个说法:尼泊尔是最适合发呆的地方。

我去赌场参观了一下,还真看到了几个来自中国的"发呆族"。尼泊尔的赌场是印度人开的,里面不但提供免费餐饮,而且还有歌舞表演,在这里消磨一天绝对不是难事。对于这些吃白食的客人,赌场老板也没办法,因为还有更多中国面孔出现在赌台上。他们大都是来尼泊尔做生意的小老板,出手阔绰。这些国际倒爷大都住在另一家名叫"凤凰"的中国旅店,平时无所事事,赌场和酒吧是他们经常光顾的地方,这些人才是中国人在加都的主力部队。

虽说来尼泊尔的中国人背景和目的都不一样,可无论是背包客还是发呆族,无论是小白领还是小老板,都能在龙游客栈的小厨房里找到知己。这里隔三岔五就有人自发组织聚餐,大家买菜做饭,吹牛侃山,不亦乐乎。与其说中国菜魅力无穷,不如说汉语的统治力太过强大。来尼泊尔旅游的大多数中国游客英文都说不好,而且尼泊尔很可能是他们生平第一次出国自助游,面对陌生的环境有点不知所措。于是,他们虽然人在国外,却还是必须从同胞这里才能找到精神安慰。

到加德满都必去的三个地方

整个加德满都山谷都被联合国列为世界文化遗产。在联合国的文献中特别提到了其中的七处古迹,下面列出其中三个最值得去的地方:

1. 帕坦的杜巴广场

尼泊尔历史上有个马拉王朝,始于 1200 年。1482 年国王死后,他的三个儿子分别在加德满都山谷选址建立了自己的王国,取名加德满都（Kathmandu）、帕坦（Patan）和巴德冈（Bhadgaon，又名Bhaktapur）。为了互相攀比，三个儿子争相修建豪华王宫（尼文"杜巴"的意思就是王宫），并在王宫周围修建了许多精美的寺庙。于是后人就有了三个杜巴广场，从中可以看出当时的尼泊尔工匠们高超的技艺。

尼泊尔人按照这三个王国的特点给它们分别起了绰号，加德满都因为庙多，被称为"庙宇之国"。加都的杜巴广场靠近游客集中的泰米尔区，商业化气息较重。帕坦距离加都有20分钟的路程，中间还要过一条河。正是由于这段看似很短的距离，使得帕坦比加都安静了许多。

帕坦的绰号是"艺术之国"，可见这里的神庙是靠质量取胜的。尼泊尔所有的杜巴广场都能看到各种宗教、各种风格的庙宇集中在一起，充分反映了尼泊尔人对待宗教的宽容态度。帕坦杜巴广场内的寺庙也是如此，游客可以看到尼泊尔当地风格的木塔、印度风味的石庙，以及佛教的铜庙。其中位于广场北侧的"金庙"很值得一去。这个庙坐落在一条很不起眼的街道上，从外面根本看不出来，可进去了你就会发现里面别有洞天，隐藏着一座富丽堂皇的金色佛堂。佛堂里还住着一个男童，是该庙唯一的"驻庙和尚"。这个男孩的职位只能保留到他12岁为止，之后便要易人。

尼泊尔印度教的寺庙最多。印度教有三大主神，其中尤以保护神毗湿奴（Vishnu）和破坏神湿婆（Shiva）最为有名，拜的人也最多。这两个神都有很多化身，每一个化身的背后都是一个有趣的传奇故事。比如，在帕坦王宫旁边可以看见一座栩栩如生的石刻雕像，刻的是一个半人半狮的怪物正在用指甲撕开一个人的肚皮，这个怪物就是毗湿奴的一个化身，名叫那辛哈（Narsingha）。传说当年有个妖怪，从大梵天那里得到了魔力，不会死于白天或者黑夜，门里或者门外，也不会被人或者动物，以及任何武器所伤害。为了杀死这个胡作非为的恶魔，毗湿奴化身半人半狮的怪物，挑了个黄昏时分，在一座建筑物的走廊上，用手指甲作为武器，终于杀死了妖怪。

如果花点钱请一个导游，他会给你讲更多类似的故事。

如果你仔细一点的话，还可以看到很多门框上的装饰品都没有了，只剩下黑洞洞的钉子孔。原来这些装饰品都是被国际文物贩子们偷走的，因此很多尼泊尔的寺庙都是不许拍照的，生怕被文物贩子们盯上。

2. 巴德冈

如果说20分钟的距离便能让帕坦远离加都的喧嚣，变得安逸平和，那么想象一下距离加都两小时车程的巴德冈会是什么样子吧。巴德冈是加德满都山谷的三大王国之一，绰号是"大米之国"，因为这里到处是稻田，是尼泊尔最重要的粮食基地。大米是尼泊尔人绝对的主食，一顿典型的尼泊尔饭通常只包括一盆白米饭，一勺蔬菜，外加一小碗咖喱汤，吃的时候把汤浇到米饭上，用右手拌着吃。

可是，就在这著名的大米产地，给我留下最深印象的却是一盘肉包子。那是在通往巴德冈杜巴广场的路上必经的一个小饭馆，里面只卖一种食品，就是被当地人叫作"馍馍"（Momo）的羊肉包子。每个进去的顾客根本不用说一句话，只要你一落座，老板便立刻从冒着热气的蒸锅里划拉出十个元宵那么大的包子，浇上一勺咖喱汤，端到你面前。包子皮薄馅多，带有淡淡的香油味道，口感很好。不过嚼的时候一定要小心，馅里可能混有没剔干净的碎骨头。每台桌上有一壶水，大家共用，不过千万别对嘴喝，当地人都是高高举起水壶，往嘴里倒水。吃完一结账，十个包子10卢比，每个包子大约相当于一毛钱人民币。怎么样，再来十个？

吃完包子可以去杜巴广场转转。其实巴德冈的杜巴广场里的建筑没有帕坦的好，但这里胜在人少，车子更少，比帕坦还要幽静。不过巴德冈最吸引人的要算是老城里弯弯曲曲的小街，和老房子里的居民们。带着相机去转悠一下吧，你可以看到老人们在街边摆摊卖菜，妇女们在半地下的水房里洗衣服，男人们在房间里制作陶器，孩子们在佛像前的广场上踢毽子丢沙包。他们旁若无人，自由自在地生活着，全然不顾游客们好奇的眼光和咔咔作响的镜头。

为了照顾游客，巴德冈的杜巴广场白天不让摆摊。可到了傍晚5点以后，禁令解除，广场内立刻拥进来无数小贩，把这个著名的联合国文化遗产堵了个水泄不通。你能想象故宫内的广场上到处是卖菜的小贩吗？尼泊尔几乎所有的古迹都是这个样子的，充满了生活气息。在这里，历史和现实完全分不清楚，或者说，展现在游客面前的是活着的历史。

巴德冈的夜晚更加奇妙。这里缺电，大多数店铺都点蜡烛，黑黢黢的佛塔被烛光一照，显得有些阴森。走在漆黑的街道上，看着身穿民族服装的尼泊尔人从精美的寺庙门前走过，那感觉很像是来到了一个中世纪小城。可是，周围嘈杂的人声和炒豆子的香气却又在时时刻刻提醒你，你眼前的一切都是活的。

来巴德冈千万别忘了去长谷纳拉扬寺庙（Changu Narayan）。这是专门祭祀毗湿奴的印度教寺庙，也是整个加德满都山谷

烧尸庙的老人

里历史最古老的寺庙。因为它建在一座偏僻的小山上，距离巴德冈市还有4公里远，因此得以保留至今。这座寺庙最有价值的东西就是里面的石刻佛像，最古老的可以一直追溯到4世纪。

3．烧尸庙

这是当地中国人的叫法，正确的名字叫作帕苏帕蒂纳特（Pashupatinath），属于湿婆神庙，也是印度教在南亚最重要的寺庙。它坐落在加都的东部，距离泰米尔大约20分钟路程。

顾名思义，这是印度教徒死后火葬的地方，隔老远就能闻到烧木炭的味道。寺庙紧挨着印度教圣河——巴格马提河（Bagmati），河岸的南边有六个烧尸台，每天都"生意"兴隆。烧尸体的工人都由低种姓的"贱民"担当，据说每烧一具尸体可以得到1000卢比。烧尸体需要耗费大量的木材，尼泊尔政府出于环保的考虑，不断提高烧尸费用，试图鼓励人们改去火葬场。目前在这里烧一具尸体已经涨到100美元的高价，相比之下，火葬场烧尸只需几美元就可以了。

每具尸体要烧三四个小时，死者的亲属们就坐在烧尸台后面，静静地看整个过程。烧完后，烧尸工就把骨灰往河里一推，下面有一群孩子等在河里，非常仔细地淘河床的淤泥，希望能捞出一点金银首饰什么的，发笔小财。每天都有卡车开到这里搬运没烧干净的木炭。因为忌讳，这样的木炭是不能再烧的，只能用来做砖头。

这几个烧尸台属于普通老百姓，其上游还有两个烧尸台，属于王室成员，平时都空着。经常有人从这里下河沐浴，这也是印度教的一个神圣的仪式。

真正的帕苏帕蒂纳特神庙坐落在皇室烧尸台的后方，从外面看十分雄伟。据说历史上曾经有穆斯林闯进来烧毁了寺庙，现在这座寺庙是后来修复的。出于保护的目的，规定非印度教徒不得入内。寺庙对岸有一排小房子，许多从印度来的苦行僧住在里面。他们衣衫褴褛，面黄肌瘦，不少人还涂了脸，要拍照得先交钱。房子的墙上有一幅画，画的是一个身穿白袍正在打坐的老者。他就是著名的"牛奶巴巴"（Milk Baba），也是一个印度苦行僧。二十多年前他决定不再吃任何东西，只靠喝牛奶活着。结果他的事迹被美国的奶制品公司知道了，邀请他去美国宣扬牛奶的好处。现在他仍然住在美国，开着豪华轿车到处给人演讲，日子过得可美了。

与此地相隔不远就是一所养老院，里面都是无儿无女的孤寡老人，日子过得十分清苦。为什么要把养老院建在烧尸庙旁边呢？其实印度教徒相信轮回说，老人们并不怕死，死亡对于他们来说反而是一种解脱。

尼泊尔的农村

> 我喜欢徒步,但不喜欢登山。2007年,我来到泥泊尔。这里是全世界公认的最好的徒步之地,因为这里的徒步路线和当地老百姓平时走的路一样,你可以和一群牛或者一个背着书包上学的小学生并肩而行,那感觉和登山完全不一样。

小镇卡卡尼

如果说农村的定义是家家户户饲养家畜家禽,那么整个加德满都可以算是农村。如果说农村的定义是家家户户都有自己的农田,那么只要骑辆摩托车,从加德满都市中心朝任何方向走半小时,就到农村了。

从建筑风格看,加德满都周围的"城乡结合部"其实比市中心更像城市。这里住着一大群刚刚从农村搬来的人,他们按照自己对城市的想象,建造了一幢幢"水泥火柴盒",盒子之间却保留着大片的菜地。克里什纳·罗哈尼(Krishna Lohani)就住在这里,他在加德满都开了一家名叫"神秘山峰徒步"(Mystical Mountain Treks)的旅游公司,日子过得还行。他家的房子有四层,除了妻子、孩子外,父母亲也和他一起住,每次吃饭一大家子人。他家的电器一应俱全,甚至还安装了卫星接收机,能看到HBO、CNN和BBC等好多西方电视节目,电视机是中国产的。

"十年前我们根本买不起任何电器。"罗哈尼说,"可自从中国货进来后,我们终于能看上电视,听上音响了。"他为6岁的儿子买了块中国产的电子手表,只花了40尼泊尔卢比(1元人民币相当于9卢比)。"这东西真便宜,坏了根本不用修,再买一块就是了。"他说。

他骑的摩托车是日本货。尼泊尔人都喜欢骑日本产的大马力摩托车,因为他们经常爬山,摩托车必须质量可靠。罗哈尼骑车带着我去参观他的老家,我俩刚一出城就开始爬

尼泊尔的农村

山，和盘山公路上那些挤满乘客的公共汽车抢道。尼泊尔号称"喜马拉雅王国"，全国几乎都是山，没有多少平地。在这样一个国家，"到农村去"其实就是"进山"。

"看看这片房子，"罗哈尼指着山脚下的一片新工房说，"以前这里都是农田，可游击队把农民们都赶到城里来了，于是加德满都的范围便不断扩大，一直延伸到了山脚下。"

罗哈尼的老家卡卡尼（Kakani）位于加德满都西北，距离加德满都有一个小时车程。快到小镇时候在路边看到一个警察局，门楣上挂着的牌子依然完好，但房间的主体却被游击队的炸弹炸掉了，变成了一个黑洞。

这个小镇其实只有一条街，街道两边的房子倒是没有损坏。我们去茶馆喝茶，主人告诉我，镇上有不少人为了躲避战乱移民去了加德满都，但他没有去，因为他觉得游击队不会伤到他头上。

"那时游击队经常发布罢工令，大家也跟着罢工。倒不是真的相信他们，而是害怕他们手里的枪。"

尼泊尔刚刚结束了将近十年的内战，主战场都在农村，像加德满都这样的大城市没怎么受影响。但尼泊尔人动辄罢工，严重影响了整个国家的正常运转。从2005年下半年开始，弥漫在尼泊尔上空的硝烟逐渐散去，整个国家这才慢慢恢复了秩序。

说话间，主人的儿子放学回家了。他穿着一身校服，尼泊尔所有中小学生都穿西式校服，非常正规，不像国内的校服大都是运动

走在上学路上的女学生

向大本营进军

衣。"穿校服是为了让学生建立平等的意识，因为尼泊尔历史上一直实行种姓制度，不同种姓的人穿的衣服都不一样，一眼就能看出来。"

"现在只有老人们还会在乎种姓制度。"茶馆主人补充说，"年轻人基本上已经不拿种姓当回事了。"

我去参观学校，学校有1000多个学生，但只有十几间教室。学校雇用了18位老师，平均月工资150美元。学生们使用的数理化课本居然是英文的，老师们也普遍能说简单的英文，不过他们上课都说尼泊尔语，因此普通学生的英文程度并不高，问个路还凑合，稍微复杂一点就不行了。

尼泊尔地无三尺平。小镇旁边就是一座山，山顶有一个军营，能看到持枪的士兵在巡逻。军营旁是一块被铁丝网隔出来的空地，1亩左右。罗哈尼的朋友花了4.5万美元把它买下来，准备盖几幢度假别墅。这块地原先的主人也打算这么做，可惜内战把他的计划彻底打乱了。没办法，那人只好挂牌贱卖。罗哈尼预测尼泊尔的内战已经彻底结束，便怂恿朋友趁机买进。据说现在这块地已经涨到了7万美元。

"这里曾经是负责保卫加德满都的政府军和游击队作战的前线，现在地上还有一条当年挖的战壕。"罗哈尼说，"我相信一旦这里开始挖地基的话，肯定能挖出不少尸体。当年政府军抓到嫌疑分子根本不审判，直接一枪打死，然后就地掩埋。附近村子有不少人失踪，我估计是被当作游击队嫌犯了。"

当年，国际社会曾以违反人权为由，大幅度减少对尼泊尔的援助，而外国援助是尼泊尔政府最重要的财政来源（尼泊尔基础建设预算的70%来自国外的捐款）。尼泊尔的另两大经济来源是外出务工者寄回来的外汇以及旅游业。罗哈尼大学学的是法律专业，十六年前他放弃了当律师的机会做起了导游。内战让他的旅游生意一落千丈，有段时间只能靠存款生活。内战结束后，他决心大干一把，甚至考虑在美国杂志上做广告。"一切都取决于尼泊尔的政治前景，"他说，"只要不再打仗，我的公司肯定能赚大钱。"

他的乐观是有道理的。自从2006年夏天内战结束以后，世界各地的游客便迫不及待地纷至沓来。罗哈尼的旅游公司2007年上半年的日程已经被欧美游客订满了，他们等了十年，等不及了。

徒步王国

尼泊尔都有什么好玩的呢?

尼泊尔首都加德满都有大量宗教古迹可供瞻仰,南部与印度毗邻的小城兰比尼(Lumbini)是佛祖释迦牟尼诞生的地方,位于兰比尼附近的奇旺(Chitwan)国家公园内有不少野生动物可供观赏,遍布全国的湍急河流也非常适合冒险家坐着橡皮艇漂流而下。

但要说尼泊尔最吸引人的地方,无疑是徒步(Trekking),换句话说就是爬山。对于职业登山家而言,世界十大高峰有八座都在尼泊尔境内。对于业余爱好者来说,选择也很多,各种高度和难度的路线一应俱全。最有名的路线是珠穆朗玛峰南坡的大本营之旅,这条路线胜在"世界第一高峰"的威名。但是,最被徒步爱好者们看好的则是安纳布尔纳(Annapurna)地区,这是尼泊尔中西部的一片雪山的总称,隶属于喜马拉雅山脉,最高峰"安纳布尔纳一号"海拔8091米。去安纳布尔纳徒步可以走所谓的"大环线",也就是从喜马拉雅南坡一直走到北坡,再从山谷中间穿回来,耗时大约三星期。如果没有那么多时间,也可以走直线,从南坡出发,直插安纳布尔纳的中心。这片山区自古以来就一直有人居住,沿途均有旅馆接待,游客不必自带食品和水。因此,自1977年首次对外国游客开放以来,安纳布尔纳就是世界徒步爱好者们去的最多的地方,还曾经被美国一家权威的休闲杂志评为世界最佳徒步旅游目的地。

2006年9月,尼泊尔政府出台了一个政策,强制外国游客雇用当地脚夫和向导,没想到此举遭到各国游客反对,实行了两个月就被迫取消了。游客们之所以敢独自上山,就是因为这是一个非常成熟的旅游区,道路标识一清二楚,基本上不会走失。我手头有一本《孤独星球指南》,上面有详细的路线图和徒步攻略,因此我选择了独自进山,不但能节约一大笔费用,而且还能享受在国外旅游时难得的自由。

我先花2000卢比在尼泊尔旅游管理局办了张进山证,然后坐了六个小时的长途车来到了尼泊尔中部重镇博卡拉(Pokhara)。这趟车票价12美元,舒适而且准时。车内禁止抽烟,乘客可以安心享受尼泊尔乡下清新的空气。

博卡拉是尼泊尔第二大城市,也是嬉皮士的大本营。20世纪60年代末期,嬉皮士在

尼泊尔的农村

走在吊桥上的母与子

美国混不下去了，纷纷来到东方寻找世外桃源。他们首先发现了加德满都，这个悠闲的城市很适合嬉皮士的胃口。可惜好景不长，20世纪70年代时尼泊尔国王颁布了新法令，把嬉皮士们赶出了加德满都。他们坐车西行，来到博卡拉后就不想走了。这里不但比加德满都更加安静悠闲，而且紧挨着菲瓦塔尔湖（Phewa Tal），湖边长满了大麻，取之不尽。于是，嬉皮士们住了下来，并迅速把博卡拉变成了一个国际知名的旅游胜地，尼泊尔西部绝大多数的徒步路线都以博卡拉作为起点或终点。

我到博卡拉时正好赶上当地的一个什么节，满大街都是身穿民族服装载歌载舞的尼泊尔人。尼泊尔民族多，宗教多，因此节日也多，很多节日就连当地人都说不出个所以然来。节日的喜庆场面满足了游客的好奇心，但却给尼泊尔人增添了不少麻烦。一个当地人跟我说，尼泊尔人过节喜欢大吃大喝，铺张浪费现象严重，很多尼泊尔家庭就是因为操办的节日太多而破了产。

博卡拉的街头舞蹈带有明显的商业味道。我决定早早休息，准备第二天的徒步旅行。

安纳布尔纳之旅

第二天一早坐车去菲迪（Phedi），进山之路就从这里开始。

就像书里说的那样，这条路全是石头台阶，一点也不危险，却很陡，我背着15公斤重的登山包，双肩很快就酸痛难忍，切身体会了脚夫们的艰辛。没爬多久就看到了一个小村庄，零星的几幢石头房子依山而建，朝南的山坡全被开辟成了梯田。村民们有的在赶牛耕田，有的在整理草垛，孩子们在空地上玩沙包，更小一点的孩子则在谷场上练习爬行，一派世外桃源的景象。

路上遇到的每一个人都会主动打招呼，说一声Namaste，就是尼泊尔语"你好"的意思。小孩子们还会管我要糖，我说没带，他们也不恼，笑一笑就害羞地跑开了。年轻人除了说一句Namaste之外，多半还会加上一句："你是韩国人？"因为来这里旅游的韩国人实在太多了，几乎占登山者人数的一半。这些韩国游客都很年轻，多半是出来度假的大学生，其中男的大都服过兵役，体力相当好。

除了简单的招呼，山民们就没话了，各自低头赶路，或者继续忙自己的事情。作为一个旅行者，最希望看到的就是当地人原汁原味的生活。在安纳布尔纳，这个愿望百分之百得到了满足。尼泊尔是南亚诸国当中唯一没有被西方列强殖民过的国家，老百姓对待外国人的态度不卑不亢，甚至有点视而不见，这一点是尼泊尔最与众不同的地方。不过，那些

尼泊尔毛派游击队

尼泊尔的农村

善于学习的孩子们还是学会了向游客索要糖块，难怪尼泊尔政府发给游客的小册子上写着：请不要给孩子们任何东西，以免让他们养成乞讨的习惯。

走过小村之后，突然开始下坡，小路直插谷底，原来那里还有个村子。过了村子又开始上坡，然后再次急转直下，一直下到山谷中间的一条小河边。河上有一条索桥，二百多米长，两边有铁丝网拦着。一个身穿红裙的妇女背着孩子从桥上走过，身体随着桥身左摇右晃。我突然意识到，我走的这条路其实就是当地人每天都在使用的道路，并不是纯为登山者设计建造的。不过，这样一来，爬山的难度就增加了，因为回来的时候仍得走不少上坡路，来回都费劲。

冬天的尼泊尔属旅游淡季，来这里徒步的游客不多，我经常独自一人走好几个小时的山路，充分享受了大自然的宁静。村子之间有大片大片的森林，经常可以看到猴子在树上蹿蹦跳跃，把鸟儿们赶得四处乱飞。我见得最多的动物肯定是牛，它们巨大的身躯横在小路中间，我必须侧身而过，小心翼翼地躲开它们的犄角。不过，一想到这条路也是牛的过道，我也就不再担心石头台阶不够结实了。

事实上，在安纳布尔纳山区徒步，最危险的东西就是牛犄角，我一点也不担心有强盗出没，这在非洲或者南太平洋岛国几乎是不可想象的。正因为如此，我进山的第一天就因贪心而错过了《孤独星球指南》上指定的住宿地点，最后不得不摸黑走山路，并在夜幕中走错了一个路口。幸好，我返身回去时正好见到两个老婆婆路过这里，其中一人冲我招了招手，示意我跟着她。两位老人看上去都超过了50岁，可腿脚一点不比我差，反而是我要紧赶慢赶才能跟上。走在后面的老婆婆不时停下来等我，冲我招手，给我加油。她俩一句英语也不会说，但我却有一种见到亲人的感觉，心里涌出阵阵暖意。

天黑时候，我终于在老婆婆的指点下到达托尔卡（Tolka），住进一家当地人开的旅馆。开店的也是一个老太太，会说简单的英文。她家的菜单居然有六页之多，密密麻麻地列出了无数种西餐的名字。仔细一看，其实就是几种简单面食的不同做法，没什么技术含量。菜谱上没有肉，唯一的蛋白质来源就是鸡蛋。据说这个菜谱是尼泊尔政府为当地旅馆统一制定的，价格非常昂贵。但一想到脚夫们的艰辛，也就没什么可抱怨的了。

第二天一早接着赶路。刚出村子，一个头发油腻的小青年拦住去路，索要"进山税"，每人每天100卢比。我一抬头，看见了一面红旗，上面写着"尼泊尔人民政府"。我知道，终于遇到传说中的游击队了，他们控制了尼泊尔中西部的大部分山区。

"我已经向尼泊尔政府缴纳税款了。"我争辩道。

"那和我们不是一码事。"他说，"等我们掌了权，就不再收税了。"

"你们不是和政府结盟了吗？"我继续争辩。他不耐烦地挥了挥手说："你只有交了进山税，我们才能保护你的生命安全。再说了，我会给你开一张发票的，等革命胜利了我们肯定还你钱。"

没办法，只好交钱消灾。这时过来一群韩国游客，他们的导游偷偷跟我说，以前游击队连导游都要收税，现在终于不收他们的钱了。"尼泊尔流传着一个笑话，"导游接着说，"有家外国媒体终于获准采访游击队，问他们每个人的年龄。第一个人说18岁，第二个人说18岁，第三个还是18岁。人家问，你们怎么不招19岁的人呢？其实，那些游击队员都是15—16岁的小孩。依我看，刚才那个收钱的就不足18岁。"

第二段山路和昨天一样，有上有下。傍晚宿营昌姆荣（Chhomrong），这是最后一个有常住居民的地方，从这里开始所有旅店都不许卖瓶装水，只能卖用过滤装置处理过的山泉。尼泊尔政府非常注重保护环境，规定所有旅店都不准使用木柴，必须用罐装的液化石油气。对当地居民则没有限制，他们依然可以烧柴取暖。

走了两天，山里都是阴云密布。可第三天起床后出门一看，云雾突然散去，青山的背后赫然出现了一座雪山，高高在上，仿佛世外仙境，可望而不可即。从这天开始，白茫茫的雪山便一直照耀在头顶，为我鼓劲。

从昌姆荣开始，民居和农田都不见了，代之以茂密的原始森林。雪山上融化下来的溪水在我眼前汇成河流，然后奔腾而下。我加快了脚步，一天走了两天的行程。这段路虽然荒凉，但每隔两小时就会有一家旅店，游客根本不用担心。看管旅店的大都是20多岁的年轻人，他们采用轮班制，轮到一次要在山上住好几个月。奇怪的是，他们都不看书，平时只靠收音机打发时间。一个小伙子回答了我的疑问："我倒是想看书，但是每次上山都要背很多生活必需品，哪有力气背书啊！"

第四天上午，我爬到了3000米以上。书上说这段路是雪崩的高发地段，可展现在我眼前的却是流动的溪水和绿油油的草地，看来全球气候变化也影响到了喜马拉雅山脉。

尼泊尔的农村

此后便再也没有下坡。我一路向上，冲过了海拔4000米的营地，又一鼓作气，到达了此次徒步的终点——安纳布尔纳营地，简称ABC，又有人把它叫作安纳布尔纳圣地（Annapurna Sanctuary）。此处海拔虽然有4130米，但是周围被一群海拔8000米左右的雪山环绕，感觉真像是来到了一个隐秘的宗教避难所。到的时候正值夕阳西下，余晖把雪山涂成了金黄色。一轮圆月从山背后悄悄升起，白色的月亮在蓝天的映衬下显得格外醒目。游客们不顾外面寒风刺骨，纷纷从旅馆里跑出来，凝视着这一人间奇景。如此美妙的景象只有在山里才能看到，几天来所有的疼痛和疲惫立刻烟消云散。

山顶旅馆的主人是一个四十多岁的中年人，他不但精通英语，居然还能说一口流利的韩语！这样的人才要是在中国，肯定进了某跨国公司，但是在尼泊尔，他却甘愿守在这个高寒之处，忍受孤独，由此可见旅游业在尼泊尔的地位真是很高。

联合国发展计划署一直在第三世界国家大力提倡旅游业。理由有三：第一，旅游业能够雇用大量的劳动力，尤其是教育水平较低的劳动力。第二，旅游业和环境保护联系紧密，减少了工业发展带来的环境污染。第三，人文旅游能够保护发展中国家的文化传统。这三条优点在安纳布尔纳得到了充分的体现。

尾 声

正如预期的那样，下山的过程丝毫不比上山省劲。因为不停地下台阶，我的膝盖疼痛难忍，最后只能依靠止疼药。两天之后，终于回到了博卡拉。本想坐飞机飞回加德满都，顺便从空中领略一下珠穆朗玛峰的美景。可是，博卡拉最大的一家航空公司居然因为欠税，被政府勒令停飞。没办法，我只好改订车票，可工作人员却不敢保证第二天能按时到达加德满都，因为一天前尼泊尔又在闹罢工，把路封了，所有来往于加德满都和博卡拉的车辆都被堵在了路上。

还好我运气不错，第二天罢工结束，我顺利回到加德满都。

在尼泊尔的最后一天，被邀请参加了一个私人派对，主办人是尼泊尔皇室成员。此人住在加德满都的一个富人区,家里有个巨大的院子,从院子里的树上砍下来的木柴堆成了一座小山。他一边喝着法国进口葡萄酒,一边跟我们讲他在尼泊尔打猎的故事。最后,他愤愤地说:就是因为尼泊尔人闹民主,游击队打内战,弄得他没法进山打猎了。他要是有机会,一定会亲手杀死几个游击队员,出出心中这口恶气。

"难道你不希望尼泊尔走上民主道路吗?"我问他。

"我告诉你为什么不可能。"他说,"为了推翻皇室,七党联盟和游击队联合起来。可是,七个党派的领导人都是文官,而游击队手里有枪,你觉得他们之间的联合能维持下去吗?他们之间能互相民主吗?"

不管他的话是否准确,有一点可以肯定:尼泊尔的和平之路依然漫长。

神的印度

2007年，是印度独立60周年。去之前我没有好好准备，一下飞机就被新德里的脏乱差给弄蒙了，不知道下一步该去哪里。第二天我决定跟着感觉走，便去火车站随便买了张火车票，开始了一段令我难忘的旅程，并从此爱上了这个多姿多彩的国家。

死在瓦拉纳西

要想了解印度，最好先了解印度人怎样面对死亡。

印度人最希望自己死在瓦拉纳西（Varanasi）。这是一个地处恒河下游的小城镇，被公认为人类历史上存在时间最久的城市之一，也是印度教七大圣城当中最重要的一座。

早上7点，我被歌声吵醒。声音来自城中心的一座清真寺，圆形屋顶上挂着几只高音喇叭，不断向四周播放着《古兰经》。不断有头戴小圆帽的穆斯林走进去祷告，光洁的地板上很快就跪倒了一大片。

作为印度教的圣城，这里应该能看到更多印度教徒集体祷告的盛况吧？我拿着相机在城里转了半天，结果却令人失望。瓦拉纳西大概是世界上最没有"神圣感"的圣城，整个城市更像是一个巨大的垃圾场，到处堆满了纸屑和塑料袋。"神牛"们在垃圾堆里找吃食，吃饱了就随便找个地方趴下来反刍，人和车都要绕着走。这里的大部分街道都只有3米来宽，两边都是小贩，中间只能勉强通过一辆"摩的"，当地人叫它"突突"。这些"突突"排出的废气聚在巷子里散不出去，把整个城市弄得乌烟瘴气。

和其他发展中国家的小镇不同的是，这里的空气中还混杂了浓重的臊味，因为经常能看到男人们当街大小便。但所有印度教寺庙都是一尘不染，游客都被要求脱鞋才能进去参观。更有意思的是，印度教寺庙内都是阴森森的，信徒们默默地进去转一圈，简单祷告一下就出来了，缺乏伊斯兰教或者天主教那样万众一心的场面。

瓦拉纳西建在恒河边上，沿河修建了80多个沐浴场（Ghat），所谓"沐浴场"就是一排台阶，方便信徒走进河水中。印度教把恒河沐浴看得极为神圣，据说恒河水能洗刷罪孽。但我从下水沐浴的人的脸上看不出一点神圣感，他们倒更像是因为天热而下水冲凉。走近一看，河水脏极了，一根根排水管把生活污水排到河里，毫无遮拦。还能看到一群群牛在河里避暑，和人们共用一湾河水。据印度科学家分析，恒河水中大肠杆菌的含量已经超过了每100毫升150万个，国际上公认的洗澡用水的标准是不超过500个。印度卫生部警告说，下河沐浴的人约有一半会患上各类皮肤病或胃病，但这丝毫没有影响到教徒们的热情，每天仍然会有大约6万人来瓦拉纳西沐浴。

洗完澡，他们会在河边吃饭，散步，闲聊，几乎所有人都穿着民族服装，尤其女性，清一色的沙丽。大多数印度人都吃素，为了下饭，他们用各种香料把蔬菜和豆类熬成汤汁，浇在米饭上，然后用手抓着吃。

随风飘来一阵焦糊的气味，那是恒河上游的焚尸场又开工了。这是一个专门烧穷人尸体的地方，简陋得连个台子都没有。烧尸工用一根长竿子不断调整木头的位置，好让火烧得更旺一些。火堆旁还停放着一具等待被烧的尸体，亲友们默默地围坐在周围。焚尸场旁边有个水泥台，上面躺着一个老人，身上裹着一块破布，看上去已经病入膏肓，他是来这里等死的。老人的旁边有一个新搭的狗窝，里面有两只刚出生的小狗，在崭新的棉被里撒娇打滚，狗妈妈守在旁边，对任何想要靠近的人汪汪狂吠。

生命在这里是完全平等的，看不出人类有丝毫的特权。

印度教认为，生命是一种轮回，人生前多做善事，就可以在来世投个好胎，否则的话，甚至有可能变成动物。对于人类来说，没有什么比死亡更加令人恐惧。但是印度人摆脱了这种恐惧，他们把死亡看成新生命的开始。他们不在乎今世的痛苦，甚至主动追求这种痛苦，希望以此换来来世的幸福。于是，印度人普遍安于现状，穷人毫无怨言，犯罪率很低。富人生活俭朴，乐善好施。

有人把印度社会的稳定归功于印度教。但是，古老的宗教已经渐渐不能适应现代社会的要求，因为那些教规来自遥远的过去。在古代，恒河水是最干净的，沐浴恒河是一种健康的生活方式。如今恒河水早已污秽不堪，再下河洗澡就是拿自己的健康开玩笑。过去人们生活在农村，垃圾根本不是问题，因为有牛羊帮助清理。如今有一半印度人生活在城市里，再加上塑料垃圾的出现，乱扔垃圾已经变成了印度的公害，瓦拉纳西就是明证。对轮回的恐惧也许曾经让富人们勤于施舍，但是富人们更喜欢拿自己的钱修建寺庙，而不是帮助穷人脱贫致富。我在恒河边看到无数由富人出资修建的寺庙，但是里面却住满了无家可归的乞丐。印度教特有的种姓制度既保证了印度社会的稳定，又让印度穷人安于现状，甚至鄙视劳动，宁可上街乞讨，把印度变成了世界上乞丐人数最多的国家。

作为印度教的圣城，瓦拉纳西是印度的缩影。这座城市很好地展示了印度的传统，同时又把印度社会所有问题暴露在光天化日之下。

宗教战争

瓦拉纳西自公元前1400年开始即有人居住，而它作为印度教圣城也已经有1200年历史，但是城内的绝大部分建筑都非常新，因为瓦拉纳西在历史上被洗劫过多次，破坏者就是来自西北的穆斯林军队。

印度最吸引人的地方就是宗教建筑遗迹，了解印度历史最好的办法就是参观这些遗迹，因为对寺庙的摧毁和重建构成了近千年来印度历史的最重要的篇章，直到今天这一冲突仍然对印度的国家稳定具有决定性的影响。

自1206年穆斯林在德里建立了"德里苏丹"政权开始，直到17世纪中叶欧洲人占领印度为止，印度基本上处于穆斯林的统治下。但是穆斯林军队的实际控制区大部分集中在北方地区，印度中部的德干高原阻挡了穆斯林军队南下的脚步，印度的原住民——达罗毗荼人这才得以保住了自己的家园，并在南方建立了一系列印度教王国。

这些小国为了对付来自北方的侵略，经常需要团结起来。1336年，南方诸国在国王布卡（Bukka）的带领下联合起来，建立了一个名为维查耶那伽（Vijayanagar）的印度教

汉皮的舞者

帝国，首都定在今天的汉皮（Hampi）。帝国成立之初，布卡发动了对穆斯林军队的反击。在攻占了穆卡尔（Mudkal）之后，布卡下令处死了城内所有的穆斯林。但是有一个穆斯林侥幸逃脱，跑回北方报信。国王穆罕默德·沙汗发誓要杀死十万个印度教徒来为死去的穆斯林兄弟报仇。根据伊斯兰历史学家的记载，沙汗后来一共杀死了五十万印度"异教徒"。

虽然如此，维查耶那伽帝国顽强地存活了下来。在国王布卡的带领下，这个强大的印度教帝国对内采取开明政策，对外和许多国家建立了贸易往来，在其存在的二百多年里成为当时世界上数一数二的富庶国家，也是公认的印度历史上最后一个印度教帝国。意大利旅行家孔第（Conti）曾经于1420年造访该国，称其都城"周长100公里，钻石、丝绸、香料、木材应有尽有，富抵罗马"。1565年，穆斯林联军终于攻陷汉皮，花了五个月的时间在城里烧杀抢劫，其惨烈程度史上罕见。

幸运的是，当时汉皮的建筑很多都是用石料建造的，很难毁掉，于是后人终于得以有

神的印度

机会参观汉皮遗迹,想象当年的奢华。汉皮遗址现在是一片广大的丘陵,无数巨石散布其间,和古代宫殿庙宇的残垣断壁交相呼应,其规模和观赏性丝毫不亚于世界上任何一处古建筑遗迹,难怪成龙把电影《神话》的外景地选在了这里。汉皮早已被联合国定为世界文化遗产。这样的风景如果出现在欧洲,肯定会被布置成古希腊阿波罗神庙的样子,突出其悠远的历史感。但是印度人却不这么想,他们在保护得最完整的Virupaksha宝塔周围盖起了一圈旅馆,完全无视摄影爱好者们的审美要求。这座高达50多米的达罗毗荼风格的宝塔至今仍在作为印度教寺庙而接受信徒的朝拜。我去的时候正赶上一年一度的"三天节"(Vijaya Utsav),宝塔前搭起了舞台,住在附近的印度人身着五颜六色民族服装,聚集在广场上,连跳三天民族舞蹈。他们还在塔身上挂满了灯泡,弄得很"艳俗"。好在汉皮遗址面积很大,游客还是能轻易地找到"荒凉"的意境。但是这块地方并不禁止放牧,经常可以见到印度妇女在废弃的王宫遗址割草,或者牧童赶着牛羊穿行于古代的集市遗址内,倒也别有一番情趣。

汉皮遗址包括两个为了避暑而建在地下的克里什纳神庙和湿婆神庙,一个面积巨大的王宫,以及一个深达十几米的王后浴池。这里还有一条长达数百米的商业街遗迹,以及一座造型奇特的莲花宫(Lotus Mahal),下半部分完全是印度风格,但顶部却是伊斯兰风格,显示出当时这两种文化也并不是完全互相排斥。

但是这里最有历史价值的要算维塔拉神庙(Vithala)。这是一组保存得相当完好的印度教寺庙,周围被围墙围住。庭院里有一个石头战车,两侧的石头轮子还能转动。主庙有56根"音柱",敲打后能发出动听的乐声。据说当时王宫的管理人员都是精通音律和诗歌的妇女,她们代表了印度教文化最辉煌的时刻。

印度人一度认为汉皮都城是欣赏印度教寺庙建筑最好的地方,但是在1838年,一个英国军官在当地人的指引下,发现了隐藏在密林中的一群寺庙,几乎没有受到任何破坏,这就是举世闻名的卡朱拉荷(Khajuraho)神庙。这里地处荒郊野外,距离任何一座村庄都相当远,没人知道建造者为什么选在了这个地方。不过,正因如此,卡朱拉荷神庙才侥幸躲过了穆斯林军队,得以完整保存了下来。

印度教神庙不以宏伟著称,而是胜在外表的浮雕。卡朱拉荷神庙尤其如此,无论是浮雕主题的广泛和手法的细腻都堪称是印度教建筑艺术的最佳范例。尤其引人注意的是其中大量的性爱场景，动作大胆，细节逼真，很难想象这样的雕塑会出现在以苦行闻名的印度教寺庙中。

印度人对待性爱的态度很是让人迷惑。一方面印度教宣扬禁欲，另一方面印度却有著名的《性经》(Kamasutra)，还把性爱雕塑公开刻在了寺庙的墙上。有学者认为，这些性爱雕塑是为了对那些从小长在寺庙里的婆罗门男子进行性教育，还有人认为这是一种护身符。但更多专家指出，印度教把性爱看作净化灵魂的一种手段。其实，风靡全球的印度瑜伽有很多姿势都来源于性爱，显然，某些印度人把性爱和打坐冥想同视为一种修行方式。

旅游书喜欢把卡朱拉荷神庙称为"性庙"，其实这里的大多数浮雕并没有表现性爱，而是刻画了印度人民的日常生活，从男人打猎到女人做家务，应有尽有。作为生活的一部分，性爱自然也包括在内。在我看来，卡朱拉荷神庙的浮雕歌颂的就是生活，是对生活唱的一首赞歌。印度教之所以能打败佛教和伊斯兰教，成为绝大多数印度人信奉的宗教，与它开放的心态有很大关系。

如果对比一下另一个印度名胜——泰姬陵（Taj Mahal），你就更能体会到这一点。泰姬陵被评为"世界新七大奇迹"之一，绝对是印度最知名的景点。但是，所有泰姬陵的照片都不约而同地采用了同一个角度，就是正前方，因为泰姬陵是严格地按照对称的原则设计出来的，从其他角度很难看出好来。

讲究对称是伊斯兰建筑的共同特点。另外，伊斯兰建筑大都非常宏伟，线条简洁流畅，不像印度教建筑那样随意，过分追求细节的繁复，忽视整体的感觉。两者在建筑风格上的区别很好地反映了它们在基本教义上的分歧。

泰姬陵是印度历史上第二个大帝国——莫卧儿（Mughal）帝国的一位皇帝所建。这个王朝的开国元勋是来自蒙古的一位勇猛的将军，名叫巴卑尔。这位成吉思汗的后裔于1526年率大军攻陷德里，开创了莫卧儿王朝。这个王朝在阿克巴（Akbar）大帝时代达到了顶峰。阿克巴不但能征善战，而且善于管理。他任命了一批印度智者为己所用，终于赢得了大部分印度人的认同。

当王位传到阿克巴的孙子沙贾汗（Shah Jahan）手里的时候，莫卧儿帝国依旧太平无事。沙贾汗的第二任妻子名叫蒙泰姬·玛哈尔（Mumtaz Mahal），是一个有波斯血统的美女。沙贾汗很爱自己的妻子，两人在婚后的十九年时间里一共生了14个孩子，活了七个。因为生育太多，玛哈尔身体虚弱，在生下第14个孩子后不久就病死了，死时只有38岁。沙贾汗悲痛欲绝，下令在距离德里200公里远的阿格拉（Agra）选址，为亡妻修建一座陵墓，这就是泰姬陵。

整个陵墓建在一座高7米、长95米的正方形大理石基座上，圆顶的主寝宫高74米，周围有四座护塔分别占领四个角。整个建筑用白色大理石建成，无论是在蓝天的映衬下还是在斜阳的照耀下，都显得非常醒目。印度大诗人泰戈尔曾形容它是"流淌在'永恒'脸上的一滴眼泪"。

上山朝圣的耆那教妇女

但是，对于这样一件印度国宝，也可以有另一种解读。沙贾汗这个"人类历史上最著名的情圣"，其实是一个非常残忍的皇帝。当初为了登基，他杀死了自己所有的男性亲属。为了修建这座陵墓，他动用了来自世界各地的2万名工匠，前后花了22年的时间和300万卢比的金钱（约合现在的7000万美元）。

泰姬陵建好后的第五年，也就是1658年，沙贾汗的儿子奥朗则布（Aurangzeb）发动政变，把沙贾汗关进监狱，自己篡位当上了莫卧儿帝国的皇帝。沙贾汗被囚禁在阿格拉堡（Agra Fort）内长达八年，每天只能从监狱的窗户里和泰姬陵对望。沙贾汗死后他的女儿把尸体移出阿格拉堡，葬在了蒙泰姬的旁边。因为蒙泰姬的棺材处在泰姬陵的

居那加德（Junagadh）印度教寺庙的细节

正中心位置，所以沙贾汗的棺材就成了泰姬陵里唯一不对称的东西。

　　莫卧儿帝国在其后期把大部分精力和国力都花在劳民伤财的大型建筑上了，造成了国力的空虚。奥朗则布死后帝国很快分崩瓦解，整个领土被各地的土邦瓜分，印度又回到了它的常态——分裂状态。当另一种宗教——基督教的子民乘船来到这里时，他们面对的就是这样一个分裂的印度。最先登陆的是葡萄牙人，他们在印度西海岸的果阿（Goa）和迪奥（Diu）建立了殖民地，传教士们以此为根据地，进入印度内陆传教。葡萄牙人之后是法国人，他们从印度的东海岸进入印度。但是真正统治印度的是英国人，他们利用东印度公司，彻底控制了印度，并最终把印度变成了英国的殖民地。

　　不过，信奉一个上帝的基督徒依然没能让印度教徒屈服。在被英国殖民了将近200年后，印度又一次回到了印度教徒的手中。要知道，印度上一次被印度教统一，还要追溯到公元前的孔雀帝国时代。

　　有趣的是，今天的果阿虽然有一半的居民信奉天主教，并建有亚洲最大的天主教堂，却有一大批来自欧美的嬉皮士常年居住在此。他们起码从精神上已经变成了印度教的信徒。

这一切之所以成为现实，多亏了一个小个子印度人，圣雄甘地（M.K.Gandhi）。

圣雄甘地

甘地被印度人称为"圣雄"（Mahatma）。他在印度政府中从来没有担任过任何正式的职务，但所有面值的印度钞票上都印有他的头像。

甘地于1869年10月2日出生于古吉拉特邦（Gujarat）的港口城市波尔班达（Porbandar）。几乎无法想象甘地会诞生在任何其他的地方，因为古吉拉特邦是世界上唯一一个能够同时和印度教、伊斯兰教、耆那教和基督教发生亲密关系的地方，甘地的所有思想和事迹都可以在这里找到根据。

古吉拉特邦位于印度西北角，和巴基斯坦接壤。这里地势平坦，是来自中亚的侵略者进犯印度内陆的必经之地，他母亲深受耆那教的影响，是一个严格的素食主义者。

耆那教源自婆罗门教，主张苦修，反对任何形式的杀生。古吉拉特邦是耆那教的大本营，有15%的居民是耆那教教徒（印度全国的比例是0.4%）。古吉拉特邦南部的格尔纳山（Garnar Hill）是耆那教的圣山，靠近山顶的地方建有一座漂亮的耆那教堂，要想去那里朝拜必须爬一万级台阶。每天早上天不亮就有人开始登山，一路上能看到不少衣衫褴褛的苦行僧在山间的寺庙里吸食大麻。山上住着很多猴子，毫无顾忌地分享小贩们出售的柠檬水和奶油饼干。

耆那教堂的外壁是黑白的，看上去比印度教堂肃穆很多。进耆那教堂必须脱鞋，而且内部不准照相。教堂还特别规定，女人来月经时不准进入，以免造成"污染"。不过，耆那教最奇怪的地方不在于对女人的歧视，而是对杀生的严格限制。为了防止杀死地里的小昆虫，耆那教徒甚至不准吃地下长出来的东西，比如花生和萝卜。虔诚的耆那教徒甚至在走路时都要戴口罩，以防止不小心吸进一只小飞虫。耆那教当初是因为反对种姓制度而创立的。按照这个制度，甘地一家属于"吠舍"（商人），排名第三，可算比上不足，比下有余。"吠舍"内部还细分出很多亚种姓，甘地属于"杂货店"亚种，其成员素以精于算计而闻名。种姓制度到了19世纪时已经不那么严格了，甘地的父亲当上了该地区的小官，算是进入了政界。甘地家境富裕，13岁就在父母的安排下娶了一名同为13岁的女孩为妻。那时甘地对性事很感兴趣，后来父亲病重，甘地昼夜陪床照料，却因为一次和妻子做爱，错过了给父亲送终的机会。这件事让甘地感到十分后悔，从此他对性的态度就发生了转变。

因为毗邻印度洋，古吉拉特邦很早就开始和外部世界接触。最早进入印度的葡萄牙人在古吉拉特邦的迪奥建立了永久基地，而古吉拉特人也像福建人一样，很早就开始了向世界各地移民的浪潮。事实上，如今在西方各国定居的印度移民大部分来自该邦，他们汇回来的钱让这个邦成为印度最富裕的省份。

受此影响，甘地也于19岁那年远赴英国读书。临行前母亲要他发誓，戒酒戒色戒肉。根据甘地回忆，他在英国期间几乎没能融进英国社会，只是因为戒肉的缘故，加入了伦敦的素食者俱乐部，并因此结交了一些朋友。

学成后甘地回到印度当了一名律师，却并不成功。因为一个偶然的机会，甘地去了南非，代表印度商人打官司。一次坐火车时，甘地被一名白人乘客赶下头等车厢，这件事成为甘地一生的转折点。他切身地体会到种族歧视的害处，从此便致力于改革印度的种姓制度。

作为印度移民工人的代言人，甘地采用"非暴力，不合作"的原则和南非白人政府打交道。这种方式看似公开示弱，其实却是最有效的方式。甘地非常熟悉英国人的思维习惯，他坚信并不是所有的英国人都是种族歧视者，他要让英国人自己感到害臊，从而主动改变。为了达到这一目的，甘地很好地利用了媒体的力量。电影《甘地传》中对这一点有着准确的描述。

这期间甘地还阅读了大量印度教文献，思维方式发生了极大转变。他脱掉了西装，穿上了印度传统的袍子。他散尽家财，开始过一种简朴的生活，甚至决定禁欲，再也不过夫妻生活。值得一提的是，甘地做出这一决定时并没有和妻子商量，这一时期的甘地仍然像一个传统的印度丈夫那样，在家庭事务中享有绝对的权威。

甘地道场

甘地在南非的所作所为为他在印度赢得了很高的知名度，但当他于1915年回到印度时，却没有立刻进入政坛，而是出人意料地选择回到了家乡古吉拉特，在首府阿麦德巴德（Ahmedabad）开了一间道场（Ashram），做了一名布道僧侣。这一选择再一次被证明是成功的，因为甘地深知印度是一个居民成分极为复杂的国家，在这样一个国家搞民主政治，很难获得民众广泛支持。但是，印度却是一个宗教氛围浓厚的国家，要想在最大范围内团结民众，必须披上宗教的外衣。果然，甘地开办道场的第二年就赢得了"圣雄"头衔。这个新的名号标志着他正式从一名律师变成了一个印度教的"导师"（Guru）。

阿麦德巴德的道场现在变成了甘地纪念馆，入口处贴着甘地的一句名言："我的一生就是我要传递的思想。"（My Life Is My Message.）甘地在这里过着异常简朴的生活，他甚至学会了纺线，自己给自己做衣服。这一举动具有很大的象征意义，因为甘地相信印度只有回到过去的农耕时代，才能真正摆脱英国的影响，印度人才能过上幸福的生活。为此他号召印度人放弃英语，学习梵文，从印度教典籍中找到人生的智慧。他还号召印度政府放弃工业化，建立一个在经济上独立自主的国家。

当时英国为了多征税，禁止普通人制造食盐。甘地于1930年发动了一次"制盐长征"，亲自率领几千名信徒从阿麦德巴德的道场出发，徒步24天走到海边，并象征性地抓起一把海盐。这件事为他赢得了广泛的尊敬，他抓住机会，搬到了印度的政治中心孟买，全面介入印度国大党的政治活动。国大党最初是一批受过西方教育的印度知识分子发起成立的，有了甘地的加盟，这个政党立刻获得了代表印度人民的资格。

此时甘地一心想做的就是让印度从英国的殖民统治中独立出来。为此他依然坚持"非暴力，不合作"的做法，并多次利用绝食来达到自己的目的，明眼人从中不难看出耆那教的影子。甘地提拔了信仰共产主义的印度教徒尼赫鲁作为新印度的领导人，"我死之后，他将成为我的代言人"。没想到，这一任命招致了很多人的不满，尤其是伊斯兰阵营的领袖人物真纳（Muhammad Ali Jinnah），他不想让印度教徒管理印度的穆斯林，一心想让穆斯林占多数的巴基斯坦和孟加拉地区从印度中分裂出来，单独成立一个伊斯兰国家。甘地极力反对这一做法，但尼赫鲁和国大党二号人物帕塔尔（Sardar Patel）坚持认为这是印度避免内战的唯一出路。

1947年8月，巴基斯坦和印度先后独立（孟加拉国后来从巴基斯坦分离出来，单独立国），立刻引发了印度教徒和穆斯林的回归浪潮，双方在迁徙的过程中屡有摩擦，最终大打出手。这是印度历史上最残酷的一场大屠杀，至少50万人死亡，数百万人无家可归。

如果印度不分裂会怎样？如果印度不急于独立会怎样？可惜历史是无法假设的，谁也不知道答案。

1948年1月30日，甘地被一名印度教狂热分子刺杀身亡。死前他的最后一句话是："哦，上帝。"

尾 声

2007年是印度独立60周年。60年后的今天，印度依然有1/3的人口是文盲，一半人生活在联合国制定的贫困标准之下（每天1美元），总数占到全世界贫困人口的1/3。印度至今没有一个真正意义上的全国通用语言，懂英语的人反而成为最先富起来的人。

贵族的印度

> 印度给我留下的最深印象就是印度人相互之间存在的巨大差别，这差别不仅仅是经济上的，还包括智力和教养等诸多环节。印度的贵族阶层是印度如此迷人的重要原因。

天堂和地狱

在甘地的家乡古吉拉特邦，所有住店的人都必须填登记表，上面赫然列出"种姓"一栏。

"我应该填什么种姓呢？"我问。

"你嘛，就填外国人。"旅馆老板说，"你们属于一个单独的种姓。"

印度的种姓制度其实是外国人创造出来的。公元前1500年左右，居住在中亚高加索一带的雅利安人（Aryan）入侵印度。为了和肤色黝黑的印度原住民——达罗毗荼人（Dravidian）区别，高鼻深目的雅利安人引入了种姓概念，规定婆罗门（僧侣）是最高级别，刹帝利（武士和官僚）其次，吠舍（商人和手工业者）第三，首陀罗（农民）第四。前三个级别基本上被雅利安人占据了，雅利安人带来了吠陀教，后来演变成印度教。他们把种姓制度和印度教结合起来，使得这种人类历史上最极端的歧视政策披上了宗教的外衣，并因此而流传了上千年。

四大种姓内部还按照工种的不同分出了很多"亚"种姓。于是，现在的印度有几百个种姓，彼此间矛盾重重。

"你一定要去孟买看看。"古吉拉特邦的旅馆老板对我说，"那是印度最富裕的城市，比你们上海强。"

"你一定要去看一场印度电影。"孟买的一家旅馆老板对我说，"孟买的电影业世界第一，比好莱坞厉害。"

其实我已经看了一路印度电影。从古吉拉特到孟买要坐12个小时长途汽车，司机完全不考虑有些乘客需要休息，放了一路宝莱坞电影，而且开足了音量。

虽然这么说，我还是花了200卢比（约合人民币40元）去孟买一家电影院看了一场电影。电影放映前，全体起立奏国歌，屏幕上是一面飘扬着的印度国旗。印度国旗是三色旗，中间有一个车轮形状的图案。初版印度国旗中间也有个轮子，那是甘地提议加上去的，代表纺线用的土丝车。印度独立前，尼赫鲁把那个图案简化了一下，代表印度教的"法轮"。

印度国歌的歌词是梵文，只有很少一部分印度人能够听懂。梵文是雅利安人为了记录他们的吠陀教经书而发明出来的文字，虽然印度独立后把英语和印地语定为官方语言，但是多年以来印地语一直没有进步，就连学校里的印地语教科书都不规范，因为不少学者提议用梵文代替印地语。一些梵文专家甚至声称，他们不用费劲就能理解现代物理学，因为量子物理学中的很多抽象概念梵文中都已经有了。

历史上只有婆罗门才懂梵文。婆罗门虽然不一定是印度最富有的人，但他们仍然享有很多无形的权力，是印度的无冕之王。事实上，出身高种姓的贵族在印度一直很受尊重，因为他们受过教育，在很多事情上拥有发言权。那天进场看电影的就是这样一批人，电影放的是好莱坞新片，没有字幕，但对于这些人来说丝毫不是障碍，因为印度有线电视包括很多英文台，他们几乎完全生活在英语的环境里，从语言到思维都完全西方化了。

这座电影院靠近孟买火车站。火车站名叫"维多利亚"，其建筑风格完全是英式的。火车站对面是一片英国常见的那种草地，一群群身穿白色制服的年轻人在玩英式板球。板球是印度国球，甚至可以说是印度人唯一喜欢的一项运动。板球运动不但规则极其复杂，而且需要一套昂贵的装备，很不适合普通人玩。一场正规的板球比赛可能要持续八小时以上，但运动量并不大，而且比赛的激烈程度也远小于足球和橄榄球，很不适合体育转播。即便如此，印度人仍然乐此不疲，板球明星在电视广告上的出镜频率仅次于宝莱坞明星。这两个群体有一些共同特征，他们大都是雅利安人的后代，而且都能说一口流利的英语。

如果你因此而以为印度人都会说英语，那就大错特错了。事实上，我在大街上遇到的大部分印度人的英语水平都极为有限，而且带有浓重的印度口音。我连说带比画，好不容易才让一位出租车司机听明白我要他带我参观孟买最有名的地方,结果他带着我去了海滩,肮脏的海水和重度污染的空气让我很快失去了兴趣。他又带我去了富人区,一幢幢欧式房屋掩映在绿树之间,看上去确实和欧美大城市相差无几。甘地在孟买的故居也位列其间。他住的是一幢四层的小洋楼,周围都是别墅,非常安静。

"你恨这些富人吗?"我问司机。

"不。"他想了想说,"他们只是运气好罢了。"

我在印度期间多次问了这个问题,答案惊人的一致。要知道,印度富人的富裕程度超过中国一大截,和欧美比也毫不逊色。根据《福布斯》杂志2007年的统计,印度富豪榜前四位的富人身家加起来大约是1800亿美元,比中国前40名富豪的身家总和还多600亿美元。

车子经过一座宏伟的寺庙,司机介绍说,这是当地一个银行家出资修建的。"印度富人最喜欢出钱修庙,因为这样能给他们带来好的'业'(Karma),死后就能投个好胎了。"一位在美国留学回来的印度电脑工程师对我说,"不过新一代电脑富豪,尤其是受过外国教育的那批人,已经开始把钱投给真正的慈善事业了。"

在我的要求下,司机带我去看穷人的生活。距富人区不远有一座桥,下面就是孟买著名的千人洗衣房。游客只能站在桥上,从高处参观这一奇景。这是亚洲最大的露天洗衣房,洗衣工清一色是男性,他们赤着上身,双脚站在污水里,用力地拍打、揉搓着五颜六色的衣服和被面。洗涤剂的气味随着湿热的空气飘上来,就连站在桥上的游客都会感到阵阵恶心。

这些衣服都是从各个洗衣店送来的。这

古吉拉特邦少女

些洗衣工每个月能赚六七千卢比，这在印度算是一笔不错的收入了。印度人不愿意洗衣服，就连穷人都不愿自己洗，宁可送洗衣店。这样做绝不是为了省劲，而是为了"清洁"。因为在印度教看来，所有从人身体里排出来的东西都是肮脏的，只有让"贱民"帮忙清理出去才不至于污染自己，所以印度的清洁工、洗衣工，甚至理发师都是由"贱民"来担任。"贱民"在四大种姓之外，是和普通人完全不一样的"非人"，甚至连进寺庙祈祷的权利都没有。"贱民"原还有个绰号叫作"不可接触者"，普通人就连碰他们一下都是不可以的，怕弄脏自己。

印度对"贱民"的歧视比西方对有色人种的歧视要严重得多，再歧视的白人也会雇用黑人做仆人，甚至做自己孩子的奶妈，但在印度这是不可想象的。甘地曾经回忆说，小时候他母亲向要饭的乞丐施舍饭食，一定要把手举得高高的，把食物从空中倒到对方的碗里，以免双方发生任何身体接触。

我请求司机带我去贫民窟看看，他犹豫了一下，似乎不愿意向一个外国人展示本国的污点，在我加了300卢比后还是带我去了。让我惊讶的是，贫民窟就在城市中心，和其他地区只隔一条马路。临时搭起来的铁皮屋建在马路边，屋子极小，里面黑洞洞的，坐满了人。屋里肯定是没有厕所的，就连厨房也没有，妇女们就在马路边临时搭个灶，坐在地上烧饭。孩子们穿着破旧的衣服，在马路边跑来跑去，玩得非常起劲。经常能看到破屋子的墙壁上贴着装饰性的电影招贴画，看得出这里的居民过得有滋有味。这些铁皮房屋建在一条高架的铁路线下，不时有火车呼啸着从他们头顶飞驰而过。

"这算是比较好的贫民窟，起码比孟加拉的好。"司机说，"政府正在建房子给他们住。"

"你之所以能看到这么多贫民窟，就因为我们印度是民主国家，我们的人民可以自由流动。"我住的旅馆老板是一个印英混血，说一口流利的英语，"他们选择来城里打工，因为比乡下挣钱多，应该给他们选择的自由。"

"如今对'贱民'的歧视已经很少了。"他又补充说，"在古代印度，'贱民'和其他人之间在空间上的隔离是很容易实现的，但印度已经是一个民主国家了，这种隔离是不可能做到的。"

可是，我在孟买的报纸上却看到了另一种隔离。印度每个省都有属于自己的英文报纸，上面经常会刊登征婚广告。印度的征婚广告非常奇特，它们大都是父母给子女征婚，而且最先列出的条件不是身高体重或者收入多少,而是孩子的种姓、语言和宗教信仰。印度除了英语和印地语外,还有16种半官方语言,以及超过1600种地方语言。这些语言不像中国的方言,其背后没有统一的文字支持。印度人的宗教信仰种类繁多,穆斯林甚至还要列出到底是逊尼派还是什叶派。印度人对于"门当户对"的要求远比中国严格,不同宗教信仰和种姓之间的印度人很少通婚,语言更是一种直接的隔阂,很难逾越。

在这样一个公民从出生开始就被分裂成许多小团体的国家,还能实行民主吗?在一个1/3人口是文盲,其中还有两亿"贱民"的国家,民主制度还能保证大多数人的长远利益吗?我一路上遇到的大多数受过教育的印度人都对民主制度充满信心,认为民主是解决所有问题的特效药。在他们看来,印度走的这条"先民主,后资本主义"的道路是正确的,虽然效率可能比中国低,但比中国稳定,不容易出轨。

不过,民主制度保证下的言论自由造就了一大批勇于独立思考的印度知识分子,他们对印度的现状进行了透彻的分析,提出了尖锐批评。比如,尼赫鲁大学社会学系教授迪潘卡·古普塔(Dipankar Gupta)在他写的《错误的现代化》(Mistaken Modernity)一书中就直接表达了他对印度民主制度的担心。在他看来,印度有太多的种姓,印度人对种姓的忠诚度相当高,候选人因此经常打"种姓牌"。再加上印度存在大量的赤贫人口,候选人只要用一点小钱就能很容易地从他们手里买到选票,因此印度的选举结果根本不能真正体现民意,不能代表印度人民的长远利益。

我问那个开口闭口"民主"的旅馆老板:"为什么实行了六十年民主制度的印度至今仍然有50%的人口生活在贫困线以下呢?"他脱口而出:"因为印度人口太多。"

这是我此次印度之行听得最多的一个解释。

脑力打工者

要想见识印度的人口密度,只要去任何一个火车站看看就行了。

印度的铁路系统是英国殖民地时期修起来的,至今没有太多的变化。印度全国都没有一条像样的全封闭高速公路,因此铁路仍然是印度人出门旅行的首选。在印度买火车票一定要提前几天预订铺位,否则就只能站着。印度有专门的车厢供那些没有定到位子的乘客使用,它们和卧铺车厢不连通,里面的人前胸贴后背,就像是一堆货物。

预订火车票很不容易,经常要等很久。印度人没有排队的习惯,加塞儿现象非常普遍,经常是老实人后面排一排,窗口却堵着一堆人。印度的订票系统十分奇特,虽然是电脑联网的,但订票者仍要填一张表,详细列出家庭住址和联系方式。显然,这个办法是针对那些无家可归的"贱民"的。

按规定,外国游客必须买带有空调的卧铺。在印度,空调是高档的象征,坐起来还是相当舒适的。但是印度的火车速度非常慢,平均时速经常不到40公里,所以在印度旅行必须花费大量时间在路上。

我坐火车去了印度南部重镇海德拉巴德(Hyderabad)。这是印度安得拉邦(Andhra Pradesh)的首府,以软件业闻名于世,被印度人戏称为"电脑拉巴德"(Cyberabad)。它和班加罗尔齐名,是印度最著名的两个软件城。外国媒体经常用这两个城市为例,说明印度正在走向现代化。

出了火车站,立刻感到这座城市的马路很宽,车速也比别的地方快。不过,车祸的频率也相应地要高很多。就在我满街找旅馆的时候,眼前就发生了一起事故。一辆摩托车失控,摔在了路中央。后面的车子好像根本没看见似的,照样开得飞快,把散落一地的鞋子和水果轧了个粉碎。

印度司机不爱吵架,但特别喜欢按喇叭,让喇叭代替自己和对方打交道。印度人也不喜欢围观,我在海德拉巴德的大街上目睹了一起打架斗殴事件,当时周围全是人,竟没有一个上去劝架,甚至连看都不看一眼,仿佛根本没有发生任何事情。

"为什么公共场合的印度人都非常自私,甚至有点冷漠,完全不顾别人的感受呢?"我曾经向一个印度的软件工程师请教。

"印度城市化后,各种种姓混杂在一起,根本分不出来,于是印度人大都不爱搭理陌生人,谁敢保证对方不是'贱民'呢?"

找到旅馆放下行李,我出门找网吧,谁知找了一圈竟无功而返。海德拉巴德虽说是

九天节上表演的男孩

电脑城,但不属于旅游点,外国游客不多,因此,网吧的数量和质量都远不及孟买或者新德里。

  我住的旅馆临街,一直到凌晨2点以后依然车水马龙,吵得人睡不着觉。第二天早上6点我就又被喧闹的车辆吵醒了,看来这是一座不夜城。

  既然睡不着,我索性起床,按照旅馆老板的指引,去"印度软件技术公园"(STPI)参观。STPI是印度政府设立的一个服务性机构,专门为软件公司提供后勤服务,包括办公室、网络连接,以及人员培训等。海德拉巴德市的STPI位于市中心,大楼的外墙上贴满了招生广告,除了电脑课程就是英语培训。入口处,几个少年强行将招生广告塞给过往的行人,丢弃的废纸就像在马路上铺了一层地毯。

  这些课程的上课地点都在这幢楼内。我发现老师上课全部用英语,但是口音很重,外人很难听懂。课间休息时候遇到几个学生,他们都是从周围的小城市过来的,而且都已经拿到了本科学位。"我是学机械的。"一个学生对我说,"即使找到工作,起薪也只有5000卢比。但如果我能在高科技城找到一份软件程序员的工作的话,起薪至少1万卢比。"

他说的这个高科技城距离海德拉巴德市中心有 5 公里的路程,坐"摩的"大约要花 150 卢比。虽然海德拉巴德的"摩的"都安装了计价器,但都是机械式的,很容易作弊。当地政府下令要求更换成数字式的,结果"摩的"司机用罢工来要挟政府,硬是拖着不换。旅馆老板建议我一定要先讲好价钱,否则肯定被宰。

高科技城原来是一片农田,几年前被政府买下盖了一批办公楼,招来不少软件公司入驻。城中心是一幢圆形的高楼,名叫"电脑塔楼"(Cyber Tower),是高科技公司最集中的地方。要想进去参观非常不容易,必须先登记,还要过安检。塔楼中间居然是空的,还有一个巨大的喷水池,一点也不像是印度的建筑。"电脑塔楼"后面还有几幢更现代化的高楼,聚集了包括微软和甲骨文在内的一批国际知名企业。通往那片地方的公路上居然设有岗哨,持枪的卫兵挨个检查行人,没有胸牌的不准过,甚至也不能照相,好像在守卫一座军营。

"上个月这里发生了两起爆炸事件。"STPI 的副部长克里斯纳亚(Krishnayya)对我说,"有人对软件城不满,一直在搞破坏。"

九天节上看表演的女孩

STPI在电脑城里有一间办公室，管理得就像一家公司。我注意到工作人员之间全部都用英语对话。

"印度南部方言多。"克里斯纳亚解释说，"印地语原来是北方的方言，南方人不会讲，因此大家都习惯于用英语交谈，否则就没法交流了。"

"我们这个城市除了软件业以外，还是有名的'国际电话中心'聚集地。"这位副部长补充说，"国外很多大公司都喜欢把电话客服部门设在印度，因为我们能够培养出一大批英文好、工资又低的接线生。"

按照他的说法，这些"国际电话中心"的客户大部分在美国和欧洲，因此海德拉巴德人的作息时间就乱了套，硬生生地把这座城市变成了"不夜城"。

软件业也是如此。2006年海德拉巴德的软件出口68%去了美国，18%去了欧洲。软件工程师免不了要和对方沟通。于是，"电脑塔楼"里的自助餐厅不但24小时开业，而且特别设立了晚间优惠制度，就是为了方便晚上加班的软件工程师们。

"印度政府为软件商提供了世界上最优惠的政策，就是为了吸引他们来印度创业。"克里斯纳亚说，"比如我们海德拉巴德，几年前就预先投入大笔资金，改善了城市的硬件设施，比如修马路，盖高档别墅等。你来的路上应该注意到了吧？这条路是双车道，道路质量很好吧？"

迪帕克·阿格拉沃（Deepak Agrawal）证实了副部长的说法。阿格拉沃是一个留学美国的软件工程师，一年前回国探亲，看到海德拉巴德提供的条件，立刻决定打道回府。"STPI为我的公司免费提供了办公室和所有后勤人员，我连房租水电费都不用交。"他说，"我只需要交一笔人头费，每雇用一个人支付5000卢比给他们就行了。海德拉巴德地处印度中心，铁路四通八达。这个城市还有大量优秀的计算机专业毕业生，即使是刚毕业的新手，只要培训一个月的时间就能派上用场。"

"既然印度人英文这么好，又聪明，为什么在工业革命的时代无所作为，却在信息时代一枝独秀呢？"我问阿格拉沃。

"印度人喜欢思考抽象问题，擅长理科，不擅长工科，电脑业简直就是为印度人量身定做的。"阿格拉沃说。

阿格拉沃的话确实有点道理。我注意到，海德拉巴德市的英文报纸每天都有一整版的数字类小游戏，还有很多棋牌分析，光是桥牌局就有两个，显然这份报纸的读者喜欢数学。

前"宝洁"公司印度分公司的CEO格查仁·达斯（Gurcharan Das）曾经写过一本非常出色的历史书，叫作《解放了的印度》（*India Unbound*）。据他分析，印度的种姓制度造就了一批擅长抽象思维、善于思辨却缺乏实际动手能力的印度知识分子。他们要么出身婆罗门，要么希望自己像婆罗门那样，不劳动，整天待在寺庙里钻研经书，思考宇宙、生命和轮回之类的宏大命题。这就不难解释为什么印度教具有如此浓厚的哲学色彩，也更加容易理解为什么是印度人首先发明了"零"这个概念，并创造了最简洁的数字体系（阿拉伯数字就是印度人发明的）。不过，整个海德拉巴德只有20万软件从业人员，他们对于整个社会经济的贡献能有多大呢？

"印度的软件业发展对普通印度人有什么好处呢？"我继续追问，"我看到海德拉巴德的大街上仍然到处都是乞丐和闲人，肮脏不堪。"

"我来教你两个印地语单词。"阿格拉沃说，"印地语中有两个词用来描述'穷人'，一个是Gareeb，是指经济上的穷人。另一个是Dareedra，是指思想上的穷人。很多印度人，尤其是低种姓的印度人，已经习惯把自己看得低人一等了。对于这些Dareedra，光靠发展经济是不能解决问题的，只有通过长时间的思想改造，才能从根本上改变他们的生活。"

寻访"飞人"的故乡

> 当博尔特拿到北京奥运会百米冠军时,我就有了去他老家采访他的冲动,而当他又拿下了200米冠军并打破世界纪录后的第二天,我就踏上了飞往牙买加的旅途。

踏上"飞人"的土地

2008年,寻访世界第一"飞人"的旅程,是在慢吞吞的节奏中开始的。

北京没有直飞牙买加的航班,必须从北美转机。多伦多机场的行李搬运工几乎全是牙买加人,他们眉飞色舞地聊起牙买加田径英雄们的事迹,自豪之情溢于言表。

牙买加在说英语的美洲国家中排行第三,人口只有280万,不到北京市的1/5。牙买加几乎每家每户都有直系亲属在美国或加拿大生活,多伦多就是移民加拿大的牙买加人最喜欢居住的城市。

牙买加航空公司的接待员是清一色的牙买加人,不但说话带有浓重的牙买加口音,就连办事效率也都充满了热带风情。等了一个多小时后终于轮到我,却被告知飞机晚点七个小时,原因不明。好心的服务员安排了一间旅馆,却被拒收,因为牙买加航空公司经常赖账,旅馆要求先拿到银行转账凭证才肯接收我。牙买加航空公司居然不知如何使用传真机,只好派人开车把转账凭证送过来,我终于在三个小时后得以在旅馆的床上睡了三个小时。

凌晨1点半,满载乘客的飞机终于抵达金斯顿国际机场。走出机舱,一股湿热的空气迎面扑来。金斯顿市中心几乎全部是贫民窟,非常危险,因此连一间旅馆都没有,游客必须住到"上城",也叫"新金斯顿"。牙买加的出租车没有计价器,全凭司机一张嘴。不到20公里的路程,要价30美元。

旅馆没有空调，但还算干净。每间房间里都有一个电风扇，既能降温，又能把蚊子吹跑，一举两得。

第二天一早，我出门转转，恍惚间以为自己是被派到巴尔的摩采访菲尔普斯的！新金斯顿非常像美国的居民区，到处都是独门独院的小房子，看不到街边小店，只有美式的连锁超市和快餐店。路上很难见到公共汽车，也几乎看不到一个行人。服务员告诉我，"新金斯顿"是牙买加富人住的地方，穷人都住在老城。那里的犯罪率奇高，2008年上半年已经发生了将近一千起谋杀案，按百分比算位列世界第三，仅次于哥伦比亚首都波哥大和南非最大的城市约翰内斯堡。

"你要是万不得已必须去老城，千万别在街上走，那里经常发生帮派枪战，我有一个朋友就是被流弹打死的。"服务员叮嘱我。

翻开当地报纸，头几版几乎全都是犯罪报道，剩下的就是关于奥运英雄的最新动向和他们的大幅照片。那天正好有一篇对400米栏冠军米兰妮·沃克（Melanie Walker）的专访，她特别希望牙买加人看在这六块奥运金牌的分儿上，停止帮派战争，减少犯罪。

"我是专门来采访牙买加田径明星的，你知道怎么找到他们吗？"我问服务员。

"我最好的朋友认识鲍威尔的教练，我可以帮你问到他的电话。"

博尔特的家

"那你知道怎么找到博尔特吗?"

"他要到 9 月底才能回国,不过你可以去他老家找他父亲,他昨晚刚从北京回来。他家在特拉尼省(Trelawny)的谢伍德康坦特(Sherwood Content),你到了那里随便问谁都能告诉你具体地址。"

我后来发现,几乎每个牙买加人都能和他们的田径英雄拉上某种私人关系,也对每位英雄的详细行踪了如指掌。

旅馆附近没有餐馆,早饭只能在旅馆附设的餐厅解决。菜谱非常简单,除了薯条、汉堡包外,就只有午餐肉和烧鸡块,外加号称"牙买加国菜"的阿开木果煮咸鳕鱼(Ackee and Salt Fish)。阿开木果是牙买加独有的水果,不能生吃,必须煮过才可食用。这三种"菜"的量非常少,必须配以煮木薯、煮香蕉和煮饺子才能吃饱。其中饺子名不副实,虽然英文也写作"Dumpling",但里面没有馅,只是一块蒸熟了的死面疙瘩。这三样富含淀粉的食品合起来叫作"煮食物"(boiled food),是牙买加人最主要的能量来源。这样一份早餐的价格是 500 牙买加元,约等于人民币 50 元。另外,一瓶水的价格是 70 元,一根香蕉则是 40 元,都远比中国的价格要高。当地人告诉我,普通牙买加工人的月薪只有 2 万牙买加元,真不知道他们是如何生活的。

我点了一份阿开木果煮咸鳕鱼,居然等了 40 分钟才做好,牙买加人在田径场上的速度还没有转移到日常生活当中来。煮熟了的阿开木果很像炒鸡蛋,没什么味道。难怪中餐在牙买加算是绝对美食,只有富裕人家才吃得起。

"飞人"的故乡

第二天,我花 200 美元租了一辆出租车,载我去博尔特的家乡。司机名叫安德里,是个 29 岁的单身青年,但已经有了两个孩子。"我的孩子都跟他们的妈妈住,我每月要付抚养费。"他说,"我跟现在的女朋友很好,但没钱买房子,所以没法结婚。"

安德里的情况在牙买加非常普遍。牙买加男人是全世界有名的大男子主义者,有相当数量的牙买加孩子都没有父亲。

安德里的车是一辆1991年产的丰田Corola，里程表早就封顶了，排气管也完全失灵，听上去像是在开一辆F1赛车。安德里的驾驶风格也像F1赛车手，一有机会就把油门踩到底。牙买加的沿海公路质量尚可，但一进山就完全不同了。虽然都是柏油路，但年久失修，到处是坑。"美国游客只在海边活动，所以海边的路好。只有牙买加人才住在山里，所以山路就没人管了。"他说。

牙买加是一个狭长的小岛，东西长284公里，南北最宽处也只有80公里。这是一个典型的火山岛，面积不大，但高差很大，最高处位于东边的蓝山，海拔超过2000米，那里出产的蓝山咖啡世界闻名。金斯顿位于牙买加岛的东南角，本是一个优良的港口，但因为缺乏优质海滩，大多数外国游客根本不会来这里，而是直飞位于北边的蒙蒂哥湾（Montego Bay）。事实上，整个牙买加北海岸几乎都是度假胜地，整个海岸线都被各式各样的避暑山庄占领了，普通牙买加人只能离开海滩，搬到山里，务农为生。

牙买加这个词在土语里的意思是"山泉之地"。因为多山，牙买加中部降雨充沛，泉水丰富，植被覆盖率很高，整个国家像是覆盖了一层绿色地毯。可惜的是，越往北开，地毯上的黄色"补丁"就越来越多。原来，牙买加北部的土壤富含铝矿，而且大都可以露天开采，经济价值很高，是牙买加除旅游业以外最重要的经济来源。

感谢安德里疯狂的驾驶风格，三个多小时后我们就来到了200公里之外的特拉尼省境内。果然，这里的人不但都知道博尔特，甚至每个人都和他有点关系。我们最后问的一个人自称是他的老师，但没直接教过他。"不过我曾经带着他去看过球赛哦！"他自豪地说。

按照这位老师的指引，我们离开海边高速公路，沿着一条坑坑洼洼的柏油小路向山里进发。开了不久就遇到道路施工，工人们正在填补路坑。"我们找对地方了！"安德里说，"我敢打赌这条路是为了博尔特而修的。"

车子顺着蜿蜒的小路开了大约15公里，来到了一个小村庄。村头有个小卖部，门外坐着十几个无所事事的年轻人。一问，果然这就是博尔特家所在的村子。一位名叫詹姆斯的年轻人自告奋勇坐进车里，给我们带路。"我是尤赛因的同学，跟他很熟。"他说。再问下去才知道，其实詹姆斯只有18岁，跟博尔特同校而已。他也喜欢跑步，但没跑出来，高中毕业后只能在家待业。"我们村大部分高中毕业生找不到工作，只能回家种地。有些人嫌种地挣钱少，进城当黑帮，杀人抢劫什么坏事都干。"詹姆斯不想当黑帮，就跟父亲学习修水管，希望将来能进城当个水管工。"其实我更喜欢 DJ，很想搞音乐。"他说的 DJ 相当于美国人的 Rapper，也就是饶舌歌手。饶舌乐几乎就是牙买加人发明的，目前流行于牙买加年轻人当中的"舞厅音乐"（dance hall music）和美国的嘻哈乐相当类似，只是其节奏更加适合跳舞。"尤赛因最喜欢跳舞了，我们村正在筹备一个欢迎尤赛因返乡的大派对，我一定会上去说一段。"

詹姆斯指引我们沿着唯一的一条柏油马路向博尔特的家开去。这个村子和中国的村庄很不相同，反而更像是美国农村。这里每家每户都不住在一起，而是散落于这条公路的两边，互相之间至少相隔 100 米以上。"我们这里每户人家都有自己的土地，房子自然也都建在自家的土地上。"詹姆斯解释说。

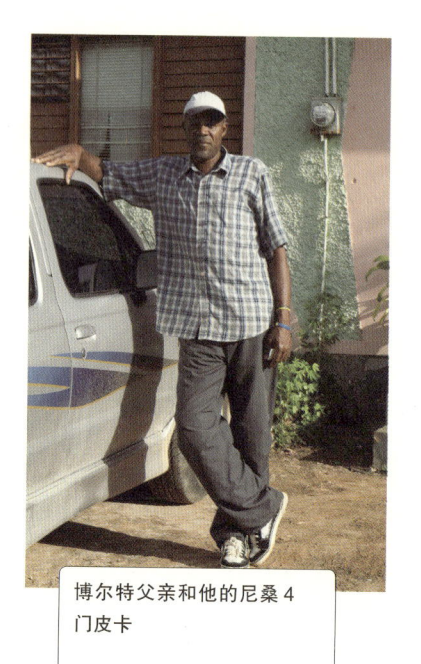

博尔特家距离村口大约有 2 公里远，同样也是一幢独门独院的屋子，外墙刷成了粉红色，看上去很新。可惜大门紧闭，博尔特的父亲韦尔斯利·博尔特（Wellesley Bolt）不在家。没办法，詹姆斯只好带我们去找博尔特的姑姑莉莉·博尔特（Lily Bolt），村里人都叫她莉莉阿姨。她在村里开了一家小杂货店，兼做旅馆生意。

"莉莉阿姨有人找！"詹姆斯喊道。

"来了！"随着一声洪亮的回答，莉莉阿姨推门出来了。她身高大约 1.78 米，但体重至少有 120 公斤。两条胳膊比一般人的大腿都粗，但看上去相当结实。她的手掌也比一般人的大一号，手指粗得像胡萝卜，握手的时候扎得我很疼。

"我是韦尔斯利的姐姐，从小看着尤赛因长大的。"她说，"不过他现在不属于我啦，他属于全世界了！"

博尔特父亲和他的尼桑 4 门皮卡

牙买加人的英语都有严重的口音，很难听懂，但是莉莉阿姨的英语非常好懂，因为她经常接待外国游客，现在还有个美国来的"和平队"（Peace Corps）成员米切尔住在她家里。

"我家已经变成记者接待站了。"莉莉阿姨说，"奥运会100米决赛那天有很多记者来这里和我们一起看转播，还把我们庆祝的照片拍下来登在报纸上了。"

"看见你我就明白尤赛因为什么跑得这么快了。"我对她说。

"我们一家人的基因肯定很优秀。"她笑着说，"我孙女今年才16岁，已经有1.8米高了！不过还有一个重要原因让尤赛因跑得这么快，那就是我们这里的特产——黄山药（yellow yam）。"

"对啊，你一定要尝尝我们的黄山药！"小店里的几位当地顾客冲我挤挤眼睛，附和道。

"黄山药在当地人心目中能壮阳，所以他们才会拿这个开玩笑。"米切尔后来对我说，"牙买加男人十分迷信，他们从来不去医院，也从来不吃西药。他们迷信植物的神力，认为包治百病。"米切尔已经在这个村子工作了一年，主要任务是协助当地人保护环境。据她说，博尔特一年前就已经是牙买加国内家喻户晓的明星了，却直到这届奥运会上才被其他国家的人所知道。"牙买加的情况和博尔特非常类似，大部分美国人来牙买加度假，只会住在海滨别墅，从来不进山，也就根本不知道真正的牙买加人是如何生活的。"

"比如，'007'的作者伊安·弗莱明就住在牙买加，但是他笔下的牙买加完全和当地现实脱节，把牙买加妖魔化了。"

博尔特家乡两个运水的小孩

寻访"飞人"的故乡

听说来了客人，门外又来了几个年轻人，都自称是尤赛因的好朋友。其中一人穿着一件画有帮派图案的T恤衫，嘴里叼着一根大麻烟，要求我给他买瓶酒。"尤赛因确实常跟他们在一起玩，但他从来不抽大麻，否则通不过药检。"莉莉阿姨对我说，"尤赛因是吃自家产的粮食长大的，我们这里土壤很肥，种什么都能长，而且根本不用施化肥。"

莉莉阿姨带我去参观她家的院子，里面长着黄山药、土豆、香蕉、芭蕉、橘子、玉米、甘蔗，以及西红柿和黄瓜等蔬菜。"后面还有一个饲养场，养了很多鸡、羊、牛、猪。除了鱼需要从外面买以外，我们这里所有的食品都能自给自足。"

莉莉阿姨告诉我，博尔特一家以前住在临近的圣安妮省（St. Ann），四十多年前那里发现了铝矿，老板把地买下来采矿，把他们迁到了现在这个地方。当时这个地方没人住，因此每家都分到了几十公顷的土地。现在她和弟弟韦尔斯利每人都有二十多公顷土地，产出的粮食足够一家人吃喝。

"我们这里雨水足，根本不需要灌溉，种子撒下去，只要除除草就行了，而且一年四季都能种东西。"

确实，这里虽然偏僻，但并不穷，很多人家都有汽车，起码看上去衣食无忧。

"这里的人不缺食物，就缺钱。"米切尔告诉我，"农产品卖不出价钱，所以年轻人都希望去大城市工作。老年人还好，有宗教信仰支撑着他们。年轻人就不同了，帮派生活对他们更有吸引力。"

米切尔带我去参观教堂，这个小山村居然有三座教堂，分属不同的基督教门派。尤赛因的妈妈非常虔诚，经常带儿子去教堂做礼拜。牙买加人的祈祷方式更像是开音乐会，祈祷者一边唱歌一边哭诉，声泪俱下，显得非常投入。

"现在还有多少人信拉斯特拉法里教呢？"我问。拉斯特拉法里教（Rastafari）源于牙买加，该教信徒相信埃塞俄比亚总统海尔·塞拉西一世（Haile Selassie I）是上帝的化身，因此他们都希望跟随他回到非洲，去寻找他们的根。牙买加著名的雷击乐教父鲍勃·马里（Bob Marley）是该教最有名的教徒。

"很多人听了鲍勃·马里的歌就以为牙买加人都信拉斯特拉法里教，其实牙买加真正信这个教的人并不多，也就10%左右。绝大多数牙买加人都信基督教。"

"那么牙买加人不再想回非洲了吗？"我问。

"这也是很多西方人对牙买加的想象，其实牙买加人早就不这样了。我刚来的时候曾经给牙买加学生上课，讲黑奴历史。结果班上的同学对我说，如果没有奴隶制，他们就不会来牙买加了！现在的牙买加人都很喜欢自己的国家，很少有人还把非洲当自己的根。"

确实，据我后来观察，拉斯特拉法里教徒更像是印度的苦行僧，虽然受尊敬，但真正的追随者并不多。大多数牙买加年轻人都很开放，追求享乐，和西方年轻人没什么不同。

参观完教堂，我们沿着原路返回。我突然发现，这个村子的地势非常奇特。这是一个迷你型盆地，总面积大概不到1平方公里。两边的山峰顶部是圆形的，但山脊却直上直下，仿佛这块盆地是突然陷到地下去的。

"这就是牙买加特有的鸡笼地形（cockpit country）。"米切尔说。她介绍我认识了迈克·施瓦茨（Mike Schwartz），一个在村子里住了十几年的美国生态学家。施瓦茨告诉我，这个地方属于喀斯特地貌，因为雨水丰富，石灰岩底层经常会发生塌陷，形成了一个个坑洞，从天上看很像一个个鸡笼。"鸡笼"这个词来源于英国斗鸡，因为斗鸡经常在狭小闷热的地方举行，所以这个词后来又有了新的含义——机舱。用这个词形容这里的地貌倒也非常合适，因为喀斯特地坑里面非常炎热，缺乏地下水，也没有河流经过，根本不适合人类居住，所以从前的奴隶主一般不会把甘蔗园建在这里，土壤肥力保持得很好。奴隶制废除后，很多自由了的黑奴没有别的地方可去，只好来这里定居。他们平时依靠雨水解决生活用水问题，遇到干旱就只能走很远的路去搬水。牙买加政府为这里修建了一条自来水管道，但经常出毛病。

"我们村有三个月没自来水了，我给政府打过很多报告都不管用。"莉莉阿姨对我说，"尤赛因拿了奥运会冠军后，我对来采访的BBC记者说，我们最需要政府替我们办两件事：修自来水管和修公路。BBC记者把这段话写了出来，政府马上派人来把水管修好了，并且投资了1070万牙买加元（相当于100万元人民币）修路，一定要让凯旋的尤赛因看到一条崭新的公路。"

夜幕降临，韦尔斯利还没回来。莉莉阿姨给我做了顿晚餐，包括煮黄山药、煮土豆、煮芋头、煮香蕉、煮芭蕉、煮洋葱、煮西红柿、煮胡萝卜和几片生黄瓜，外带两块烤鱼。

著名的黄山药一点也不甜，其他食物也都没什么味道，据说村民几乎天天吃同样的东西，居然不厌倦，真是奇迹。

"你们为什么不吃米饭呢？"我问。

"我们这里的土壤就像漏斗，水留不住，所以不能种水稻。"莉莉阿姨回答。

晚饭后一家人坐在客厅里看电视，当地电视台又一次重播牙买加田径队在奥运会上的精彩镜头集锦。"你知道吗？这个舞步叫作'Nuh Linger'，是Ravers Clavers舞蹈团发明的。"莉莉阿姨的孙女指着电视机对我说。电视屏幕上，博尔特正在一左一右地扭动身子，之后他又换了个动作，开始前后摇摆，"这叫'Gully Creeper'，是一个外号叫'冰'（Ice）的舞星发明的，'象人'（Elephant Man）还为这个舞姿写过一首歌呢。"莉莉阿姨的孙女说。

后来得知，Nuh Linger是个西班牙式的英语，意为"不要磨蹭"。Gully Creeper字面上的意思是"慢慢过沟"，用来描述一种双脚一前一后缓慢走动的舞蹈动作。而"象人"则是博尔特最喜欢的牙买加歌手之一。

"看，'To The World'！这也是牙买加流行的一种舞蹈，是RDX舞蹈团发明的。"电视屏幕上，博尔特在出发前做了一个射箭的动作。中央电视台的解说员以为博尔特是在"箭指终点"，表达自己必胜的信心，谁知人家其实是在跳舞呢！不过，央视的解说也没错。这个舞蹈的名字可以翻译成"献给世界"，博尔特果然在接下来的9.69秒内奉献了一场震惊世界的表演。

博尔特在比赛前的舞蹈动作已经和他的冲刺姿势一样有名了。相比之下，前百米世界纪录保持者鲍威尔明显感觉紧张，也许这就是为什么他总是在世界级大赛上有失水准吧。

"哈，我的儿子又在跳舞呢！"随着一声洪亮的喝彩，一个身高1.9米的壮汉走了进来。尤赛因的父亲韦尔斯利今年52岁了，但身材依旧保持得很好，看上去只有40岁出头。"对不起，我回来晚了，有人要把我儿子的头像印在鞋上当广告，我和他们谈判去了。"韦尔斯利解释。

寒暄了几句之后，韦尔斯利直入主题："你对罗格的话怎么看？"我知道他指的是奥委会主席罗格指责博尔特赛后没有跟其他运动员握手，不尊重对手。

"我觉得罗格的话没有道理，尤赛因有权决定该如何庆祝。"我回答。

"依我看,其他那七个运动员才该被指责!他们应该跑过去向我儿子祝贺才对。"韦尔斯利说。

天下父母谁不护犊?牙买加人当然也不例外。

"飞人"的成长史

韦尔斯利是个健谈的人,他滔滔不绝地讲起了尤赛因小时候的故事:

"尤赛因出生于1986年8月21日,是我和妻子詹妮弗(Jennifer)唯一的孩子。我本人还有两个孩子,但是和不同的女人生的。尤赛因从小就特别好动,医生说他得了多动症,但我觉得没那么严重。不过他小时候很淘气,你看他胳膊和腿上有不少伤疤,都是小时候磕碰留下的。为了不让他惹事,我有时候还会打他屁股,不过次数并不多,因为他算是个听话的孩子。

"尤赛因从小就很强壮,一直是同龄人中最高最壮的。他饭量很大,尤其喜欢喝牛奶。不过,他能长这么高,除了营养好的缘故外,基因也很重要。我有高个子基因,他姐姐1.8米,他弟弟年纪还小,也已经超过了1.8米。他妈妈身高1.78米,我俩都是短跑的好手,当年都是中学200米和400米冠军,当然成绩并不那么出色。尤赛因最先喜欢的运动是板球,后来他的小学教练看他跑得快,就让他改练短跑,主攻200米和400米。

"我现在开了家肉铺,日子过得不错。不过从前我家并不富裕,他妈妈是个裁缝,我是政府雇员,负责指导当地农民种咖啡,工资不高。可是我们俩一直非常重视孩子的教育,从来没让尤赛因去种过地,而是一直督促他好好学习。可惜他成绩并不好,没考上高中,但是因为他跑得快,这才得以进了特拉尼省最好的中学威廉·尼布纪念高中(William Knibb Memorial High School)。这所高中很贵,每年学费7000牙买加元(按照当时汇率相当于人民币1000元)。学校距离我家有20公里远,尤赛因每天都要走2公里到村头,再坐出租车去上学,非常辛苦。

"尤赛因刚上高中时是12岁,但已经是全校跑得最快的孩子。那一年学校组织运动员去美国参加国际中学生田径赛，但需要家长出钱。我凑足了钱让他出去见世面，结果第一次比赛就出了洋相。那是在迈阿密举行的 200 米比赛，尤赛因不知道人家的发令是用枪的，结果枪响后他还站在起跑线上没动。教练急得大喊：'赶紧快跑啊！'尤赛因奋起直追，仍然拿了冠军！后来他还参加了 400 米比赛，结果只获得了亚军，从此尤赛因就把 200 米作为自己的主攻项目。

"很多媒体说尤赛因是因为崇拜牙买加短跑名将唐·夸里（Don Quarrie）才专攻 200 米的，或者说他仇恨美国，其实都不对。他的偶像是美国的世界纪录保持者迈克尔·约翰逊，他本人挺喜欢美国，只是不喜欢美国运动员那么霸道罢了。比如那次迈阿密田径锦标赛，美国人的口号是'美国 VS 世界'，尤赛因就很不服。"

第二天，韦尔斯利带我去参观尤赛因上过的学校。他的小学名叫瓦德西亚（Waldesia），距离他家大约 3 公里远。学校很小，教室建在一个小山坡上，下面是一块很小的平地，两个足球球门立在两边。"尤赛因最初就是在这块草地上开始跑步的。"韦尔斯利说。

"可我没看到跑道啊？"我惊讶地问。

"牙买加人不用跑道，我们习惯在草地上跑！"

因为正值暑假，学校没人，我们没待多久就去了威廉·尼布纪念高中。这所能容纳 1350 名学生的高中看上去很正规，起码教学楼相当新。但是当我来到学校的操场参观时，再一次震惊了。这个操场也全部是草地，看不到塑胶跑道的影子。

"现在是暑假，所以草地很久没修剪了。"该校体育部的教导主任罗妮·索普（Lorne Thorpe）对我说，"到了田径赛季的时候，我们会用烧化的轮胎滴下来的油在草地上画出跑道，这样就可以进行比赛了。"

索普是个慈眉善目的中年妇女，大家都称她是博尔特的第二个妈妈。"我是看着尤赛因从一个 12 岁的孩子长成一个 16 岁的青年人的。"她说，"尤赛因是个非常善良的孩子，性格开朗，喜欢搞笑。不过他又是田径队里训练最刻苦的一个，其他人喊累的时候他总是想法子为大家鼓劲。"

索普带我参观了学校的器材室，毫不夸张地说，这里的器材都比不上北京的一所普通小学。整个学校只有一套健身拉力器，跳高用的海绵垫子破旧不堪，练举重用的躺板居然是用木板做的，只是在博尔特成名后才有了第一个海绵垫子。除此之外，博尔特带来的另外一个好处就是 30 多双崭新的跑鞋，都是博尔特的赞助商 Puma 公司赞助的。

"你回去跟中国政府说说吧，想办法赞助我们一点运动器材！"索普笑着说。

"那你们得赞助我们一些训练经验。"我回答。

"没什么特别的经验，任何事情，只要你全身心投入，一定能做好。"

博尔特的成功，似乎并不完全能用"专注"来解释。2002 年，博尔特在牙买加举行的世界青年田径锦标赛上一举获得了 200 米冠军，是"世青赛"历史上获得该项目冠军最年轻的运动员。此时他才刚满 15 岁，仅仅在威廉·尼布纪念高中的草地上训练了三年。

2004 年，博尔特在一次 200 米比赛中跑出了 19.93 秒的好成绩，是青年组中第一个跑进 20 秒大关的人。同年，博尔特高中毕业。他拒绝了数所美国大学提供的田径奖学金，而是选择成为一名职业选手，并聘请威廉·尼布纪念高中从前的毕业生诺曼·皮尔特（Norman Peart）作为自己的经纪人。

"牙买加出过很多青少年短跑好手，但他们去了美国后被要求尽快出成绩，被迫参加了太多的比赛，把身体累垮了，所以普遍缺乏后劲，进了成年组就不行了。"韦尔斯利这样解释尤赛因的选择。

博尔特当时的教练是费兹·科尔曼（Fitz Coleman）。他是个中距离项目的教练，博尔特在他的指导下经常受伤。一年后博尔特转投牙买加著名的短距离项目教练格兰·米尔斯（Glen Mills）门下，成绩突飞猛进。此时博尔特又要求兼项 100 米，遭到米尔斯教练的拒绝。因为博尔特已经长成一名身高 1.96 米、体重 88 公斤的壮汉，当时的国际田径界一致认为身材太高的人启动速度慢，不适合 100 米。

在博尔特的一再要求下，米尔斯和弟子达成协议：如果博尔特能打破唐·夸里保持了 36 年的牙买加 200 米纪录，就让他跑 100 米。结果博尔特在 2007 年跑出了 19.75 秒的好成绩，把原纪录提高了 0.11 秒。比赛结束后，博尔特径直走到米尔斯面前，开口就说："什么时候开始练 100 米？"

2007 年 7 月，博尔特第一次参加 100 米比赛，就跑出了 10.03 秒的好成绩。第二次比赛

寻访"飞人"的故乡

博尔特的小学操场

也是这个成绩，但第三次比赛就一跃为 9.76 秒，没有人能够解释为什么他的进步如此神速。

"剩下的事情就都进历史书了。"韦尔斯利用这句话结束了采访。

"尤赛因的下一个目标是什么？"我问。

"他想成为历史上第一个 10、20、44 的人，也就是 100 米跑进 10 秒，200 米跑进 20 秒，400 米跑进 44 秒。"

博尔特已经完成了前两个目标，目前他 400 米的最好成绩是 45.28 秒，但是对这样一个极具天赋的 22 岁的年轻人来说，没有什么能够阻挡他实现自己的目标。

尾 声

回金斯顿的路上，我看到不少车上都挂着牙买加国旗，司机安德里告诉我，从博尔特获得百米冠军那天开始，牙买加国旗就卖断货了。

牙买加国旗是黄、绿、黑三色，象征着阳光、森林和黑皮肤。牙买加 90% 的人口都是黑人，他们是当年被贩卖到这里的黑奴的后代。其实牙买加早在公元前4000年时即有人居住，但最早的居民是来自美洲大陆的黄皮肤的原住民。哥伦布1494年第二次美洲之行时发现了牙买加岛，从此该岛便成了西班牙殖民地，继而成为世界最大的甘蔗出口国。

西班牙人用了二百多年就把牙买加原住民全部杀死了，只好又从非洲运来大批黑奴负责种甘蔗。牙买加的大部分黑奴来自加纳，也有一部分来自安哥拉，博尔特的祖先很可能来自这两个国家之一。能够在奴隶主的皮鞭下活下来的一定是身体异常强壮的人，这就不难理解为什么博尔特一家能有如此优秀的基因了。

1655年，英国人打败了西班牙人，占领了该岛，这也是英国人在加勒比海地区最大的军事成果，因此整个加勒比地区只有牙买加、特立尼达和多巴哥等少数几个国家讲英语。没有了语言障碍，这个国家在文化上很容易和美国沟通，因此继承了美国人的很多风俗习惯，比如对田径，尤其是短跑的热爱。

优异的先天条件，相对富足的生活环境，再加上对田径运动的热爱，终于把牙买加变成了一个盛产"飞人"的国度。

附：盛产"飞人"的国度

> 牙买加是个盛产"飞人"的国度。本届奥运会上，牙买加选手拿到了男子100米、200米、4×100米接力，以及女子100米、200米和400米栏六块金牌，如果不是因为女子4×100米接力队在决赛时掉棒，他们很可能囊括所有短距离项目的冠军。

"Let's go gentlemen！ Keep running！"

奥运会结束后的第一个星期一的上午，在牙买加首都金斯顿郊区的一块草地上，一群被称为"绅士"的年轻人正在教练的指导下训练。8月的牙买加骄阳似火，不动都一身汗，操场上每个人的脸上都浸满汗水，身上的衣服全部湿透了。

这是牙买加最大的运动鞋经销商 JA Sport 举办的一个夏令营。该公司专门从美国请来教练克里斯·保罗（Chris Paul），指导牙买加运动员进行体能训练。保罗是牙买加人，多

寻访"飞人"的故乡

年前移民去了美国,现在是美国橄榄球协会(NFL)的体能教练。

"为什么牙买加人一夜之间统治了奥运会短跑项目,却在长跑项目上没有突破?"趁着训练间隙,我问保罗。

"首先我要修正你的说法,牙买加一直盛产短跑好手,我们20世纪40年代就拿过奥运会冠军了。至于说为什么牙买加人只擅长短跑,你只要在牙买加转转就知道了。这个国家太小了,没地方进行长距离训练。"保罗说。

确实,牙买加运动员1948年第一次参加奥运会,就拿到了400米比赛的金、银牌。1952年奥运会上,牙买加田径队还拿到了4×400米冠军,并创造了世界纪录,这也是世界田径史上除了美国队之外唯一创造过这个项目世界纪录的国家队。1972年蒙特利尔奥运会上,牙买加短跑天才唐·夸里获得了200米跑冠军,并成为历史上第一个同时拥有100米和200米两项世界纪录的运动员。

"牙买加还出过很多优秀选手,包括玛莲·奥蒂(Merlene Ottey)、本·约翰逊(Ben Johnson)、多诺万·贝利(Donovan Bailey)和林福德·克里斯蒂(Linford Christie),当然他们都是在外国接受的训练。"保罗说。

"那么我换个问法,为什么今年获得奥运会冠军的牙买加短跑选手大都是在本国训练出来的呢?"

"答案就一个:巴科(Balco,著名的美国兴奋剂生产商)!"保罗教练斩钉截铁地回答,"美国人以前的许多成绩都是靠吃药得来的,现在查得严了,给他们生产兴奋剂的巴科实验室也在2003年被披露出来,于是美国人再也不敢吃药了,牙买加人终于能和美国人站在同一条起跑线上竞争。还有,美国的一些传统田径学校也在巴科事件后大受影响,包括圣何塞州立大学、俄勒冈大学和内布拉斯加州大学在内的很多田径名校都大大缩减了他们的田径队规模。"

"牙买加运动员都很穷,买不起昂贵的兴奋剂。"JA Sport的首席执行官霍兰·布朗(Horane Brown)补充说,"另外,牙买加人传统上不相信化学药剂,我们更相信上帝,当然还有山药。"

牙买加人非常迷信山药的功效,牙买加西印度群岛大学(University of West Indies)

甚至专门成立了一个山药研究中心。该中心的研究员帕西威尔·巴哈多-辛格博士说:"没有证据表明牙买加黄山药里含有某种天然兴奋剂,但是黄山药的GI值非常低,这一点很可能是牙买加盛产短跑好手的原因之一。"GI值的全称为"血糖生成指数"(Glycemic Index),这是衡量某种食品转化成葡萄糖的速度的指标。GI值越低,说明食品中含有的碳水化合物分子越复杂(比如长链淀粉),转化成葡萄糖的速度也就越低。常年吃低GI值食品的人利用血糖的能力有可能发生补偿性的提高,因此在比赛时就会更有效率地利用能量。

为了让牙买加选手在奥运会上发挥水平,牙买加驻中国大使韦恩·麦库克(Wayne McCook)专门把他的厨师诺瓦莱特·塞缪尔斯(Novelette Samuels)派到天津,为在那里集训的牙买加田径队做饭,菜谱中当然少不了专门从牙买加空运来的黄山药。

"黄山药比中国的白山药GI值更低,"巴哈多-辛格博士说,"事实上,牙买加食物中绝大部分淀粉来源的GI值都很低,比如煮香蕉和煮芋头。相比之下,普通白大米的GI值就比较高,但牙买加人并不常吃大米。"

西印度大学是牙买加历史最悠久的大学,该校的科学家还曾专门研究过为什么黑人比其他人种跑得更快这个问题。埃罗·莫里森(Errol Morrison)教授在该校校刊上撰文指出,黑人除了四肢较长这个显而易见的优点外,他们的生理结构也和其他人种有着显著的不同。由于非洲地区流行疟疾,黑人当中患有镰刀形贫血症的人较多。得这种病的人血细胞成镰刀状,虽然有助于抵抗疟疾,但其携带氧气的能力也较低。于是,为了适应这种缺氧的情况,黑人进化出了一系列补偿机制,其中包括肌肉类型的改变。黑人的红肌纤维比白肌纤维比例高,而前者主要负责产生爆发力,于是黑人在短跑项目上先天就比其他人种更有优势。

但是,这个理论并不能解释为什么黑人运动员在长跑项目上也取得了垄断地位,也不能解释同样都是黑人,牙买加因何独树一帜。

为了弄清其中原因,我设法找到了牙买加MVP田径俱乐部主席布鲁斯·詹姆斯(Bruce James)先生。这个MVP俱乐部成立于1999年,全称叫作 Maximising Velocity and Power,意为"速度和力量的极致"。该俱乐部成员在本届奥运会上一共获得了三块金牌、

西印度群岛大学操场

三块银牌、一块铜牌，包括女子100米金牌得主雪莉·安·弗雷泽（Shelly Ann Fraser）和银牌得主谢龙妮·辛普森（Sherone Simpson）；女子400米栏冠军米兰妮·沃克；男子4×100米接力队除了博尔特之外的其他三名成员——阿萨法·鲍威尔（Asafa Powell）、内斯特·卡特（Nesta Carter）和迈克尔·弗雷特（Michael Frater）；女子400米亚军、女子4×400米铜牌获得者谢丽卡·威廉姆斯（Shericka Williams）；男子跳高亚军格尔曼·梅森（Germaine Mason），独占牙买加田径界的半壁江山。

詹姆斯是个大忙人，采访被安排在一个中学的田径训练场边进行。尽管飓风"古斯塔夫"马上就要来了，但仍然有十几名运动员在训练，而他们居然也是在草地上跑。

"MVP俱乐部是政府资助的吗？"我问。

"我们没有拿政府一分钱。"詹姆斯回答，"我们是一个完全私营的商业机构，负责为运动员提供训练设施、器材、教练（包括体能教练）和恢复按摩，甚至还为运动员提供经纪人和律师服务，帮助运动员参加商业比赛，以及和赞助商打交道。我们会在运动员收入中抽成，但是对于非职业选手则酌情免收会费。"

"博尔特的父亲告诉我说，之所以有越来越多的牙买加选手选择留在牙买加训练，是因为美国频繁的大学比赛毁掉了很多年轻运动员的职业生涯，你怎么看？"我又问。

"我并不同意这个观点。"詹姆斯指着正在操场上奋力奔跑的运动员对我说，"你看这些孩子，他们中的绝大多数都会接受美国大学的田径奖学金，这是很多牙买加孩子接受高等教育，进而提高生活质量的唯一途径，也是大部分牙买加中学生之所以如此拼命训练的最大动力。"

詹姆斯本人就是一个很好的例子。他曾经是牙买加400米栏国手，当年依靠田径奖学金进入美国佛罗里达州立大学（FSU）学习。至今他的手上还戴着一枚FSU的戒指，"我还被选为FSU田径队的队长呢。"他自豪地说。

"获得北京奥运冠军的成员大部分是在牙买加国内训练的，这是不是说明牙买加的训练水平比国外好呢？"我问。

"也不能这么说。其实今年也有一些奖牌获得者是在国外训练的，比如女子200米冠军维罗妮卡·坎贝尔（Veronica Campbell）。"

在詹姆斯看来，MVP俱乐部的意义并不是要和美国大学系统竞争运动员，而是给那些不愿出国的天才选手提供另一种选择的可能性。鲍威尔和博尔特都属于这种情况，两人都由于各种原因更愿意留在牙买加生活，鲍威尔选择加入MVP，并在MVP的帮助下成了富翁。博尔特选择加入"比赛者俱乐部"（The Racers），虽然其规模远比MVP小，但也为他的职业生涯提供了一种"非美国"的选择。如果没有这些职业田径俱乐部，两人的职业生涯很可能要大打折扣。

MVP俱乐部借用了牙买加技术大学（University of Technology）的操场作为训练场地，博尔特原来也在这里训练，不久前搬到了距离只有5分钟车程的牙买加西印度大学。詹姆斯带我参观了这两所学校，我惊讶地发现这几位世界顶尖的田径选手居然用不上塑胶跑道，至今仍然在草地上训练。两所学校的健身房也都非常破旧，也就是中国一所重点中学的水平。

"整个牙买加只有四条塑胶跑道。"詹姆斯说，"首都金斯顿有两条，都在国家体育场内。西班牙城内的GC福斯特学院（GC Foster College）有一条，旅游胜地蒙蒂哥湾也有

寻访"飞人"的故乡

一条。国家田径队只在大赛来临前才能借用国家体育场的跑道进行训练，其余时间都只能在草地上跑。"

"你难道不担心他们会受伤吗？"

"是有这个问题啊，不过牙买加很穷，我也没办法。"

作为一个在奥运会上叱咤风云的国家，牙买加国内的体育设施少得出奇。除了大学里有几块网球场外，我没有见到过任何可以称得上是体育设施的东西。牙买加打篮球和棒球的人很少，高尔夫球场倒是不少，全都是为美国游客准备的。牙买加最盛行的球类运动是板球和足球，两者都是在草地上玩的项目，也都不需要多少装备。但是，足球和板球都不是美国人热衷的项目，牙买加年轻人要想获得美国大学的奖学金，就只剩下田径这一条路可走。

"田径在牙买加的人气已经高过了板球和足球。"詹姆斯说，"牙买加每年1—4月是田径赛季，全国各地每个周末都会举办各种级别的田径比赛，从5岁到95岁的田径爱好者都能找到适合自己的级别。"

"除此之外，学校之间的田径比赛也特别频繁。牙买加从1910年开始就有了高中男子组田径锦标赛，至今已经举办了将近100届，当然现在增加了女子组比赛。到了田径赛季，每个周末都会有学校之间的田径赛，选出优胜者进入下一级比赛。每年4月在国家体育场举行全国高中田径总决赛，观众能把2.5万人的体育场坐满，敲锣打鼓，热闹极了。"詹姆斯说。

后来我专门去牙买加国家体育场参观了一下，发现这个建成于1961年的体育场大部分设施已经非常陈旧了，但是跑道却用的是世界最先进的面层材料，这是为2002年世界青年田径锦标赛而专门铺建的。就是在那次锦标赛上，年仅15岁的博尔特成为历史上最年轻的200米青年组冠军，由此拉开了牙买加田径复兴的序幕。

冰岛传奇

2008年的这个采访来得非常突然。我们杂志周二开选题会,我下午刚好有个采访,便提前出了门。采访刚刚结束就接到编辑电话,下期要做冰岛破产,要我飞一趟冰岛,周三的晚上我已经在雷克雅未克的一间旅馆里发愁了,因为我对经济领域不熟悉。最后我用了三天时间在冰岛四处转悠,再花了一整天写了一万字的游记,总算按时完成了任务。

没有农业的国家

初看起来,雷克雅未克和任何一个欧洲小城没什么两样。整个城市铺得很开,没有明显的市中心,大部分楼房看上去很新,但楼层都不高。最高的建筑就是高达72米的哈尔格林姆大教堂,可惜目前正在大修,漂亮的尖顶被黄色和绿色的脚手架包住了。

马路上汽车很多,见不到多少行人。真正的冰岛人都在车里,只有背包客在路上走。根据2008年的人口统计,冰岛现有人口32万,比不上北京的一个区。其中2/3的人口居住在首都及其周边地区,因此雷克雅未克是冰岛唯一一个可以称得上是城市的地方。

很显然,冰岛缺人。但是冰岛并不缺人才。比如那个大教堂,就是以冰岛著名诗人哈尔格林姆·彼得森(Hallgrimur Petursson)的名字命名的,他写的歌颂上帝的组诗《热情赞美诗》(Hymns of Passion)曾被翻译成多种文字,是世界文学的瑰宝。教堂前还立着冰岛探险家雷夫·埃里克森(Leifr Eiricsson)的塑像,他于公元930年发现了文兰(Vinland),后人认为这就是美洲的北部。也就是说,最早发现美洲的不是哥伦布,而是冰岛人。这尊塑像就是美国政府为了纪念埃里克森发现美洲1000周年,而于1930年送给冰岛的礼物。

埃里克森是维京人的后裔。事实上,冰岛最早的居民就是喜欢探险的维京人。维京(Viking)这个词的本义是海盗,他们原来是居住在北欧的农民,后因人口膨胀,不得不驾着轻型帆船四处抢劫,冰岛就是在维京人的海盗船被风吹离航道后意外发现的。

冰岛传奇

冰岛的街道

　　从地图上看，冰岛位于大西洋北部，和挪威、英格兰群岛互成掎角之势。冰岛距离最近的欧洲大陆也有将近1000公里，因此该岛一直没人居住。据说最先发现冰岛的是几个爱尔兰僧侣，但他们只是去寻找一个面壁修行的场所，并没有上岛定居。第一批真正意义上的移民是来自挪威的维京海盗，他们带着从苏格兰和爱尔兰抢来的凯尔特女人，于874年上岛定居。现在的冰岛人都是这批海盗的后代，人种相当单纯，因此冰岛一直是人类遗传学家梦寐以求的一个绝佳实验场。地理上的隔绝，不但让冰岛人保持了自己的遗传特征，同时也把冰岛文化原封不动地保留了下来。冰岛语和几千年前的维京语言几乎没有区别，冰岛人至今仍然可以毫无困难地阅读先人留下的古籍。不过，如今的冰岛人都会说好几门外语，因为他们从小就知道，世界上会说冰岛话的人没几个，要想了解世界，同时被世界了解，必须学习别人的语言。在冰岛一家超市，一名顾客无意中掉了一只手套，现场同时响起了四种语言提醒他。

　　说到超市，雷克雅未克超市的货架依然是琳琅满目，没有出现想象中的物资匮乏。我不知道顾客是否比以前少了，但据说价格并没有发生太大的改变。金融危机发生后，冰岛克朗的汇率在几天内贬值了1/3，如今1美元可以兑换107冰岛克朗，几天前这个数字还是

69。冰岛克朗兑欧元的汇率贬值得更厉害,据说在其他欧洲国家,黑市的汇率已经达到了250冰岛克朗兑换1欧元,因为他们都不敢冒险,生怕换回一堆没用的纸币。

如此大幅度的货币贬值,在其他国家也曾发生过。比如2000年阿根廷经济危机,就使得阿根廷比索在一夜间贬值为原来的1/3。不过,阿根廷是个大国,好歹在生活用品方面能够自给自足。这个条件在冰岛完全不具备,因为冰岛几乎没有农业,只有渔业和畜牧业。除了鱼、肉和奶制品之外,冰岛人吃的所有食品都必须依靠进口。

冰岛人在演奏冰岛古琴

冰岛为什么没有农业呢?

肯定不是因为冷。事实上,冰岛虽然地处北纬66°左右,靠近北极圈,但因为大西洋暖流的缘故,冰岛远比同纬度的其他地方要暖和。就拿雷克雅未克来说,这里1月的平均气温在0℃左右,最冷时也不会低于−10℃,比黑龙江还要暖和。现在是10月中旬,白天的气温通常在5℃左右,很多冰岛姑娘还穿裙子呢。和黑龙江相比,冰岛夏天的气温却不高,7月的平均气温为15℃左右。不过,由于全球气候变化的缘故,近几年的最高气温甚至达到过24℃。

气温高并不一定就适合农作物生长。因为纬度太高,冰岛的日照强度即使在夏天也不高。另外,冰岛的日照时间变化幅度很大,7月每天能有20小时的白天,但到了10月中旬就已经明显缩短,每天早上9点才见到太阳,17点就落山了。1月冰岛每天只有四个小时是白天,别说农作物了,就连人都会得抑郁症。

阳光和温度这两个因素加在一起，使得冰岛适合农作物生长的季节很短，一般农作物很难在这里成活。不过，这并不是导致冰岛没有农业的根本原因。要想弄清这件事，必须走出首都，实地考察一下冰岛的农村。好在雷克雅未克的旅游公司没有受到金融危机的影响，依然照常营业。我登上一辆旅游大巴，开始了冰岛南部的探险之旅。

从地图上看，冰岛总面积为10.3万平方公里，和韩国大致相当。但是冰岛绝大部分地方都是高原，平均海拔在1000米以上，气温很低。只有雷克雅未克所在的南部地区有一块低洼平原，适合种植农作物。当年第一个发现冰岛的挪威人因格福尔·阿纳森（Ingolfur Arnarson）就是选择在这里登岛，并在雷克雅未克建立了第一个居民点。

早上9点，探险队迎着朝阳、沿着环岛公路向东开去。冰岛的公路质量非常好，路两边是大片大片平整的牧场，不时可以看到散养的羊和马在悠闲地吃草。一幢幢尖顶的房子散落其间，屋顶被涂成了各种鲜艳的颜色，看上去和苏格兰的农村非常相似。

"冰岛牧民都有自己的私人牧场，而且面积很大，经常超过1平方公里。"导游介绍说，"因此在冰岛，离你最近的邻居很可能住在1公里之外。"

车子开了很久之后，终于见到一个小村子，中间是学校，周围有十几间民房。冰岛有个奇怪的现象，那就是先有学校，再有乡村。这是因为冰岛政府非常重视教育，在农村投资建设了很多学校，学生们冬季住校读书，夏季则把教室改建成旅馆，用来接待游客。所以冰岛人会选择在学校附近盖房子，开个小店赚游客的钱。

冰岛的天气变化很快，突然就下起了小雨。岛上的空气虽然较为干燥，但绝对不缺水。中央高地的冰川融化后形成了很多条小河，把整个南部变成了沼泽地。冰岛多山，瀑布便成了冰岛独特的景观。距离首都最近的大瀑布名叫"黄金瀑布"（Gullfoss），水势分成三段，加起来高差有60多米，甚是壮观，是外国游客最喜欢来的地方。

因为河流多、高差大，冰岛的水力资源极为丰富。水力发电不产生温室气体，因此这几年发展迅速，产生的电力已经可以向欧洲出口。据说目前冰岛的水电出口总额已经占到总出口量的30%，而且还在继续增长。

因为电价如此便宜，冰岛人便想出了用电灯光充当阳光来种菜的办法。距离雷克雅未克不远的地方有个蔬菜基地，十几个塑料大棚昼夜灯火通明。当然，用这个方法种出的菜还是比进口的要贵很多，建这个农场更多是出于农场主的个人爱好，兼有旅游景点的功能。

塑料大棚需要保温，但用的不是电暖气，而是温泉。冰岛的地热资源非常丰富，经常可以看见有蒸汽从地下冒出来，形成一股股白烟。当初阿纳森第一次登陆冰岛时，被眼前的景象惊呆了，就把登陆点叫作"冒烟的草地"，这就是雷克雅未克这个名字在冰岛语里的本义。

雷克雅未克有很多奇怪的特征，大都源于温泉。比如，这里很少见到胖子，因为城市里有许多温水游泳池，一年四季都可以游泳，游泳是冰岛人最喜欢的一项运动。再比如，雷克雅未克在冬季也几乎没有空气污染，这是因为该城的供暖系统全部采用地下温泉水。雷克雅未克街头经常可以看见一个个像地铁通风口一样的设施，上面不断地冒出白烟，这就是遍布全城的温泉供暖系统的排气口。

由于欧洲国家对减少温室气体排放格外重视，地热发电正逐渐成为冰岛的一个新的经济增长点。目前冰岛的地热发电已经可以占到发电总量的30%，增长空间很大。

冰岛丰富的地热资源还给冰岛人带来一份意外的礼物——间歇喷泉。间歇喷泉的英文Geyser就是来自冰岛语，冰岛是欧洲大陆唯一有间歇喷泉的地方。这地方坐落在雷克雅未克的东北方向，方圆一公里的范围内有大大小小十几个泉眼，每一个都有名字。历史上最有名的一个间歇喷泉叫作"大盖瑟"（The Great Geysir），喷发时能把水柱喷到20多米的高空，吸引了很多欧洲探险家专程前来观赏。后来因为地震的缘故，"大盖瑟"停止了喷发，取代它的是一个名叫"斯特洛克"（Strokker）的间歇喷泉，每隔五六分钟喷发一次，水柱也能达到十几米的高度，吸引了大量游客驻足观赏。

旅游业是冰岛的支柱产业之一。因为冰岛缺乏劳动力，自然资源也很贫瘠，因此冰岛几乎没有任何像样的工业。以前冰岛人只靠打鱼为生，后来发展起了旅游业，再加上水电和地热发电、铝矿出口、少量新兴的高科技企业（主要是生物技术和软件业），以及近几年才火起来的金融业，就是冰岛人获取财富的全部来源。因为人口少，这六大行业赚到的外汇足以把冰岛变成"人类发展指数"排名第一（2007年的数字）、人均GDP排名第四（2007年数字）的富裕国家。于是，冰岛人放弃了种田的打算，纷纷离开农村，搬到雷克雅未克，过上了城里人的生活。

斯特洛克间歇喷泉喷发的瞬间

冰岛南部的山丘

但是，他们忘记了，冰岛的实体经济规模都很小，总体国力不强。如果没有农业作为保障，无法做到粮食自给自足，一旦经济出了问题，后果就严重了。

没有树的国家

雷克雅未克有不少松树，但都不高。一出城，就看不到一棵树了。

世界上没有树的地方有很多，但是人们不会对青藏高原或者撒哈拉沙漠没树感到好奇。冰岛则不同，这里气温不低，降水充沛，照理说应该适合树的生长。

"冰岛以前是有树的。"导游介绍说，"冰岛的森林覆盖率曾经高达25%，就连高原上也能找到森林的痕迹。但是14世纪欧洲的小冰河期把树都冻死了，现在整个冰岛的森林覆盖率只有1%，冰岛是一个没有树的国家。"

导游的解释并不准确。事实上，冰岛早期移民的乱砍滥伐和过度放牧，才是真正的罪魁祸首。根据冰岛历史文献记载，第一批上岛的维京人欣喜地发现这里和挪威南部很像，到处绿树成荫，土壤肥沃。于是他们按照挪威农民惯常的做法，把大片大片的桦树林伐掉，开辟成了农田和牧场。他们还从欧洲引进了牛、猪、山羊、绵羊和马等牲畜，并采取放养的方式，任由它们自己上山寻找食物。冰岛上几乎没有任何野生动物，因此家畜们没有竞争对手，繁殖的速度很快。可惜这样的好日子只持续了百年就到头了。移民们惊讶地发现，原本覆盖着一层厚厚土壤的高原，逐渐变成了坚硬的沙石地，不但不

风很大，游客在拍照

长树，连草都没了。靠近海边的低地虽然尚存一层土壤，但质量下降，严重影响农作物的收成。

资料显示，在维京人上岛后的头五十年里，就砍伐了冰岛80%的原始森林。新移民放养的猪和山羊不但啃光了野草，也把小树苗都吃掉了。即使侥幸活下来的树苗，因为生长速度缓慢，根本来不及补充。

更令人惊讶的是，考古学家在分析了维京人留下的遗址后发现，最早来到这里的移民浪费木材的现象十分严重，大部分木头不是被烧掉了，就是干脆堆在那里没有被利用，这说明早期移民根本没有意识到问题的严重性。

那么，为什么会发生自毁家园的事情呢？难道维京人不够聪明，或者缺乏远见吗？美国著名生态学家、人类历史学家贾雷德·戴蒙德（Jared Diamond）教授不这么认为。他在讲述人类文明毁灭历史的《崩溃》一书中阐述了自己的观点，在他看来，维京人一点也不傻，也并不缺乏远见，但他们缺乏科学知识，错误地照搬祖先流传下来的经验，没有意识到冰岛是一个和挪威、英格兰都很不一样的地方，其生态系统要脆弱得多。

原来，冰岛形成于两千万年前，是一个非常年轻的火山岛。冰岛上的土壤大都是火山灰堆积而成，质地松散。冰岛的植被起到了保持水土的作用，一旦这层保护膜被破坏，火山灰暴露于空气之中，即使不被冰岛特有的狂风吹走，也会被经常泛滥的河流冲刷到海洋里。于是，整个冰岛的土壤在人类上岛后锐减50%，原本植被茂盛的高原地带现在变成了寸草不生的戈壁滩。当年美国航空航天局为了培养登月宇航员，在全世界寻找一块看上去像月球的地方，最后居然选中了冰岛！

缺乏树木，对于古代冰岛人来说几乎是致命的。他们找不到造房子的材料，只能住在阴冷潮湿的石头房子里。他们找不到造船的材料，只能费尽千辛万苦从挪威搬运。他们找不到煤，也没有能力利用地热，只能用干草和粪便烧饭。到了晚上，全家老小必须挤在一起睡觉，依靠体温相互取暖。事实上，冰岛直到1950年才有了暖气。

考古学家对早期冰岛人的一个垃圾场进行过详细的研究，结果显示那里最早的动物骨骼主要是猪和羊，渐渐变成了容易捕杀的海象和海鸟，后来海鸟被猎光了，只好去猎杀海豹，最后海豹也被杀光了，垃圾场里的动物骨骼就都变成了鱼骨。好在海洋够大，冰岛人一时不用担心鱼被吃光，于是渔业逐渐变成了冰岛的支柱产业。古代冰岛人就是靠贩卖咸鱼，从欧洲大陆换回了小麦、蔬菜、水果，以及其他大部分生活必需品。海鱼直到今天仍然是冰岛最重要的出口货物，占冰岛货物出口总量的70%。

不过在古代，出海捕鱼是一件非常危险的工作。冰岛渔民有个传统一直延续至今，那就是父子绝不同时出海，防止断子绝孙。早期的冰岛人还有一个可怕的习俗，老人快死的时候都要独自进山，美其名曰"和祖先一起赴宴"。

冰岛人不但要应对自然资源的匮乏，还必须时刻提防火山爆发，以及由此引发的地震。冰岛每五年都要来一次火山爆发，喷出的火山灰有毒，往往会将成批的动植物杀死。如今冰岛政府在每一条河流的上方都安置了硫黄检测仪，时刻监视河水中的硫黄含量，用来预报火山爆发。至于地震更是家常便饭，2008年5月雷克雅未克附近刚刚发生了一次6.4级地震，毁坏了大量房屋，幸好没有死人。雷克雅未克的建筑条例上清楚地写着：所有房屋必须能抗8级地震。

多年的艰苦生活，把冰岛人培养成为一个性格坚毅、很能吃苦的民族。不过，因为历史上吃过不少苦头，冰岛人一直给人一种顽固守旧的印象。丹麦政府曾经给冰岛人提出过很多建议，试图帮助他们提高生产效率，但均被一口回绝了。冰岛太脆弱了，冰岛人宁可保持传统，也不愿尝试新鲜事物，因为历史上任何一次革新最后往往都被证明是不成功的。

"看这个咖啡馆，我印象很深。"回首都的路上，导游指着路边一座不起眼的小房子对我们说，"去年冬天刮过一次暴风雪，路被堵住了，很多人被困在荒郊野外回不了家，不得不挤进这间小咖啡馆过夜。结果那天晚上有三百多人进了这间屋子，大家人挤人站了一晚上，热闹极了。"

导游的故事正好说明了冰岛人的另一个天性：团结。当人类面对极端险恶的环境时，必须团结起来才能应付灾难。一千年前，当冰岛人终于意识到森林即将消失时，便迅速团结起来，共同制定新的乡村法规，停止砍树，禁止在高原放养猪和山羊，并通过协商限定了每家允许饲养的绵羊头数。一千年后的今天，冰岛人建立了世界上最完善的福利制度，保证每个人都能过上有尊严的生活。他们知道，在这样一个艰苦的环境里，如果不互相帮助，只有死路一条。

下午 4 点钟的雷克雅未克

没有退路的国家

"看这些国旗,都是冰岛人自发挂出来的。"我们的导游一整天只字未提金融危机,快进城时看到路边到处飘扬的冰岛国旗,终于忍不住了,"这几天冰岛人都不约而同地决定,不再讨论金融危机了。我们不需要悲观情绪,也不需要恐慌气氛,我们需要团结起来,共同对付眼下糟糕的局面。"

导游开了口,一车人便都活跃起来。很多欧美游客居然都是因为金融危机导致的冰岛货币贬值,才决定来冰岛一了夙愿的。"以前冰岛太贵了,玩不起。"一位英国游客说,"我住的旅馆,如果按照以前的价格,需要 150 欧元一晚,现在只要 80 欧元。"

但是对于冰岛人来说,情况正好相反。他们的工资是按冰岛克朗支付的,但他们平时购买的商品大都是用外汇从国外进口的,他们的房贷也都听从冰岛银行的建议,改为外币短期信贷。这样一来,在冰岛克朗在短时间内大幅度贬值的情况下,冰岛人的生活立刻变得困难起来。

"所幸现在物价还算稳定，而且普通储蓄账号还没有受到影响，我们仍然可以随意提取现金。"导游说，"但是所有那些带有投资性质的银行账号都被冻结了，很多人积攒了一辈子的养老金统统赔光，老年人都很愤怒，不知道该怎么办才好。"为了节省宝贵的外币，冰岛政府规定冰岛人不能随意兑换外币，如有特殊需要，必须向银行出示飞机票，才能从银行换取外汇，限额是5万冰岛克朗（不到500美元）。

"是什么原因导致金融危机的呢？"我问导游。

"我也不知道。"导游无奈地回答，"我国总理号召大家先不要急着找出凶手，而是尽快想办法摆脱目前的困境。"

确实，从表面上看，金融危机发生在冰岛是一件不可想象的事。冰岛人素以行事谨

黄金瀑布

慎小心著称，冒险不是他们的天性。冰岛人是北欧最勤奋的人，平均每周工作47小时。相比之下，其他北欧国家只有38小时。冰岛的贫富差距非常小，衡量贫富差距的基尼系数几乎是全球最低的。冰岛人的福利制度世界领先，不但6—16岁的基础教育全部免费，就连生病住院也都基本免费。冰岛社会高度统一，就连个人所得税的税率也都是统一的37%，无论挣多挣少都一样（个税起征点为10万冰岛克朗）。冰岛的失业率一直维持在1%以下，这个数字意味着冰岛人只要想工作，就一定有活干。

所有这一切，都在一夜之间化为泡影。

"昨天的报纸说，冰岛将退回到三十年以前。"导游叹了口气，"我们都不知道未来将会发生什么。"

冰岛唯一的一份英文周报《葡萄藤》（Grapevine，意为"小道消息"）发表了一篇社论，题为《骷髅经济》。该文作者认为，冰岛金融危机的责任必须由三方面来承担。首先，冰岛中央银行必须为他们愚蠢的经济政策承担责任，他们错误地估计了形势，为了遏制通货膨胀，不惜采用高利率政策，诱使冰岛银行向外国银行大量借钱，而且大都是短期信贷，最终造成了资不抵债，不得不宣布破产。其次，冰岛政府也有责任。冰岛政府于2000年宣布取消金融管制，放弃了对银行系统的监管，间接纵容了冰岛银行不负责任的投机行为。最后，该文作者认为这次金融危机的深层原因在于冰岛民众放弃了节俭的传统，开始追求奢华的生活方式。冰岛人在银行的鼓动下，不断贷款买房买车，而且房子越买越大，车子越开越好，大大超出了他们的支付能力。

"不过我不觉得冰岛人比其他国家的人更奢侈。"我住的那间小旅馆的经理对我说，"一年前，雷克雅未克近郊一幢250平方米的大房子售价大约是7000万冰岛克朗，按照过去的汇率大约相当于100万美元。普通冰岛人的平均月工资是35万冰岛克朗，相当于5000美元，一个普通家庭只要节俭一点就能买得起这样的房子，更别说那些高薪人士了。至于说豪华车，在冰岛这个地方生活，确实需要一辆好一点的越野车。"

这位经理的话代表了很多普通冰岛人的想法，他们不觉得自己做错了什么。

那么，毛病究竟出在哪里呢？英国《泰晤士报》刊登了一篇文章，把矛头对准了两个冰岛人。一位是冰岛前总理戴维·奥德森（David Oddsson），他曾经担任过十三年冰岛总理，于 2004 年下台，却在下台后的第二年摇身一变，成为冰岛中央银行的行长。奥德森是个极端的右派分子，坚决拥护资本主义市场经济，他最崇拜的人就是英国前首相撒切尔夫人和美国前总统里根。在奥德森的领导下，冰岛银行不惜一切代价对外扩张，最高时冰岛三大银行总资产达到了 14.4 万亿冰岛克朗，相当于 1280 亿美元。而冰岛 2007 年的国内生产总值只有 1.3 万亿冰岛克朗，约合 103.7 亿美元。也就是说，冰岛三大银行的资产达到了国内生产总值的十倍。

第二位罪魁祸首是冰岛商人托尔·比约格夫森（Thor Bjorgolfsson）。他是冰岛运输业大王的儿子，1993 年趁独联体刚刚解散的机会去俄罗斯办厂，淘到了人生第一桶金。之后他转向国内发展，此时恰逢奥德森把冰岛银行全部私有化。他抓住机会买下了冰岛三大银行之一的 Landsbanki 银行 45% 的股份，从而进入银行业。经过几次成功的操作后，比约格夫森成为冰岛第一个身家超过 10 亿美元的富翁。他和他的家族把触手伸向世界的各个角落，买下了许多外国知名企业，甚至包括英超球队西汉姆联队。

奥德森的自由派经济政策，再加上托尔的榜样作用，让一小批冰岛银行家摩拳擦掌，开始了冒险生涯。一位冰岛人告诉我，冰岛民间私下列出了一个 25 人名单，其中大多数都是银行家。冰岛人认为就是这 25 个人把冰岛经济搞垮了。

不管这个说法是否正确，有一点可以肯定：冰岛虽然很富，但毕竟是个很小的国家，综合国力并不强大。1280 亿美元对于一个大国来说，并不是一笔了不得的巨款，但对于冰岛来说，这笔钱足以颠覆整个国家的金融体系。

像冰岛这样的小国，禁不起试验。

根据最新消息，冰岛现任总理哈德尔在把三大银行收归国有之后，立即任命了两位女性担任新的银行经理。这一任命似乎传达出一个信号，冰岛人要用女性的稳重作风取代年轻男性们的冒险冲动，冰岛人准备回归传统了，美国式的乐观主义和消费主义在冰岛走到了尽头。

诺贝尔文学奖获得者、冰岛作家哈德尔·拉克斯内斯（Halldor Laxness）曾经说过这样一句话：人世间的喧嚣聒噪终将停止，所有荣华富贵都如过眼云烟。当一切结束后你会发现，人生最重要的东西就是咸鱼。

冰岛传奇

尾 声

在联合国世界遗产名录上,冰岛只有一个地方被列为世界文化遗产,这就是冰岛的古议会遗址 Thingvellir。这是冰岛人最为骄傲的地方,因为这里曾经诞生了人类历史上第一个民主议会。

大约在 930 年,散落在冰岛各处的移民决定召开一次全体国民大会,制定一份共同的法律。会议地点定在冰岛西南角的一个大湖旁边,交通相对方便。虽然如此,住在东北角的冰岛人仍要长途跋涉 17 天才能到达这里。

会议制定了冰岛的第一部法律,选出了立法委员,并选出了一名最高法官,任期三年。当时冰岛还没有文字,这位最高法官的主要任务就是每年夏天开议会的时候,站在一块大石头上高声把法律条文背诵一遍。这块石头被冰岛人称作"法律石"(Law Rock),是冰岛最高宪法的象征。可在当时,谁都可以站在这块石头上发表自己的意见,因此这块石头也成了冰岛民主的象征。

冰岛议会成立后的最初几百年里,冰岛人共同管理这个小岛,日子过得相当太平。冰岛人甚至通过议会表决的方式决定放弃从挪威带过来的"异教",把基督教立为国教,但同时也允许"异教徒"恪守自己的信仰。

可惜好景不长,13 世纪时冰岛爆发了内战。战争虽然催生了著名的冰岛萨迦(Saga,描写战争英雄的长诗),却造成了大量伤亡,民不聊生,最后不得不把挪威国王请来做冰岛的最高统治者,希望借助他的力量平息暴乱。从此冰岛成了挪威的附属国,后来又被丹麦统治,成为丹麦的附属国。

1944 年,冰岛趁欧洲战乱未息,宣布独立。独立仪式正是在这个古议会遗址举办的。

说起来,这个选址很有象征意义。原来,冰岛位于大西洋中脊(Mid-Atlantic Ridge)之上,这是美洲板块和欧亚板块之间的一条断裂带,因为地壳运动的缘故,这两个板块正在缓慢分开,这就是为什么冰岛有那么多火山和温泉的缘故。这条断裂带横穿冰岛,形成了一条狭长的山谷。古议会遗址位于一个山谷内,两侧石壁正好形成了一个半封闭的空间，很适合演讲者发表演说。

  古议会遗址连接了东西两块大陆。与此相似，古议会的作用，就是把对立的双方拉在一起，相互交流，相互协商。冰岛现在最需要的就是这种精神，因为无论是左派还是右派，无论是自由派还是保守派，都无法独立解决当前的问题。如果任凭某一派别胡作非为，对于冰岛这样一个自然资源十分贫乏的小岛来说，结果很可能是致命的。

  从长远看，地球就是宇宙中的冰岛。总有一天，地球也会像冰岛一样，成为一个孤立无援、资源耗尽的地方。冰岛的今天，就是我们的明天。

再造亚齐

> 2009 年，国际红十字会安排了这次采访。我很喜欢接国际非政府组织的活儿，既保证有当地线人作陪深入民间，不必走马观花，又不像政府的活儿那样有诸多禁忌，基本可以做到畅所欲言。

分不出新旧的城市

班达亚齐（Banda Aceh）市坐落在苏门答腊岛的最西端，2004 年时有大约 40 万人在此居住。一场海啸把当地人口总数减少了 1/3，海水深入内陆 6 公里，所到之处所有建筑都被夷为平地。四年后重返旧地，我在距离海岸线 3 公里远的地方被一艘 100 多米长、三层楼高的铁皮船挡住了视线。这座城市铺得很开，几乎看不到一幢超过两层楼高的建筑，这样一座巨无霸停在一群低矮民房中间，颇有些鹤立鸡群的味道。

"这是被海浪冲到这里的一艘柴油发电船，因为没人搬得动它，所以就一直停在这里了。"一位卖零食的小贩对我说，"至今船下面还压着六幢房子，不知有多少人被埋在里面。"

关于那次海啸的惨烈程度的所有想象均中止于此。

从这里向西直到海边，是一片密集的居民区，房屋的颜色和式样各不相同，位置错落有致，根本看不出它们都是海啸后才盖起来的新房。居民区内有不少商店和饭馆，但顾客寥寥。那场海啸吞噬了这个小区 80% 的居民，现在住在这里的人倒有一多半是原来居民的亲戚朋友，他们从这场灾难中看到了改善生活的机会，纷纷从其他地方搬来，试图从重建计划中分一杯羹。据统计，国际社会向此次海啸的所有受灾国提供了 135 亿美元的人道援助，其中 55 亿美元来自各地民众的自发捐献，这两项数据均打破了历史纪录。相比之下，官方统计的受灾损失只有不到 100 亿美元，远不及人道援助的总数。

其中受灾程度最严重的亚齐省既是最不幸的，又是最幸运的。该省从国际社会得到了64亿美元人道援助，大约有七百个来自世界各地的非政府组织（NGO）带着大笔经费和施工队来班达亚齐市参与救援与重建，他们带来了不同的设计方案和建筑材料，使得当初那个杂乱无章的班达亚齐市在不到五年的时间里便恢复了原貌。

当然，改进也是显而易见的。一位当地人告诉我，这里原来最宽的马路也只有两车道，现在市区内已经建成了多条四车道柏油马路，路况良好。原来沿海一带全是密密麻麻的居民房，现在则建了一条宽阔的隔离带，甚至还新建了一个儿童游乐场。可是那人说，当地人不喜欢这类玩意儿，估计孩子们玩半年就会厌倦它了。

最重要的进步是民心的变化。过去亚齐人一直认为雅加达政府对资源分配不均，把钱都留给了爪哇岛人。另外，亚齐省位于印度尼西亚的最西端，伊斯兰教最初就是从这里传播到整个国家的，所以亚齐省一直是伊斯兰激进分子的大本营，这些人对印度尼西亚政府相对宽松的宗教政策心存不满，主张亚齐从印度尼西亚独立出去。1976年，"亚独"分子发起了"自由亚齐运动"，采用游击战的方式和印度尼西亚政府军对峙。双方争斗了近三十年也没有分出胜负，却把亚齐省的经济弄得一团糟。据说班达亚齐市过去相当破败，连一座电影院都没有，每天21点以后大街上就空无一人了。可我看到的班达亚齐市却完全不同，23点照样车水马龙，小商小贩沿街叫卖各种亚齐小吃，与新开张的肯德基、必胜客们竞争。星巴克一时还打不进来，因为班达亚齐男人都喜欢去一家名叫Solong的咖啡店品尝一种掺了大麻的本地咖啡。据说当

站在新修引水渠上的小孩

年叛军和政府军白天打完仗，晚上双方首领便会偷偷来这里喝咖啡，顺便举行谈判。

战争的荒唐，由此可见一斑。

如今这里依然顾客盈门，但谈论的却大都是足球和生意。造成如此巨变的原因有两个：第一，2005年4月，印度尼西亚政府成立了"亚齐—尼亚斯恢复与重建管理局"（当地人称之为BRR），全权负责应对与海啸善后有关的一切事宜。印度尼西亚总统苏西洛给予BRR极大的权力，让后者得以绕开印度尼西亚政府的官僚机构，快速处理所有事情。这个决定事后被证明是印度尼西亚政府所做的最出色的决定，其结果便是大量来自国外的NGO得以顺利进入亚齐省，帮助当地人开展重建工作，大大加快了复苏的进程。第二，印度尼西亚政府在海啸发生后主动与叛军展开谈判，并于2005年8月15日与叛军签署和平协议，结束了持续近三十年的内战。按照这份协议，亚齐省具有高度自治权，在选举中获胜的当地政党拥有组阁的权力。于是，"自由亚齐运动"摇身一变，成了一个合法的政党。该党在2009年4月刚刚结束的印度尼西亚议会选举中击败所有对手，获得了亚齐省议会的多数席位。

2007年当选的亚齐省省长艾万迪·优素福（Irwandi Yusuf）曾经是叛军发言人，并曾因此蹲过一年监狱。优素福精通人道法，曾经为印度尼西亚红十字会工作过。有趣的是，就在这次议会选举中，两名现任印度尼西亚红十字会官员也被选为亚齐省议员，据知情者介绍，两人都曾积极投身救灾重建工作，并因此在亚齐省享有很高的知名度。

议会选举结束后不久，BRR宣布解散，所有NGO均被要求离开印度尼西亚。由于红十字会是所有NGO当中捐款最多，负责的项目也最多，破例得以多留一年。红十字会的总部设在班达亚齐市近郊的一个用栏杆围起来的营地，六七幢用铁皮集装箱拼装成的临时办公楼看上去异常结实，内部则全部装有空调，办公和通信设备也都非常先进。办公楼之间还修了好几个鱼池，工作之余可以坐在凉亭里观鱼，或者去后院里的沙滩排球场来一场比赛。

包括德国、加拿大、比利时、爱尔兰、挪威和奥地利等国红十字会在内的数个国家红十字会的办公室都设在营地内，他们统一由红十字会与红新月会国际联合会（以下简称"联合会"）负责管理。联合会的一名项目官员奥迪亚·库素马（Audia Kusuma）向我介绍，联合会早在2005年初就和BRR协商，共同制定了一个五年计划，并按照各自成员国红十字会工作能力的不同进行了明确分工。比如，加拿大和英国红十字会重点负责建造房屋，日本、中国香港地区和挪威红十字会负责重建医疗卫生系统以及心理辅导，总部设在别处的美国红十字会专门负责向社区提供干净的饮用水和排污设备。爱尔兰红十字会则别出心裁，在亚齐省建立了一个手机申报系统，好让普通居民方便地寻求帮助，举报各类贪污违法事件。"几年来我们处理了三万多件申报案，其中一半都与房屋建设问题有关。"爱尔兰红十字会负责人威尔·罗杰斯（Will Rodgers）向我介绍，"这个申报系统保障了重建过程的公正性，增加了当地社区管理的透明度，对后来进行的选举很有帮助。"

"虽然红十字会的宗旨是不碰政治，但联合会批准的所有项目都必须经过BRR的认可，所以我们必须和印度尼西亚政府维持良好的关系。"库素马解释说，"按照BRR的规定，联合会没有权力直接和社区民众接触，只能通过培训工作人员的方式间接达到目的。所以我们一直自视为印度尼西亚政府的帮手，他们需要我们，我们就帮忙，不需要了我们就撤走。"

按照计划，联合会在亚齐省一共建造了2万幢高质量的临时避难所，建成或者更新了190所医院和诊所，以及90所学校。目前这些项目大部分均已完工，只有加拿大负责建造的永久性房屋还有一小部分尚未完工，所以各国红十字会都只剩下极少数人留在这里处理善后事宜。

那么，亚齐人准备好自己管理这座城市了吗？就在乘坐出租车离开营地回旅馆的路上，我亲眼目睹了一桩惨剧。一座刚刚造了一半的清真寺突然塌了下来，砸中了八名建筑工人。司机告诉我，这是当地社区成员自己出资出人建造的，由于大批熟练工人在海啸中死亡，班达亚齐市严重缺乏建筑人才。

"自从大批外国人来到班达亚齐后，这里的物价涨了好几倍。"一位被美国红十字会雇用的当地人对我说，"我家原来住的房子年租金是1500万印度尼西亚盾（约合1万元人民币），现在对方要价2亿印度尼西亚盾。外国NGO在当地雇用的司机或门卫的工资是政府雇员的两倍，因此引起了很多人的嫉妒。不过，最近大批NGO撤离班达亚齐，又造成了很多人失业，物价也就跟着回落了一点。"

"我知道印度尼西亚政府为救灾投入了不少钱，但我觉得还是不够。"出租车司机说，"这些年我们给他们交了那么多税，应该再多给我们一些。"

这位司机的弟弟曾经参加过叛军，并因此蹲过印度尼西亚政府的监狱。不过他也承认，不管怎样，政府和国际社会对班达亚齐的帮助很大，和平协议极大地改善了亚齐人的生活。比如他弟弟，现在不再一心想着和政府抗争了，而是一心想着如何通过劳动让自己和家人过上好日子。他喜欢这样的转变。

全新的乡村

  印度洋海啸在亚齐省留下了一个长800公里、宽度最多可达6公里的灾区。我乘坐联合会提供的越野车，一路考察了苏门答腊岛西南沿海灾区的重建情况。

  因为直接面对震中，这段海岸线是受灾最严重的地段。海水冲垮了班达亚齐市通向这里的唯一一条道路，最初几天救援物资只能用直升机运进来。多亏挪威红十字会捐赠了100辆美军M6越野运输车，硬是在泥泞中开辟出一条运输线，为救援工作省下了一大笔资金。如今这批运输车都静静地停放在红十字会在当地的总部停车场里，亚齐省政府正在和红十字会争夺它们的归属权。

  原来那条救命运输线因为太靠近大海，也被放弃。美国国际开发总署（USAID）出资10亿美元，修建一条长达300公里的纵贯公路，这条路修了四年，却只有不到1/3的路段

新建的房屋

尼亚斯岛上的一家四口

铺上了沥青，其余部分还是坑坑洼洼的土路，车子一过便尘土飞扬。"干什么也别修路。"一位联合会高级官员私下里对我说，"因为修路就会遇到拆迁问题，当地老百姓不断要求高额赔偿金，屡次干扰施工，所以这条路进展缓慢。"

"不过日本人也捐资修了一条路，早就通车了。"他又补充说，"日本施工队态度比较强硬，所以没有遇到太多问题。"

如果说班达亚齐市内看不到多少海啸遗迹的话，那么这片沿海地区则非常明显。那次海啸改变了海岸线的位置，大片土地沉入海底。海水杀死了大树，留下了成片光秃秃的树干，立在那里经受海浪的冲击。原来依海而建的农家小屋全都不见了，代替它们的是山坡上成片的新式住宅。它们显然来自同一张设计图纸，就连外墙的颜色都是相似的。每幢房子都是两居室，外带一个小卫生间和一个小厨房，造价1万美元。相当一部分房屋是由加拿大红十字会负责建造的，美国红十字会负责修建与之配套的生活用水和排污管道系统，这部分造价大约占房屋总价的15%。

在一个路边小店休息的时候，我和22岁的女店主燕提（Yanti）攀谈起来。她原本住在一个海岛上，被海啸困了四天之后才被军队救出来。救援过程中她认识了现年45岁的渔民伊斯马万尼（Ismawarni），两人结为夫妻。那阵子大部分救援力量都集中到城市去了，没人理会他们，于是两人辗转各地，租民房住，很快积蓄就花光了。伊斯马万尼的同伴都死了，他不愿独自出海捕鱼，便靠仅剩的20万印度尼西亚盾（约合150元人民币）开了一家卖日用品的小店，艰难度日。多亏加拿大红十字会建造了一个新住宅小区，分给了夫妇俩一幢临近马路的房子。两人把原先搭建的临时避难所改建成小卖部，日子逐渐好过起来。

谈起这幢房子，燕提一脸幸福："我喜欢这房子，希望一辈子都住在里面。"

不过，并不是每一个分到房子的人都如此热爱他们的新家。距此不远有个名叫Karang Ateuh的小村子，原来有一千多名村民，海啸过后剩下了250人。加拿大红十字会为他们建造了150幢新房，组成了一个很大的新社区。房子2月就建好了，但道路一直没有清理完毕，留下了很多建筑垃圾。可是，我看到一群懒散的年轻人坐在村口的一间小卖部里抽烟闲聊，没人愿意动手清理那堆垃圾。"我们在等施工队的人来清理。"其中一个年轻人说，"当初承包商答应负责一切，所以那堆垃圾也该由他们负责清理。"

显然，他们对自己的新家缺乏归属感。问题出在哪里呢？加拿大红十字会代表威尔森·孟德尔（Wilson Mondal）道出了隐情："前几年很多NGO拿了一笔捐款来这里盖房子，盖好了就一走了之，把房子留给当地人随便分。于是很多原本在外打工的人纷纷回来抢房子，不少人还伪造身份证件，在好几个村子都分到了房子。加拿大红十字会虽然对申请人的资格进行了严格的审查，可还是犯了好多错误，发现后我们的工作人员去收钥匙，遭到了当事人的殴打。海啸让很多人失去了谋生手段，他们希望靠出租房子谋生。"

美国红十字会代表南达·阿普利亚（Nanda Aprilia）也有自己的解释："很多重建过程忽视了民众参与，房子建好后直接把钥匙交到民众手里，造成了当地民众对新房没有归属感。"为了解决这个问题，美国红十字会特意在安装生活用水系统的时候花钱雇用当地人负责挖井。这是一项技术含量很低的工作，却遇到了很大阻力。"以前有太多的NGO给了灾民太多的物资,所以当我们要求他们出点劳动力的时候,他们反而质问我们:为什么别人都白给,偏是你们要我们出劳动力?"

看来,慈善事业不能光凭一腔热情,也得讲究技巧。

五个多小时后,我们的越野车终于开到了目的地差朗(Calang)。同样的距离,当初M6运输车需要两天半的时间。差朗是亚齐省南部的重镇,镇中心建在一个狭窄的半岛上。海啸袭击这里的时候海水从两个方向依次冲击了好几遍,造成了巨大的破坏,85%的居民死亡,被称为那次灾难的"零点"(Ground Zero)。

也许是因为这个"名头"太过响亮,差朗镇获得了大量国际援助。镇上盖起了大批新房,修建了好几条新路,已经基本看不出灾难的痕迹了。不过,新建的差朗镇看上去更像是一座专门为拍电影而修建的道具城,因为实际居住在这里的居民数量有限,房屋又都铺得很开,以至于除了一条主街外,其余地方很难见到人。

见到外国人的机会就更少了。目前绝大部分NGO都撤离了差朗,镇上只剩下了美国和加拿大红十字会的三名工作人员。要不是巴里·达令(Barry Darling)出来抽烟,我肯定不会遇见他。达令今年63岁,是加拿大红十字会雇用的一名工程师。他是美国新罕布什尔州人,曾经在美国军队中服过役,退伍后参加了红十字会,去过秘鲁、利比亚和阿富汗等许多国家。他至今未婚,没有孩子,虽然在老家有一幢房子,但最近这二十年里总共只在家里待过不到四年,其余时间都在路上。"我自己那幢房子从来不上锁,你要是路过新罕布什尔州可以进去随便住。"达令笑眯眯地对我说。

我在红十字会见到过好多像达令这样的人,他们来自世界各地,大都未婚,烟瘾极大。这些人无不身怀绝技,却因为工作需要,必须常年在一些偏远贫穷的国家生活。他们是真正的"世界公民"。

新旧鲜明的海岛

从差朗出发向南航行大约150公里,就来到了尼亚斯岛(Nias)。这是一个长约100

再造亚齐

公里、宽约 50 公里的长方形小岛,总面积和巴厘岛差不多大,总人口大约 60 万,其中 80% 信仰基督教,这在印度尼西亚是独一无二的。

尼亚斯岛南部有几处海滩非常适合冲浪,在国际冲浪玩家圈子里小有名气。除此之外,这个岛基本上无人知晓,被印度尼西亚人称为"被遗忘的小岛"。尤其是北部,至今仍然有相当多的村子不通电,只能靠发电机。2004 年底发生的印度洋地震让这个岛的北端向上抬高了足足 2 米多,露出了一大片珊瑚礁,让当地人有了个欢度周末的好去处。

尼亚斯岛的北面是一座面积相仿的锡默卢(Simeulue)岛,也许是该岛阻挡了海水的势头,尼亚斯岛在那次海啸时只遭到了轻微的破坏。值得一提的是,锡默卢岛 1907 年曾经遭遇过一次海啸,活下来的人创作了一首民歌,警告后人"如果地震后海水退却,必须立刻躲到山上"。结果这首世代相传的老民歌让大部分锡默卢岛人躲过一劫,只死了两个人。

可惜的是,民间传统防得了海啸,却防不住地震。就在那次海啸发生三个月后,也就是 2005 年 3 月 28 日,尼亚斯岛又发生了里氏 8.6 级地震,大约 1000 名居民在地震中丧生,50% 的房屋被毁,这就是为什么印度尼西亚政府成立的 BRR 把尼亚斯岛也包括了进去的原因。

如果说亚齐省最重要的工作是救援和恢复,那么尼亚斯岛最重要的工作就是重建和提

地震后露出水面的珊瑚礁

漂到岸上的发电船

高。该岛基础设施奇差，只有一条环岛公路，部分路段还没有完全修复，不能通车。除此之外只有为数不多的几条岔道，岛上居民几乎全部生活在公路的两边，房屋后面就是原始森林，连稻田也都很少见。因为没电，大部分人天一黑就进屋睡觉，那些精力无处发泄的青少年则会三三两两地聚在路边抽烟喝酒，弹琴唱歌。

"尼亚斯岛民风强悍，再加上不禁酒，男人喝醉了打老婆成了严重的社会问题。"联合会尼亚斯北岛办公室的负责人普拉萨德·拉萨尔（Prasad Rasal）向我介绍说，"这个岛非常穷，经过这几年NGO的不断刺激，当地人都学会了张口要钱。你下去采访的时候一定注意不要问太多的问题，否则就会让他们误以为红十字会又在计划投资新的项目了。你把老百姓的期望值抬得很高后却拍屁股一走了之，这就会让我们很为难。"

第二天，我乘坐联合会提供的吉普车来到该岛最北端的拉西瓦（Lahewa）镇，一路上惊讶地发现有很多房屋被当地人涂成了鲜艳的颜色，和周围那些灰暗的普通民居形成了鲜明的对比。

"所有颜色鲜艳的房子都是加拿大红十字会帮助建设的活动式防震铁皮房。"拉萨尔说，"我们给每个分到新房的家庭提供一笔钱，让他们自己买颜料自己涂，结果老百姓真的很有创意,让我们大吃一惊。"

"可这么一来,新房子和旧房子之间的差别就更加明显了,没分到房子的人会不会嫉妒?"我问。

"这确实是个问题,但我们经费有限,这里的房屋也没有全部损坏,给所有人都盖座新房不现实。另外,我们承诺给每个村子建设一批厕所,保证至少每三户人家拥有一座。"

原来,尼亚斯岛在地震前至少有 80% 的居民缺乏基本的卫生设施,老百姓上厕所都是去林子里解决。联合会新建的厕所虽然只是一个蹲坑,但在下面安装了一个储存罐,只要定期加注药剂消毒就行了。考虑到这里的生活用水也是个大问题,新式厕所的屋顶做了特殊设计,能够把雨水储存起来用于冲厕。一位名叫希利兹库的老村长带我参观了他们村的新厕所,里面确实非常干净。

"你们习惯用这种新式厕所吗?"我问。

"新厕所很卫生,不得病。"他重复了好几遍这句话,可是听上去却像是一句红十字会的宣传用语。

我又问了一些问题,老村长一一作答。临别时他拉住我的手说:"请你们再在山坡下面建一座厕所吧。"拉萨尔的提醒果然是对的。

我又参观了几个村子,情况大同小异。所有新建的铁皮房都无一例外地被涂上了鲜艳的颜色,但没有一幢木板房的主人也给自己的新家做同样的装饰。村子里看不到任何现代化设备,男人们坐在门后抽烟发呆,女人们不是在洗衣服就是在做饭,每户人家都有很多孩子。

这是一个几乎没有受到过现代文明影响的社会,居民们生活悠闲,虽然紧挨着大海,却很少出海打鱼。他们也不喜欢在海滩上玩耍,长达几公里的优美海滩空无一人。

地震前,几乎从来没有外人来过此地,但地震后这四年时间里,大批 NGO 的到来不但帮助受灾群众恢复了生活,同时也不可避免地改变了当地房屋的颜色和式样,改变了原住民们的生活习惯,改变了当地社区多年形成的价值观。我能够想象,若干年之后,这片海滩终将会被旅游者发现,并给这里带来可口可乐、汉堡包、抽水马桶,以及所有那些来自西方的,被称为"文明"的东西。

也许,这一切都是不可避免的,它们都是社会进步必须付出的代价。

秘鲁探秘

我很早就想去徒步玛雅古道，最终到达马丘比丘。但这条线路太热门了，根本订不到位子。幸亏2009年欧美经济危机，很多人取消了订单，才给我腾出一个位子，终于得以成行。这也是我第一次近距离接触哥伦布前的南美文明，此前我读过戴蒙德的《枪炮、病菌与钢铁》，知道那段历史的独特性，这次亲眼得见，终于了了一桩心愿。

美洲文明的浩劫

历史是无法假设的，但我们可以用一个假想的场景来更好地体会美洲文明所经受的创伤。

假如，在秦始皇统一中国后不久，一群不明来历的陌生人手持火枪来到中国，绑架并杀死了中国皇帝，霸占中国女人，强迫中国男人成为奴隶，并迫使中国人民放弃自己的语言和宗教信仰。若干年后，中国土地上再也找不到纯种的中国人，关于秦朝的所有历史细节都变得模糊不清，而秦朝之前的文明，包括孔子、老子的学说和思想，春秋战国的精彩故事，更是完全被世人遗忘……

不幸的是，美洲文明所遭遇的，正是这样的一场浩劫。

世界对美洲文明的认识，大都定格在1492年哥伦布初次登上美洲大陆时的情形。那时的美洲有两个强大的帝国，一个是位于中北美洲墨西哥中部高原上的阿兹特克（Aztec）帝国，另一个是位于南美洲的庞大的印加（Inca）帝国。两者都还没有进化出文字，但西班牙殖民者留下了很多关于它们的文字记录，算是给历史研究者留下了一些蛛丝马迹。还有一个位于墨西哥南部和尤卡坦半岛的神秘帝国玛雅（Maya），是南美唯一发展出文字的民族，但15世纪末玛雅帝国已经衰退，没有给西班牙人留下太多的印象。如今玛雅文字已无人识得，历史学家只能借助计算机的帮助慢慢破解，这反而给玛雅文化增添了神秘气息。

这三个帝国并不像"三国演义"那样互相对峙，而是几乎对对方的存在毫不知情，因此完全可以单独加以研究。其中，印加帝国独霸南美洲，其疆域以今天的秘鲁为中心，向北一直延伸到哥伦比亚南部，向南则到达了智利中部，总面积比今天的英国、法国、西班牙、葡萄牙加起来还要大，堪称南美洲的大秦帝国。

我对南美洲文明的探访就从秘鲁的首都利马开始。

7月，正值南半球的冬季，但位于南纬12°的利马却一点也不冷。作为南美洲第五大城市，利马是一个毫无特色的地方，尤其是老城，除了城中心的"兵器广场"上有那么几幢西班牙式教堂外，布满了杂乱无章的低矮小楼，以及终日拥堵不堪的狭窄街道。利马的交通拥堵是世界闻名的，很大原因在于秘鲁司机不讲道德。他们经常把车开进十字路口，根本不管前方道路是否畅通。于是利马的交通信号灯几乎不起作用，绿灯时照样无法通行。尽管利马市政府雇用了好多交通警察维持秩序，其中大部分是女性，但效果甚微。

这不是我印象中的南美。从20世纪80年代开始，各种读物就不遗余力地把南美洲描述成一个充满神秘力量的大陆。从百慕大三角到玛雅文化，从复活节岛上的石雕再到纳斯卡地画，全都被描述成与外星文明有点瓜葛的神秘所在。那么，就让我的秘鲁之旅从纳斯卡地画开始吧。

神秘的纳斯卡地画

1968年，瑞士人埃里克·冯·丹尼肯（Erich von Daniken）撰写了一本《众神之车》（Chariots of the Gods），在全世界掀起了一股"外星人热"。1981年，上海科技出版社翻译出版了这本书的中文版，把这股热潮带进了中国。丹尼肯认为，上帝就是乘坐宇宙飞船前来地球定居的外星人，秘鲁南部纳斯卡地区的沙漠就是这些宇宙飞船的降落场，至今那里还遗留着外星人用过的跑道，以及一些供驾驶员识别用的地标性图案，这就是世界闻名的

纳斯卡地画

"纳斯卡地画"（Nazca Line）。

  为了一睹地画的真面目，我从利马出发，坐上了南行的长途汽车。20世纪80年代的教科书曾经把南美诸国列为典型的"第二世界"，但在秘鲁，只有利马市的金融中心还有那么一点"第二世界"的影子。一出利马市，我便立刻觉得自己来到了非洲的撒哈拉沙漠，一路上净是光秃秃的沙丘和破败的小镇，甚是凄凉。由于"洪堡洋流"把来自南极海域的冰冷海水带到了南美洲西海岸，秘鲁沿海的海水温度远比同纬度的地方要低，降水量也相应地少了很多。事实上，秘鲁南部沿海这片地区是地球上最干燥的地方，年降水量只有两三毫米。幸好从安第斯山脉上流下来40多条小河，为这片沙漠带来了40多个河谷和绿洲，纳斯卡镇就坐落在这样一个绿洲之内。

  在前总统藤森的主持下，秘鲁在20世纪末修建了一条沿海的泛美公路。长途汽车在这条年久失修的公路上开了六个多小时后，我终于到达了纳斯卡镇。这里原本只住着几十个农民，但《众神之车》的出版把这里变成了各种野心家、探险家和投机分子的朝圣之地，来自世界各地的外星迷们开着卡车和摩托车蜂拥至此，寻找成仙之路。他们的到来吸引了大批秘鲁人来此从事旅游业，并逐渐把纳斯卡变成了一个拥有五千多常住人口的沙漠重镇。

考古通常意味着掘地三尺，但要想欣赏纳斯卡地画，唯一的办法就是乘飞机。距离小镇2公里的地方有座小机场，有不下十家航空公司为游客提供空中观景服务。第二天上午10点左右，我搭乘一架单螺旋桨小飞机，和另外四名游客一起从机场起飞，开始了空中考古。

飞机起飞后很快升至300米左右的高空，向北方飞去。从空中看，纳斯卡河谷和北面的印格尼奥河谷均被绿色的植被所覆盖，两者之间则是一大片总面积高达500平方公里的荒凉的戈壁滩，除了少数几座山包外几乎是平的，上面布满了远古时期的河流流过的痕迹。除此之外还有大量纵横交错的直线，初看起来毫无头绪，就像是一群刚学会怎样用直尺的小学生留下的作业本。

"请大家仔细看右侧机翼下方，那里有一头鲸。"驾驶员一边提醒我们，一边让飞机机身向右倾斜45°，并俯冲下去。随着大地越来越近，我们终于从一团乱麻般的线条当中辨认出了一头张着大嘴的鲸，眼睛、尾鳍和腹鳍都非常清楚，画得相当传神。可惜这头鲸的腹部被一条更宽的白线穿过，稍稍影响了美学效果。

"现在我让它转到左侧来。"驾驶员让飞机围绕着那头鲸转了一圈，并让机身向左倾斜45°，好让左侧的游客一饱眼福。在空中进行这样的换位，对乘客的运动平衡能力是一种巨大的考验，我有点后悔早餐吃得太饱了。

在欣赏了一连串画得中规中矩的几何图形之后，驾驶员又提醒我们注意寻找一只猴子。果然，一只顽皮的猴子出现在飞机下方，猴尾巴卷成螺旋形，身体总长度达到了90米。接着我们又见到了一只狗，一只南美神鹰，一只蜂鸟，一只蜘蛛，一棵树，甚至还见到一个圆脑袋的小人，他（她）被画在一座小山的山坡上，瞪着两只圆眼睛，似乎正在和谁打招呼。这些图案全都画得栩栩如生，显示出绘画者具备了相当专业的技巧。

虽然这些动植物图案是纳斯卡地画中的明星，但其实出现频率更多的是直线，以及一些简单的几何图案。它们单独拿出来看都很规矩，但合起来看其实非常杂乱，起码我没有看出任何规律。丹尼肯如果真的从空中看过这些地画，那么他肯定不会再坚持认为它们是外星飞船的跑道了。如果真是这样，那么外星人一定会被这些杂乱的直线和三角形图案弄昏头的。

但是，纳斯卡人可不管这些，他们知道《众神之车》对于当地的旅游业意味着什么。这不，他们居然把那个小人叫作"宇航员"，可即使是想象力丰富的艺术家，如果不是带有某种偏见，也肯定不会把那个简陋的小人看成一名宇航员的。不管事实怎样，我知道自己这辈子肯定是做不成宇航员了，在这架小飞机上颠了半个小时后，我把早餐全都吐了出来，一点没剩。

吐完就不晕了，于是我开始琢磨那个困扰了大多数人的终极问题：既然这些地画大到只能从空中欣赏，那么画这些画的古人到底是画给谁看的呢？第一个发现这些地画的人肯定也是被这个问题迷住的，此人名叫保罗·科索克（Paul Kosok），是个美国考古学家，擅长考察古代的水利设施。1939 年，他乘飞机经过这里时偶然发现了这些地画，立刻为之倾倒。巧的是，那天刚好是南半球的夏至，太阳刚刚从地平线上露出头来。科索克发现其中一只长达三百多米的蜂鸟的鸟喙正好对准了日出方向，于是他立刻得出结论说：这是古人画在地上的天文钟。回到利马后，他把自己的发现向秘鲁的考古学界做了汇报，并在报告中把地画称为"世界上最大的天体运行图表"。

科索克在那次报告会上聘请的西班牙语翻译名叫玛丽亚·雷奇（Maria Reiche），是一个热衷于研究美洲历史的德国女人。她曾经在德累斯顿技术大学学习过数学、地理学和语言学，毕业后来到秘鲁，给居住在这里的德国孩子当保姆兼家教。因为讨厌纳粹，"二战"爆发后她决定留在秘鲁继续从事考古研究。听了科索克教授的报告后她来了兴趣，想办法跟着一架飞机去纳斯卡上空飞了一趟，发现了一个神秘的手形图案，只有四根手指。看到这图案后她大吃一惊，因为她本人的左手中指就因为被南美毒仙人掌刺中而被迫截掉了。天下怎么会有这么巧的事？雷奇觉得这是上帝给她的暗示，便在纳斯卡找了间民房住了下来，潜心研究地画的秘密。当时她已经 35 岁了，仍然没有结婚，村民们都觉得她是个疯子，哪个神经正常的人会去研究地上那些道道，并为此离开舒适的城市，跑到这个鸟不生蛋的沙漠，甘愿过着苦行僧式的生活？

当然，后来村民们终于意识到是雷奇帮助他们继承了祖先留下的珍贵遗产，其价值完

美洲骆马

全没法用金钱来衡量。但有趣的是，真正让村民们意识到这一点，并从这份遗产中得利的并不是科学家雷奇，而是文学幻想家丹尼肯。他那本饱受争议的《众神之车》引来大批狂热的信徒，开着卡车，甚至骑着毛驴去纳斯卡沙漠中寻宝。雷奇担心他们的到来会破坏珍贵的地画，便不断上书秘鲁政府，终于把这块沙漠划为游客禁入的特别保护区。她还用自己的钱雇用保安，阻止游客偷偷进入这片沙漠。可以说如果没有雷奇的话，纳斯卡地画不可能保存得如此完好。

　　为了研究地画，雷奇一直居住在纳斯卡北边的一个小村子里，终身未婚。1998年她因病去世，秘鲁人为她举行了盛大的国葬，并把她的故居改建成一个博物馆。她当年的卧室兼书房至今维持原样，《沙漠上的秘密》就是在这间屋子里写成的。雷奇在这本学术专著里继承了老师科索克的思想，认为地画是古代纳斯卡人用来记录天体运行的图标，各种线条对应着天体的方位，动植物图案则代表了不同的星座。值得一提的是，科索克和雷奇的理论近年来遭到了绝大多数研究者的反对，他们认为这只是巧合而已，任何一个人随便在沙漠上画一条直线，都有30%的可能性与某个天文事件发生关系。科索克和雷奇过分相信自己的直觉，犯了先下结论后取证的错误。

狂热的激情让雷奇成了公认的纳斯卡地画守护神，却没有让她成为一名合格的科学家。

那么，事实真相到底如何呢？这恐怕是南美洲考古学界最大的一个谜，已经诞生了很多千奇百怪的假说。有人认为这是纳斯卡人举行祭祀仪式时的祭坛，有人认为这是原始部落各自的标签，还有人认为这是缺水的纳斯卡人用来向上天祈雨的符号，甚至有人为了证明纳斯卡人会飞，用当时所能找到的材料做了一个热气球，并真地飞了起来。

有个名叫安东尼·阿文尼（Anthony Aveni）的研究者在总结了前人的诸多理论后惊讶地发现，只有很少的几个人真正在地面上研究过地画，大家都只是满足于从空中俯瞰它们。于是他亲自去实地考察了一番，得出结论说，地画是为了让人走路用的，这片平整的沙漠也许是纳斯卡人举行运动会的运动场！

不管这个假说是否准确，但它提醒我确实应该去沙漠里看看那些线条的细节。我乘坐出租车来到沙漠里，在路边站了一会儿，立刻弄明白了另一个很关键的问题：原来这片地方阳光强烈，大地吸收了太阳光的能量，在地表上形成了一层高温的"气垫子"，阻挡了空气流动，因此这里从来不刮大风，地画这才得以保存了两千多年而没有损坏。

出租车又向北开了20多公里，遇到了一座10米多高的脚手架，那是雷奇生前请人搭建的瞭望塔，从上面可以模糊地辨认出那个缺了一根手指的手形图案。当我从近距离看到那些地上的线条时，便觉得阿文尼的说法还是有些道理的，因为这片沙漠上根本没有细沙，而是铺满了大大小小的石块，在上面走路一定很硌脚。纳斯卡人把表面那些因为氧化的关系呈现棕红色的石块挪开，露出下面的浅色泥土，这便是作画的基本方法。这些线条有粗有细，粗的有几十

美洲雄鹰

米宽，基本上就是一块小操场，细的却只有四十多厘米宽，但一个人在上面走绰绰有余。

当然，这个理论无法解释为什么要把路径画成动植物的样子，但仔细研究那些图案就会发现，它们几乎全都是一笔画成的，一个人沿着线条走一遍就可以走完整个图案而无须重复任何一段路径。如果纯粹为了作一幅画，似乎不必遵循这样的法规。

以上这些假说都只是后人的凭空猜想，为什么不去研究一下作画的人呢？可惜纳斯卡人没有文字，甚至纳斯卡语言也已消失，这个古老的文明就只剩下了那些地画，以及一处坟场。这个名为朝奇拉（Chauchilla）的坟场坐落在纳斯卡镇南边30公里的一处沙漠里，以前多次遭到过盗墓者的挖掘。他们把陪葬品挖走，尸骨则散落在沙漠里，晚上看去颇有些阴森可怕。后来秘鲁政府派人清理了现场，恢复了古墓的原貌，把木乃伊重新放回原处供人瞻仰。

坟场旁边还有个小博物馆，展出了一批纳斯卡人的陪葬品，主要是棉布和陶罐。从质量上看，棉布质地比较粗糙，颜色和花纹都很简单，但陶罐却出乎意料的精致，造型奇特，上面画着的动植物图案栩栩如生，技巧高超。事实上，正是因为从纳斯卡陶罐上发现了与地画类似的图案后，考古学家才坚信地画是纳斯卡人画的。

通过对陪葬品进行碳-14鉴定得知，纳斯卡文明起始于1世纪，终止于7世纪，存活了六百多年。纳斯卡文明最有名的是地画，其陶器的精美程度和艺术质量则不及同时期居住在秘鲁北方沿海的莫奇卡人。莫奇卡（Mochica）文明为后人留下了大量精美的陶器，除了陶罐外还包括很多人头雕塑，人物表情之丰富，细节之逼真，在同时代的世界范围内鲜有敌手，即使和现代艺术相比也毫不逊色。仅从这一点即可推断，两千年前的南美洲原住民的文明发展已经达到了很高的程度。

如果丹尼肯仔细研究过这些考古发现，也许就不会把纳斯卡地画的创作者当作外星人了。事实上，南美洲之所以会成为很多外星人爱好者关注的焦点，正是因为他们不了解南美文明，不相信新世界的"土著"们有能力创造出那么多精美绝伦的艺术品来。再加上美洲历史上的所有文明大都没有留下任何文字记录，他们的语言也早已全部消失，后人只能从坟墓中留下的殉葬品来推测他们生活的时代和细节，这就给阴谋论者留下了想象的空间。

可是，通过对朝奇拉坟场出土的文物进行研究，人们知道纳斯卡文明在纺织和陶艺上已经达到了很高的水平，但他们的总体生活水平并不高。从这里已经出土了134具木乃伊，只有一具的年龄在60岁以上，说明纳斯卡人的寿命是很短的。相比之下，0—6岁的孩童木乃伊有63具，几乎占了一半，说明纳斯卡人的婴儿死亡率相当高。外星文明怎么可能解释这一切呢？

事实上，考古工作者们通过多年的研究，已经搞清了人类文明在这块土地上发展的大致过程。目前大家一致公认，人类最早是在大约一万年前跨过冰冻的白令海峡来到北美，然后沿着太平洋沿海一路南下，很快就布满了整个美洲。秘鲁境内所发现的早期人类文明大都局限于沿海地区，主要原因在于这里气候干旱，文物易于保存。事实上秘鲁的西海岸十分狭窄，只有少数几条河谷可以住人。再加上厄尔尼诺现象使得秘鲁沿海的气候非常不稳定，原住民们肯定很早就被迫离开了这里，走进了安第斯山脉的深处。秘鲁最大的秘密，就隐藏在那连绵不断的群山之中。

巍峨的安第斯山脉

安第斯山脉是挡在美洲大陆西侧的一道屏障，它全长约8000公里，平均宽度仅有240公里，平均高度却超过了3600米！仅从这三个数字即可知道，这是一条陡峭的山脉，远古时期的人类需要很大的勇气才能翻越它。

安第斯山脉的中段，也就是位于秘鲁南部和智利北部的这一段恰好是整条山脉当中海拔最高的。我乘坐的长途汽车离开海岸线后便顺着盘山公路径直向上开去，我随身携带的海拔表上的数字也从100多米迅速跳到了4000米以上。因为地处热带，气温倒也不怎么冷，但稍微走两步就能感到心慌气短，双腿无力。

记得在国内时搜索秘鲁新闻，出现最多的就是车祸消息，这回终于知道为什么了。原来，秘鲁的盘山公路大都是双向单车道，司机们需要不断地冒险超越前面的大货车，我这一路上发生了数次和对面车辆擦肩而过的情景，现在想来还会惊出一身冷汗。难怪出发前

秘鲁探秘

汽车公司的人拿着一台DV给每位乘客都拍了一段录像，大概是为了让乘客家属看到亲人们最后的样子吧。

我要去的目的地名叫科尔卡峡谷（Colca Canyon），曾经一直以3191米的深度被称为全球最深的峡谷，可惜人们后来又在秘鲁境内发现了科塔华西峡谷（Cotahuasi Canyon），以163米的微弱优势超越了它。评价一座山是否雄伟，相对高度才是黄金标准。秘鲁境内的这段安第斯山脉本来就堪称雄奇，科尔卡峡谷更是锦上添花，让"崇山峻岭"这个成语有了新的定义。

当然，整条峡谷并不都是那么深的，浅处地势开阔，站在山上向下望去，能看到农民们开出的层层梯田，精致细腻。可惜7月底正值南半球的冬季，农作物都已收割完毕，我没有看到峡谷最好看时的样子。

山谷处的海拔从2000米到4000米不等，适合种植玉米和土豆等粮食作物。说起来，这两样农作物是美洲大陆对世界人民所做的最大贡献，其总产量分别位列第三、第四。除此之外，美洲大陆还为我们贡献了西红柿、向日葵、花生、芸豆、利马豆、西葫芦和南瓜等经济作物，它们都已成为世界人民生活中不可或缺的蔬菜。不过，美洲出产的对全世界影响最大的农副产品不是这些蔬菜，而是辣椒、烟草和古柯叶。辣椒就不用说了，如果没有它，恐怕会有一大半的中国菜没了味道。烟草也不用说，如果没有它，恐怕会有一半的中国成年男性对生活失去兴趣。古柯叶则比较特殊，它产自南美东部的亚热带山区，安第斯人发现它能提神，消除饥饿感，减缓高山反应，于是咀嚼古柯叶便成为安第斯山脉的一项传统。不过古柯叶嚼起来很苦，不少人更喜欢用它来泡茶喝。秘鲁的所有旅馆都会为顾客免费提供一杯古柯叶泡的茶，这杯茶是否能减缓高山反应倒还是次要的，最主要的在于古柯叶是提取可卡因的原料，很多游客希望喝下这杯茶就能进入极乐世界。其实，几片叶子泡出来的茶汤里含有的可卡因量极少，不可能有任何致幻效果。

游客来科尔卡峡谷的主要目的是欣赏野生南美神鹰（Condor）。这是一种美洲特有的大型猛禽，以动物尸体为食。成年雄鹰体长可以达到1米以上，双翅展开后的长度更是超过3米，绝对是禽类中的"巨无霸"。南美神鹰通常只在海拔超过4000米以上的地方活动，要想看到它们，就必须去那些地势最凶险、风速也最高的峡谷中寻找。我这次十分幸运，在科尔卡峡谷最深处的一处峭壁附近发现了它们的踪迹。科尔卡河在这里拐了一个弯，两岸的悬崖峭壁顺势折成一个直角，让通过这里的气流产生了回旋，为神鹰提供了一个嬉戏的游乐场。那天一共有四只神鹰在附近活动，它们的飞行速度不快，但飞行姿势实在是太好看了，只能用"优雅"两个字来形容。

神鹰在南美原住民文化中占有很重要的位置。南美人最崇拜三种动物，分别是神鹰、猎豹和蛇。南美人认为它们分别代表天上的生活、人间的生活和祖先的生活，或者说它们分别代表未来、现在和过去。具有讽刺意义的是，如今代表人间生活的南美猎豹已经灭绝，代表祖先的蛇也很难见到了，南美神鹰虽然健在，但也已经因为食物匮乏而成为世界濒危动物名单里的常客。

考古证据表明，美洲大陆本来和其他地方一样，生活着狮子、老虎和鹿等许多大型野生动物，甚至还有一种体形巨大的树懒，只在美洲大陆发现过它们的踪迹。可惜的是，当一万年前人类首次踏足这片土地时，早已具备了高超的打猎技能，这些大型动物根本不是人类的对手，在不长的时间内即被人类猎杀殆尽，狮子、老虎和树懒甚至没能进入美洲原住民的集体记忆中便已经消失了，只有体形较小的猎豹曾经和早期的美洲文明共存过一段时间，这才得以进入南美人的神话体系，并成为南美原住民共同的图腾对象。相比之下，非洲的大型野生动物和人类一起进化，逐渐学会了如何应付人类的捕杀，这才得以活到了今天。欧亚大陆的野生动物虽说不如非洲那么幸运，但也活下来不少，并为当地人提供了野生的牛、羊、猪和马，它们被驯化后成为人类的好帮手。倒霉的南美原住民没有这样的好运气，只剩下一种原始的骆驼能够被驯服，这就是今天的美洲驼（Llama）和羊驼（Alpaca）。前者主要用来运输，虽然每次驮运的货物重量有限，但胜在脚力好，耐饥耐渴。不过美洲驼的肉比较粗糙，当年只有西班牙殖民者对它们的肉感兴趣，它们的毛质量也不高，只能用来纺织粗糙的衣物。这两条缺点正是羊驼的特长，美洲羊驼肉是高档旅游餐厅里的热门食品，但价格很贵，原住民们一般是吃不起的。它们的毛质地细腻，织出来的衣服手感好，尤其是用幼年羊驼（Baby Alpaca）的毛织出来的衣物更是游客们的首选。

值得一提的是，当年的印加贵族们却不稀罕羊驼制品，他们只穿一种用美洲骆马（Vicuna）毛织成的衣服，据说比羊驼的还要细腻。不过美洲骆马是一种野生动物，还没有被驯化，只有依靠围猎才能获得它们的毛。科尔卡峡谷附近的一处平均海拔超过4000米的高原上有一个野生动物保护区，我幸运地在里面见到了一群野生骆马，它们的模样很像鹿，乖巧可爱。

除此之外，美洲原住民还驯服了豚鼠（Guinea Pig），它们通常被饲养在家里，是原住民们唯一的肉食来源。这个季节的安第斯山脉里只能看到一种绿色农作物，这就是专门种给豚鼠吃的苜蓿草。豚鼠肉有股怪味，吃惯了牛羊猪肉的人很难习惯。而且豚鼠体形小，成年豚鼠的体重通常只有1公斤左右，一个胃口大的成年人一顿就能吃掉一只，所以美洲原住民只在节日或者重大庆祝活动时才能吃到它。

因为缺乏家畜，美洲原住民很少吃肉，不过他们有相当多种类的豆类可供选择，饮食当中倒也不缺蛋白质。缺乏家畜最大的后果就是美洲很少有传染病，因为大部分传染病都来自家畜家禽。这一条看似是优点，但后来却被证明是美洲文明败给欧洲文明的最主要的原因。

随着西班牙殖民者的进入，美洲人民缺乏家畜的情况有了根本性的改变。如今安第斯山脉里的任何一个村庄都能见到大量牛、羊、马和鸡，美洲人也早就习惯了以它们的肉作为食物。美洲驼和羊驼反而成了招徕游客的观赏动物，其数量远远落后于猪、牛、羊、鸡。与此对应的是，欧洲人则从美洲引进了玉米、土豆和各种农副产品，尤其是土豆，如今已经成了西方人主要的淀粉来源。

其实，任何两种文化或者生活方式之间的碰撞大都会产生这样的结果，只不过当这种碰撞发生在两个分开了几亿年的大陆之间时，其效果也就更加引人注目。比如，整个科尔卡峡谷里只能见到一种树，这就是引自澳大利亚的桉树。据导游说，安第斯山脉曾经有过很多原生树木，但很早就被原住民们砍伐光了，如今只剩下了没啥用处的低矮灌木。安第斯山区比较干旱，树木生长速度缓慢，一旦被砍就很难复原，这就是安第斯山脉的原住民都擅长用石头造房子的原因，他们是被逼的。可当欧洲殖民者把桉树带进美洲之后，当地人立刻发觉了这种速生树木的好处，纷纷自发地引进种植，于是整个安第斯山脉几乎都被桉树占领了，尤其是那些高海拔的干旱地区，更是几乎见不到任何原生树种了。

如果说桉树的胜利是自由竞争的结果，那么西班牙文化的胜利就只能用武力来解释了。离开科尔卡峡谷向东南方向行驶160公里,就来到了秘鲁的第二大城市阿雷奎帕(Arequipa)。市中心照例是一个"兵器广场",广场四周照例是围着一圈天主教堂,建筑风格照例是西班牙式的,只是因为这里盛产白色的火山岩,因此教堂外墙全部是白花花的,整个城市也都跟着沾光,被称为"白城"。最早的西班牙殖民者都是航海家,他们不喜欢安第斯山,都喜欢在海边另造新城,利马就是这么被造出来的。阿雷奎帕是个例外,这里海拔2400米,距离海边有100公里的路程,当初西班牙殖民者之所以选在这里建城,主要是看中了周围那一圈漂亮的雪山,尤其是米斯提(Misti)雪山,呈现标准的圆锥形,和富士山一样漂亮。可惜西班牙人没有意识到,环绕谷地的这圈雪山都是火山,这就意味着这块地方正好处于地震带上,于是五百年来这座城市被地震震毁过好几次,城内几乎见不到任何一幢超过两层的楼房。

虽说是秘鲁第二大城市,但阿雷奎帕只有一百多万人口,旅游业几乎是唯一的经济支柱。该市最值得参观的景点是圣·卡特里娜修道院(Santa Catalina Monastery),建于1580年,也就是西班牙殖民者侵占秘鲁四十年之后。当时的西班牙天主教势力强大,每户人家都要把第二个孩子送进修道院侍奉上帝。秘鲁的殖民者继承了这个传统,却因为这里远离欧洲,便自然而然地带上了些许"地方特色"。圣·卡特里娜修道院只收修女,而且只收大户人家的女儿。这些富裕的家庭为了让女儿过上好日子,纷纷给修道院送上大笔丰厚的"嫁妆",保证每个修女都能住上单间,还有三四个仆从专门服侍她,丝毫没有修行的意思。

整个修道院的占地面积高达2万多平方米,占了整整一个街区。周围高墙环绕,里面极尽奢华。房间的外墙被涂成了棕色或者蓝色,庭院里种满奇花异树,还有一个漂亮的喷水池,好像公园一样。修女们虽然穿着朴素的黑色修女服,但使用的家具和器皿都来自遥远的马德里或者巴黎,其奢华程度不比欧洲的王公贵族差多少。

不过在我看来,这就是一个不折不扣的"五星级监狱"。修女们一辈子不准外出,见客都必须有嬷嬷在旁监视,所有往来信件也都必须先交给嬷嬷们过目。修女的房间里不准有镜子,任何人都一辈子没有见过自己的脸。修道院展出了很多曾经住在这里的修女的画像,全都是死后请画匠画的,面目阴森诡异。只有一位老年修女因为中风而半边脸瘫痪,

印加古道

秘鲁羊驼

这才得以获准请人画像，让她在生前看到了自己那张扭曲的脸。

据说在这个修道院里居住过的修女大都是西班牙军官和印加贵族的女儿们生下的混血后代，不知她们的宗教信仰更加偏向哪一方。距离圣·卡特里娜修道院不远的地方有个博物馆，里面唯一的展品就是一具五百年前的木乃伊，以及她的陪葬品，这就是举世闻名的"冰雪公主胡安妮塔"（Juanita, the Ice Princess），从她身上我们可以看到印加人是如何信教的。

这具木乃伊的发现本身就是一个传奇故事。1995年8月，阿雷奎帕附近的萨班卡亚火山开始喷发，烟雾把附近海拔6288米的安帕托（Ampato）笼罩住了。同年9月8日，美国人类学家约翰·雷哈德（Johann Reinhard）博士带领一支登山队爬上安帕托火山口查看冰层的融化情况，发现原本10米多厚的冰层只剩下了不到2米。雷哈德是研究印加祭祀文化的专家，知道印加人有着祭山的传统，希望能在融化的冰层下面发现点什么。果然，探险队发现山坡上散落着一些陶器碎片和金银饰物，继而又发现了一个用羊驼织物裹着的包袱。打开一看，里面居然是一具女性木乃伊，据估计是从山坡上滚下来的，最外层的织物都被山石刮破了。后来得知她是大约十天前从山上滚下来的，滚落的地点距离埋葬她的洞穴有160多米！

如果不是因为雷哈德，这具木乃伊就会暴露在阳光下，并逐渐被晒干。幸亏雷哈德是个经验丰富的人，他把木乃伊抱起来掂了掂分量，发现她很重，显然体内的水分还没有蒸发掉。于是他决定迅速撤下山，把木乃伊带到了阿雷奎帕大学，放进冰箱时她身上的冰凌还没有完全融化。

雷哈德为这具木乃伊取名胡安妮塔，据鉴定已经死了大约五百年。如今她安静地躺在博物馆的冰箱内供人参观，裸露的左臂丰满圆润，细腻的皮肤和披肩的长发在灯光的照耀下泛着迷人的光泽。当年专家们看到胡安妮塔时都大吃一惊，因为她保存得相当完好，甚至连胃里的食物都还冻着没有腐坏。通过一系列生化分析，科学家们还原了胡安妮塔生命中的最后时刻。原来，印加人信奉自然神，无论是太阳月亮还是高山河流都被视为神灵的化身。一旦遇到天灾人祸，便要挑选一名漂亮的姑娘敬献给神灵。印加首都库斯科（Cusco）有个"太阳女神庙"，里面住着从各地挑选来的几百名"完美女孩"，她们都必须模样漂亮，身体健康，甚至连皮肤都必须光洁细腻，没有污点。换句话说，这个"太阳女神庙"就好比是印加人的圣·卡特里娜修道院，那些"完美女孩"和修女一样，其生命早已奉献给了太阳神。不同的是，天主教修女只需一辈子不结婚，住在修道院里阅读《圣经》就可以了，太阳女神们则必须在人们需要她们的时候作为牺牲品，奉献给神灵。胡安妮塔就是在她14岁那年被选中，成为祭拜安帕托雪山的牺牲品。她在祭师们的陪同下从库斯科一路跋涉至此，饱餐一顿之后被杀死，死前还喝下了大量的玉米酒，估计神志已经有点不清了。

西方学者们都对印加人的这一传统敬畏有加，雷哈德就曾经这样写道："胡安妮塔可能感到献给山神非常光荣，死后灵魂能永远和山神在一起，她是那么的骄傲。"可是，一个小细节却让我产生了一丝不安。X光显示，她是被人用尖利的石块击中脑壳后死去的。科学家还分析了她体内的血红蛋白，发现她被击中后还活了大约5分钟才死。

如果从现代的角度看待这件事的话，也许，雷哈德所发现的不仅仅是一个宗教祭祀场所，而是一个谋杀现场。

事实到底是怎样的？印加帝国究竟是一个西方人传说中的人间天堂，还是一个愚昧残酷的封建王朝？为了揭开这个谜，我决定去的的喀喀湖（Lake Titicaca）走一趟，那是传说中的首位印加王诞生的地方。

地球上的风景，低海拔地区总是会显得更加丰富多彩一些。那里资源充足，各种千奇百怪的动植物彼此相安无事。一旦上了高原，生存竞争便激烈起来，自然景观也就变得千篇一律，毫无生气。

我乘坐的旅游车离开阿雷奎帕向东行驶，海拔迅速上升到了4000米以上，气温骤降，呼吸也变得困难。两小时后，车子开上了秘鲁南部的一块印第安高地，地势相对平缓，放眼望去是一片辽阔的草原，仔细看似乎只长了一种草，干枯细长的叶子和周围的黄土融为一体。草原上几乎看不到房屋，偶尔能见到衣着鲜艳的印第安小孩在放羊，那景色和青藏高原如出一辙。

途中经过一处古迹，可惜正在挖掘，不向游客开放。古迹旁边有一座私人博物馆，展出了一些从附近挖出来的石雕和陶器碎片。石雕刻画的大都是古代武士，有一人多高，花纹细腻，形象逼真。仔细看，每个武士都是右手拿刀，左手托着一颗人头。原来，这处古迹是普卡拉（Pukara）文化遗址，距今已有两千多年历史。普卡拉部落骁勇善战，武士们都喜欢在腰间挂几颗敌方人头作为装饰品。通过对这些石雕的分析研究，考古学家初步了解了普卡拉文化的一些特征，而那些与普卡拉同时代的其他部落，则除了几颗人头外，全部消失在茫茫的安第斯山脉中，再也找不回来了。

车子翻过一座海拔5000多米的山口，缓缓进入一个山谷，路边房屋渐渐多起来。再转过一个山坳，眼前豁然开朗，的的喀喀湖到了。

水上人家

的的喀喀湖位于秘鲁和玻利维亚的交界处，是世界最大的高山湖，总面积8300平方公里，同时它也是世界最高的通航湖，湖面海拔3810米，直到今天仍然担负着秘鲁和玻利维亚之间的一部分货运任务。相比之下，我国青海湖总面积只有4300平方公里，海拔也只有3260米，不过由于纬度高，自然环境远比的的喀喀湖要险恶得多。的的喀喀湖区冬天的气温会降到0°以下，但因为湖的平均深度高达107米，水量丰沛，白天吸收的热量到了晚上就会慢慢释放出来，不但让湖水保持常年不结冰，而且还影响了周围小气候，把这片高原变成了一个世界少有的独特生态圈。印第安人的祖先就是在这里发现了一种营养丰富的块茎植物，并经过多年的精心培育，终于把它变成了土豆。

如今秘鲁境内大约有四千种土豆，大部分集中在的的喀喀湖周边地区。土豆不但富含淀粉，其他营养成分的含量也很高。当年西班牙殖民者把土豆引入欧洲，帮助欧洲人度过了数次大饥荒。印第安人根据的的喀喀湖的独特气候，发明了一种储存土豆的方法。他们会在冬天的晚上把土豆放在室外冰冻，白天太阳一晒就出水了，然后印第安人用脚把土豆踩烂，让水分蒸发掉。这样重复两三次，土豆就会变成黑颜色的"土豆干"（当地人叫它Chunu），几乎可以无限期地储存下去。"土豆干"保证了印第安人在荒年也不至于饿死，极大地缓解了生存压力，是南美洲早期文明得以发展壮大的最重要原因。也正是"土豆干"的滋养，以的的喀喀湖为中心的这片高原地区成了继西海岸河谷地带之后，南美文明的另一个重要的发源地。

普卡拉文化就是早期众多印第安高原文化中的一支。大约在300年的时候，普卡拉人被另一个更加强大的蒂亚瓦纳科（Tiahuanaco）帝国击败。这个以的的喀喀湖为中心的庞大帝国继承了普卡拉人在石雕上的造诣，这一点从位于的的喀喀湖南部的一处宗教遗址可以清楚地看到。

的的喀喀湖秘鲁一侧虽然没有多少像样的古迹，却能看到活的历史，这就是居住在水上的乌鲁人（Uros）。从的的喀喀湖边小镇普诺（Puno）出发，坐半小时汽船便到了乌鲁村。这个村子里所有的房子都是用芦苇做的，地上也都铺满了芦苇，甚至连村民们驾驶的小船也是如此。汽船靠岸后，我跳下船，立刻觉得脚下是软的，地面会随着波浪而左右摇晃。原来，整个村子的地基也都是芦苇做的，乌鲁人用芦苇为自己制作了一个人工浮岛！

村民们早就做好了迎客的准备，身穿鲜艳民族服装的妇女们为我们唱起了乌鲁歌谣，一个村长模样的中年汉子指挥大家坐成一圈，然后拿出一个事先做好的模型，为我们解释

身穿民族服装的村民

乌鲁岛的秘密。原来，这附近没有大树，没法做木船，但湖边水浅的地方长满了芦苇，乌鲁人把芦苇收割起来捆扎成一个个 1 米见方的草垛，再用绳子把草垛连起来，作为浮岛的"地基"，上面再铺上一层厚厚的芦苇秆，一个岛就建好了。传统的乌鲁人一辈子都生活在浮岛上，打鱼为生，偶尔也会吃一点嫩芦苇的茎，或者抓几只水鸟养在岛上换换口味。浮岛上唯一残存的对土地的记忆就是一个 1 米见方的小花园，乌鲁人用芦苇做成几个花盆，里面装上一点泥土，种了几株陆上植物。

为什么乌鲁人会选择如此奇怪的生活方式呢？有人说，这是因为厄尔尼诺现象造成山区大旱，粮食颗粒无收，乌鲁人的祖先被迫下湖打鱼，但这个解释不足以说明他们为什么彻底抛弃了陆上生活。更可能的解释是，乌鲁人的祖先被强盛的印加帝国追杀，只好躲到了湖上。印加士兵不会水，也没有船，只能放他们一马。至今每个浮岛上都还有一个瞭望塔，但塔的功能不再是预警，而是变成了为游客服务的收费项目。

毫无疑问，乌鲁人的浮岛是的的喀喀湖最吸引游客之处，旅游业也已成为乌鲁人最大的收入来源，男人们不再打鱼了，而是穿着干净的衣服为游客划船，妇女们把浮岛和草船的形象织在挂毯上出售给游客。不过，一切都好似在演戏，商业味道比我们的丽江古城还浓。但如果你知道了乌鲁人的历史，恐怕就不会责怪他们了，因为旅游业已经成了乌鲁人继承传统的唯一方式。

原来，纯粹的乌鲁人已经不存在了。据说最后一个纯血统的乌鲁人是一名妇女，1959年去世，从此，乌鲁这个民族就已经名存实亡了。真正的乌鲁族有自己的语言和风俗习惯，据说连体型和长相都和陆上的印第安人有很大差别，特别适合在水上生活。后来的的喀喀湖发生了一场大旱，芦苇大面积死亡。乌鲁人被迫转移到陆地上生活，并和陆地上的民族通婚。渐渐地，乌鲁人学会了陆地语言（Aymara语），长相和体型也逐渐和陆地人缩小了差距。再后来，西班牙殖民者又强迫乌鲁人说西班牙语，乌鲁语便彻底消失了。乌鲁人本来就没有文字，其历史仅靠口口相传来继承。一旦语言消失，这个民族的传统也就很难继续维持下去了。

据当地人介绍，年轻的乌鲁人都不愿意留在浮岛上，他们更喜欢去城里生活。我们参观的那座浮岛上也已经安装了太阳能电池板和蓄电池，岛民们养成了每天晚上看两小时电视再睡觉的习惯。如今的乌鲁人都说一口流利的西班牙语，人人都有手机，电脑也很普遍，从里到外已和陆地人没有什么两样了。如果没有旅游业，这个独特的民族肯定没办法继续在水上生活下去，人类的民族史也就会少了一个样本。

其实，这样的事情在人类历史上发生过多次。当年那个叱咤风云的蒂亚瓦纳科帝国，在统治了印第安中部高原五百多年之后，被印加帝国消灭了。除了一个残破的祭祀场所和少量石雕陶罐，蒂亚瓦纳科文化几乎没有留下任何痕迹。

当地的印第安人有个传说，当年的蒂亚瓦纳科帝国黑暗残暴，太阳神决定派自己的儿子曼科·卡帕克（Manco Capac）和他的妹妹兼妻子玛玛·沃里奥（Mama Ocllo）一起从的的喀喀湖出发，去寻找另一块圣土。两人一路跋山涉水，终于发现了一个风景秀丽的山谷，曼科把随身带着的一根黄金权杖朝地上一插，权杖立刻钻入地下不见了。曼科遂决定在此住下，开创了印加帝国，自己成为第一个印加王（Inca），这个词在克丘亚（Quechua）语里是"太阳神之子"的意思。

这件事发生在13世纪，曼科发现的这块风水宝地，便是未来的印加帝国首都库斯科。

库斯科远眺

世界的肚脐

　　长途汽车清晨从普诺出发，傍晚才开到库斯科。一路上海拔表的指数始终维持在4000米左右，冬季的印第安高原显得分外苍凉。当汽车翻过一个山坡，顺着公路盘旋而下的时候，我被突然出现的景象惊呆了。群山环绕下的山谷里，是一片巨大的"贫民窟"，低矮破旧的房屋把整个谷地塞得满满的，一点空隙都没有，屋顶用的都是西班牙式黄瓦，和周围的黄土融为一体。

　　库斯科海拔3300米，从高处看上去是个开阔的盆地。曼科发现它的时候，这里还是一大片湿地，雨季时甚至会变成一个湖。考古学家在附近的山坡上发现了很多年代久远的陶器，证明那里很早就有人居住。导游告诉我们，那个神话很可能是不准确的，更可能的情况是，曼科原本就是这里一个部落的首领，他带领军队打败了周围的其他部落，然后招兵买马，开沟挖渠，把河水从这里引开，在湿地上建造了库斯科。

　　当然，这也只是后人的猜测而已。印加帝国没有留下文字，关于这个帝国的大部分历史记载全都来自西班牙殖民者，互相矛盾的地方很多，甚至就连是否真的有曼科这个人都存有疑问，他就像中华民族的"黄帝"，更多地扮演了一个象征意义上的先祖角色。真正有证据可查的首位印加王是帕查库泰克（Pachacutec，克丘亚语意为"改变世界的人"），他的地位相当于中国的秦始皇。根据西班牙人的记载，公元1438年北方查卡斯（Chancas）部落进犯库斯科，帕查库泰克率领军民迎战，打败敌军。印加军队乘胜追击，从库斯科出发向四方扩张，向北一直打到如今的厄瓜多尔，向南一直打到如今的智利中部，建立了一个包括今天的秘鲁、厄瓜多尔、玻利维亚、阿根廷东北部和智利北部在内的庞大帝国，几乎涵盖了整个安第斯山脉的南美部分，总长度超过了3000公里。印加人只用了50年左右的时间就建立起如此庞大的帝国，这在人类历史上也是非常罕见的。

完成这一伟业的帕查库泰克被印加人视为最伟大的皇帝，他把这个庞大帝国分成四个部分，取名"Tahuantinsuyu"，意即"四方国"。库斯科就是这个"四方国"的中心，在克丘亚语里意为"世界的肚脐"，意即世界的中心。

当年西班牙殖民者第一次进入库斯科时，被这里的繁华景象惊呆了。根据他们日后的描述，库斯科的总面积和总人口均远超当时的任何一个欧洲城市，容量巨大的粮仓里堆满了土豆干、玉米粒和各种易于保存的粮食，人们生活在坚固的石头房子里，衣食无忧。印加王室的住处富丽堂皇，主要的祭祀场所——太阳神庙能同时容纳三千人，庙内的墙壁上镶满了黄金饰品。西班牙画家们根据这些士兵的描述，绘制了一批以印加帝国为主题的绘画，把库斯科描绘成遍地黄金的天堂。可是，走在今天的库斯科大街上，我却丝毫感觉不到当年的辉煌。市区的道路十分狭窄，路面多为石头铺成，车子颠簸得很厉害。大部分房屋都明显地分为两层，下层是印加人留下来的石墙，质量有好有坏，上面再补上一截泥砖墙，房顶则是西班牙式的木头屋顶，上盖西班牙式黄瓦。库斯科市中心照例有个"兵器广场"，广场上也照例有一座天主教大教堂。和其他地方的教堂比起来，库斯科大教堂从外表看并不显得特别出众，里面倒是颇有几样有趣的东西，包括一整面镶金的神龛和一屋子木刻神像。但最好玩的是一幅巨大的壁画，画的是耶稣最后的晚餐，餐桌上摆放的却不是面包黄油，而是一只四脚朝天的印第安烤豚鼠！原来，这是当地画家绘制的"本土化"宗教作品，为的是劝说当地人改信天主教。

皮萨罗的运气

西班牙人喜欢把当年入侵美洲的目的说成是传教,更好听的说法是"向原始人传播文明的种子",但根据历史文献记载,实际情况远不是这么回事。1492年哥伦布发现了加勒比群岛,随后西班牙人便迅速地在今天的巴拿马建立了基地,开始了有计划的殖民行动。1519年,西班牙殖民者赫尔南·柯尔特斯(Hernan Cortes)率领一支军队进入墨西哥,向阿兹特克帝国发动了攻击。战斗进行得非常激烈,西班牙人在付出了惨重代价后,终于占领了首都特诺奇蒂特兰,抢走了大批黄金白银。几年后,也就是1524年,另一支人马从巴拿马出发,沿着美洲西海岸向南驶去。领头的是一个50岁左右的军官,名叫弗朗西斯科·皮萨罗(Francisco Pizarro)。他是柯尔特斯的远房表哥,大字不识一个,在西班牙混了好多年也没混出什么名堂,便来到南美洲试试运气。要知道,在当时的欧洲人看来,哥伦布发现的南美洲无异于外星球,从欧洲出发要坐好几个月的船才能到达目的地。但是,对陌生世界的好奇心和发财的渴望还是把很多亡命徒吸引到了这里。当地人告诉他们,在巴拿马南边有一个富庶的帝国,遍地黄金,皮萨罗心动了,便想办法搞来一艘船,去南方探险。谁知他们沿着海岸线走了很长时间都没有看到一丝文明的迹象,反而被蚊虫咬得浑身是包,只好灰溜溜地返航了。

皮萨罗没有死心。1526年他又召集了一批人再次起程前往南美洲,终于在海上发现了一只木筏子,划船的印加人头戴金饰,身披斗篷,确实像是来自一个富裕的国家。可是,长途跋涉让船员们感到疲惫不堪,心生退意。皮萨罗拔出佩剑,在地上画了一条线,说道:"兄弟们,这道线的一边是贫穷、饥饿、劳作、连年阴雨和物资匮乏,另一边则是取之不尽的黄金。你选择这边,就回巴拿马去。你选择另一边,我们就去秘鲁发财。"然后他第一个跨过了这道线。

那天有十三名士兵跟随皮萨罗跨过了那条线。这件事发生在德尔加罗群岛(Isla del Gallo)上,史书上把这十三人叫作"德尔加罗十三勇士",后来他们全都发了大财。

皮萨罗带着这十三人继续向南航行,最终在秘鲁登岸,进入了印加帝国的领地。他注意到，这个地方确实如传说中的那样富有，却是在不久前刚刚归属印加王，当地老百姓对统治者仍然心怀仇恨。皮萨罗安排一名白人军官带着一个黑人侍从去印第安人的村子里试探民情，当地人对两人的肤色十分好奇，把他们当成了太阳神派来的使者。那名军官还当场示范了一次火绳枪的使用，枪声一响，老百姓们吓得四散奔逃，以为雷神来了。经过一番考察，皮萨罗觉得自己有机可乘，但这次带来的人实在太少，必须回国搬兵。临走前他挑选了几个小男孩，准备把他们培养成西班牙语翻译，其中有个小孩名叫菲利皮罗（Felipillo），事后证明他在很大程度上改变了历史的进程。

皮萨罗想办法说服了西班牙国王，批准他进行第三次远征。临行前皮萨罗还专门向表弟柯尔特斯求教，后者把自己与印第安军队作战的经验倾囊传授给了表哥。1532年，皮萨罗带着62名骑兵和106名步兵，第三次乘船来到秘鲁。与柯尔特斯侵略阿兹特克帝国不同的是，皮萨罗的登陆地点距离巴拿马基地有2000多公里远，像这样毫无后援的孤军深入绝对犯了兵家大忌，但对黄金的渴望远远超过了对印加帝国的恐惧，皮萨罗甘愿冒险。

皮萨罗率领军队沿着一条古道深入内陆，来到了位于秘鲁北方的卡加玛卡（Cajamarca）城。他惊讶地发现，城内满目疮痍，和五年前大不一样了。原来，印加帝国刚刚结束了一场残酷的内战，阿塔华帕（Atahualpa）战胜了自己的兄弟华斯卡（Huascar），成为新的印加王。巧的是，获胜的阿塔华帕和他的8万名士兵刚好在不远的地方休整，皮萨罗前去拜会，并邀请他次日回访。皮萨罗亲眼看到了印加军队的威势，知道自己要想获胜，只能智取。

1536年11月16日，阿塔华帕亲自率领五千多名士兵前来会晤皮萨罗。根据一名军官的回忆，这位新的印加王当时有30多岁，头戴镶金王冠，身披一件骆马毛织成的外套，坐在一乘轿子上。说是轿子，其实没有外罩，更像滑竿。他的面前遮着一层细纱，没人能够看见他的脸，只能看到他的两个耳垂，被金片坠得很大，几乎垂到了肩膀上。

皮萨罗派一名牧师出来会见印加王，五年前从秘鲁带走的小男孩菲利皮罗负责为两人翻译。牧师劝说阿塔华帕抛弃太阳神，改信天主教，并把一本《圣经》递给他。阿塔华帕从来没有见过书，他把《圣经》拿在手里反反复复看了几遍，不知道那是什么玩意儿。他又把《圣经》放在耳朵旁边听了听，没听到里面传出什么声音，失望的阿塔华帕随手把《圣经》扔在了地上。皮萨罗见机会来了，便按照事先规定的信号，扬起一面白旗，高喊："杀死异教徒！"早已埋伏在周围的 100 多名西班牙士兵一起开枪，枪声把印加士兵吓得趴在地上不敢动弹。皮萨罗趁势冲到轿子前，一把将阿塔华帕拽了下来。62 名骑兵趁势冲出，马蹄所到之处印加士兵纷纷倒退，即使有个别人敢于反抗，他们手中的木棍和石锤也无法穿透西班牙人的钢铁盔甲。就这样，人类历史上实力最悬殊的一场战斗以西班牙军队大获全胜而告终。这一战有大约 2000 名印加士兵被杀死，其中包括许多王公贵族，而西班牙人居然连一个受伤的都没有。

阿塔华帕被当作人质，关押在一间 5 米 ×7 米的房间里，他的大臣和侍妾都被允许前来探监。西班牙人注意到，即使已经成为阶下囚，阿塔华帕仍然享受着国王的待遇，侍妾们就连阿塔华帕掉下的头发都要捡起来吃掉，生怕有人对着头发施魔法，对印加王不利。阿塔华帕得知皮萨罗要的是黄金，便踮起脚尖，用手在墙壁上比画了一下说道："我愿意把这间屋子堆满黄金送给你，另外再加两倍于此的白银，以换回自由。"欣喜若狂的皮萨罗立刻答应了。于是，印加国的黄金饰品源源不断地运来此地，皮萨罗嫌饰品占地方，立刻就把这些珍贵的文物熔化成金条。最后皮萨罗收到黄金 5720 公斤，白银 1.1 万公斤，除了一小部分被运回西班牙奉献给国王外，其余的尽数私分。据说骑兵们每人分到了 40 公斤黄金，步兵减半。

这些黄金并没有买回印加王的性命。皮萨罗怀疑阿塔华帕图谋叛乱，还是决定处死他。也有人说阿塔华帕是被冤枉的，那个翻译菲利皮罗爱上了印加王的妃子，便略施小计，骗皮萨罗处死了阿塔华帕。因为怕被火葬，阿塔华帕临终前皈依了天主教，被西班牙刽子手砍掉了脑袋。他的妃子们听到这个消息后纷纷自杀，好到阴间继续服侍他。第二年 8 月，皮萨罗率军队开进库斯科，强大的印加帝国在称霸南美洲还不到百年的时候便被西班牙人消灭了。

印加帝国的秘密

印加帝国为什么会失败？西班牙人凭什么轻而易举地获得了胜利？这里面既有偶然因

素，也有必然原因。要想回答这个问题，就必须从印加人的风俗习惯说起。

位于库斯科市中心的印加博物馆展出了大量印加人使用过的工具和器皿，是了解印加文化最好的地方。原来，印加人一直不知道如何炼铁，更不知道火药是什么东西，这让他们在武器方面吃了大亏。印加人也没有发明出轮子，但这并不是因为他们比欧洲人笨，而是因为他们用不着。印加玩具中早就出现过轮子的雏形，但安第斯山脉山势陡峭，地无三尺平，即使有了轮子也没地方施展。

正是因为安第斯山脉独特的地理环境，使得印加部落几乎全部集中在山谷中，从来没有连成一片。如果从飞机上看，印加村落就像是一个个陆上孤岛，每个村子的人口总数都不大。从生物学的角度讲，如果没有足够多的宿主，任何传染病都没有办法流行。再加上印加人缺乏猪、牛、羊、鸡这样和人亲近的牲畜，疾病从动物传给人的概率很小。有大量证据表明，大部分人类传染病都来自家禽家畜，因此印加人很少得传染病。而这，才是西班牙人最致命的武器。

当年皮萨罗两次进入秘鲁境内，虽然没有和印加军队正面接触，却给这里的人民带来了天花病毒。印第安人对这种病毫无免疫力，纷纷被击倒，其中就包括当时的印加王华纳·卡帕克（Huayna Capac）。华纳是"印加秦始皇"帕查库泰克的孙子，骁勇善战。他继承了父亲未竟的事业，把印加帝国的势力一直扩大到了现在的厄瓜多尔。值得一提的是，这里距离库斯科有将近2000公里，当地的风土人情和印加人完全不同，不愿轻易就范，华纳便只好用残酷手段加以镇压。当地原有个名叫奥塔瓦罗（Otavalo）的湖，湖水都被叛军的尸体染红了，当地人遂改称其为 Yawar Cocha，意即"血湖"，这个名字一直沿用至今。

华纳得胜后顺便把叛军首领的女儿据为己有，并生下了一个儿子，这就是阿塔华帕。这个阿塔华帕从小就特别聪明伶俐，深受华纳的喜爱。要知道，印加帝国对血统是极为看重的，只有印加王和自己姐妹生下的孩子才是太阳神的"亲生儿子"，才有资格继承王位，成为新的印加王。按照这个标准，阿塔华帕属于杂种，本来是没有资格成为印加王的。但是，西班牙人带来的天花帮了他的忙。原来，刚刚归顺的北方部落一直不服，不断爆发叛乱，华纳·卡帕克前往镇压，不幸染上了天花，于1527年病死在今天厄瓜多尔的首都基多（Quito）。他仓促间立下的继承人不久也得了同样的病，未及立下遗嘱便死了，印加帝国面临着群龙无首的危险。此时，远在库斯科的印加王室决定立华斯卡为新印加王。华斯卡是华纳与自己的亲妹妹所生，血统上没有问题，但他性格懦弱，阿塔华帕不服，便率兵南下，和这位同父异母的兄弟争夺王位。如果没有这场内战，皮萨罗根本不可能赢得如此顺利。

顺便插一句，印加人也把一种病传染给了西班牙人，这就是梅毒。印加人在性方面比较自由，乱交现象非常普遍，因此梅毒得以流传开来。但是梅毒只能通过性交传染，远不如天花厉害，所以在这场疾病的较量中新大陆完全败给了旧大陆。据历史学家估计，有95%的美洲原住民都是被天花等旧大陆传染病杀死的，真正死于"洋枪洋炮"的反而只占总人口的1%都不到。

虽然如此，在和欧洲殖民者对抗的初期，印第安军队起码在人数上仍然占有绝对优势。西班牙人的火绳枪装弹很慢，不能连发，威力实在有限。印第安人的木棍和铜头狼牙棒虽然比不上铁剑，但一拥而上的话，西班牙人也不是对手。印加帝国在这场战役中之所以败得如此迅速，肯定还有别的原因。

印加博物馆里有一个展品非常重要，那就是"奇谱"（Quipu）。初看起来这是一堆用驼羊毛织成的彩色毛线，每根线的不同位置上打着结，但实际上这是印加人的书，或者按照西班牙殖民者的说法，是印加人的账本。每种线的颜色代表一种物资或者某一方的军队，节点的位置则代表数量，印加统治者正是用这个办法管理这个庞大的国家的。也有人认为"奇谱"远不止账本这么简单，它是印加人的历史书，记录了整个印加帝国的建国史，不过不少历史学家不相信这一点，他们从数学的角度分析了"奇谱"的结构，认为它所能承载的信息量很有限，远远达不到文字的高度。

即使"奇谱"真的可以成为一本书，它所承担的任务也是有限的。"奇谱"的制作和解读方法只掌握在少数当权者的手里，普通老百姓是看不懂的。虽然印加帝国也有学校，但只收皇室的后代。学生们学习"奇谱"，是为了毕业后成为印加帝国未来的领导人。正因为如此，在西班牙殖民者占领印加帝国之后，解读"奇谱"的方法很快就失传了，隐藏在"奇谱"中的秘密也许将永远没人知晓。

印加古道途中的玛雅人遗址

　　不管怎样，一个只能靠结绳记事进行信息交流的民族，在知识的传承和积累方面肯定远远比不上拥有书籍的欧洲人。皮萨罗虽然是个文盲，但他生活在一个文字的社会，耳濡目染地获得了大量关于新大陆的信息。相比之下，印加帝国和阿兹特克帝国虽然相隔不远，但双方居然都对彼此的存在毫不知情。假如阿塔华帕预先了解了阿兹特克帝国失败的过程，就不会那么轻易地走进皮萨罗设下的埋伏圈，被抓为人质的恐怕就会是皮萨罗了。

　　这种因信息不对称而造成的实力差别在鸦片战争中再一次体现了出来。1792年，英国派出了一个700多人的庞大使团，在"中国通"马戛尔尼勋爵的带领下，乘坐三艘军舰前往中国拜会乾隆皇帝。谁知乾隆竟然对这个当时已经位居欧洲之首的国家毫无所知，而且对对方送来的望远镜、地球仪、连发手枪和火炮等代表人类文明最新成果的礼物毫无兴趣。马戛尔尼却通过这次出访摸清了大清朝的底细，最终为英国下决心发动鸦片战争提供了最重要的情报。

　　印加博物馆里还展出了大批陶器和编织品，工艺质量均已达到了当时南美洲的最高水

秘鲁小孩

平。据说"印加秦始皇"帕查库泰克是一个非常善于学习的人，从被征服的部落中学到了很多东西。他在征服的过程中一直奉行"先礼后兵"的原则，尽量不杀人，他认为所有被征服的部落最终都会是印加人可以利用的资源，多杀一个敌人就等于少了一名仆从。不过，为了更好地实施管理，帕查库泰克强力推行克丘亚语，不允许其他部落说自己的语言，大批印第安古语就这样被消灭了。根据中国明代天启三年（1623）成书的《职方外记》（卷四）记载：（孛露，即秘鲁）其土音各种不同，有一正音，可通万里之外。凡天下方言，过千里必须传译。其正音能达万里之外，唯中国与孛露而已。

语言在很大程度上决定了一个民族的思想。我在参观博物馆时注意到一个细节，大部分印加陶器和编织品的主题都不再是人，而是不断重复的几何图案，这一点和同时代的南美其他部落形成了鲜明的对比，并从一个侧面说明在印加帝国的统治下，对个性尊重让位于对集权的崇拜。印第安人没有发明出高效率的兵器，打仗只能依靠人海战术。印加军队之所以所向披靡，靠的就是他们严格的纪律和献身精神，在人员调配和后勤供应方面做得比对手好，终于在短时间内称霸南美洲。

这一特点在印加人对待石头的态度上显得尤为明显。库斯科兵器广场旁边有个圣多明戈（Santo Domingo）教堂，从外表看是一座西班牙式建筑，但其中一面墙壁显得与众不同，不但石头表面光滑细腻，而且整面墙完全不用黏合剂，石头和石头之间却仍然互相粘在一起，缝隙小到连一张纸都塞不进去。原来，这座修道院建在了印加人最重要的宗教场所——太阳神庙的原址上，这面墙属于太阳神庙，是印加工匠的产品。因为太过坚实，就连西班牙殖民者都舍不得拆掉。要知道，当时的印加人是没有铁器的，这些石头全是工人们用更加坚硬的石头工具或者不耐磨的铜片一点一点打磨出来的，所耗费的人力物力简直无法想象。当然了，如果游客们去中国的长城参观一下的话，也会产生同样的感觉。

圣多明戈教堂的地下室有一座坟墓，埋的是一位名叫加西拉索·迪拉维加（Garcilaso de la Vega）的历史学家的棺材。此人是第一批到达库斯科的一名西班牙军官和一位印加公主所生的混血儿，从小接受了来自双方的教育，他撰写的回忆录为后人了解印加文化提供了一个极为重要的窗口。根据迪拉维加的记述，库斯科实际上分为上城和下城两部分，上城大约有1万间房屋，里面住着印加王和皇亲国戚。印加人对祖先十分崇拜，每位去世的印加王都被做成木乃伊，每逢大的祭祀活动都要把祖先们抬出来纪念一番。每位印加王的住所和用过的器皿也都原封不动地保留着，新印加王都要另起炉灶，这就产生了极大的浪费。

库斯科下城大约有10万间房屋，大部分居民都是为皇室工作的仆从。有意思的是，这些仆从大部分都不是印加本国人，而是从被占领的地方移民来的劳工。原来，印加帝国有个十分奇特的传统，每占领一个地方，都会把印加人整村整村地移民到那里去，通过这个办法来管理新的领地。而被占领一方也如法炮制，整体搬迁到别的地方，以此来削弱他们的势力。

为了方便搬迁，整个国家的人民都按照军队方式进行管理，每十人编成一组，设一名十夫长，每十组编成一队，设一名百夫长……以此类推，一直到万夫长！

印加人这个看似奇怪的做法其实有着深刻的历史和地理原因。原来，安第斯山区地势变化大，人口稀少，印加人习惯于在不同的季节分别搬到山上饲养羊驼，或者到山下种植玉米和土豆。如此频繁地搬迁使得印加人对个人财产看得很淡，每个人都是无产者。印加人没有货币的概念，金银这两种金属只是因为好看而被用于宗教场所和个人装饰品。他们甚至连以物易物这种最原始交易方式都不常进行，而是统一生产，按需分配。一部分欧洲历史学家把印加帝国看成人类历史上第一个共产主义国家，因为根据迪拉维加的描述，印加社会不存在饥饿和贫穷，自然也就没有小偷和强盗。如果某地因为天灾而断粮，印加王就会从其他地方调拨粮食前去支援。印加帝国修建了许多粮仓，储存的粮食够全国人吃好几年。

不过，也有不少历史学家对迪拉维加关于印加统治的描述存有疑问，因为他毕竟有一半的印加王室血统，肯定会不自觉地美化印加统治。但是，迪拉维加对普通印加人的生活细节所做的记录不存在公正性的问题，因此也就更有价值。比如，迪拉维加详细描写过印加妇女带孩子的方式：孩子生下来之后，母亲便会用冷水给他洗身体，然后用毯子绑住，三个月不准孩子动弹。印加母亲都不会抱孩子，喂奶时就让孩子平躺在床上，然后母亲俯下身子把乳头塞到孩子嘴里。等孩子大一点后则改为母亲坐着不动，让孩子自己想办法移动身体，换另一个乳房。

所有这些听起来十分残忍的做法，都是为了让孩子成长为一名吃苦耐劳的印加武士，事实证明这样的方式确实为印加帝国培养了一大批刚毅坚强、对国王忠心耿耿的战士。但是，这样的人往往缺乏个性，不会随机应变，一旦国王不在了，便束手无策。另外，印加帝国等级过分森严，每个人在社会上都有自己固定的位置，毫无升迁的可能。像皮萨罗这样身无分文却又野心勃勃、敢于单枪匹马远离祖国去陌生的地方冒险的人，是不可能出现在印加帝国的。

如果哥伦布没有发现新大陆的话，那么印加帝国也许还会维持相当长的一段时间。毕竟从印加人的角度看，帝国制度没什么不好。但是，当欧洲人的帆船把全世界纳入一个统一的竞争体系后，不同的社会制度立刻被迫分出了高下，其代价就是一个个古老文明的消亡。

当皮萨罗率领军队进入库斯科时，全城军民如无头苍蝇般一哄而散，根本没有组织起任何有效的抵抗。毕竟下城居民大都来自异国他乡，对印加王本就没有多少亲近感。皮萨罗从皇室中找来一名年仅17岁的印加王子曼科，任命他为傀儡皇帝。起初曼科试图与皮萨罗合作，但西班牙殖民者残忍贪婪的本性很快就让曼科放弃了这个念头。他对手下人说："即使雪山上所有的雪都变成黄金，这些西班牙人也不会满足。"

三年之后，也就是1536年，曼科偷偷逃出皇宫，召集了10万名印加士兵发动起义，攻占了距离库斯科皇宫3公里远的全城制高点——萨克萨瓦曼（Sacsayhuaman）。此处有一个直径200多米的巨大的祭坛，是"印加秦始皇"帕查库泰克主持建造的。每到冬至那天印加人都要在这里举行盛大的祭祀仪式，把太阳重新召唤回来。如今萨克萨瓦曼是库斯科最吸引人的一处印加古迹，站在这里可以清楚地俯瞰整个库斯科。

那个祭坛至今仍然保留下一部分石墙，巨大的石块按照印加人的方式，严丝合缝地紧贴在一起。这些石头全部来自附近的采石场，其中最重的一块石头重达75吨！要知道印加人没有轮子，这些石块都是工人们用圆木做滚梯，一点一点挪过来的。据历史学家考证，整个工程至少动用了3万名工人，花了75年才大功告成。据说原来的祭坛高达30多米，被西班牙人破坏后仅剩下一半墙壁。此后这里一直没人管理，直到20世纪60年代时还有不少人偷石头回家盖房子。1983年联合国教科文组织把库斯科列为世界文化遗产后，秘鲁政府才将原址保护起来，建成了一个类似于北京圆明园的遗址公园，每年都要组织民众身着传统服装为游客表演古老的祭祀仪式。

当年的那场印加起义，差一点儿就获得了胜利。当时库斯科城内只有不到200名西班牙士兵，他们在10万名印加士兵的围攻下，死伤惨重。最后剩下的50多名骑兵孤注一掷，冲上了萨克萨瓦曼，重新占领了制高点。

古老的印加帝国命悬一线。

眼见祖先的祭坛被攻占，曼科心灰意冷，带领部下逃出库斯科，躲进了圣谷（Sacred Valley）。这块地方是印加文化的根据地，曼科希望在此地休养生息，伺机东山再起。

圣谷探秘

有山谷必有河流，有河流必可漂流。探访圣谷最环保的办法就是乘坐皮划艇，让河水载着你顺流而下。

我从库斯科出发，先坐两小时汽车来到小城乌鲁班巴（Urubamba），然后换好救生衣，与另外七名游客一起坐上皮划艇，沿着乌鲁班巴河向下游漂去。这条河是印加人的圣河，它在距离库斯科大约20公里的地方切出一条狭长的山谷，最终向北汇入亚马孙河，流入大西洋。此时虽是旱季，但河水依旧湍急，短短一个多小时的路程就经过了两个三级河道，皮划艇在大家的惊叫声中从3米多高的地方直坠下去，着实惊险刺激。

这条河的海拔只有两千多米，气候温暖宜人。河谷内仅有的一点平地都被开垦成了农田，种上了玉米和苜蓿草。两岸的山峰坡度很陡，山坡上布满了印加人开垦出来的梯田，它们代表着印加农业的最高成就。

"印加梯田可不是简单地挖出来的。"导游介绍说，"印加人先用石块垒出一道道竖墙，然后在底层铺上有机肥料，上面铺一层沙子，最后再铺土。所以印加梯田的肥力保持得特别好，有些梯田直到今天仍然在使用。"

这个导游是个阿根廷人，南美洲有许多这样的职业流浪汉，他们没有语言障碍，可以随心所欲地在南美诸国流动。这位阿根廷导游显然在印加历史上下过功夫，他说："印加人不会游泳，也不会造船。不过这也怪不了他们，因为山区的河流都很湍急，普通的船是没办法航行的。"

巍峨的安第斯山脉孕育了印加文明，也限制了印加人的活动范围，把他们培养成一个典型的山地民族——虽然毅力坚强，但是目光短浅，一旦离开了山就没办法生存。

乌鲁班巴峡谷是印加帝国最重要的粮仓，所以被印加人尊称为"圣谷"。如今梯田仍在，只是不少梯田里种的已不再是粮食，而是树，并且全都是从澳大利亚引进的桉树。我在整个圣谷里只看到过两棵当地树种，它们看上去很像合欢，树枝上结着好看的红缨子。两棵树的年纪都很大了，它们像古董一样被一圈围栏小心翼翼地保护起来。

"桉树长得快，树干又直，当地人盖房子都需要它。"导游说，"要论实用价值，当地树种绝不是桉树的对手，所以老百姓都喜欢种桉树，拦都拦不住。"

同样，如今圣谷里也已见不到多少美洲驼和羊驼，代替它们的是来自旧大陆的牛、羊、鸡、猪，就连印第安人放置在屋顶的泥刻护身符，也早已从羊驼变成了牛和猪。过去印加人喜欢在院墙上种一排仙人掌防盗，如今也改成了碎玻璃碴子。印加人的纺织和染布手艺仍在，但这要归功于旅游业的发展。圣谷里有个村子专门接待对纺织感兴趣的游客，身穿民族服装的妇女们为客人表演怎样用羊驼毛织布，以及如何用植物染料调出各种颜色。不过，小孩子们穿的却都是城里买的化纤运动服，毕竟现代的衣服更实用，更耐洗。

漂流的目的地是一处印加古堡，名叫奥雅泰坦堡（Ollantaytambo）。古堡旁边有个小村子，临街的石头房子全都变成了饭馆，游客们可以吃到全世界所有风味的饭菜。导游带我们去吃自助餐，服务员殷勤地端上一瓶当地名产——"印加可乐"（Inca Cola），这是用可口可乐瓶装的一种绿色饮料，我喝了一口，基本上就是加了苏打的糖水。

"'印加'这个词是秘鲁最好的广告。"随行的一位加拿大女游客对我说，"我在库斯科还遇到过推销性服务的牛郎，自称带有纯正的印加血统。"

确实，在秘鲁已经很难见到纯粹的原住民了。库斯科当地人虽然又黑又矮，但大都高鼻深目，一看就是混血儿。导游告诉我，纯种的印第安原住民只能在南美洲东部的原始森林里才能见到，他们的脸型几乎和亚洲人没什么区别。西部山区的印第安人经过多年的混血，早已面目全非。要说继承文化遗产，他们应该继承父母哪一方的文化遗产呢？

如果说文化传承有点虚，那么依托于文化传承的旅游业则是实打实的。导游告诉我，整个圣谷的大部分饭馆和旅馆都被智利商人承包了，我们吃饭的这家高档餐馆也不例外。智利人有钱，秘鲁人竞争不过，只能偷偷把"圣谷"叫作"智利谷"。

吃完"智利饭"，导游带我们去参观奥雅泰坦堡。城堡建在一处绝壁的半山腰，为了防止滑坡，印加工匠在山坡上建造了一排梯田，石墙严丝合缝。顺着梯田走上古堡，那里有更多的印加石墙，墙面光滑平整，工艺水平极高。石墙围着一个祭台，据说是印加人最重要的一处祭祀太阳神的地方。城堡对面有座山，从侧面看能够模糊地看出一个印加武士的头像，冬至那天的太阳光线正好从印加武士的眼睛穿出，直射到祭台上。

奥雅泰坦堡易守难攻，当年印加王曼科带兵退至圣谷，便是在此地扎下营寨。西班牙殖民者重新夺回库斯科后，派兵追至奥雅泰坦堡，曼科将河流改道，引河水冲入敌阵，重创敌军。西班牙人只好从其他地方调兵增援，再次进兵圣谷，终于攻占了奥雅泰坦堡。曼科率领残余部队逃至威尔卡班巴（Vilcabamba），建立了一个新的印加都城。可惜曼科犯了一个大错误，收留了几名从西班牙军队叛逃过来的士兵。这几个人只是因为对长官不满而来投奔曼科,骨子里仍然是西班牙人,果然没过多久他们就厌倦了流亡生活,于1544年谋杀了曼科。印加军队人心涣散,终于在1570年左右被西班牙军队尽数剿灭,曼科的儿子图帕·阿玛如(Tupac Amaru)也被砍掉了脑袋,一个强大的帝国就这样被消灭了。

皮萨罗的命运也好不到哪儿去。1541年,皮萨罗在一场内部纷争中被西班牙刺客谋杀,但他的"事迹"还是吸引了很多西班牙人前来秘鲁捞金。他们很快发现,印加帝国的"进贡制度"非常适合剥削,便都摇身一变,顶替了原来印加贵族的位置,堂而皇之地接受印加老百姓的贡品。这套进贡制度是"印加秦始皇"帕查库泰克根据印加帝国的特点而制定的,它规定老百姓不必交税,但必须定期向印加王室交纳贡品。对穷人来说,贡品通常都是用劳动来代替的。印加王依靠这一制度保证自己和王室成员能够拥有很多仆人,过上奢华的生活,但同时也依靠这一制度征召工人修建水利工程和道路系统,算是为老百姓办了件好事。

西班牙殖民者利用了这一传统,继续无偿地占有印加人的劳动,并借此不断壮大自己的势力。老百姓虽然经历了改朝换代,却根本没有享受到新制度带来的好处,生活反而越变越糟。1780年,一位自称带有纯粹印加王室血统的图帕·阿玛如二世(Tupac Amaru Ⅱ)发动起义,但很快就被镇压下去。西班牙人意识到印加人只愿意接受带有印加王室血统的人做他们的领袖,便当着图帕·阿玛如二世的面将他全家满门抄斩,然后在成千上万名印加百姓的注视下,把图帕·阿玛如二世斩首,四马分尸。就这样,传奇的"四方国"终于以历史上最后一位印加王的嫡传子孙被分成四份而象征性地结束了。

印加王不在了,反抗却并没有停止,只是这一次的主角变成了一群生在南美长在南美的混血儿,他们不愿意继续生活在宗主国的控制之下,纷纷要求独立。来自南方的革命军由何塞·圣马丁(Jose San Martin)领导,他在解放了阿根廷和智利后率大军北上,于1821年7月28日解放了利马,这一天便成了秘鲁的国庆日。北方革命军由西蒙·玻利瓦尔(Simon Bolivar)领导,他在解放了哥伦比亚、委内瑞拉和厄瓜多尔后也来到了秘鲁。两军会师后,两位领导人召开了一次秘密会议,会议内容至今无人知晓,其结果却是圣马丁返回阿根廷,并很快流亡法国,最后客死他乡。

这次革命的结果就是废除了奴隶制度,代之以原始的资本主义制度。这个结果让那些

马丘比丘

混血儿能够依靠自身的努力发财致富,却苦了原住民。奴隶制至少让一部分原住民得以继续维持传统的生活方式,革命胜利后,私营农场主们用金钱打败了所有对手,迅速侵占了大量土地,把原住民变成了佃农。原本就苟延残喘的印第安传统在自由竞争的旗帜下被彻底击垮,直到现在都没有恢复元气。

这一点在考古学界表现得尤为明显。整个19世纪和20世纪初叶,秘鲁本土的考古学停滞不前,几乎所有重要的考古发现都是由国外的考古学家完成的。其中最有名的一位考古学家要算是希拉姆·宾根(Hiram Bingham),此人出生于1875年,在耶鲁大学拿到了历史学学位,毕业后留校担任历史和政治系教师。他一直对南美文化感兴趣,于1911年从美国国家地理学会申请到一笔经费,到秘鲁寻找曼科最后的根据地——威尔卡班巴。曼科被人刺杀后,这个临时首都便被废弃,没人知道它的具体位置。宾根仔细研究了历史文献,于1911年5月来到库斯科西北方130公里远的一处山谷中。这里地势较低,植被异常丰富,所有残留下来的建筑都被绿色覆盖了,因此很长时间都没人知道。可惜,除了几处残垣断壁,宾根没有发现什么有价值的文物,便得出结论说自己找错了地方。50年后,另一位美国考古学家经过仔细的挖掘和研究后证明，宾根发现的其实就是威尔卡班巴。就在宾根大失所望的时候，有位名叫梅尔彻·奥特加（Melchor Arteaga）的农民随口提到附近还有一处山坡上有更多的古建筑残骸。宾根来了兴趣，出高价聘请奥特加担任向导，向大山深处走去。一行人历尽千辛万苦，终于来到乌鲁班巴河边。乌鲁班巴河在这里拐了一个180°的弯，围成了一个马蹄形的山谷。探险队冒险爬过了一座年久失修的木桥，来到乌鲁班巴河的另一边。奥特加向天上一指说："上面就是那处遗迹。"宾根抬头一看，不禁倒吸一口凉气。原来，在山谷中间立着一座高耸入云的山峰，几乎是直上直下的绝壁上布满了青藤，没有任何道路可供攀登。那天正好下着小雨，空气冷飕飕的，奥特加不愿动弹，宾根出了三倍的价钱才把他从帐篷里拉出来。两人手脚并用爬了两个多小时终于来到半山腰，遇到了两个农夫。这两人都是几年前刚刚搬到这里开荒种地的农民，他们喜欢此地与世隔绝的自然环境，却因为没有道路通向外界，每个月只能下山一次，去城里采购生活必需品。他俩都提到这片山坡上留有大量印加梯田，这让两人省了不少力。但当宾根提到古建筑遗迹时，两人都显得毫无兴趣。为什么当地人对祖先留下的遗产毫无敬畏之心呢？也许这山上没啥可看的，充其量也就是几处残垣断壁吧。这么一想，宾根有点泄气。

疲惫的奥特加再也不愿继续向上爬了，可宾根还是有点不甘心，便找来一个名叫帕波利托（Pablito）的小男孩带路，继续往山上爬。两人转过一个山包，眼前突然出现了一排排整齐划一的印加梯田，居然有近百层，每层100多米长，梯田外侧的石墙堆砌得相当精致。又往上走几步，两人来到一个山洞前，宾根仔细一看，不由得大吃一惊。在藤蔓的掩盖下，山洞的内壁居然是用打磨得十分精细的石头垒成的，这显然是印加能工巧匠们的杰作。宾根在石洞的上方又发现了一个圆形的石墙，同样非常精致。以此为中心向四外搜索，宾根又发现了更多的石墙和断壁，俨然是一座规模宏大的古城。宾根兴奋极了，他断定这就是威尔卡班巴——失落的印加古城。

宾根马上又从美国国家地理学会申请了一笔经费，率领一支考古工作队来到这里，把整个古城梳理了一遍，带走了大批珍贵文物。之后这里便又恢复了往日的宁静，农民们照样在这里种田，游客也可以随意来这里瞻仰古迹，甚至随便挖掘。

1948年，宾根根据自己的亲身经历撰写了一本畅销书，详细描写了发现古城的经过。

他本人因为这次经历成了世界闻名的探险家，好莱坞系列电影《印第安纳·琼斯》部分借鉴了他的故事。

这本书吸引了更多的游客来此地探宝，秘鲁政府终于意识到必须加以保护，便在1971年宣布将古城及其周围300多平方公里的地区划为保护区，不准游客随便进入。1983年，联合国教科文组织又将它列为世界自然和文化双重遗产，这个决定从根本上改变了古城的命运，使之成为整个南美洲游客最多的旅游目的地。远在80公里之外的库斯科也跟着沾了光，这座印加帝国的古都在此之前一直默默无闻，自那之后便迅速发迹，如今城市人口已经接近40万，比20年前增加了三倍。

可是，考古学界经过细致的研究之后一致认为，这片废弃的古城绝对不是威尔卡班巴。但无论是印加传说还是西班牙人的日记都从来没有提到过它的存在，考古学家们只能按照当地人对那座山的称呼，把它叫作马丘比丘（Machu Picchu，克丘亚语"老峰"的意思）。

一座建造得如此精致的古城，如果不是印加古都的话，还能是什么呢？

马丘比丘的秘密

去马丘比丘有两条路。一是从库斯科坐四个小时火车到达"老峰"脚下，然后换乘大巴沿着新修的盘山公路直达入口处；第二个办法是徒步，有好几条线路可供选择，最热门的是印加古道（Inca Trail），但这条路走的人太多了，秘鲁政府只好限制人数，每天只放500人，而且不准游客单独行动，一定要雇用当地人做向导和脚夫，这样算下来，每天只有200个游客能够成行。

这两种办法都很贵，最便宜的火车票也要64美元一张，最贵的则要600美元，马丘比丘的门票是40美元一张，加起来坐火车去一次马丘比丘至少要花100多美元。徒步则更贵，走印加古道的费用至少是400美元。虽然如此，这条路线依然是所有游客的首选，我足足等了半年才终于等到了一张进山的门票！

原定周五一早坐车去印加古道入口处，可周四晚上我就接到旅行社通知，要我立刻收拾行李准备出发，原来秘鲁司机计划于周五举行全国总罢工，没车可坐。

"秘鲁山高路险，再加上秘鲁司机喜欢酒后驾驶，所以出车祸的频率很高。"我的导游胡安妮塔对我说，"秘鲁政府不久前出台了一项新政策，对酒后驾车的罚款提高了三倍，司机们不干了，决定罢工抗议。"

胡安妮塔是旅游学校毕业的，英文说得还凑合。为了她上学，她父母花了很多钱。

"旅游行业挣钱多，但必须看别人脸色，很不可靠。"胡安妮塔叹了口气道，"去年因为金融危机，游客总数是往年的一半。今年又闹甲型H1N1流感，到目前为止总的情况比去年好不到哪儿去。"

不过胡安妮塔也承认，现在的秘鲁已经比20年前好多了。20世纪80年代，秘鲁政局动荡，官僚腐败严重。左派激进组织"光辉道路"趁机起事，四处打游击，旅游业遭到重创。1990年，日裔秘鲁人藤森击败了著名作家略萨，成为新的秘鲁总统。上台后藤森派军队打击"光辉道路"，终于摘掉了戴在秘鲁头上的"恐怖主义国家"的帽子。同时他还一改竞选时的承诺，将大批国有企业私有化。没想到这个"休克疗法"收到奇效，秘鲁经济复苏得很快，藤森因此得到了大多数秘鲁老百姓的欢迎。可惜他还是没能避免南美国家总统的通病——腐败，在2000年第三次竞选总统时被人揭发选举舞弊，最终落了个被监禁的下场。

"我们导游还是要感谢他的。"胡安妮塔说，"他主持修建了好几条重要的公路，完善了秘鲁公路网，否则的话我们现在还得忍受泥土路呢。"

说话间，车子开到了目的地。这地方名叫"82公里"，是纵贯圣谷的那条铁路的一个

印加古道上的秘鲁脚夫

站,印加古道就从这里开始。我们在停车场的空地上搭帐篷睡了一夜,第二天早上6点起床,7点准时出发。我们这个小组一共有四名游客,除了胡安妮塔外,还有四名脚夫负责运送帐篷和食物。据说早年间旅行社为了省钱,让每个脚夫背50公斤重的挑子,后来在国际社会的干预下不得不修改政策,每位脚夫的担子不得超过25公斤。

我们组的这四位脚夫都是附近山里的农民。领头的是个厨师,名叫多明戈,今年32岁,却已是十个孩子的父亲,另外三人也都至少有四个孩子。养活这么多孩子成了安第斯山区农民的一大负担,怪不得有那么多人涌到城市里打工,把首都利马的郊外变成了一个全世界罕见的规模巨大的贫民窟。

印加古道的入口处是一座吊桥,过了吊桥便开始爬山,所幸道路状况良好,稍微陡一点的山坡都铺上了石阶,一点也不危险。这条路之所以叫作印加古道,是因为它是当年印加人修建的,后来因为年久失修,逐渐被世人遗忘。马丘比丘被发现后,考古学家重新发现了这条连接库斯科和马丘比丘的古道,并加以修缮,方便游客徒步。

近年的考古发现证明,印加古道是印加帝国的高速公路,也是印加帝国赖以生存的动脉血管,其主体部分是两条纵贯南北的主干道,一条沿海,一条贯穿安第斯山脉,两条主干道之间还有无数梯子形的横贯道路,把各个印加城池连接在一起,总长度接近4万公里。印加人既没有马也没有发明出轮子,所有道路都是为人走路而设计的,完全不必考虑坡度问题。于是印加古道没有盘山公路,即使要翻过一座高山也一律直上直下,力求长度越短越好。

为了更好地管理这个庞大的帝国,印加王帕查库泰克建立了一套完善的邮政体系。印加邮递员叫作"查斯基"(Chasky),都是从各部落挑出来的长跑好手。他们平时住在沿途的驿馆里,这样的驿馆大约每2公里就有一座。遇到紧急情况,"查斯基"便会带着"奇谱",或者口信,全速跑向下一个驿馆,递给接力的信使。据说一封信从厄瓜多尔首都基多传到三千多公里远的库斯科只需一个星期的时间!

"查斯基"们不光递送邮件,也负责为印加王传递物品。渔民们早上捕获的海鱼,晚上就可以送到远在300公里之外的库斯科。不过,只有印加皇室才有权享受印加古道带来的好处,普通老百姓是不准在道上行走的,这一规矩直到西班牙人到来后才被打破。不过西班牙人同时也带来了马匹和轱辘车,印加古道不能适应新的交通工具,不久便被废弃了,直到今天为了旅游的需要才又重新开发出来。

脚夫们显然继承了印加"查斯基"的光荣传统,虽然背负重担,但个个身轻如燕,一路小跑着往前走。通往马丘比丘的印加古道全长只有33公里,却不断地上上下下,难度大了不少,普通游客要走四天三夜,但是一名脚夫在2004年举办的长跑比赛上只用了三个半小时就跑完了全程。

徒步的第一天相对容易,坡度变化不大,14点左右就到达了第一个营地。这里也是最后一个有村子的地方,村民们依然保持了印加人的传统,家家饲养着一大群美洲驼。它们的性格非常温顺,从来不叫。虽然每头美洲驼只能负重50公斤,而且走路速度也不快,但它们走起来很有秩序,不需要费心照料。

第二天早上7点出发,一路向上。这一天要从海拔3000米的营地一直爬到4200米的最高点,中间没有平地,再加上海拔的因素,对游客的体力是很大的考验。就连脚夫们都跑不动了,走一段就放下担子坐在路边岩石上喘气。上午10点半左右我爬到了制高点,克丘亚语把这里叫作"死妇人山口",这倒不是性别歧视,而是因为这个山口从远处看像一个躺在地上的女性。

安第斯山脉的气候变化非常迅速,刚一翻过山口,空气立刻就变得湿润起来,路边的植被也从低矮灌木变成了阔叶乔木,岩石上铺着一层厚厚的苔藓,五颜六色甚是好看。再走一段,居然出现了一片茂密的原始森林,树叶把阳光遮得严严实实。

走着走着,眼前出现了一座古堡,半圆形的围墙居高临下,颇有一夫当关,万夫莫开的气势。据说这也是宾根发现的,取名叫作Runkurakay。后人经过考证后认为,这就是当年印加古道上的一个"查斯基"驿馆。导游胡安妮塔告诉我,从这里开始,印加古道便全部是当年的样子了,没有经过一丝一毫的修缮。仔细看,脚下的古道有2米多宽,石头阶梯依然完好无损,近悬崖处还修建了石墙,防止泥石流破坏道路。修建这样一条山道即使在今天也是一项大工程,很难想象印加人是如何在完全没有现代化设备的情况下完成这一壮举的。

第二天的营地是秘鲁政府修建的,旁边有厕所,甚至还有一个洗冷水澡的浴室。脚夫为我们搭好了帐篷,又立刻动手做晚餐。他们居然带来了包括煤气罐在内的全套厨房用具，厨师多明戈继承了印加人耐心细致的特点，用一把菜刀将土豆切成半厘米见方的土豆丁，然后用文火慢慢熬成一锅土豆汤，一碗喝下去立刻感到浑身暖洋洋的，酸疼的双腿马上就恢复了元气。

像这样廉价而又豪华的徒步旅行，也只有在非洲或者秘鲁这样的发展中国家才有可能实现。

第三天依然是艰苦的一天，虽然从地图上看没爬多高，但一路上不断地上坡下坡，很是累人。尤其是下坡，全是石阶，对膝盖是个考验。幸好这段山路风景绝美，沿途植被丰富，鸟语花香，让人很容易忘记身上的疲劳。

导游胡安妮塔一路上一直说个不停，但她居然把阿塔华帕和华斯卡这两个印加历史上最重要的皇帝的名字搞反了，看来她上的那个旅游学校教学质量高不到哪儿去。

天快黑的时候才终于走到最后一个营地，距离马丘比丘只有一小时的路程了。这里居然有个酒吧，依靠附近一个水电站提供的电力，为游客们提供 7 索尔（约合 15 元人民币）一瓶的冰镇秘鲁啤酒，以及很吵的美国摇滚乐。胡安妮塔告诉我，这个酒吧是一个意大利人开的，非常赚钱。同样，从库斯科开往马丘比丘的火车是智利和澳大利亚人合伙经营的，甚至连承办徒步游的旅游公司大部分也是由外国人经营的。"只有马丘比丘是秘鲁的，其余的都不是。"她幽幽地说。

其实就连马丘比丘本身也差点卖给了外国人。2000 年，时任秘鲁总统的藤森决定将马丘比丘拍卖，这个看似荒唐的决定终因来自国内外的压力太大而告吹，但后来的发展证明，游客口袋里的大部分钞票最终还是流进了外国投资者的腰包。

一夜无话。我们第二天早上 5 点出发，摸黑走了一个多小时的山路后终于来到了"太阳门"（Sun Gate）。这是进入马丘比丘的正门，石头城门依然完好无损。

我永远不会忘记第一次看到马丘比丘时的情景。那天早上下着小雨，每个人都是湿漉漉的。跨过太阳门的门槛，眼前出现了一个巨大的峡谷，峡谷中间有座山，形状奇特，好似一只趴在地上的猎豹。半山腰有一小块相对平整的山坡，山坡上隐约可见一排排房屋，宛若天使之城。这就是马丘比丘——失落的印加古城，它像一个有一肚子心事的哑巴，安坐于山坡之上。

又走了半个小时，我终于来到它的近前。徒步游客比乘坐火车的游客早到，因此得以看到一个空无一人的马丘比丘。它干净得太不真实了，原本覆盖着整个遗址的杂草树木全都被清除干净，房屋和街道完全暴露在大庭广众之下。印加房屋的屋顶都是用杂草铺成的，早就被岁月消磨殆尽，因此所有的屋子都没了屋顶，只剩下石头垒成的围墙。房屋依山势而建，错落有致，狭长陡峭的石阶把它们连成一片，从远处看很像是孩子们搭建的积木。古城的两边是万丈深渊，一眼看不到底。几乎笔直的峭壁被印加人硬生生地开辟成梯田，每一级都有近10米高，看来在印加帝国，有恐高症的人连一个普通农民都当不了。

走进马丘比丘，我有一种时空倒错的感觉，仿佛自己回到了古代，拐角处随时可能走过来一个印加人。因为西班牙军队从来没有发现这里，所以城内的一切都保存得相当完好。低处是居民区，小径光滑平整，房屋干净整洁，清澈见底的溪水顺着印加人开凿的引水渠从屋子旁经过，似乎只要添一个灶台就可以住人了。往上走是宗教区，作为主体的太阳庙建在一个天然的巨石之上，一块祭祀用的大石头被一圈圆形石墙围在当中，祭祀石上有一道裂缝，是印加人测量太阳的标尺。石墙是用最精细的方法加工出来的，前面开了一扇梯形窗户，正对着北面的山谷。据说在冬至那天，从窗户射进来的太阳光线正好和祭祀石的裂缝重合，而夏至那天站在祭祀石上，刚好可以看到太阳从太阳门的门洞里冉冉升起。

另一个重要的祭祀场所被称为"三窗屋"，顾名思义，这间屋子有三个窗户，屋内有一座异常高大的祭祀台。考古学家认为这是印加人祭祀太阳神的地方，而太阳神是印加宗教里的造物主，理应享受最高的待遇。可惜的是，岁月在这间屋子里留下了痕迹，原本严丝合缝的石头被地震震松了，露出了黑黢黢的裂缝。

"三窗屋"的旁边是一个露天祭台，祭台上放着一块打磨成长方形的石头，名叫Intihuatana，据说是印加人用来观天象的魔石。这块石头的一角有块磕痕，是一家广告公司在拍摄啤酒广告时不小心磕破的。这件事发生在藤森宣布拍卖马丘比丘之后不久，在媒体的疯狂炒作下，此事迅速变成了秘鲁政府最难堪的丑闻，直接导致秘鲁政府被迫收回了拍卖的计划。

不过，马丘比丘遭受的最严重的破坏发生在此事之前。古城中心有个小广场，广场的正中央原本有一块祭祀石。1978年，西班牙王室打算前来参观马丘比丘，为了让直升机能够直接降落在废墟之上，秘鲁政府下令搬走了广场上的那块石头。虽然事后恢复了原位，但几年后秘鲁政府在马丘比丘举行了一次南美国家首脑高峰会谈，再一次以同样的理由下令搬走了这块石头，结果搬运工人不小心把它摔成了几瓣，再也无法复原了。

这两件事如果发生在其他遗址上（比如圆明园），也许不会引起如此大的反响。马丘比丘之所以对任何破坏都非常敏感，主要原因在于这是一个五百多年都没人来过的古城堡，它的来龙去脉至今仍然是个谜，任何细节都有可能揭示出它的秘密。

关于马丘比丘的来历，一直存在很多假说。有人认为这是印加王帕查库泰克的行宫，因为这里非常隐秘，气候又好，适合度假。甚至有人认为这是帕查库泰克下令建立的"太阳女神庙"的所在地，里面住的都是准备奉献给太阳神的处女，因为古城附近发现的骸骨大部分都是女性。还有不少人认为这是印加帝国的粮食生产基地，因为这里只有两百间房间，充其量只能住八百多人，但根据附近的梯田面积推算，其粮食产量至少可以供养3000人，而附近又没有发现大的粮仓。不过，也有人认为这里只是一个普通的省会城市，所以印加历史文献中均没有提到过它的存在。

我们的导游胡安妮塔说，根据最新的研究，专家们认为这是印加帝国一个非常重要的学校，有点类似于中国的黄埔军校。因为和其他印加城市相比，这里的宗教建筑比例很高，再加上此地风景优美，有点世外桃源的感觉，这些特点都很适合在这里建造一个培养未来领导人的大学。

当然，上述猜测都只是假说，也许永远也不会有人知道答案。不管怎样，当西班牙人攻占库斯科的消息传来后，城里人显然慌了手脚，在很短的时间内就弃城而去，很多日常生活用品都没有带走。而这些人又很可能在很短的时间内突然全都死亡，因此没有留下关于这座城池的任何消息。就这样，这座古城被世人遗忘了。

站在废墟前，我不禁想起了智利诗人聂鲁达1945年写的一首长诗——《马丘比丘之巅》。诗中有这样的句子：

　　石块垒着石块，人啊，你在哪里？
　　空气接着空气，人啊，你在哪里？
　　时间连着时间，人啊，你在哪里？

尾声

我在马丘比丘逗留了大半天，这才依依不舍地下山，坐火车回到了库斯科。回城后已是夜里，广场上一群秘鲁人为游客们跳起了民族舞蹈，可惜观众并不多。一群身穿民族服装的印第安妇女抱着羊驼，争着让游客照相，并讨要小费。一辆破旧的出租车在狭窄的石头马路上飞驰而过，车上印着南美人民的精神偶像切·格瓦拉的肖像画。导游告诉我，司机们的罢工取得了胜利，政府的罚款计划被迫取消了。

格瓦拉早在1952年第一次骑摩托车环游美洲时就曾经来过库斯科，这是他第一次近距离接触传统的印第安文化，这段经历为他日后成为革命者打下了坚实的基础。他在那本《摩托日记》中写道："（马丘比丘）承载了一个自由的民族最后的记忆。"

不知是否有人问过他，这到底是怎样一种记忆呢？

兰屿：台湾最后的世外桃源

> 因为台湾歌手陈建年，我知道了兰屿这个地方。但是飞往兰屿的航班很少，再加上天气多变等原因，机票很不好买。最后还是陈建年利用私人关系帮我订了张机票，我才敢放心大胆地飞到了台湾，并最终到达了那个世外桃源，做了一件很多台湾人一辈子都没有机会去做的事情。

艰难的到达

提起兰屿，台湾人通常会想到三个词：飞鱼、核废料和陈建年。陈建年原本是台东市的一名警察，平时喜欢弹吉他唱歌，1999 年出版了一张名为《海洋》的专辑唱片，获得了当年的金曲奖最佳男歌手奖，从此他的长官总是逼他出席各种饭局酒局当场献歌，这让生性沉默寡言的陈建年很不适应。"我不喜欢那些商业演出，演出商总把我宣传成'打败张学友的人'，于是决定离开那种环境。"陈建年对我说。

陈建年主动申请调到兰屿工作，这个地方以前一直是犯错误警官的发配地，因为它实在是太荒凉了。

兰屿是台湾的第二大离岛，总面积 45.7 平方公里，比绿岛大三倍。兰屿也是台湾东海岸一侧距离最远的海岛，和台东市相距 80 公里，坐轮渡要三个多小时。大多数人都受不了海上的颠簸，只好选择飞机。目前只有德安航空公司经营这条航线，所用机型是"多尼尔 228"型双螺旋桨飞机，一次只能坐 17 名乘客。每年的 3—6 月是兰屿的飞鱼祭，每天有八班飞机从台东机场出发飞兰屿，但为了照顾本岛居民出行，每班飞机只放出四个座位供游客预订，可谓一票难求。2010 年，我托陈建年帮我订了张机票，他告诉我，这班飞机经常由于天气原因停飞，却又不自动给误机的乘客补票，所以一定要提早去机场排队。

出发那天是阴天，我一大早赶到台东机场，所幸雨一直没下来，飞机按时升空了。在云层中颠簸了20分钟后，墨蓝色的海面上出现了一座绿色山峰，山势陡峭，山体呈放射状由中心向四周扩散，这是火山岛的典型特征。兰屿机场只有一条狭窄的跑道，一侧靠海，另一侧紧挨着绝壁。后来得知，兰屿机场没有导航系统，飞行员全凭目测，难怪一遇到恶劣天气就不飞了。

陈建年的朋友廖明德开车来接我。他皮肤黝黑，鼻宽唇厚，一脸络腮胡子，壮得像头熊，不知为什么却得了个"黑妞"的外号。"黑妞"是兰屿岛的雅美族人，在岛上一直住到18岁后去当兵，一当就是22年。因为身体强壮，曾经代表中国台湾队参加过亚洲角力比赛，得过两次亚军。退伍后他回到兰屿开了间民宿，主营浮潜，也就是带游客潜水看珊瑚礁和热带鱼。

车子离开机场，很快就看不到任何建筑物了。兰屿只有一条环岛公路，绕一圈38.45公里。公路的一边是海滩，但不是一般海滨度假胜地都会有的金色沙滩，而是布满了黑色的珊瑚礁。这种珊瑚礁又叫"裙礁"，经过多年的海水侵蚀后其表面变得奇形怪状，却另有一种荒凉之美。公路的另一边是茂密的植被，间或可以看到被分成小块的农田，种的几乎全都是芋头，分旱芋和水芋两种，是当地人的主食。

"我们这里的土壤不肥，所以特别强调休耕，过去一块地种一次就休好几年。""黑妞"对我说。

说话间，一群羊出现在路中间，"黑妞"只能减慢车速，小心翼翼从旁边绕过去。"兰屿岛没有红绿灯，羊就是我们的红绿灯。"他说。

"为什么这些羊都是放养的呢？难道不怕它们毁坏庄稼吗？"我问。

"我们的祖先认为路是给有脚的生灵准备的，所以宁可牺牲一点庄稼，也要让动物自由行走。"

又开了一会儿，眼前出现了一个用水泥墩围成的码头，一群人正在卸货。"这就是当年专门为运输核废料建造的码头，现在成了渔民码头。""黑妞"说，"他们刚捕飞鱼回来，咱们去看看。"车子开到码头，刚一停稳，一个只穿一条泳裤、肤色黝黑、身材精瘦的渔民就跑过来示意我摇下车窗。

"你是建年的朋友吧？我叫发哥，欢迎欢迎！"

发哥伸出手要和我握手，突然意识到手上都是水，可又找不到擦手的地方，便把手伸进来在我的裤子上抹了几把，使劲和我握了握手，又跑回自己的卡车，抱了几条飞鱼跑过来，坚持要送给我吃。"黑妞"推托不掉只好收下，很快车子里就充满了浓浓的鱼腥味。

兰屿确实很小，上岛后不到一刻钟，飞鱼、核废料和陈建年这"兰屿三要素"就都让我碰到了。

海洋民族

"黑妞"的家在兰屿最东端的野银部落，距离海边不到 50 米远，站在门口就能清楚听到海浪的声音。我放下行李立即跑去看"黑妞"杀鱼，杀鱼是为了做飞鱼干，制作过程说起来不复杂，但每一步都是雅美人的祖先传下来的，如宗教仪式一般，一步也不能错。

首先，捕到飞鱼后不能耽搁，必须立刻处理，当天处理不完就必须扔掉。处理时先用清水把飞鱼冲干净，刮鳞，然后从鱼尾巴开始切，下刀处是在鱼的背部，而不是腹部。把鱼切成两半后先把内脏清理出来，单独放在盆里准备煮汤，然后在厚的那一半背部切三刀，薄的那一半的腹部切两刀，最后再用盐涂抹一遍，用绳子串起来挂在阴凉处。第二天再补一次盐，一共要抹四次盐。最后再把鱼干挂在家里用烟火熏这才大功告成。飞鱼干可以保存很久，但雅美人的规矩是鱼干必须在当年吃完，否则都要扔掉。

"雅美人关于飞鱼的禁忌特别多，比如出海前不能说脏话，不能有妇女在场，杀飞鱼也不能让妇女来做。""黑妞"对我说，"所以一般游客不能随捕鱼船去参观捕飞鱼，渔民们会觉得不吉利。"

"你们的祖先制定这些禁忌到底是为什么呢？"我问。

"很多禁忌都是有道理的，比如捕来的飞鱼当天必须处理，否则就会腐烂。飞鱼干必须当年吃完，这是为了防止有人过度捕捞，影响来年的捕鱼量。独特的刀法是为了把鱼肉分成不同部分，肉厚的那两片专门给老人吃，薄的三片给孩子，父亲负责吃鱼尾巴，母亲则专吃鱼头。"

雅美人之所以对飞鱼格外重视，也是很有深意的。飞鱼是一种洄游鱼类，每年3—6月定期经过兰屿。在此期间雅美人只捕飞鱼，不抓捕其他鱼类，此后大半年都以飞鱼为食，这就给兰屿附近海域的本地鱼种一个休养生息的机会。

捕飞鱼是一项需要分工协作的庞大工程，因此雅美人习惯于集体出海捕鱼。每年3月飞鱼到来时都要举行盛大的出海仪式，叫作"飞鱼祭"。传统的飞鱼祭是兰屿吸引观光客的主要原因，通常由长者主持，先以羊和猪等作为贡品献给海神，然后一群身穿传统丁字裤的雅美男子唱着古老的歌谣划板舟出海，场面甚是壮观。

不过，随着时代变迁，很多规矩都已不再适用。如今一个典型的雅美族家庭只有老人和小孩，年轻人都去台湾本岛打工了。飞鱼的捕获量也不再和雅美人的捕捞习惯有关。比如，前几年台湾恒春县渔民使用大型机动船在飞鱼的洄游路线上大肆捕捞，甚至用上了炸药和毒药，导致雅美人的飞鱼捕获量骤减。好在当局及时下令禁止了这种毁灭性的商业捕捞，捕获量才回到正常水平。

处理完飞鱼，"黑妞"带我去海边走走。兰屿的海岸线蜿蜒曲折，一眼望去见不到任何人，海浪不断拍打着岸边的嶙峋怪石，发出轰轰的声响，反而让这里显得寂静荒凉。"黑妞"家附近的一个浅滩上放着几艘小船，这就是雅美族特有的板舟，两头翘起，船体呈现出完美的流线型，船头两边各画着一只"船眼"，船身上则刻满花纹，图样复杂而又抽象。按照"黑妞"的说法，板舟是雅美族人释放其艺术创造力的唯一渠道，所以大家都格外重视，力争画出最美的图案。

"雅美族是台湾地区唯一一个海洋民族，船是我们最重要的伙伴，也是最重要的谋生工具。""黑妞"告诉我，"一艘雅美板舟是由十二块船板和三块曲形龙骨用木钉拼装而成，工艺复杂，是雅美族男人必须学会的一项技艺。我们甚至专门为板舟造一个船坞，据说全世界只有雅美人会这么做。雅美人关于船的禁忌非常多，比如造船前必须先种树，然后才能伐木取材，板舟造好后还要举行一个下水仪式，邀请亲戚朋友们一起饱餐一顿，然后一齐扛着板舟慢慢下水。"

雅美人做很多事情都要举行盛大的祭祀仪式，这种仪式通常都要牺牲一头羊，所以雅美人养羊不是为了食用，而是为了祭祀。

与造船地位相同的另一件大事就是盖房子。传统的雅美男人必须先盖好房子才能成家，而盖房子需要很多人通力合作，所以房子落成后也要大宴宾客，大大地破费一番。雅美人的主屋建在地下，地面上只能看到一个屋顶，这是因为兰屿常年刮大风，冬天的东北季风和夏天的热带风暴都会经过这里，这种"地下屋"能够很好地抵抗风灾。

"20世纪60年代末期，台湾地区经济起飞，人均GDP达到了3000美元，宋美龄说台湾已经现代化了，雅美人不能再住在地下，有失体统，于是下令把地下屋都拆了，改建成新式住宅。""黑妞"告诉我，"第一批住宅用的是兰屿的海沙，质量不好，很快就都坏掉了，只能推倒重建。幸亏我们野银部落的人极力抗争，这才保留了48幢传统屋没被拆除，现在成了我们村的财富。"

野银部落的传统屋建在一个缓坡上，互相挨得很近，连成了一大片。传统屋一共有三种类型：第一种是凉亭，建在地上，只有屋顶没有墙，适合夏天的时候纳凉，所以又叫"夏屋"；第二种是工作屋，比凉亭大很多，也建在地上，也没有墙，屋脊和海岸线垂直，是雅美人工作的地方；第三种才是真正的地下屋，也是雅美人的主卧室。每幢主卧室深2.2—2.6米，周围用圆形鹅卵石垒成防护墙，抵抗可能发生的滑坡。屋顶原来用的是茅草，如今则改成了油毡。主卧室内部分为三间，靠近门口的是客厅兼厨房，中间的是卧室，但没有床，人只能睡在地板上，以手做枕。最里面的是储藏室，兼作熏飞鱼的场所。雅美人喜欢在屋子里点火，用烟来驱蚊，并防止蛀虫，所以屋内的木板表面全都被烟熏得黑乎乎的。地下屋没有窗户，过去都用从肉豆蔻的种子里提取出来的油来照明，光线极暗，现在则大都装上了电灯。

我进去参观了一下，发现屋子很矮，根本站不起来。中间的卧室也很窄，长度不到1.7米，我躺下后腿都伸不直。"黑妞"告诉我，他小时候每天早上都会被熏飞鱼的烟弄醒，所以眼睛总是红红的。"不过我还是很怀念这里，毕竟我是在这间屋子里长大的。""黑妞"用手指着卧室地板上的一个碗大的洞说，"我妈妈就是在这间屋子里生下了我，脐带就丢在了这个洞里。"

不过"黑妞"也承认，如今的年轻人都不愿意住在传统屋里，因为实在是太不方便了。这片传统屋周围全是新盖的两三层的小洋楼，用的是高质量的钢筋水泥，不再害怕台风了。

当初剩下的48幢传统屋如今只剩下了36幢，还有不少屋子干脆改成了旅馆，出租给游客体验生活。真正住在传统屋的雅美人都是老人，"黑妞"的父亲廖隆明就是其中之一。

廖隆明那年84岁了，身体依然硬朗，阳光把他的全身皮肤都晒成了古铜色，岁月在他皮肤上刻下了一条条皱褶，看上去像一幅油画。老人家只会说简单的普通话，"黑妞"必须用雅美语同他交流。雅美语是一种古老的原始语言，只有400多个单词，无法表达复杂的意思，所以老人有时也会用日语作为补充。他通过"黑妞"告诉我，雅美人当初是从南边的巴丹群岛来的，巴丹群岛属于菲律宾，其最北边的雅米（Yami）岛距离兰屿只有65公里，比兰屿到台东的直线距离还近些。老人年轻时曾经在海上遇到过巴丹岛的渔民，相互间都能听懂对方的话，还一起交流过制作鱼钩的技术。后来有个雅美男子去巴丹岛娶回一个妻子，两人生了个儿子，取名夏本乐吉。这位老人去世后，从此兰屿岛上就再也找不到巴丹岛民的直系后裔了。

我们谈话时，天上下起了小雨。雨滴打在油毡屋顶上，发出细碎的声音。廖隆明老人点起一根纸烟，深吸一口，继续用我听不懂的古老语言讲述雅美人的历史故事。雅美人没有文字，文化的传承只能依靠口口相传，可如今的雅美族年轻人大都听不懂雅美语了，古老的雅美传说如果没有人记录下来，就会像雨水那样顺着山坡流进大海，永远地消失在历史的海洋里。

独一无二的兰屿

雨越下越大，看来今天哪儿也去不了了。据说兰屿一年有2/3的时间在下雨，年平均降雨量达到了3000毫米。"黑妞"送给我几本关于兰屿的历史书打发时间，我立刻如饥似渴地读起来。原来，雅美人属于波利尼西亚语系的马来人，但关于他们的来历，历史学界曾经有两种不同的理论。一方认为雅美人来自台湾岛，另一方则认为他们来自菲律宾的巴丹群岛。如今学界普遍认为前者缺乏证据，后一种说法更准确。历史上巴丹群岛和兰屿之间曾经往来密切，但1543年西班牙殖民者占领菲律宾后，巴丹岛人就再也没来过兰屿了。

据文献记载，康熙六十一年（1722）清政府曾经派遣一位御史到过兰屿，写下了关于这个小岛的第一篇游记，游记中兰屿被称为"红头屿"，直到1947年才因岛上盛产蝴蝶兰而改名为兰屿。光绪三年（1877），台湾恒春知县周有基率人登上兰屿，正式将其纳入清朝版图，隶属恒春县，但并未进行实际的统治。

甲午战争失败后，清政府将台湾割让给日本。1897年日本人第一次登上兰屿，惊讶地发现岛上居民很不一样，仍然保留着非常原始而又独特的风俗习惯。于是日本政府决定把兰屿设为"研究人类学标本特定区"，禁止外人移垦，尽量保持当地的原始状况。正因为日本人的保护，兰屿的文化传统才能保存得这么完好。但日本人的刻意隔离却也让兰屿人一直没有享受到现代文明带来的好处，这当中的是非曲直大概只有兰屿人自己才有资格评说。

1897年，年仅24岁的日本人类学家鸟居龙藏来到台湾，并先后四次来兰屿调研。据说"雅美人"这个名称就是鸟居龙藏所起，该词在雅美语里是"我"的意思，显然鸟居龙藏听错了。但也有人认为"雅美"是个古老的名称，与巴丹群岛最北边的雅米岛有点关系。不过，当地人更喜欢称自己为"Pongso no Tao"，即"人之岛"。后来雅美人一直要求修改名称，把"雅美"改为"达悟"（Tao，即"人"的意思），但"雅美"这个词已经被使用了很久，改起来恐怕没那么容易。

鸟居龙藏被学术界公认为研究雅美文化的第一人。他于1902年出版了一本《红头屿土俗调查报告》，第一次详细地向世人描绘了兰屿的风貌。兰屿在他的笔下被描述成一个富足安逸的世外桃源，雅美人热爱大自然，为每一块石头、每一处港湾都取了名字。雅美族还是所有台湾少数民族当中唯一一个没有猎头习俗的民族，部落之间很少发生冲突，即使有也只是互掷石块。

根据1905年的统计，当时兰屿岛一共有居民1427人，分成八个部落，但现在却只剩下了六个，分别叫作东清、野银、红头、朗岛、渔人和椰油。那么，另外两个部落哪儿去了呢？据史书记载，其中一个部落因驻地蚊子太多而并入朗岛，另一个部落有个寡妇为生活所困，举家自焚。剩下的人觉得不吉利，便主动并入了椰油。

从这个例子可以看出，雅美人的传统生活也许并不像传说中的那样美好。

"据我父亲讲,日据时期岛上治安很不好,几乎每周都要爆发一场争夺土地或者水源的战争。""黑妞"告诉我,"日本战败后的那几年岛上出现权力真空,情况变得更糟,战争愈演愈烈,出现了屠杀对方部落妇女儿童的情况。"

"为什么在如此小的一个岛上,说同一种语言的部落之间还会有如此大的仇恨呢?难道他们没有互相通婚吗?"我不解地问。

"据我所知,过去部落之间很少通婚,基本上老死不相往来。因为部落与部落之间没有道路,海边也都是石头,不好走,只能坐船。""黑妞"说。

"二战"结束后,台湾当局直到1952年才强行登岛,成立了"台湾警备总部兰屿指挥部",把它定为岛上的最高权力机构。1958年,他们向雅美人强行征收了240公顷土地,盖了一座劳改监狱,关押了一批比绿岛次一级的政治犯和刑事犯。正是这些犯人修建了第

廖明德和兰屿独木舟

一条环岛公路，从此各个部落间的走动才频繁起来。据统计，1976年时岛上的人口只有2547人，也就是说70年才增长了1120人，总增长不足80%。最新的人口统计表明，兰屿岛目前的常住人口为4209人，其中少数民族为3968人，搬到台湾本岛定居的雅美人不在统计之列。

　　早年的雅美人为了控制人口，采取了很多强制措施。比如，如果某位妇女生了双胞胎，一定要杀死一个。现在这样的禁忌当然没有了，但随之而来的人口膨胀会不会把兰屿毁了呢？第二天雨停了，我决定租一辆摩托车环岛一周，实地考察一下岛上的风土人情。在兰屿骑摩托车是一件非常惬意的事情，这里远离城市，没有任何工业，空气特别清新。一路上人很少，车子也不多，想骑多快就骑多快，那情景一定很像台湾青春励志片，当然我的感觉比电影更真实。

　　兰屿比我想象的还要荒凉一些，一离开村子就再也见不到任何人造建筑了，公路边也见不到小贩，感觉就像是进入了一个原始世界。兰屿的山很高，最高峰红头山海拔552米，要想爬上去很不容易。兰屿的山坡很陡，最高的岩壁高达200米，这样大的坡度显然不适合种庄稼，所以雅美人只能从海洋中寻找食物，对土地的需求和依赖感不那么强烈。这是雅美人的幸运之处，否则兰屿岛上的生态环境很有可能不会像今天这样保存得如此完好。

　　兰屿的海岸线非常奇特，一来人烟稀少，二来怪石密布，让人很容易产生一种远离尘世之感。兰屿海岸盛产奇石，比较有名的有军舰岩、双狮岩、玉女岩、象鼻岩、鳄鱼岩、坦克岩和情人岩等，从名称就可以猜出它们的样子。其中最奇特的当属军舰岩，从远处看很像是一艘刚刚浮出水面的潜水艇。据说"二战"时美军误以为这是一艘日本军舰，朝它开了几炮，给躲在岩洞里的日军提供了无数笑料。

　　兰屿的北面还有一个五孔洞，曾经是雅美人的乱葬岗，如今则变成了基督教教堂，洞内简易的神龛和十字架见证了基督教在岛上艰难的传教过程。

　　兰屿东南方5.3公里处还有一个小岛，总面积只有1.57平方公里，俗称"小兰屿"。小兰屿上没有淡水，所以一直没人居住。这个小岛曾经是海上走私贩的一个接头地点，缉私队曾经在岛上发现了走私贩们存下的大量枪支弹药。

　　兰屿的山不好爬，为此兰屿人专门修了几条栈道，方便腿脚不灵便的游客。据说山顶有大小两个天池，但这几天因为下雨，山路很滑，"黑妞"特别叮嘱我不要上山。除了爬山外，游客们还可以玩潜水。兰屿周围裙礁很多，围成了好几个裙礁湖，无论海浪多大，湖内风平浪静，非常适合初学者。

兰屿的东部较为荒凉，西部则因为机场和码头的关系，相对繁华一些。兰屿只有一个加油站、一所医院、一个大型超市和一所中学，全都建在西端。

陈建年所在的警署也在西边，我路过那里的时候进去找他，他正准备出门去照相。陈建年除了音乐之外还喜欢绘画、摄影和钓鱼，这些都是需要投入大量时间的爱好，全台湾恐怕再也找不到像兰屿这样合适的地方了。"黑妞"曾经开玩笑说陈建年的主要工作就是处理"青蛙被车轧死"这类突发事件，但陈建年却说自己有时也挺忙的。"雅美人有很多风俗习惯不适合现代社会，比如他们非常害怕尸体，人死了往往立刻就被埋掉。"陈建年对我说，"所以我在这里工作的几年里挖过八次坟，就是把尸体挖出来检查死因，否则没法开具死亡证明书。"

不知不觉我已经绕了兰屿一圈，回到了出发地野银村。通过这次环岛考察，我终于明白雅美人为什么给这里所有的石头和山坡取名字了，兰屿实在是太小了，如果我生活在这样一个与世隔绝的小岛上，也一定会这么做的。兰屿的小恰恰是它的优势所在，雅美人因此得以更加珍惜这里的一切，因为他们只要沿着海岸线走一圈就会明白，他们祖祖辈辈所需要的一切东西都只能来自这个小岛，必须尽一切力量加以保护。

兰屿的未来

夜幕降临，发哥来电话，请陈建年、"黑妞"和我去他家吃饭。晚饭异常丰盛，除了煮飞鱼外还有一大盆龙虾，据说是发哥早上刚下海抓的。

"我们雅美人不需要冰箱，大海就是我们的冰箱，想吃什么海鲜下海去抓就是了。"发哥夸口道，"我小时候从电视上看见你们城里人早餐吃牛奶面包，觉得那很好吃，可后来城里人来岛上玩，看见我们早餐吃龙虾，都觉得不可思议，纷纷要求来岛上定居。"

话虽这么说，但龙虾并不是那么好抓的。据发哥介绍，抓龙虾需要戴上很厚的手套潜到海底，发现龙虾后必须立即按住不放，龙虾背后的刺非常锋利，经常会刺破手套，扎得他满手是血。"有一次我光顾抓龙虾了，不小心一头撞上了一只海胆，海胆的刺扎进去1厘米深，弄得我满头满脸都是血。"发哥心有余悸地回忆，"上岸后我老婆用针挑了半天，还是有很多刺挑不出来，留在了头皮里。"

大多数城里人都会羡慕当地人的生活方式，尤其是他们"原生态"的饮食习惯，但兰屿龙虾的例子说明，很多时候这种羡慕都是建立在夸张的基础上的，实际情况远不如想象的那样美好。

后来大家很自然地又说起了核废料。据"黑妞"介绍，20世纪70年代末期，台湾相关部门偷偷在岛上修了个码头，谎称要在附近建一座罐头厂，码头建好后果然有人看到"罐头"被源源不断地运上岛，而且每次卸货都在深夜。后来有个胆大的记者在报纸上爆料，原来那些"罐头"都是核废料，这下可捅了马蜂窝，雅美人在几名当地牧师的带领下发起了抗议活动，一直持续了二十多年，直到十年前台湾电力公司（台电）停止在兰屿储存新的核废料为止。

兰屿监狱遗址

239 土摩托看世界

远眺野银村和东清村

椰油村

兰屿：台湾最后
的世外桃源

军舰岩

"核废料事件闹大后，台电承诺所有兰屿居民用电免费，店铺除外。"发哥说，"我们还拿到过一些核废料补助，但已经发完了。现在台湾当局每年给兰屿1900万元新台币（4.6元新台币约等于1元人民币）'回馈金'，每个部落分到200万元，剩下的都用在了学校和医院等公共事业上。"

兰屿核废料事件吸引了众多国际环保组织的关注，包括绿色和平组织在内的很多非政府组织纷纷举行抗议活动声援雅美人，但也有不少人为了达到目的，造谣说核废料已经造成了兰屿附近海域鱼类减少，导致雅美人癌症比例增高，不过这些说法后来都被证明是子虚乌有的。

"抗议了这么多年，兰屿人的想法也在慢慢地发生改变。""黑妞"说，"其实我们想要的并不是把核废料迁走，而是提请'政府'改进核废料的封存技术，根据兰屿的特殊情况，制定出更好的保护措施。核废料每年都在产生，总得找地方存，不存在兰屿就得存在台湾岛的某个山沟里，结果是一样的。"

兰屿核废料事件是世界环保领域的一个经典案例，非常值得后人参考。

吃完饭已是21点多，兰屿岛一片漆黑，不过仍然有不少村民坐在路边的凉亭里喝酒闲聊。远处隐隐传来卡拉 OK 的声音，给寂静的兰屿之夜带来一丝异样的感觉。"你们旅游者看到的往往是美好的一面，但我在兰屿做过八年警察，看到了很多问题。比如台东的电器商店最喜欢兰屿客人，他们买起家用电器来出手很大方，因为用电不要钱嘛，而且浪费电的现象非常严重。"陈建年对我说，"这些年雅美人从'政府'拿到了很多补贴，很多人一辈子不用做工了，这个小岛也确实没什么新鲜的事情可做，于是很多雅美人整天无所事事，酗酒的情况非常普遍。"

"黑妞"也同意这个说法："我退伍后每年可以拿到 4.7 万元新台币退休金，生活不用愁了，所以我刚退伍的时候非常迷茫，不知道可以做些什么，浑浑噩噩地过了两年。直到最近我才终于找到一个活下去的理由，那就是竞选东清村村长，否则我在这里就真的无事可做了。"

尾 声

离开兰屿的那天又下起了雨，原定 10 点起飞的班机一直到 13 点都还没有起飞的样子。14 点的时候雨稍微小了点，机长大手一挥，飞！我们便立刻冲进飞机，从云缝中颤颤巍巍地升空，向台东飞去。我回过头去看了兰屿最后一眼，感觉这真是一个奇特的小岛，一个不可复制的传奇。

和平年代的战地医生

> 这是我第二次去巴布亚新几内亚，也是我第一次去到这个国家的中心地带。那片高地很可能是全世界开化最晚的地区，直到 20 世纪 40 年代才第一次被外人所知。我是个乐观的人，但这次旅行让我明白，很多事情是注定白费功夫的，这个国家的现代化进程就是这样一件徒劳之事，近期内看不到任何希望。

莱城诊所

2010 年，一个周一的早上 7 点半，莱城（Lae）的天还没有完全亮透，一辆白色丰田吉普车冒着瓢泼大雨开出了院子，铁门在车后"哐当"一声关闭。坐在副驾驶位置上的丽贝卡（Rebecca）拿起对讲机说："总部，一号车驶往诊所，车上载有五位国际工作人员，以及一位中国记者。"

"收到！"对讲机里传来总部的声音。

坐在车尾的我向后一瞥，发现"总部"就是刚负责关上铁门的那个黑人保安。原来，这辆车是"无国界医生组织"（Médecins Sans Frontières，简称 MSF）运送工作人员上班的专车，MSF 2008 年来到并无战事的巴布亚新几内亚，却仍然继承了战场上留下来的老传统，任何一位工作人员去任何一个地方都要立刻向保安人员汇报行踪，登记在案。

"别看莱城不打仗，可这里并不太平，经常发生武装抢劫事件。"MSF 在莱城的项目组组长丽贝卡对我说，"MSF 的原则是绝不在工作场所和住所配备任何武器，所以昨晚我们没用这辆车去机场接你，而是专门花钱雇了一辆带枪的私人保安车。"

莱城是巴布亚新几内亚第二大城市，地位相当于中国的上海。6 月正值莱城的雨季，年久失修的马路上到处是泥水坑。我注意到路上跑着的大都是政府机关的专用吉普车和小

土摩托看世界

莱城贫民窟

公共，几乎看不到一辆民用轿车。这个城市看上去像上海远郊的一个小县城，绝大多数建筑物都不超过两层。

一刻钟后，吉普车驶进一所院子，一排排平房掩映在树林间，这就是莱城唯一的一家公立医院，MSF 的诊所就开在医院的后院里。这是一幢临时搭起来的铁皮屋，屋顶用西米树的叶子铺成，已经开始漏雨，地上放着好几个接水的脸盆，雨水溢了出来。

这个诊所的全称叫"家庭支援中心"，专门为遭受性侵害和家庭暴力的妇女儿童提供医疗和心理帮助。诊所每周营业六天半，每天早上 9 点开门，但 MSF 要求所有员工 8 点准时上班，清扫屋子，整理医疗器具，迎接病人到来。

9 点过后不久，从门外进来六名妇女，全都赤着脚，有两位还带着孩子。她们安静地坐在接待室的长凳上，耐心等待叫号。

"今天人不多。以往周一人最多，因为男人们喜欢在周末喝酒。"丽贝卡对我说。

"昨天下了一天雨，大概男人们没心情强奸了。"一位本地护士悄声对我解释。

这位护士名叫伊万（Evan），担任了两年的心理辅导师，是诊所里最资深的本地员工。"巴布亚新几内亚妇女的社会地位很低，根据乐施会的统计，这里几乎所有妇女都曾经遭受过家庭暴力，70%的妇女曾经被强奸过。"伊万告诉我，"我的工作是为她们提供心理安慰，让她们知道自己并不孤独。另外就是建议她们控制自己的情绪，不要轻易激怒男人，这样只会吃亏。"

"暴力事件如此频繁，为什么不干脆劝她们离婚呢？"我问。

"她们大都没有经济来源，离开丈夫很难生存。"伊万说。

"即使在加拿大这样的发达国家，已婚妇女平均遭受八次伤害后才会最终离开丈夫。"MSF国际志愿者朱迪（Judy）补充说，"作为心理辅导师，最重要的就是只向病人提供选择，不直接提建议。"

朱迪来自加拿大，是一位有25年工作经验的社会工作者，她的任务就是培训本地员工，把国际上最新的心理辅导理念带到巴布亚新几内亚。"对巴布亚新几内亚人来说，心理辅导是个很新的概念，很多受害妇女没人倾诉，只能独自承受伤痛。另外，大多数巴布亚新几内亚人都不知道妻子和丈夫享有同等权利，我们所要做的就是传播这个概念。不过我们面对的传统势力太强大了，我有时也会感到沮丧。"朱迪说。

这个莱城小诊所开办两年来一共接待了5100多名病人，经常处于应接不暇的状态。为了减轻压力，MSF不得不改变政策，只接待性暴力受害者和受到直系亲属（丈夫或父亲）伤害的妇女儿童，其余暴力受害者只能转到当地医院或其他机构。MSF提供的服务内容比本地公立医院多，而且全部免费。除了心理辅导，MSF还提供紧急避孕药和抗生素、阴道涂片检查、接种乙肝疫苗和破伤风疫苗，以及抗HIV感染的紧急治疗（PEP）等，其中PEP和乙肝疫苗服务都是公立医院所没有的。

虽然同处一个大院，但两者差别非常明显。公立医院的病房大都是木结构老房子，很多都被白蚁蛀空而不得不拆掉，只留下了一个个打着木桩的地基。医院候诊室就设在走廊上，不用说保护隐私了，连凳子都没有，病人们只能坐在地上。走廊一端是一个没有门的厕所，厕所里只有一个蹲坑，从里面传出的阵阵恶臭和人们的体臭混杂在一起，几乎让人窒息。

我去拜访了公立医院院长沙劳（Polapoi Chalau）博士，他曾在国外接受过专业教育，英文流利，态度坦诚。"我们这个医院是1964年建的，当时整个莱城只有20万居民，医院床位数是500个。现在莱城人口增加到了65万，床位数反而降到了300个，根本不够用。"沙劳院长对我说，"50%的病人都是来治外伤的，除了少量车祸外，几乎都是刀伤和枪伤。也就是说，暴力事件的受害者占用了我们医院几乎一半的资源。"

丽贝卡告诉我，当初MSF有意进入巴布亚新几内亚时，曾经花了两年时间讨论这么做的合理性，毕竟MSF的强项在战地救护，如果开了这个口子，今后恐怕就会忙不过来了。但在考察了巴布亚新几内亚的实际情况，尤其是看到了莱城医院的窘境后，终于下决心来这里，因为莱城的暴力事件无论从频率还是强度都快赶上一场小型战争了。

"我们非常感谢MSF所做的工作，他们帮了大忙。"沙劳院长说，"巴布亚新几内亚太穷了，我们的医疗水平和西方国家相比至少落后30年，MSF让我们知道了什么叫作国际水准，他们将会在莱城留下永久的印迹。"

"可是，MSF终究会离开的，巴布亚新几内亚究竟应该怎么做才能从根本上解决暴力问题呢？"我问。

"太难了。我们国家从原始社会进入现代社会的速度太快，很多传统都丢失了。"沙劳院长说，"比如男人结婚送彩礼是原始部落遗留下来的传统，这在过去是为了表达对女性的尊敬，现在却变成了女性卖身的标志，男人以为自己花了钱就可以为所欲为。"

沙劳院长给出的原因听起来很有道理，可是事情真的这么简单吗？

露西的选择

回到MSF诊所，我发现病人多起来。有个带孩子的妇女引起了我的注意，她戴着一块格子布头巾，赤着脚，脸上密密麻麻地文着许多花纹，右眼布满血丝，上嘴唇贴了块胶布，显然刚被人打过，肿得很厉害。她搂着一个两三岁的孩子坐在长凳上等待就诊，面无表情。

我征得了她的同意，在一间小屋子里采访了她。她叫露西（Lucy），来自巴布亚新几内亚的高地（Highland），也就是岛中央的高海拔山区。就像大多数来自高地的妇女一样，她不知道自己的年龄，伊万猜她今年35岁左右，因为她有五个孩子，年龄依次相差3岁，正好是从怀孕到哺乳期结束所需要的时间。

露西的丈夫也是高地人，娶她的时候按照规矩付了彩礼，共计54头猪，外加100基那（巴布亚新几内亚货币，大约相当于260元人民币）。露西的父亲要价400基那，但看在猪的分儿上，对现金彩礼的不足也就没有太计较。露西的丈夫从她怀第一个孩子的时候就开始殴打她，这么多年来几乎没有停过。

"他经常拧我的乳房，把我的乳房都拧破了，总是流脓。"露西说着就从上衣里掏出一只乳房，给我看上面的痂。我这才注意到她左手食指缺了第一指节。"我气不过，又打不过他，一发狠就用刀把自己的指头砍了下来。"她说。

不久前露西的丈夫在莱城的饼干厂找到一份工作，一家人搬到莱城。丈夫每周给露西60基那养活五个孩子。上周末她丈夫去外面喝酒，回来后说露西贪污了这笔钱，想要回来一部分，可露西已经用这笔钱买了食品，拿不出钱来给他，于是她丈夫便开始殴打，还用靴子踹她的脸，当场踹掉了两颗门牙。

她张开嘴，我眼前出现了一个黑洞，触目惊心。

"我来诊所就是为了开一张医疗证明，好把丈夫告上法庭。"说这话时她抬起了头，紧盯着我，目光中透出一股狠劲儿。我请求为她照一张相，说明将会用在杂志上，她立刻答应下来，而且同意我署上她的名字。

露西

"打赢了官司你会怎么做？和丈夫离婚吗？"照完相后我问她。

"不想，我家还不起彩礼，而且我又怀孕了，得靠丈夫抚养。我只是希望我丈夫能认识到自己错了，等我把孩子养大后再离婚。"她叹了口气，闭上了眼睛，那两道锐利的目光顷刻间消失得无影无踪。

显然，一无所有的露西其实并没有太多选择。

伊万告诉我，露西的故事非常典型。诊所每天都要接待大量和她一样跟随丈夫进城打工的农村妇女，她们的故事全都大同小异。"露西的情况甚至还算是比较好的，她丈夫毕竟有工作。还有更多的农村青年进城后找不到活儿干，只能结成黑帮到处抢劫，大部分强奸案件也都是这帮无业青少年干的。"伊万说。

可我还是不能理解。像这样的城市化进程在任何一个发展中国家都非常普遍，为什么独在巴布亚新几内亚会演变成如此大量的暴力事件呢？

彼得（Peter）为我提供了一种解释："这一切都是电影造成的，好莱坞黑帮电影和功夫片宣扬金钱和暴力，为巴布亚新几内亚年轻人树立了很坏的榜样。"彼得自己就曾经是个受害者，他年轻时混过帮派，强奸过妇女，后来因为贩卖毒品被关了四年监狱，出狱后他信了教，成为 MSF 的第一个男性志愿者。他还组织了一个"自行车慈善基金会"，其成员骑着自行车走乡串镇，教育青少年放弃暴力，善待妇女。

戴着医用口罩做装饰的塔利男子

第二天我去莱城郊区的一个移民点参观，顺便检验一下彼得的理论是否正确。这是位于海边的一个热带雨林，紧挨着班布（Bambu）河的入海口。在任何一个发达国家这都会是富人们梦寐以求的黄金宝地，可在莱城，像这样的地方到处都是，进城打工的农民们没有地方住，只能随便找片树林，用木头和铁皮搭起一个窝棚，安置一家老小。

每天早晨，男人们从林子里走出来，挤小公共去城里打工，妇女们在路边摆摊，但因为没啥东西可卖，几乎每个摊位卖的都是槟榔。孩子们没学可上，因为父母亲交不起一学期 30 基那的学费。可一颗槟榔要价半个基那，这里的男人们平均每天都要吃上四五颗，否则就打不起精神，算下来他们只要每天少吃一颗，学费的钱就有了。

在这样的地方，环保是一个奢侈的话题。林子里到处都是垃圾，空气中永远飘着柴火的味道，班布河既是妇女们的洗衣房，又是孩子们的游泳池，同时也是所有人和家畜们的厕所。海边的风景很美，但没人下海游泳，怕粘上粪便。

我注意到，这里的大部分房子都没有拉电线，村民们用不起电。没有电，怎么从好莱坞电影里学坏呢？

"暴力早就进入了巴布亚新几内亚男人们的血液里，我对成年男人不抱任何希望。"一位名叫埃尔维娜（Elvina）的护士为我提供了又一种解释，"就连 MSF 诊所的护士也经常被丈夫殴打，甚至诊所雇用的司机也打过自己的老婆！在我看来，要想从根本上解决这个问题，唯一的办法就是去中学搞宣传，从小开始改造男人们的思想。"

MSF 诊所有个名叫亨利（Henry）的司机私下里向我承认他确实打过老婆。"我俩有一次吵架，她朝我泼热水，我没有选择，只能揍她一顿。"他说，"后来还是诊所的心理辅导师帮助我改变了想法，不过最后还是跟她离婚了。"亨利和露西一样来自高地，小时候因为学习好，申请到一笔澳大利亚政府奖学金，去澳大利亚留学三年，是这个诊所所有本地员工当中唯一有国外生活经历的人。如果像他这样的人都会打老婆，可见其他男人会是什么样子。

"我们喜欢把本国人分为两种，一种是高地人，一种是沿海人。高地男人性格粗暴，是暴力事件频发的主要原因。"一位名叫艾尔西（Elsie）的护士又向我提供了一种解释。艾尔西是诊所里最年轻的护士，也是唯一一个没有遭遇过暴力伤害的女性。"巴布亚新几内亚人有个说法，说高地人有颗'动物脑袋'。高地男人下手不知轻重，他们觉得刀子挥舞到一半不砍下去就不是男人。我的父母从小就教育我千万不要嫁给高地人，否则一定会被打。"

这个说法带有明显的种族歧视色彩，却得到了另一位护士的认同。她叫朱莉安（Julian），来自巴布亚新几内亚的离岛，母亲是岛上一名酋长的女儿，父亲是入赘过去的高地人，这个特殊身份为她提供了一个独特的视角。在她的记忆中，岛上的原住民一直非常尊重女性，父亲嫁过去后曾经多次打过母亲，每次都会被家族的人赶走，但母亲觉得他毕竟是孩子的父亲，每次都原谅了他。

"沿海的人接受外来文化比较早，文明程度高。高地人直到20世纪30年代才接触现代文明，至今仍然保留了大量旧习俗，部落战争遗毒仍在。高地男人从小在这种环境中长大，习惯用暴力解决问题。"朱莉安说。

我后来发现，诊所里还有不少本地员工也持有相似看法，看来这个说法在巴布亚新几内亚是有群众基础的。如果暴力事件的根本原因来自传统文化，问题就很难解决了。可是，事实真的是这样吗？要想知道答案，必须亲自去高地走一趟。

神秘的高地

由印度尼西亚和巴布亚新几内亚两国共享的新几内亚岛是一个多山的大岛，考古证据表明，该岛早在6万年前就有人类居住，但位于岛中央的高地直到3万年前才终于有了人类活动的痕迹。高地的平均海拔不到2000米，并不算太高，但上山的道路全都被热带雨林所覆盖。对早期人类来说，热带雨林是比高山更大的障碍，高海拔地区因为气候凉爽，反而更适合人类居住。

从巴布亚新几内亚首都莫尔斯比港出发，需要飞一个多小时才能到达高地的中心地带。从飞机上看下去，1000米以下的低海拔地区至今仍然是成片的热带雨林，看不到任何人类活动的迹象。但当飞机接近高地中央时，地表风貌大变，森林不见了，代之以成片的咖啡园和农田。考古学家研究发现，这块高地早在9000年前就发展出了农业，是人类历史上最早出现农业的地区之一。可惜高地的原始物种不够丰富，原住民们只培育出了西

塔利男子头饰

米、甘蔗和几种蔬菜，产量都不高，不足以养活太多的人口，文明的发展也相对落后。直到哥伦布发现美洲后，来自南美的甘薯被引入高地，这里才迎来了第一个人口增长高峰。如今巴布亚新几内亚总人口超过了600万，约有一半人居住在高地，高地实际上就是巴布亚新几内亚的农村地区，也可看成该国廉价劳动力的来源地。

巴国政府把高地分成了五个省，塔利（Tari）是南高地省（Southern Highlands Province）的第二大城市，也是巴布亚新几内亚人口最多的高地部落——胡里（Huli）部落的发源地。塔利机场只有一条碎石铺成的跑道，两边用铁丝网围了起来。我到的时候正好是星期五，也就是塔利人赶集的日子，铁丝网外站满了来看热闹的人，里三层外三层围了个水泄不通。原来，整个塔利市就是围绕着机场建起来的，集市就开在铁丝网的另一边。集市上卖的都是最简单的生活用品，拖鞋、电池、毛巾、脸盆什么的，绝大部分产自中国。这里居然还有一家中国人开的百货商店，来自福建的店主坐在一个铁笼子里负责收钱，还有一个伙计在卖电话卡，生意非常兴隆，因为塔利市没接电话线，通信全靠手机。百货店旁边还有一家专门负责为手机充电的小门脸，因为塔利市一直没接国家电网，早年间架起来的电线杆都成了摆设,有钱人家只好自备柴油发电机。

集市上摆摊的大部分都是女人,男人则大都是来买东西的。胡里部落的男人非常重视头饰,传统的胡里头饰是用人的毛发做的假发套,如今则有了各种变通的法子,比如在头上插根羽毛或者缠一圈树枝,我居然还看到一个男人脑袋上顶着一个医用口罩!集市上还能见到不少身穿传统草裙的男人,据说如今只有在塔利才能见到仍然穿着民族服装的原住民。

"高地的男人比女人更讲究外表,他们都有些花花公子的做派。高地女人则都是实干家,种地养家都靠她们。"来自加拿大多伦多大学的人类学家霍莉(Holly)对我说,"我觉得这种习俗来自对天堂鸟的模仿,这种鸟是巴布亚新几内亚特产,只有雄性才有漂亮的羽毛,雌性只负责下蛋孵蛋,一点也不漂亮。"

巴布亚新几内亚高地是世界公认的人类学研究圣地,为了研究胡里部落的女性文化变迁史,霍莉已经和塔利的村民们一起住了好几个月。"这里大概是最晚接触到现代文明的原始社会,对于研究人类文明史的进化过程价值极大。"霍莉对我说。

原来,虽说欧洲航海家早在1512年就发现了新几内亚岛,但真正的大规模移民却是在17世纪末期才开始的。而在此后的一百多年里,欧洲人只在沿海一带活动,他们认为岛的中央全是无人居住的荒山,不值得探访。直到1930年,有个名叫米克·李(Mick Leahy)的澳大利亚冒险家率领一个小分队进山寻找金矿,意外地在一个山谷里发现了原住民部落,此后的五年里他十次进山,发现高地上居然住着200万原住民,此地竟然是巴布亚新几内亚人口最密集的地区!

此后"二战"爆发,澳大利亚政府无暇顾及这里,直到20世纪60年代才开始大规模进驻高地,建立政府机构,把现代文明带入这片荒蛮之地。20世纪70年代,澳大利亚广播公司记者鲍勃·康纳利(Bob Connolly)和妻子罗宾·安德森(Robin Anderson)意外地发现李的后人保存着当年他第一次进山见到原住民时拍摄的录像,立刻意识到这些录像的价值,开始计划以此为素材,结合对高地老人们的采访,制作一部反映高地原住民和现代文明接触过程的纪录片。两人花了十年时间才终于完成此片,取名《第一次接触》(*First Contact*)。1983年该片公映后震惊世界,获得了无数奖项。评论家认为,这部片子再现了

和平年代的
战地医生

无国界医生组织的塔利团队全家福

白人对世界其他民族的殖民过程，就好像是哥伦布发现美洲大陆时随身带着一台摄像机！类似这样的影像资料全世界几乎仅此一部，今后也肯定不会再有了。

李当年从原住民中挑选了几个年轻女子做自己的小老婆，其中一位生下了一个儿子，取名乔（Joe）。乔在部落里长大，后来又在白人学校里接受了西方式教育，成了一个横跨两种文化的中间人。他在高地开办咖啡种植园，发了大财。康纳利夫妇跟踪拍摄了乔试图扩大经营规模的整个过程，并制作了两部纪录片，和《第一次接触》一起并称为"高地三部曲"。MSF 的巴布亚新几内亚项目总负责人赫尔南（Hernan）极力向我推荐这套片子，称之为"任何一个想要了解高地的人的入门砖"。赫尔南还亲自陪我坐飞机来到塔利，参观 MSF 在塔利开设的诊所。我很快就发现，这个诊所和莱城的完全不同，更像是一个货真价实的战地医院。

塔利诊所

和莱城诊所一样，塔利诊所也建在塔利的公立医院内。这家公立医院是20世纪60年代澳大利亚人管理巴布亚新几内亚时期修建的，自从1975年巴布亚新几内亚宣布独立后便再也没有扩建过。如今塔利市的人口超过了30万，但这家唯一的公立医院甚至连一个医生都没有，只剩下一些护士在勉强维持着。

MSF也在诊所内建了一个"家庭支援中心"，专门帮助受到暴力侵害的妇女儿童。我到的时候，正好看到一位女病人在接受心理辅导。她名叫安娜（Ann），年龄看上去和露西差不多，可模样比露西悲惨多了，右边脸颊被刀割了一道将近10厘米长的口子，刚刚缝好没几天，整个右脸依然肿得像个馒头。我在心理辅导师诺琳（Noreen）的帮助下和她聊了两个多小时，发现她的故事和露西的大同小异，也是在家人收了一大笔彩礼后嫁给了现在的丈夫，结婚八年生了三个年龄相差正好三岁的孩子，全部归她抚养。前段时间因为一些琐碎的事情和丈夫争吵，遭到丈夫的暴力侵害，和露西不同的是，她的丈夫用上了大砍刀。

"我要MSF给我开一张医疗证明，然后去法院告他，让他赔偿！"安娜的理由也和露西一样。

"很多来寻求帮助的受害妇女都是来开医疗证明的，她们可以凭证明去向对方索要赔偿费。"诺琳告诉我，"原来医院开一张医疗证明要价200基那，是护士们最大的经济来源，要知道，当地政府已经有很长时间没有发工资了。MSF到来后取消了这笔费用，为此还引起了不少争议。"

诺琳也曾经在澳大利亚留学三年，对高地传统文化中落后的一面深恶痛绝。她和曾经虐待过她的丈夫离了婚，为此没少挨父亲的殴打，为了向父亲表示抗议，她也把自己的手指砍掉了一截。"在高地的传统文化里，妇女一直被认为是男人的私有财产，打老婆是天经地义的事情，就连娘家也都默许这种行为。"诺琳说，"我遇见过一位婆婆就对我说，她女儿的肉归丈夫家，骨头归娘家。丈夫可以随便打她女儿，只要别打断骨头就行，否则就要去找他赔偿。"

"世界上很多地方都有结婚收彩礼的习俗，为什么在巴布亚新几内亚会演变成如此血腥的场面呢？这里的男人们难道一点也不懂得怜爱自己的妻子吗？"我问了诺琳一个困扰了我很多天的问题。

"过去的高地男人是不和女人住在一起的，结了婚也是如此。"诺琳解释说，"高地男人的传统角色是和相邻部落打仗，所以他们平时都住在专门的'男人屋'，白天练习搏斗，晚上才和妻子同房。另外妻子喂奶期间也不可以同房，所以算下来传统高地夫妻相处的时间非常短暂。后来传教士带来了基督教，号召夫妻住在一起，彼此相亲相爱，可巴布亚新几内亚的男人们一直没有学会怎么和妻子相处。"

聊完后，诺琳送安娜回病房，刚出门就听到走廊里发生了激烈的争吵。我出门一看，安娜竟然和一位护士在吵架。原来这位公立医院的护士来自安娜丈夫的部落，看见她和我聊天，以为她要和我图谋陷害她丈夫。

正在此时，门外又传来一阵骚动，只见两个壮汉抬着一位受伤的男人正往急诊室跑去，男人的大腿挨了一刀，鲜血直流。一问才知，这位受伤的人是个长途车售票员，被一名试图逃票的乘客砍伤。

没过十分钟，又有一位伤员被抬进来。这位受伤更重，后脑被人砍了一刀，鲜血染红了纱布，左手手臂被砍断，伤口处露出了森森白骨。

"一看就是遭人伏击受伤的，先被砍到头，然后试图抬手护头的时候再被砍到胳膊，这样的人几乎每天都能送来几个。"MSF 的司机罗德尼（Rodney）对我说，"塔利的部落战争持续不断，前段时间有个女孩收到另一个部落的男孩发的一条暧昧短信，被女孩的哥哥看到了，在半路上伏击了那个发短信的男孩，将他一刀砍死。从此双方部落就开始不断地互相复仇，死了好多人。省政府派了军警都不管用，于是省长不得不在报纸上发表声明说，政府以后不再插手此事。"

要是在以前，这位伤者就得坐八小时的车去 200 公里外的省会城市蒙迪（Mendi），只有那里的医院才有医生。他运气算好，来自美国的 MSF 志愿者蒂姆（Tim）医生今天刚结束休假，几乎是放下行李就进了手术室，和来自北爱尔兰的麻醉医生珍妮特（Janet）一起立即为病人实施被砍断手臂的手术。

手术一直进行到21点，蒂姆和珍妮特回到宿舍，晚餐已经凉了，他俩显然很饿，没有加热就吃了起来。MSF为医生们雇用了一名厨师，但她每天17点就做好饭下班回家，医生们经常只能吃凉饭。

"MSF很难在当地招到合格的医生，所以塔利医院目前只有一个外科医生、一个内科医生、一个麻醉师，根本忙不过来。"赫尔南对我说，"我经常劝他们悠着点，不急的手术就放一放，别累坏了，可他们在国内养成的职业道德不允许他们这么做。"

"放到明天不还是我的事？"蒂姆一边嚼着冷米饭一边说。我和他同一架飞机来塔利，一开始觉得他说话的口气有点玩世不恭，非常符合外界为MSF下的那个"嬉皮医生"的定义，可看过他今晚的表现，我知道他其实是一个非常负责任的人。

两人吃完晚饭，大家聚到餐厅里边喝咖啡边聊天。塔利的团队比莱城更强大，除了两名医生和一名麻醉师外，还有一名心理辅导师和一名后勤人员，另有三人刚好去休假了。大家来自不同国家，每个人都有着不同的经历。

第二天早早起床到医院，立刻回到了严酷的现实中。昨晚的部落战争升级，又有数人被砍，其中一人没送到医院就死了。另一位病人的家被敌对部落的人纵火报复，他冲进去抢救财物，全身大面积烧伤。蒂姆和珍妮特很早就起了床，换好了手术服，正准备给这位病人做植皮手术。

赫尔南也早早来到了医院。他表情平静，我后来得知他原本是个律师，已经在MSF工作过八年，去过阿富汗和北非，经历过很多远比塔利的部落战争更加残酷的事情。

他带着我到处参观，我发现这家医院比我想象的还要糟糕，不但缺医少药，而且护士们的水平也很差，有一次竟然把血型都验错了，差点出人命。"我们刚来的时候，这里的很多做法都令人匪夷所思。"赫尔南对我说，"比如这里的产房没有废物处理设备，剪断的脐带随便扔出去喂狗，所以医院里一直游荡着几只野狗，个个膘肥体壮。"

赫尔南承认，MSF坚持原则的做法有时也会带来麻烦。比如当地人会要求MSF医生为自己的女儿开具贞操证明，他当然一口回绝，但他后来意识到这是因为当地人把贞操看得很重，处女的彩礼会比非处女贵很多。还有一种情况也很常见，那就是家长怀疑自己的女儿和某人有染，如果女儿不能证明自己的清白，往往就要被迫嫁给对方，否则消息传出

抬棺材

去这个女孩就没人要了。

"我越来越意识到 MSF 被拉进了一个无底洞。"赫尔南坦白地对我说,"这家医院什么都缺,交通又不方便,我们经常要包机运送药品过来,成本非常高。"

"那你觉得,你们这么做会让这个国家变得好点吗?"我问。

"我个人觉得不会。"他肯定地对我说,"这里的老百姓距离现代文明非常遥远,我看不到任何希望。"

"没想到身为一名 MSF 的工作人员,你竟然是一个悲观主义者。"我惊讶地说。

"这两者一点也不矛盾。"赫尔南回答,"以前我们从事战地救护的时候,就一直有人质疑说,我们不分原则地救所有人是不对的,这里面也许就有士兵被我们救活后回到战场继续杀人。这个可能性当然存在,但我觉得我们没有能力对这样的事情做出判断,但救活一个人却是一件实实在在的善事,这比他被救活后去干什么更重要。巴布亚新几内亚的情况也一样,我知道这个国家没救了,但每救活一个伤者,或者给某个受到伤害的妇女提供一个倾诉的机会,都是看得见摸得着的善事。"

赫尔南还告诉我,MSF 也在不断地学习,不断地改进自己的工作方式。比如,MSF 一项很重要的原则就是保持中立,不和任何政府合作,因为只有这样才能让自己在战场上生存下去，但在和平年代这个原则就需要灵活处理。"保持自己的独立性并不等于任何事都要自己来。"赫尔南说，"和平年代的战地医生必须学会和当地政府合作，否则一旦我们撤走后，这些项目就无法继续下去，前面的所有努力就都付之东流了。"

采访结束后，我和赫尔南又回到塔利机场，准备搭飞机飞回莫尔斯比港。那天不是赶集的日子，但机场却依然聚集了很多人。女人们一直在唱歌，那曲调高亢嘹亮，却有一股说不出的哀伤。原来几个月前，有位妇女被控害死了丈夫，被丈夫的部落派人打成重伤，送到莫尔斯比港接受治疗，最终还是没能救活。今天她的棺材就将运回家乡，唱歌的人都是女人的生前好友，前来迎接棺材。

从莫尔斯比港飞来的飞机降落后，四名脸上涂着白色颜料的男人走进飞机，从上面抬下一具棺材。围观的女人们一见到棺材，立刻加大了音量，那哭声盖过了飞机发动机的轰鸣，回荡在山谷间，久久不愿散去。

尾 声

回到莫尔斯比港后我才得知，就在我们走后，去世妇女的丈夫的部落派人前来抢夺棺材，双方在机场爆发了武装冲突，两人重伤，被直接拉到了 MSF 诊所。此后双方继续互相报复，矛盾一再升级，MSF 的医生们又要开始忙了。

我看完了赫尔南推荐的"高地三部曲"，发现这是一个典型的文化悲剧。里面有个情节给我留下了很深的印象，那位黑白混血的咖啡种植园主乔冲着自己的乡亲们喊道："你们要么完全退回到过去，要么干脆一步跨进现代社会，两者不可兼得。"

可惜乡亲们没人听他的，乔的咖啡种植园失败了。就在咖啡到了需要立即采摘的时候，咖啡园所在的部落卷入了一场部落冲突。激战中双方一共打死了三百人，咖啡则全部烂在了地里。破产后的乔愤然出走澳大利亚，永远离开了自己的家乡。

玛雅文明的兴衰

我上小学的时候读过《科学画报》上的一篇关于外星人的文章，记忆深刻。虽然那篇文章现在看来完全是胡说八道，但它激起了我对玛雅文明的好奇心。后来又读了戴蒙德写的《崩溃》，书中对玛雅文明的消亡做出了合理的解释，进一步加深了我对玛雅人的好奇心。相比之下，所谓的"2012世界末日"只是这篇文章的一个注脚而已。2011年，终于迎来了我的玛雅之旅。

被遗忘的玛雅古城

玛雅文化的发源地位于墨西哥南部的尤卡坦半岛上。这个半岛大致为南北走向，北部一马平川，从飞机上看就像一块绿色毛毯，平整地铺向加勒比海。南部是安第斯山脉的一部分，不过海拔不高，最高处也不到3000米。帕伦克就位于山和平原的交接处，平均海拔不到200米，冬天来这里旅游气温正好。

帕伦克其实是一个小镇的名字，这个镇专为旅游而生，入口处耸立着一个巨大的玛雅人头像雕塑，街上到处是旅馆和旅行社，随便找一家都可以把你送到几公里外的帕伦克遗址。据说当地人都是从山下走上去凭吊祖先的，但旅游车都会直接把游客拉到半山腰，参观完后再顺着山路走下来。

旅游书上说，参观玛雅遗址一定要雇导游，他们能告诉你很多官方手册上没有列出来的小秘密。果然，我雇的导游一进门就带着我离开游客专用步道，钻进旁边的小树林，踩着碎石向山上爬去。"你脚下的这些石头当初都是玛雅人用来砌墙的，最近刚刚被雨水冲下来。"他边走边说。

原来，帕伦克是墨西哥降雨量最大的地区之一，过去每年平均要下3000毫米的雨。但近年来气候发生了显著变化，雨水增多。2010年一共下了4800毫米的雨。11月这里下了场特大暴雨，在24小时里降了800毫米，创下了历史纪录。暴雨冲走了沉积多年的浮土,把很多原本埋在土里的玛雅建筑暴露了出来。导游俯下身体拨拉着地上的石块,捡起一块石头说,这是石灰石,从墙砖上掉下来的。又捡起一块石头,擦掉外面糊着的一层土,原来是一个陶器的碎片。再往上走一段,眼前居然出现了一个地洞,洞口不到一米宽,里面黑乎乎的,隐约可见洞壁是用大块石灰石垒成的。"这大概是一间房子的墙,如果挖下去,肯定能挖出一个寺庙或者金字塔之类的建筑。"导游说。

此时我们已经站在半山腰了。说是山,其实只是一个十几米高的小山包,山上林木茂密,把强烈的阳光挡在了外面。透过树叶可以隐约地看见山包后面还有一个更高的山包,同样被茂密的植被所覆盖。"后面那个山包下面其实是一座金字塔,还没来得及挖呢。"导游说,"事实上,这片丘陵下面布满了被埋住的房子,美国航空航天局专门用卫星勘察过一次,一共发现了1453个建筑物,分布在15平方公里的范围内。目前已经挖出来的只有541个,分布在2平方公里的范围内,而其中真正对外开放的只有2%而已。"

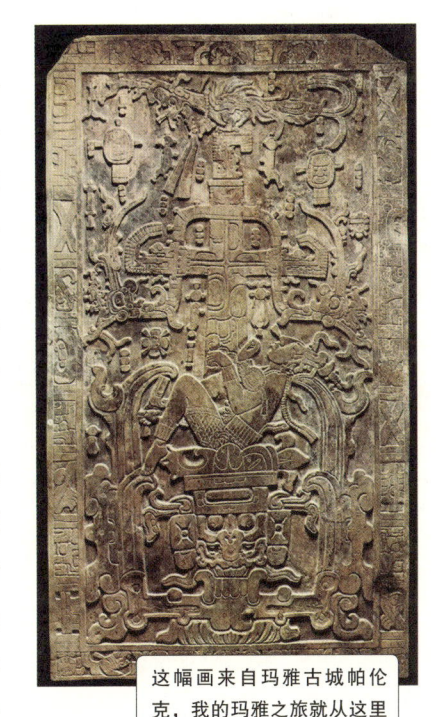

这幅画来自玛雅古城帕伦克,我的玛雅之旅就从这里开始

此时此刻,我感觉自己就像是那个18世纪中期的墨西哥小军官何塞·卡尔德隆(Jose Calderon),他奉上级命令进入这片山林寻找传说中的"失落的古城"。当时这片地方完全无人居住,但有猎人报告说他们在大雨过后的树林中发现了一些奇怪的东西。1746年,卡尔德隆带着一个小分队来到这里,经过简单的挖掘后,他意识到这就是他要找的古城,便向上级打了一份报告。于是,帕伦克古城在被玛雅人遗弃了八百多年后终见天日。

从那个地洞处再向东走十几米,眼前出现了一堵矮墙。绕过矮墙一看,原来我们已经

铭文殿

身处一座金字塔的顶端了。这座塔只有十几米高，顶层有个很小的石房子，里面空无一物。房子前有块石头上刻着一个兔子的骷髅头，所以又被叫作"骷髅殿"。

玛雅的金字塔和埃及金字塔不同，全部都是有石阶的。据导游介绍说，"骷髅殿"的石阶在玛雅金字塔当中不算是很陡的，但也许是因为早晨露水重的关系，不少中老年游客必须手脚并用才敢独自走下来。站在下面回望"骷髅殿"，我发现它的一半还埋在土里。事实上，帕伦克遗址的大部分金字塔都是如此布置，这真是一个绝佳的创意，游客可以从这个景象中清楚地知道玛雅古城在被挖掘出来之前是个什么样子。

"骷髅殿"东边紧挨着另一座金字塔，同样允许游客自由攀爬。塔顶有好几间房子，因为没有窗户，里面阴森森的，很像中世纪古堡中的密室。其中一间房子里放着一个石制棺材，现在当然是空的，但当初刚被发现时棺材里躺着一具中年女性的骸骨，骨头被大量的朱砂染成了红色，因此这座金字塔便得了一个"红女王殿"的绰号。朱砂破坏了骨头里的DNA，再加上这座金字塔里没有发现任何字迹，这位女士的身世至今仍然是个谜。

玛雅密码

"红女王殿"东边立着一座白色的金字塔。这是帕伦克最高的建筑物,塔高 25 米,基座呈四方形,分为九层,如梯田一般。塔的正面有石阶,直达塔顶。顶上有幢房子,靠六根石柱支撑着。

"这是整个玛雅文化中最重要的金字塔,玛雅文明的秘密就藏在里面。"导游说,"几年前这里还对公众开放,但游客实在太多,不得不关闭了。"

虽然上不去,但这座金字塔的秘密可以在帕伦克玛雅博物馆里找到答案。原来,塔顶那六根石柱当中有三根上刻有大量玛雅象形文字,共计 620 个字,因此这座金字塔也被称为"铭文殿"(Temple of the Inscriptions)。事后证明,这 620 个玛雅文字是破解玛雅密码的关键之一,为考古学家研究玛雅历史提供了最可靠的证据。

玛雅的文字系统举世闻名,因为它不但是全世界仅有的五个独立发展出来的文字系统之一,也是南美洲唯一被破解了的古文字。玛雅人把文字写在树皮做成的纸上,然后把树皮纸折叠成一种类似手风琴风箱的玛雅书简。可惜的是,当西班牙殖民者于 16 世纪初入侵尤卡坦半岛之后,一位天主教修道士以"打击异教徒"为名把他所能收集到的所有玛雅书简尽数焚毁,并把所有认识玛雅文字的人全都处死了。从此玛雅文字便宣告失传,整个南美大陆的古文明历史便只能仰仗西班牙人的零星记录和少数幸存者不那么可靠的口口相传了。

17 世纪时,考古学家们发现了三本玛雅古书,可惜全都破损不堪,难以辨认。如今这三本书分别保存在马德里、巴黎和墨西哥的图书馆内,考古学界在很长的一段时间内都认定这是全世界仅存的三本载有玛雅文字的书简,直到 19 世纪初期一位书商在德累斯顿皇家图书馆的书架上发现了一本沾满灰尘的玛雅手抄本,并将其中保存较为完好的五页内容翻印后出版,玛雅文字研究者们这才第一次看到了较为完整的玛雅文字材料。此书被后人称为《德累斯顿手抄本》(*Dresden Codex*),破解玛雅密码的工作便从这本书开始。

迈出第一步的人名叫康斯坦丁·拉方斯克(Constantine Rafinesque),是 19 世纪欧洲一位著名的"通才"。是他首先断定玛雅文字中出现的点和线代表数字，并由此破解了玛雅的数字系统。玛雅人用1—4个点分别代表1、2、3、4，用一条横线代表5，一个类似贝壳模样的圆圈代表20。玛雅人用这套看似笨拙的数字系统构建了一个完整的数学体系，并在天文和历法方面达到了前所未有的高度。

但是，《德累斯顿手抄本》的内容还是太少了，要想进一步破译数字之外的玛雅文字几乎是不可能的，拉布斯克很快就放弃了这个想法。幸运的是，玛雅人还把文字刻在了石碑上。当"铭文殿"被发现后，考古学家们如获至宝。1832年，一位热爱考古的法国人让·弗里德里希·瓦尔代克（Jean Fredrick Valdec）伯爵来到帕伦克，在一座金字塔上住了两年，临摹了铭文殿上的所有玛雅文字。可惜他本质上是个艺术家，缺乏考古学家的严谨学风。比如他认定玛雅文明来自古印度或者古巴比伦，因此在临摹时加入了很多自己的想象，甚至出现了大象的形象。不用说，这样的临摹本对于破解玛雅文字没有任何帮助。类似事件后来出现过多次，不少艺术家出于对玛雅文化的崇拜，来到这里试图破译玛雅文字，却全都因为缺乏正确的思考方法而误入歧途。他们临摹下来的图案也全都因为缺乏细节而无法被考古学家们采用。不过，他们的工作却引发了世人对玛雅文化的兴趣，总体上看还是起到了积极的意义，比如瓦尔代克伯爵当年所住的金字塔被后人命名为"伯爵殿"（Temple of the Count），游客可以爬上去参观。

1880年，一位照相师带着刚发明的照相设备来到帕伦克，拍下了"铭文殿"上的文字，瓦尔代克伯爵犯下的错误终于得到了修正。20世纪初期，美国出了一位杰出的考古学家，名叫埃里克·汤普森（Eric Thompson），他收集了当时能够找到的所有玛雅文字资料，从中找出800多个不同的单字并一一编号。这套系统一直沿用至今，被尊称为"汤式编码"（T Number），汤普森也因为这一成就被公认为玛雅文字研究界的权威。

帕伦克的玛雅博物馆里展示了一部分"汤式编码"，玛雅文字的复杂性简直令人叹为观止。汤普森在研究了三十多年后仍然毫无头绪，终于放弃了破解的努力。他还断定玛雅文字除了时间和历法是有意义的之外，其余的全都是一些神灵图腾，没有任何实际含义。

敢于挑战汤普森的是一位美籍俄罗斯女建筑师，名叫塔提亚娜·普洛斯克里亚科夫（Tatiana Proskouriakoff）。她大学毕业后正赶上美国的大萧条，找不到工作，便来到墨西哥帮助考古学家绘制玛雅古城的想象图,一干就是两年。正是因为她有在古城遗址工作的经验,这才使她注意到玛雅金字塔前的石碑的位置和碑文之间存在某种对应关系,并从中推断出石碑上刻着的玛雅文字并不是无意义的图腾符号,而是记录着国王们的生平年代。这一发现撼动了汤普森的权威,曾经遭到后者的蔑视。但当汤普森仔细研究了塔提亚娜提供的证据后,勇敢地承认自己错了。

当考古学家们知道玛雅密码具有实际意义后,破解玛雅密码的工作重新引起了大家的兴趣。对于历史学家来说,还有什么比古人的文字更管用的信息呢?

"铭文殿"的秘密

也就在这一时期,从帕伦克传来了一个令人震惊的消息。一位名叫阿尔伯托·鲁兹·鲁里尔(Alberto Ruz Lhuillier)的墨西哥考古学家在考察"铭文殿"时发现了一件奇怪的事情。"这个故事比好莱坞拍的"印第安纳·琼斯"电影还要传奇!"一讲到鲁里尔,导游立刻兴奋起来,"以前大家都觉得'铭文殿'内部有秘密,但一直没找到进门的入口。1948年的某一天,鲁里尔在检查'铭文殿'上面那个小房子的时候突然注意到地板上有块石头过于圆了,便试着想把它撬开。试了几次后他终于找到窍门,当他把这块石头转了一个角度后就能将其连根拔起。他在四周找了找,又发现了11个这样的圆石头,排成两排,每排六个。当他把这12个石头做成的圆柱体全都拔出来后,整块石板就松动了,露出了藏在下面的地道口。鲁里尔又花了三年多的时间,顺着地道一直挖到了金字塔的中心,在和地面等高的位置发现了五具尸骨。鲁里尔意识到这是陪葬者的遗骨,便继续向下挖,终于发现了一座墓穴。"

故事讲到这里,导游故意停顿了一下,从包里拿出一本画册,给我看当时拍摄的照片。看着那几张黑白影像,想象考察队员们在那三年里的焦急心情,我的心也情不自禁地紧张起来。

"1952年6月13日,在全世界考古爱好者的关注下,鲁里尔打开了墓穴的门,发现

玛雅地穴

里面停放着一口长约 4 米，宽约 2 米，高约 1 米的石棺。石棺的四面刻满了玛雅文字，以及若干个人像，顶盖则是一整块石板，重达 5 吨，上面刻着这样一幅画。"说着，导游把手中的画册翻到某一页，我的眼前赫然出现了那幅小时候在《科学画报》上看到的"额鼻人"驾驶宇宙飞船的画面，原来这幅画的出处就在这里！但是，望着眼前这座用石灰石搭成的金字塔，我却发现自己很难把它想象成外星人的火箭发射基地。

"鲁里尔打开棺材，发现里面有一具老年男性尸骨，左腿瘸了。"导游继续讲他的故事,"陪葬品很丰富,最引人注意的是一面玉制面具,因为年代久远,碎成了300多个小碎片,后来被考古学家粘在一起,放在墨西哥的博物馆展出,后来被小偷偷去了。"

玛雅博物馆里有一个按照1∶1的比例搭建的石棺模型,以及"铭文殿"的内部结构图。勘探结果显示,墓穴和石棺是最先建好的,封口后再在上面搭建了金字塔,也就是说整座"铭文殿"可以看成专为这位瘸腿老人而建的纪念堂。

他是谁?为何受到如此礼遇?在玛雅文字没有被破解之前,上述问题很难有答案。于是外星人的说法不胫而走,棺材上的那幅"额鼻人火箭图"成了证据。相信者从那幅图画上看到了内燃机、操纵杆和头盔之类的现代玩意儿,甚至还在"火箭"的尾部看到了向后方喷射的火焰。

但是,对于玛雅文字研究者来说,墓穴的发现却是破解玛雅密码的关键。美国考古学家琳达·席勒(Linda Shele)和皮特·马修斯(Peter Matthews)仔细研究了墓穴中的玛雅文字,发现一个类似盾牌模样的字出现了很多次。他们猜测此字代表了墓穴的主人,并给他起了个外号,叫作"盾王"。两人顺着这一思路继续深入研究,终于弄清了石棺主人的生卒年月。

按照玛雅人的语言,"盾牌"的发音是帕克尔(Pakal)。这位帕克尔国王生于603年3月23日,卒于683年8月28日,享年80岁。他于615年登基,做了68年帕伦克国王,一手将帕伦克带入了鼎盛时期。帕伦克遗址的大部分建筑都是在这一时期修建的,考古学家们还在一幅壁画上发现了一位瘸腿人雕像,相信他就是帕克尔。"铭文殿"是帕克尔在死前几年专门为自己修建的。那幅"额鼻人火箭图"应该竖过来看,画的是蜷姿的老国王从阴间回到阳世时的场景。国王身下那个喷火的四方盒子代表地狱,从国王肚子上长出来的十字架不是火箭的驾驶舱,而是玛雅神话中的生命树,玛雅人相信世间万物都经由生命树从阴间转世。画面上方和棺材周围的各种神秘符号则代表着玛雅文化中的诸多神灵,比如太阳神、月神、雨神、金星神和两头蛇神等,远没有大家想象得那么神秘。

1973年,玛雅语言研究领域的权威专家们齐聚帕伦克,听马修斯和席勒汇报他们的研究成果。这是考古学家们第一次弄清了一个具体的玛雅古人(尸骨)的身份和来历,并部分地解释了玛雅语言中非数字部分的意思,具有划时代的意义。这项发现的幕后功臣是来自苏联的语言学家VV. 柯诺洛科夫(Uri Konorokoff),他认为玛雅文字具有表意和表音两部分,有些符号完全就是表音的,没有实际意义。对于使用中文的人来说,这个发现其实毫无新意,但是柯诺洛科夫米自社会主义国家苏联,他的这个发现在很长的时间里都被西方学者所忽视。这是政治干扰学术研究的一个经典案例。

1973年时,考古学家们还只能肯定地辨认30多个玛雅文字。最终完成质的飞跃的是一位名叫大卫·斯蒂伍德(David Stewart)的年轻人,他是一位考古学家的儿子,从小就和父亲一起流连于中北美洲的各个玛雅古迹,耳濡目染地爱上了玛雅文化。高中毕业那年他凭借一篇关于玛雅文字的论文获得了麦克阿瑟奖学金,这个奖俗称"天才奖",斯蒂伍德是该奖有史以来最年轻的获奖者。依靠这笔奖学金,他回到了中北美洲的丛林里,拜席勒为师,潜心研究玛雅密码,终于找到了问题的关键。他认为玛雅文字中很多看似不同的表音符号很可能发的是同一个音,这样一来,玛雅文字的复杂性就被大大降低了。这个发现完成了破译玛雅密码的最后一块拼图,大大加快了破译的速度。

今天考古学家们已经能够辨认出超过80%的玛雅文字,这使得玛雅文化成为美洲所有传统文化中被了解得最准确、最全面的一个,神秘的玛雅文明,终于在考古学家面前露出了真面目。

密林中的提克尔

玛雅文字的破译,以及考古学证据都清楚地表明,玛雅文明始自公元前3000年左右,当时的美洲大陆还有很多其他文明,它们之间一直都存在着不同程度的交流和互动。最终,善于吸收他人长处的玛雅文明脱颖而出,成为美洲三大文明(另两者为墨西哥的阿兹特克文明和秘鲁的印加文明)当中最伟大的一个。

虽然玛雅文明发源地的具体位置尚存争议,但它肯定兴盛于尤卡坦半岛及其南部的热带丛林。历史学家将玛雅历史简单地分为前古典时期、古典时期和后古典时期三部分,前古典时期自公元前3000年开始,止于250年左右。自那时开始,尤卡坦半岛上出现了一大批独立王国,诞生了大量规划完整的城邦。相对应的是,中国的"三国时代"也开始于 220 年左右。当时的中国和玛雅一样处于群雄割据的状态，只是范围要比玛雅文明所在的尤卡坦半岛大得多，持续时间却又短得多。这件事后来被证明是理解玛雅文明的关键所在。

在诸多玛雅城邦中，帕伦克属于形成较晚的一个。这块地方的地理位置过于偏僻，直到公元前 100 年左右才有人居住。帕伦克王国达到顶峰的时间大约在 7 世纪中叶，也算是比较晚熟的一个。考古界公认，玛雅文化在古典时期的经济文化中心不在墨西哥境内，而是位于危地马拉的北部。那块地方同时也是整个尤卡坦半岛的地理中心，有两条河流经过那里，一条向北流入加勒比海，另一条向西流入墨西哥湾，非常适合用来作为运输通道。正是因为地理位置上的优越条件，使得那块地方很自然地成为玛雅人的贸易中心，加速了城市的繁荣。

在今天的地图上，这块地方被叫作皮坦（Peten），至今仍然是人迹罕至的热带雨林。事实上，直到 19 世纪中期，危地马拉政府派出的一个考察队才在一群当地采药人的带领下进入那片丛林，发现了玛雅古城提克尔（Tikal）。因为交通不便，加之条件过于艰苦，在那之后的百年里提克尔古城的发掘整理工作进展十分缓慢。

20 世纪 50 年代中期，危地马拉政府邀请美国宾夕法尼亚大学帮忙主持发掘工作，并在提克尔古城附近修建了一个简易机场。宾大先后派出了 100 多名考古学家来到提克尔，发掘工作一共持续了 15 年，是迄今为止美洲大陆所进行的规模最大、涵盖范围最广的考古活动之一。考察队一共挖掘清理出将近五百座玛雅古建筑物，基本可以肯定这里是玛雅古典时期最繁华的城市，甚至可以将其称为整个玛雅文明的中心。所以说，要想了解玛雅文明的真相，提克尔古城是必去之地。

我从帕伦克出发，坐了九个小时的长途车，外加半个小时的摆渡船，这才终于到达了距离提克尔最近的小城弗洛里斯（Flores）。这座小城位于一个湖心岛上，各种档次的旅馆一应俱全，为来自世界各地的游客提供各种班次的长途车驶往提克尔。为了早点到达，我选择了早上 4 点半出发的班车，第二天天还没亮就动身了。满载游客的旅游大巴开了一个半小时后终于到达了提克尔。和帕伦克一样，选择一位导游是参观玛雅古城的最佳方式。果然，我的导游没有像其他游客那样直奔中心广场，而是带领我们拐进右手边的岔道，他说："中心广场是高潮，应该放到最后再看。"

此时还不到7点钟，太阳刚刚冒出地平线，林子里依然有些凉意。这片森林比帕伦克的浓密多了，到处是参天大树，树干粗壮，树龄显然要比帕伦克的更长。清晨的热带雨林是一天当中最热闹的，叽叽喳喳的鸟鸣声此起彼伏，不时可见颜色鲜艳的小鸟从头顶飞过。走着走着，不远处传来一阵阵低沉的吼声，令人毛骨悚然。"大家别怕，这是吼猴的叫声，两只雄性吼猴正在为争夺领地互相示威呢。"导游带领大家顺着声音钻进一片小树林，透过头顶茂密的树叶，隐约可见两只猴子正在打架，树枝被震得摇摇晃晃。

"电影《星球大战》之所以选择提克尔作为外景地，不光是因为玛雅金字塔，更重要的原因就是这里生活着很多外形奇特的动物。"导游说，"另外，你们所看到的这些大树其实都不算太老，树龄绝不会超过千年，因为一千年前这里还是一座繁华热闹的城市，几乎所有的树都被砍光了，铺上了泥土。如今大家看到的泥土都是该城在950年被居民们遗弃后重新慢慢累积而成，随便找个地方往下挖不到1米就会碰到当年铺的泥土层。"

研究发现，玛雅人早在公元前1000年就已经开始定居在这片地方了。这里水源充足，盛产燧石（一种很坚硬的可以打火的石头），逐渐变成了玛雅人的农业和贸易中心，人口迅速增加。230年，第一代玛雅王登基，建立了一个以提克尔为首都的庞大王

古代房屋的入口

朝。根据石碑上的铭文记载，这位能干的国王一共传了39位继承人，将家族权力维系了六百年之久。

"玛雅人分为贵族和平民这两个阶层，贵族全都是世袭的，部分原因从这座金字塔的石阶上就可以找到。"在森林中步行了二十多分钟后，我们遇到了今天的第一座金字塔。这是一座小塔，只有十几米高，可以随便攀爬。导游等我们爬上再爬下后，问了一个问题："你们是不是觉得石阶修得很高？"

确实，这些石阶又高又陡，对于身高1.8米的我来说都显得不那么容易。

"告诉大家一个事实，从出土的遗骸分析，当时的玛雅人普遍都很矮，成年男人平均身高不足1.6米，成年女人不到1.5米，所以说，这些金字塔都不是为普通玛雅人修建的，它的服务对象是玛雅贵族。第一代玛雅王的身高据说接近1.9米，贵族们在平民面前简直就是巨人，他们的权威有很大一部分来自身高上的巨大差异所带来的威慑力。"

"为什么会有这么大的差别呢？难道他们不属于同一个人种吗？"一位游客惊讶地问。

"人种当然是一样的，差别在于营养。"导游回答说，"考古学家对普通人的遗骨进行了分析，结果显示他们生前大都营养不良，而且常年呼吸含有大量石灰粉的空气，搞坏了身体。"

这个回答显然出乎大家的意料之外，引来了一声声叹息。

再往前走一段，眼前又出现了一座金字塔。考古学家把金字塔按照重要性的高低编了号，眼前这座金字塔是第四号塔，高64米，是提克尔最高的建筑物。走近一看，此塔的基座并不大，所以通往顶层的石阶不得不造得又高又窄，看上去相当恐怖。据说这个塔摔死过好几个游客，管理方不得不下令关闭了石阶，并在塔的侧后方修了一个类似脚手架的木制扶梯，供游客攀爬。

我沿着木梯子爬到塔顶，四下一望，发现自己已然身处树冠之上，远处隐约可见几座金字塔的尖顶从密林中探出头来。导游告诉我们，提克尔城的总面积有16平方公里之多，但王公贵族们居住的主城区就小多了，周围被农民们居住的木头屋子所围绕。

"再次提醒大家，真正的提克尔古城其实是没有多少树的。"导游说，"考古学家们描绘过玛雅古城原来的样子，到处是巍峨的金字塔式建筑，而且表面都被生物颜料涂成了红色，相当耀眼。"

这样一座繁华的城市究竟是如何建成的？居民们的日常生活到底是什么样子的？玛雅人为什么又将其舍弃？答案要从细节中寻找。

最早的一本游记

虽然西班牙殖民者早在18世纪中期就发现了玛雅古迹，但普通公众对玛雅文明的兴趣却源自19世纪40年代出版的一本美洲游记。1839年，美国探险家约翰·史蒂芬斯（John Stephens）和画家弗里德里希·卡特伍德（Frederick Catherwood）组织一个探险队考察了尤卡坦半岛，两人花了两年时间找到了44个玛雅古城，并把这段经历写成一本游记，出版后受到全世界读者的狂热追捧，被后人誉为19世纪最杰出的探险类文学作品之一，好莱坞系列电影《印第安纳·琼斯》部分借鉴了这本书的内容。

一百多年前的尤卡坦半岛还是一个狼虫虎豹频繁出没的荒蛮之地，史蒂芬斯用他的生花妙笔把这次旅行写得紧张刺激，而且第一次用翔实的资料证明，玛雅人不是某个旧大陆文明的旁支，而是在新大陆独立发展出来的独特文明。他的主要证据就是玛雅的文字，所有44个玛雅古城都使用同一种文字，和古埃及、古罗马、古印度或者古以色列人的文字系统完全不一样。

建筑师出身的画家卡特伍德为这本书绘制的插图注重细节，力求真实，其中不少插图中的景象今天已不复存在，使得这些图成为研究玛雅文明的重要证据。从图上看，玛雅人在建筑和雕刻艺术这两方面都达到了很高的水平，而这一切都是在没有金属工具和带轮子的运输工具的情况下完成的，着实让人惊叹。

20世纪初期，玛雅文字中的数字部分首先被破解，人们惊讶地发现，玛雅人早在两千多年前就已经掌握了高超的天文学知识，不但准确地计算出一年有 $365\frac{1}{4}$ 天（误差只有23秒），甚至还具备了预报日食和月食的能力。玛雅文字研究权威埃里克·汤普森错误地认为，玛雅文字记载的全都是关于天文、历法和神灵的内容，并由此得出结论说，玛雅人是一个善于和大自然和谐相处、忠于信仰、爱好和平的民族。当时全世界刚刚经历了两次世界大战，人们普遍对现代文明发展的方向产生了怀疑，玛雅文明被当成人类的希望，寄托了民众对乌托邦的向往。

就在此时，也就是1946年，一位美国探险家在几位墨西哥农民的带领下来到距离玛雅古城帕伦克不远的伯南帕克（Bonampak）遗址，在一间石屋里发现了一幅保存完好的玛雅壁画，画的是玛雅战争的残酷场面。从此笼罩在玛雅人身上的那层神秘面纱被揭开，大家终于意识到，玛雅文明和全世界其他原始文明一样，并不存在任何本质的区别，玛雅人所做的一切，都可以从他们生活的环境中找到原因。

提克尔王国的诞生

无论是从地理位置还是城市规模来看，提克尔都可称为玛雅文明的中心。这座城市占地至少16平方公里，已经勘察到的建筑物总数超过3000个，高峰时期很可能有超过10万居民在此居住。大约在1200年前，玛雅人出于某种未知的原因抛弃了这座城市，如今绝大部分建筑都被丛林所覆盖。

提克尔城的中心广场是玛雅文明古典时期（250—900）建筑风格的最佳代表，它有一个足球场那么大，东面是一号金字塔，建于公元7世纪，里面埋藏的是提克尔鼎盛时期的统治者阿赫·卡考（Ah Cacau，意为"巧克力国王"）的遗骸。正对着它的是二号金字塔，是卡考为自己的妻子修建的。两座金字塔都超过了40米高，底座却又很小，因此石阶显得又高又陡，攀爬不易。据说一号塔至少摔死过两名游客，所以不得不用栏杆围了起来。二号塔正面的石阶也不允许攀爬，但在塔的侧面修了个脚手架，游客可以顺着木制楼梯爬上去。

面对如此宏伟的建筑，确实很难想象这是一千多年前的玛雅人仅用石器作为工具而造出来的。不过，广场旁边的一座小金字塔提供了部分答案。那座名为"失去的世界"（The Lost World）的金字塔被考古学家从中间挖开了，露出了里面一个很小的金字塔，同位素检测证明它建于公元前800年。原来，玛雅人认为世界每52年轮回一次，因此每隔52年就在原有的金字塔上再搭一层石头，现在大家看到的金字塔都是这样一层一层地搭出来的。

我爬上二号塔，俯瞰整个广场，导游告诉我，金字塔是当年玛雅国王发号施令的地方，所有的祭祀活动，包括活人祭，都是在塔上进行的。玛雅金字塔之所以越造越高，就是为了让更多的人看见国王的尊荣。

"你们知道玛雅金字塔的石阶为什么修得这样陡吗？除了不让老百姓爬上去之外，还有一个重要功能。"导游卖了个关子，见无人能答，便自己道出了原委，"当年玛雅人盛行一种酷刑，就是把俘虏绑成一个圆球，然后从塔上推下来，当着围观群众的面摔死。"

事实上，根据玛雅壁画和文字记载，玛雅人非常喜欢用活人来祭拜神灵，在今天看来极为残忍。比如，玛雅人最常用的方式就是把人绑在石柱上，然后用石刀将胸腹割开，取出还在跳动的心脏祭神。提克尔有很多座金字塔前面都立着几根石柱，都是绑人用的。"玛雅人用一种植物迷幻药让被绑着的人失去知觉，这样就不会挣扎得太过激烈。"导游说。

被用来祭祀的人大都是从敌国抓来的俘虏，其中大多数都是敌国的贵族。原来，早期的玛雅战争方式有点像同时代的中国，或者更准确地说，有点像《三国演义》里描写的战争方式，即先由双方将领捉对厮杀，胜者即为胜利。玛雅人的做法更极端，只有贵族才有资格打仗，打仗的目的也仅仅是活捉对方的首领，不会破坏对方城池，或者杀死敌国的平民。换句话说，早期的玛雅战争只具有象征性的意义，玛雅人甚至规定只有金星运行到某一位置时才能开战，为的就是强行减少战争的次数，避免无谓的损失。

有趣的是，提克尔王国恰恰是因为没有遵守玛雅战争守则而战胜了强大的邻国，取得了统治地位。根据提克尔出土的石雕记载，大约在4世纪初期，一位绰号"美洲豹之爪"（King Great Jaguar Paw）的人登上了提克尔国王的宝座。他从位于墨西哥中部的提奥提华坎（Teotihuacan）王国那里学来了一种新的作战方式，不再按照老规矩和敌人进行近身肉搏，而是先想办法把敌人围住，然后向他们投掷石矛。"美洲豹之爪"的军队凭借这一取巧的作战方式击败了周边的几个敌国，提克尔一跃成为整个玛雅文明的中心。

可惜好景不长，这招被其他王国学会了。562年，一个名叫卡拉考（Caracol）的小国出了一位绰号叫作"水王"（Lord Water）的国王，用从提克尔学来的战法打败了提克尔，活捉了当时的提克尔国王，并立即将其处死。提克尔从此一蹶不振，直到700年时又出了个能征善战的国王阿赫·卡考，这才重振雄风，提克尔重新成为玛雅文明的中心。

提克尔王国的故事里完全没有平民的影子，这是为什么呢？"现存的玛雅文字里没有一个字是关于平民的，写的全都是贵族们的事迹。"导游解释说，"如今所能找到的玛雅壁画和石雕也全都是贵族们的形象，平民的生活状态只能从尸骨中去猜测。"

玛雅的贵族和平民阶层很容易区分，前者不但身材高大，而且头骨大都变形，牙齿也被刻意磨成了锯齿形，有的还镶有小块的玉石。身形高大是因为营养好，变形的头骨则是小时候父母用木板夹出来的。玛雅贵族都希望自己长得"有异象"，有人把头骨压扁，模仿美洲豹，还有人把头骨压长，模仿玉米穗。鼻子也是整形的对象，玛雅贵族喜欢在鼻梁骨里垫东西，这就是帕伦克出土的那幅"宇航员"石雕中的"额鼻人"的来源。

玛雅贵族们之所以如此爱好整形，是因为他们自称不是普通人，而是天神下凡，能替老百姓带话给神仙，求他们保佑。玛雅和所有早期农耕社会一样，对大自然的依赖度很高。玛雅文化崇拜很多自然神，无论是太阳月亮还是山川河流都被当作神仙顶礼膜拜，甚至连玉米都被玛雅人敬为神灵。

作为玛雅文明发展史上最重要的城市，提克尔保留了大量石雕，为后人展现了玛雅人宗教信仰的变迁。研究表明，玛雅人早期崇拜的多为自然神，但到了中后期，国王和王公贵族们越来越多地出现在石雕上，说明玛雅人的信仰已经渐渐从神转到了人，贵族们作为神的代言人，享尽了荣华富贵。

著名的美国历史学家诺曼·约菲（Norman Yoffee）在研究了埃及、印度和中国的历史后曾经总结过这样一个规律："精英阶层的形成和维持，是人类文明发展的核心，不平等是最根本的历史原则。"

但是，精英享受了特权，就要为此承担更多的责任。玛雅文明的崩溃，很大原因就在于玛雅贵族们承担不起了。

玛雅文明的崩溃

玛雅文明发展到9世纪初的时候达到了高峰，在总面积只有27万平方公里（大致相当于我国广西）的尤卡坦半岛上生活着500万玛雅人，也有人估计总数超过1000万人。但在此后不到百年的时间里，玛雅文明迅速崩溃，超过80%的人口死亡，绝大部分玛雅城市被遗弃，石碑上的文字全都停止在900年左右，无一例外。

关于玛雅文明的崩溃原因，存在很多种假说。对于游客来说，在玛雅古迹当中寻找崩溃前的蛛丝马迹确实是一件很有吸引力的事情。就拿提克尔古城来说，其中心广场北面和南面的卫城遗址就为爱好推理的游客们提供了一个绝佳的"案发现场"。

卫城是贵族们的居住地，北面的卫城据说是提克尔古城发迹的起点，有着两千五百年的历史。城内的建筑物都不高，但围墙很多，有些围墙明显是后来添加的，说明玛雅贵族的人口不断膨胀，只能靠加围墙来容纳新增人口。

提克尔的卫城内没有厕所，当时的贵族们都要去城外指定地点方便，然后把排泄物集中起来作为肥料。提克尔主城区只有不到4平方公里，大部分人口均住在城外，务农为生。尤卡坦半岛的土壤并不肥沃，玛雅农民必须采用刀耕火种的办法，依靠焚烧森林产生的草木灰作为肥料。正常情况下，一块地种几年庄稼后就得休耕，再重新烧另一片森林。但当人口增加到一定程度后，玛雅人就顾不上休耕了。于是，玛雅居住区内的所有森林被砍伐殆尽，其结果就是土壤肥力下降，并伴随着严重的水土流失，很多玛雅古城附近的土层都能找到当年森林被破坏的痕迹。因为美洲天然植物种类的限制，可供玛雅农民种植的农作物种类极少，基本上只有玉米、豆子和青南瓜这三样。其中玉米更是玛雅人的绝对主粮，考古学家对玛雅遗址的分析表明，玉米占玛雅人食物消耗总量的70%以上。玉米的营养价值很低，又不方便储存（因为气候潮湿），这使得玛雅人的存粮比起同时代的其他文明来要少得多，这一点从提克尔古城内的粮仓数量就可以推断出来。

卫城里还缺一样东西，那就是专门饲养牲口的地方。因为中北美洲的野生动物种类有限，玛雅人没有培育成功任何家畜，只有少量可供食用的狗和火鸡，两者所能提供的营养有限，更不用说提供畜力了。历史学家认为，农业和畜牧业的缺陷导致玛雅军队没办法远征，以致玛雅文明发展了两千多年都没有统一成为一个国家，而是一直被分割成将近100个小国，距离近的甚至站在本国的金字塔上就能看到对方金字塔的尖顶。如此密集的分布为战争提供了充分的理由，据石碑上的文字记载，玛雅部落之间战争非常频繁，虽然大多数都是象征性的，但仍然增加了内耗，消耗了大量珍贵的资源。

不过，玛雅人最缺的东西还不是小麦和马匹，而是水。我坐了九个小时的长途车从墨西哥的帕伦克到危地马拉的提克尔，一路上虽然见到了不少沼泽地，但只经过了一条河流和一个湖。尤卡坦半岛的降雨量虽然很大，但一来缺乏高山，没有冰雪来保证淡水的持续供应，二来整个半岛的土地主要由石灰岩组成，属于典型的喀斯特地貌，石灰岩渗水性强，雨水积不起来，很快就都渗到地下去了，所以，尤卡坦半岛虽然看起来郁郁葱葱，但实际上却是一片季节性沙漠，每年长达八个月的旱季严重缺水，无论对农业还是日常生活都是一种考验。

玛雅人解决这个问题的办法就是修水库。别看如今的中心广场上铺了一层绿油油的草坪，但在过去这里铺的是一层厚厚的水泥。水泥是用石灰岩磨碎后加水搅拌做成的，防渗性能很好，这样一来整个广场就成了一个巨大的雨水收集器，雨水顺着1米左右的高差流到广场下方的一个人工水库中储存起来。提克尔城周边能找到好几个这样的水库，现在当然已经长满了植被，但随便找个地方挖下去，不到半米就能挖到几十厘米厚的水泥层。根据考古学家们的计算，这些水库的库存量还不够大，如果连续干旱两年的话，玛雅人的生活用水就会出现问题，更别说农业用水了。

通常情况下，一旦出现天灾，国王就派上了用场。玛雅的王公贵族们一直宣称自己是天神下凡，农民们之所以自愿缴纳赋税，就是为了在天灾发生的时候祈求国王向天神祈祷，以此来结束天灾。考古结果证明，雨神是玛雅人信奉的几十个神灵当中出现次数最多的，可见玛雅人历史上曾经遭受过多次旱灾。科学家通过研究加勒比海海底的沉积层，发现这一地区在9世纪的时候经历过一次非常严重的干旱，其程度是过去几千年来最严重的。可以想象，这次严重的旱灾让国王们的神通突然不灵了，再多的人祭也无济于事，王公贵族们的威信遭到了前所未有的挑战。

对玛雅人遗骨的分析显示，在那段时间里，很多玛雅人都处于严重的营养不良状态，间接证明那次旱灾确实影响深远。如果一个国家的国土面积足够大，国王或许能通过强行调配资源来渡过难关，中国历史上已有无数案例证明了这一做法的有效性。但玛雅和中国很不一样，不但国土面积小，而且一直没有建立统一的国家。在这种群雄割据的局面下，一旦遇到大的灾荒，战争就是唯一的解决办法。许多玛雅古城的石碑上都记载了这次玛雅战争。与以前那些更具象征意义的战争不同，这次大家开始玩真的了，而且农民阶层也广泛地参加了进来。考古证据显示，距离提克尔城不远的地方有个名叫纳伦霍（Naranjo）的小国出了个绰号叫作"六天女士"（Lady Six Sky）的女国王，她不按常理出牌，采用了更具有"实用性"的战争手段抢掠敌国。此举引发了连锁反应，很快整个玛雅地区就战火连连。从不少玛雅古城挖掘出来的遗物来分析，这一时期很多老百姓都来不及收拾生活用品就仓皇出逃，说明此时的战争已经开始伤筋动骨了。

虽然还有很多其他的假说，比如疾病说和外来文明入侵说等，但主流考古学界大都认为，千年一遇的干旱和玛雅人对自然环境的破坏，以及由此引发的农民暴动是玛雅文明崩溃的主要原因。

不过，近来有越来越多的人认为，不能用"崩溃"来形容玛雅文明的这次衰落。玛雅人确实遭到了沉重打击，但他们并没有崩溃，而是化整为零，潜入森林，伺机东山再起。

图卢姆金字塔

玛雅文明的后古典时期

玛雅文明的古典时期终止于 900 年。在此后的将近百年时间里，玛雅人没有留下任何文字记录，这期间到底发生了什么？至今无人知晓。

自 1000 年开始，玛雅文明又经历了一次短暂的辉煌，史称"后古典时期"。这一时期玛雅文明的中心从尤卡坦半岛的南部转移到了北部，历史上把北部的玛雅文明叫作"新帝国"。为什么会发生这种转移？去北部走一趟就明白了。

我乘坐长途汽车从危地马拉出发，一路向北，穿过中北美洲地区唯一的英语国家伯利兹，进入了墨西哥境内。墨西哥不愧是中北美洲最富裕的国家，墨西哥政府沿着尤卡坦半岛的西海岸线修了一条双向四车道高速公路，质量很好。这条路连接着加勒比海地区最重要的几座旅游城市，终点就是大名鼎鼎的坎昆（Cancun）。去坎昆旅游，除了享受阳光和沙滩外，另一个必去之地就是相距只有一小时车程的图卢姆（Tulum）玛雅遗址。这是唯一一处建在海边的玛雅古城，城区三面建有围墙，一面朝向加勒比海，景色极美。

现代人喜欢把城市建在海边，但古代却极少有人这么做。那时候生产力不发达，生存是第一位的。海边大都缺水，耕地也不足，养活不了那么多人口。图卢姆之所以建在海边，在于这是新帝国最重要的港口所在地，而贸易是新帝国的经济支柱。

说到贸易，图卢姆显然不适合作为贸易中心。尤卡坦半岛三面环海，贸易中心最好建在距离海边相同距离的地方，奇琴伊察（Chichen Itza）就是这样一个所在。自从被选为"新世界七大奇迹"之后，奇琴伊察受到了全世界旅游爱好者的广泛关注。其实奇琴伊察远不是玛雅古城当中最重要的一个，但它却是保存得最完好的古城，也是玛雅文明后古典时期最具代表性的城市，非常值得一去。

从地图上看，奇琴伊察坐落在尤卡坦半岛北部平原的正中心。从飞机上看，这片平原植被茂盛，但走近一看就知道，这里的树远比南部山区要矮，地表土壤异常干燥，见不到一条河流。

纵观人类发展史，所有主要文明的发源地全都建在河边，因为淡水从来都是原始文明最重要的支柱，唯有玛雅文明例外，尤其是新帝国的首都奇琴伊察，几乎相当于建在沙漠之上，这是为什么呢？答案必须到地下去寻找。

从坎昆去奇琴伊察的路上必须经过一个小村庄，从外表看，这里和周围环境没有区别，但下了车我才发现，村子里有数个地洞，洞口很小但里面却很大，最大的一个地洞直径近百米，洞内有泉水，不算干净，但只要沉淀一下完全可以饮用。

原来，尤卡坦半岛属于喀斯特地貌，地下布满了暗河。南部因为地势高，暗河不容易挖到，所以老百姓只能靠雨水，但北部地势低，一旦某处的石灰石岩层发生塌陷，暗河就露出来了。当地老百姓把这种地洞叫作"天然井"（Cenote），几乎所有的村庄都建在天然井的旁边。由于暗河的水量受降水量的影响较小，所以即使在干旱的年份天然井里也会有水，这就是玛雅人要把新帝国迁到北部平原的根本原因。

古城奇琴伊察自然也不例外。就在距离城区不到半公里的地方有一个巨大的天然井，洞口直径达60米，井水由于光照的原因泛着绿色，看上去不太干净。据考证，这口井就是玛雅人当初定都奇琴伊察的主要原因。事实上，玛雅语中"奇琴伊察"这四个字的意思就是"神水井口"。

这口井曾经是奇琴伊察人举行人祭的地方，每当他们需要向水神"查克"（Chaac）祈求点什么的时候，都会把一个活人扔进井里淹死。曾经有位考古学家带着专门的潜水设备把井底淤泥挖了个底朝天，除了挖出大量玉器外，还挖出了42具遗骸，其中有21个成年人，7个10—12岁的小孩，以及14名刚出生不久的婴儿。不过，对于奇琴伊察人来说，地位最高的神不是查克，而是一条长翅膀的蛇，名叫"库库坎"（Kukulcan），也可翻译成羽蛇神。奇琴伊察人专门为羽蛇神建造了一座金字塔，这就是被无数人误认为玛雅建筑最高成就的奇琴伊察主金字塔。此塔为四面体，高24米，一共设有九级台阶，象征着玛雅神话中的九级地狱。每一面的正中间又都修建了一条长长的石阶，直达塔顶。这座金字塔是所有玛雅金字塔中保存得最完好的一座，但其建筑风格和提克尔等地有着很大的不同。根据历史学家的考证，当年玛雅文明崩溃后，来自墨西哥腹地的托尔特克（Toltec）人入侵了这片地区，和当地残存的玛雅人发生了文化上的融合，形成了一种独特的"杂交文化"。这座金字塔是"杂交文化"的最佳代表，具有鲜明的托尔特克风格。如果说古典时期的玛雅金字塔是瘦高个的话，那么奇琴伊察金字塔就是矮胖墩。

这座金字塔蕴藏了很多数学上的奇迹。导游让我们站在正对着金字塔的一方，然后用力拍手，从塔身传来了一阵阵"啾啾"的回声，很像鸟叫。"奇琴伊察人崇拜一种来自危地马拉的神鸟，认为它们来自天堂。"导游解释，"于是他们专门设计了这样一个台阶，营造出一种类似鸟叫的回声，仿佛在和天神对话。"

玛雅人的数学才能非常突出，在同时代的古文明当中鲜有对手。其中最为人称道的是玛雅人独特的历法。玛雅人一共有两套复杂的历法，只有贵族才能掌握。一套是指导生产用的年历，每年18个月，每个月20天，多出来的5天被认为很不吉利，通常不对外宣布，而是偷偷地过掉。另一套历法是用来指导宗教活动的，每年只有13个月，每个月也是20天，算下来每年只有260天。两套历法同时使用的结果就是每隔52年才会重合一次，于是玛雅人认为这个世界每52年轮回一次，这就是玛雅金字塔每隔52年就要加盖一层的原因。

对于超过52年的历史，玛雅人又发明了另一套算法，其基础就是玛雅人独特的20进制。玛雅人认为目前这个世界起源于公元前3114年9月6日，按照那套算法，每隔5125年左右就要来一次新的"大轮回"，于是这个世界将在2012年12月21日结束，这就是"2012世界末日"这个说法的来源。如果明白了玛雅历法是怎么回事，不难发现2012纯属巧合，没有任何实际含义。事实上，这件事恰好反映了玛雅人的数学体系其实是相当原始的，现代人通用的历法远比玛雅历要准确得多，也实用得多。

玛雅人研究历法的本意在于指导生产，这个功能被奇琴伊察的羽蛇神金字塔代替了。原来，这座金字塔的方位不"正"，而是和正北方向有17°的偏差，这样一来，每年春分那天的15点，夕阳造成的阴影会在东面的石阶上留下一串锯齿形的影像，一直联通到石阶底部的两条张着大嘴的羽蛇神石雕像，仿佛真的是一条蛇从天而降。按照玛雅人的习惯，只有在这一天开始播种才能保证庄稼长大后有足够的雨水，又在秋季飓风到来前适时收割，避免损失。

"我们这儿纬度低，一年四季温度都差不多，太阳高度也差不多，时间还真不好掌握，所以过去玛雅人都得依靠贵族中的天文学家来指导他们的生活。"墨西哥导游对我说，"可后来羽蛇神庙修好后，农民们知道了阴影的秘密，觉得自己再也不需要贵族们了，便发动

玛雅人的后代

了起义,把贵族赶走了。"

　　有意思的是,被农民们占领了的奇琴伊察却没有维持很久便衰落了,原因就在金字塔旁边的一群石柱上。这群石柱高2米左右,据考证这里当年是小商小贩卖东西的集市,而贸易正是奇琴伊察最重要的经济支柱。当贵族们被农民起义赶走后,来自四面八方的商人们也就不再来这里了,于是奇琴伊察的经济支柱就垮掉了。

　　这个案例再次说明,贵族阶层在人类发展史上有着不可替代的作用。

　　不过,奇琴伊察的地理位置实在太好,过了一段时间后又有异族入侵,这座城市重新焕发了青春。可惜好日子还是没过多久,到了15世纪中期,整个尤卡坦半岛北部平原地区的几个国家之间再次爆发了大规模武装冲突,玛雅文明遭到毁灭性打击,再一次发生了崩溃。这一次没能缓过来,因为不久之后西班牙人来到了南美洲,整个新大陆的原始文明全军覆没,无一幸免。

　　南美三大文明当中,阿兹特克和印加都是统一的国家,因此西班牙人只要抓住国王,整个国家就解体了。玛雅因为没有统一,各个村落各自为战,反而坚持了较长的时间。但西班牙人的火枪、刀剑，以及随身带来的天花等旧大陆病毒，对于玛雅人来说都是不可战胜的强大武器。玛雅人在顽强地抵抗了一个多世纪后终于失败了，95%以上的玛雅人死于枪弹或者病毒，辉煌的玛雅文明差一点就永远地消失在历史的长河中，如今也只能靠考古学家们从森林中挖出来的一点残存的线索，费劲地拼凑出当年的辉煌。

不过，玛雅人并没有灭绝，今天还有不少纯正的玛雅人生活在这片土地上，只不过他们全都被赶到了与世隔绝的地方，要想找到他们，就必须重新回到帕伦克，回到那片翠绿的群山之中。

玛雅人的后代在织布

玛雅文明的现状

帕伦克属于恰帕斯（Chiapas）省，这是墨西哥最穷的省份，曾经出过一个名为"萨帕塔民族解放运动"（EZLN）的左派民兵组织，号召穷人起来造反，从墨西哥独立出去。这场运动虽然已被政府镇压了下去，但至今仍然可以看到革命遗留下来的后遗症。在这里旅行经常会遇到村民设置的路障，每辆车都要被迫缴纳"买路钱"才能被放行。

小镇圣克里斯托伯（San Cristobal）位于一座海拔超过2000米的山谷中。这是恰帕斯省最有殖民地时期风格的城市，看上去和西班牙没什么两样，到处是外表鲜艳的西班牙式砖瓦房，以及装饰华丽的天主教堂。我去的时候正值圣诞前夕，赶上了一年一度的圣诞游行，一群孩子打扮成《圣经》中的人物，边走边向围观群众扔糖果。

但是，就在小镇周围的山上，却居住着一群玛雅人的后裔。我加入了一个旅行团，来到海拔超过2500米的恰穆拉村（Chamula Village），这个村是佐奇莱斯（Tzotziles）族的聚居地，这个民族是当年玛雅文明的一支，被西班牙殖民者赶到了山里。据导游介绍说，他们继承了玛雅人的反抗精神，坚决不接受西班牙人带来的现代文明，村民们全都穿着用自纺布做成的民族服装，外加一条羊皮裙或者羊皮坎肩。全村至今尚有一半的人不会说西班牙语，只能用玛雅语交流。孩子们也都不上学，因为玛雅人一直有全家一起做农活的传统，上学和种地在时间上有冲突。

这个村一直延续了玛雅人的农业传统，不修水渠，不犁地，全靠雨水灌溉。不过他们也从祖先那里继承了一套独特有效的种地方式，即在一块地上同时种三种庄稼。最先种的是玉米，等玉米秆长起来了再种豆子，玉米秆正好为豆苗提供了攀爬的支柱，最后再种青南瓜，让这种爬行植物的大叶子挡住阳光，保持土壤中宝贵的水分。

除了这三样农作物外，村民们只种极少量的辣椒和西红柿，除此之外就不种别的东西了。农业发展水平的相对落后带来的好处是显而易见的，村子周围的山被开发得很少，依然保留了大量森林，环境保护得很好。

当地人的饮食习惯也维持原样，几乎全素，只靠玉米、豆子和青南瓜这三种农作物过活。他们会用石灰石把玉米粒泡软，煮熟后碾压成玉米粉，在平底锅上压成薄薄的玉米饼，放在炉子上烤硬，然后包着煮熟的豆子吃。青南瓜种子磨成粉后连同辣椒可以作为调料。营养学分析表明，这样的搭配很科学，能够满足人类的基本营养需求。

村里有座教堂，从外表看像是天主教的，但里面却很不一样。屋内虽然很安静，但因为点了无数蜡烛，呛得人喘不过气来。地上铺满了松针，稍不留神就会滑倒。村民们把自带的各种贡品摆到地上，然后点燃一圈蜡烛，再掏出自酿的烈酒，用嘴含住喷到蜡烛上，发出"哧哧"的响声。

屋子周围同样摆放着各式各样的神像，从脸形看像是天主教中的人物，身上穿的也是西式服装，却佩戴着玛雅首饰。教堂的正殿没有牧师讲道，但有神龛供人祭拜。我看见一位妇女从身边的纸箱里掏出一只绑好的活鸡，一边在自己身上不停地擦来擦去，一边嘴里念念有词。祷告了一会儿后，只见这位妇女攥住鸡脖子，用力一拧，那只鸡挣扎起来，翅膀扇个不停，几分钟后渐渐不动了，于是妇女把鸡重新装进纸箱，起身离去。

"这里的人信仰的是一种玛雅宗教和天主教的融合体,这是有历史原因的。"导游说,"玛雅人至今依然认为是天神主导了人间的战争,当初玛雅祖先和西班牙人交战的时候,双方的神也在天上战斗。最后玛雅的羽蛇神敌不过西班牙的上帝,所以玛雅人也被西班牙人打败了,这就是玛雅人心甘情愿地改信天主教的原因,只不过在祭祀方式上依然保留了一些过去的传统。"

　　走出教堂,前面就是当地的集市,小贩们守着面前不多的几样农产品发呆,妇女们坐在背阴的地方乘凉,一群孩子手里拿着手工织成的手绢和项链等纪念品围着游客们推销,另一群孩子手拿冰棍叽叽喳喳地打闹。

　　玛雅人的生活看上去和其他地方没什么两样,隐藏在丛林中的神秘的玛雅金字塔离他们已经很远了。

亲历日本抗震救灾

> 这又是一次非常突然的旅行，周五下午发生的地震，我周六中午便到了东京成田机场，但是由于交通不便，我直到傍晚才进入东京市内，和两位素不相识的朋友会合，一起驾车奔赴灾区。那时高速公路已经关闭，只能走小路，车速很慢，周日上午才到达海啸灾区的边缘地带，而那里仍处于断水断电的状况。为了不给灾区添乱，也为了能按时把稿子发回去，我只采访了一天便连夜返回了东京，终于在截稿日前把稿子传回了编辑部。

2011年3月11日下午，我从网上得知日本东部海域发生大地震的消息，当晚便接到通知准备去现场采访。朋友介绍了一位在日本生活的中国人曾梅（化名），她答应帮忙。当天夜里传来不好的消息，东京成田机场已经关闭，新干线和东京市区几乎所有的轨道交通全部停驶，通往东北方向的高速公路也被关闭。

一夜无眠。第二天一早传来好消息，成田机场已开。上午9点半左右，我登上了飞往东京的CA925次航班。

多震国家

飞机满员。我身边是一位日本华侨，已经在日本生活了二十年。"日本学校的防震教育做得好，我所有关于地震的知识都是我女儿教给我的。"这位女士对我说，"比如，地震发生时一定先把房门打开，因为地震会导致门窗变形，打不开门就没办法逃生了。"

她还告诉我，日本所有出租的房子都必须备有自救包，里面有锤子、铲子等挖掘工具，以便被埋时能够自救。"不过后来我自己买了房子，就没准备自救包了。来日本这么多年，经常遇到地震，都习惯了。"

日本时间14点左右，飞机顺利地降落在成田机场。一出舱门就看到从天花板上震下来的灰渣，还留在走廊的地毯上没有清理，候机室里仍有不少游客滞留，地板上还铺着很多睡袋，从样式上看是机场统一发的。但是，整个候机室相当安静，秩序井然，人们的表情也很镇定，看不出任何惊慌的神色。

今天还敢飞往东京的外国人大概全都是记者，与我同机到达的还有一位土耳其某电视台驻北京记者，被临时安排到日本采访。"我不知道总部为什么派我来，现场视频网上多得是。"他自嘲地说，"第一个告诉我地震消息的是我妈妈，她从土耳其打电话来问我是否安全！"

到日本的第一件事肯定是租手机。我在租手机处遇到三个《华盛顿邮报》派来的记者，因为缺乏交通工具，正焦急地打电话四处求援。"我们的美国驾照没法用，而且机场所有的出租车全都租出去了。"一位记者对我说，"刚才好不容易找到一个出租车司机答应送我们去仙台，张口开价2000美元，还不敢保证送到。实在不行，我们只能租直升机了。"

说话间，我突然感到地板左右摇晃了起来。那个美国记者也停止了说话，我们几个人面面相觑，大家一脸惊慌。但我朝四周一看，发现周围的人全都像没事一样，好似这次余震根本就没有发生过。

一部分机场快轨已开，我顺利地搭上16点发车的JR线电车驶往东京和曾梅相会。车厢非常拥挤，一位在成田机场工作的国航工作人员向我描绘了地震时的情景："地震一开始我就躲到桌子底下去了，周围的日本人也这样，没人往外跑，大家都相信房子不会倒。这次地震是我经历过的最严重的一次，摇晃得非常厉害，我估计至少有6级。不过，我感觉没有网上说的那么严重，超市里也没有发生哄抢，生活很快就恢复正常了。"

一个多小时后，电车到达东京。我采访过汶川和海地的地震，以及印度尼西亚海啸，养成了"找不同"的习惯。这次日本大地震虽说震级很高，但我一点也看不出东京和平时有任何不同，房屋全部完好，街上秩序井然，昨晚电视上看到的那些步行回家的人大概都已经安全到家了吧。

曾梅和她的日本丈夫中岛（化名）租了一辆小车来接我。中岛今年40岁，是日本一家著名电器公司的工程师，不会说中文。"他是个典型的日本男人，固执但做事精细，什么事情都要先订好详细的计划再动手做,所以他对你坚持要去仙台感到非常不解。"曾梅说。

果然,中岛拿出一个iPhone,给我看上面显示的公路地图。"新干线和通往东北方向的高速公路仍然关闭,普通公路发生了严重的交通拥堵,预计从东京开到仙台需要两三天的时间,所以是行不通的。"他说。

我向他解释了记者工作的特殊性,希望他破例冒一次险,先开到海边,然后沿着海岸线向北开,能开到哪里算哪里。他沉默了许久,又拿出iPhone研究了半天,然后突然说:"那我们今晚不住东京了,立刻出发向北开,这样可以节省时间。"

上了车我才发现,他俩什么换洗衣服都没有带。"他就是这样,虽然有点一根筋,但一旦想通了就雷厉风行。"曾梅笑着说。

中岛打开收音机和卫星定位系统(GPS),迅速输入地址,我们一行三人在夜色中向北方驶去。没开多久就遇到了堵车,几乎完全开不动。中岛立刻在GPS上按了几下,然后迅速掉转车头驶入一条小道,果然快多了。可惜好景不长,不久又堵上了,这次中岛再也找不到其他可以替代的线路,只能跟在后面缓慢地向前挪。

"这个人是赶回东北老家探亲的。"中岛指着前方的车牌对我说,"我估计很多人都这么打算,所以才会这么堵。"他又指着对面开过来的一辆出租车说:"这辆车挂东京牌照,但车里没人,肯定是送记者去前方采访的。"

说话间车子经过一家卡拉OK厅,我看到里面挤满了人,中岛再次为我做出了解释:"很多日本人住在距东京五六十公里远的卫星城,平时坐电车去东京上班,电车一停,大家就都回不了家,只好住旅馆。这次地震比较严重,旅馆全满,大家只好住卡拉OK厅,而这些公共场所也都对此有所准备。"

"高速公路为什么关闭呢?看上去没坏啊?"我问。

"高速公路有很多地段都是高架路,虽说应该损坏不大,但为了保险起见,需要检修后才能通行,而且可能也是为救援车辆留一条快速通道。"中岛解释说。

"他们日本人从小就在地震中生活,对这种情况真的是很习惯了。我老公不是研究地震的,可相关知识特别丰富。"曾梅对我讲述了昨天地震的情况:"我来日本三年,经历过很多地震，以前每次地震后我总是习惯给老公发短信开个玩笑，昨天地震不一样，摇晃得很厉害，而且时间很长。还在晃的时候他电话就打过来了，告诉我赶紧躲到浴室里去，不要上街，因为有可能被电线杆或者广告牌砸到，家里最安全。然后他又立刻给我在国内的父母打电话报平安，电话刚打完就断了，直到夜里才又重新开通。"

"我预感到这次地震震级很高，通信线路有可能中断，就赶紧给她家人打电话报平安，否则就没机会了。"中岛平静地说。

"你凭什么知道这次地震震级很高呢？"我问。

"这次地震一开始的上下震动时间很短，也很轻微，此后就是幅度很大的左右摇晃，而且持续时间很长，说明震级很高，但震中距离东京很远。相比之下，1995年那次阪神大地震虽然震动的时间不长，但上下震动非常剧烈，说明震中就在脚底下，距离城市很近，所以那次地震造成了大量房屋倒塌，但这次就没有。"

接着，中岛给我普及了一下地震知识。地震波分为纵向（上下）和横向（水平）两种震动，前者传播速度快，对建筑物破坏程度大，但衰减得也快，后者则正相反。他正是根据两种震动的时间和强度的对比判断出这次大地震的基本情况，并根据以往的经验迅速做出了反应，事后证明他的判断基本正确。

正聊着，突然收音机里传来一声清脆的鸣叫，接着一名播音员插播了一条新闻，曾梅平静地对我说："这就是预警，马上将有一次余震。"此时我们的汽车正好被堵得停在一座桥上，几秒钟后，车身果然开始摇晃起来。"真准啊！"我赞道，同时却立刻感到这事有点奇怪，因为他俩并没有因这次预警而立刻跳出车子逃命。

"现在余震多，这种预警每天都有好几次。"中岛解释说，"一部分日本手机机型也有这种服务，不过我没买，觉得没用，因为这种预警的准确性只有20%左右。我更愿把宝押在建筑物的防震性能上。"

据他说，日本在1981年通过了建筑法，要求东京市的新建建筑必须能抗9.5级地震，所以一般地震他是不怕的。"不过，政府之所以制定这个法律也是出于自私的目的，因为建筑标准提升了，政府就可以增加税收，从开发商那里赚到更多的钱。"

大约过了一个小时后，我租来的手机突然发出一阵刺耳的尖叫，我拿出一看，上面写着一个英文单词：earthquake（地震）。可是，这次我们却没有感到摇晃。"也许这次的震中距离我们有点远。"中岛说。

我突然想到，我的手机对一小时前发生的那次有感地震并没有做出反应，看来这个预警系统并不是很可靠。

"地震预警是利用地震波和电磁波传播速度的差异做出来的，因此距离震中越远，预警的提前量越长。"中岛说，"可是，距离震中越远，破坏性也就越小，预警也就越没用，这也是我不觉得这个系统有多么重要的原因之一。"

"看来你对日本政府的很多做法不满啊。"我说。

"是的，我觉得政府做得很不够，遇到地震日本人只能自救。"

他还解释了他不买地震保险的原因："因为大城市的新建建筑大都很可靠，所以一般小震真震不坏，如果真遇到那种百年不遇的大地震，所有保险公司就都会破产，所以东京人很少买地震保险。"

俗话说，债多了不愁，看来日本人是震多了不愁啊。不过，通过和中岛先生的对话，我发觉我以前听到的很多关于日本抗震的消息都不够准确，很多措施的背后都另有隐情。

此时已近午夜，我们决定在路边找个旅馆休息。中岛拿出手机搜索附近的旅馆，一连打了将近十个电话，回答都是客满。好不容易在土浦市内发现了一个旅馆有空房间，我们便离开公路，开进了土浦市区。这里距离东京有70多公里，距离海边尚有50多公里，市区内仍然有电，但几乎见不到一个行人。我们找到一家7—11便利商店，打算买齐明天需要的水和食品。超市里面大部分货品都全，饼干、方便面之类的食品也有不少，只是面包和饭团这类即食食品不见了。"地震后肯定有人抢购食品，但缺货更主要的原因是交通中断，新鲜食品供应不上。"曾梅解释说。

日本的旅馆按人头付费，每人3000日元。"我们的原价是7000日元，但今晚我们限制供应水电，不能洗澡，也没有空调。而且因为人手不够，房间没有打扫，所以只收半价，对不起。"服务员抱歉地说。

"没咖啡了。"一位顾客走过来提醒服务员，他立刻鞠躬致歉，然后一溜小跑地过去给前厅里提供的免费咖啡加水。

289 土摩托看世界

大洗村码头上叠在一起的渔船

小名浜海港

我的房间很小，但所有设备一应俱全。虽然有点冷，但床上铺着厚厚的毯子，毯子并没有按照标准的方式叠好，但非常干净。打开电视，正在播放直升机拍摄的海啸场面，只见渔船和小汽车像玩具一样被海水席卷着冲向桥梁和房屋，人们在房顶上大声求救。很快，画面切换到了民众自发拍摄的海啸录像，那场景比任何一个专业记者拍出来的都要震撼得多。

此时已是夜里2点，我很快就在直升机的轰鸣声中进入了梦乡。

防不胜防的海啸

我只睡了四个小时就起床了。吃罢早饭我们立即出发，并打算在出城前加满油，可好几家加油站都关门了。"紧急时期往往只有少数加油站开门，集中供油，互联网上会有详细的信息。"中岛说。

还没等他用 iPhone 上网查询，就见到了一家开门的加油站。油价几乎没变，普通汽油仍然是 154 日元/升。排队加油的汽车排出去几十米，大家情绪镇定，没有一人抱怨，更别说加塞了。

加满油，我们选择了一条最近的线路直奔海边。一路上仍然看不到多少地震的痕迹，所有建筑都完好无损，只有几面矮墙被震倒了，还有一些老式房屋的瓦片掉了下来。大约开了两个小时后，终于看见了大海。车子向左一拐，开上了沿海公路，就在这一瞬间，我看到路边的树墙上挂着一辆小汽车，一根红绿灯架倒了下来，横压在路面上。灾难，几乎是在一瞬间跳进了我的视界。

这是一片浅滩，沿着海边种了好几排松树，但显然没有挡住滔滔洪水。居民区距离海边尚有1公里远，但仍然是一片狼藉。我看到一户人家正在清理院子里的沙土，便过去询问是否可以问几个问题。老伯伯放下手里的铁锹，简单地向我描述了这里发生的事情。原来，这个村子名叫大洗村，地震发生后村民们立刻接到了海啸预警，便跑到附近一座小山上避难。此后发生了两次海啸，第二次海啸的海水高度超过了4米，把一层的房间全淹了。但因为跑得快，全村没有一人遇难。

老伯伯语速平缓，表情镇定，似乎只是在描述一次小事故，一点没有看出惊慌的神情。在征得全家人允许后，我为他们拍了一张照片。为了不影响他们工作，我们拍完照并致谢后便迅速告退，继续向北方前进。

又走了一段，眼前出现了一个海港，几个巨大的集装箱被海水冲到了距离海岸线足有1公里的路边，可以想象海水倒灌时那惊心动魄的场景。不过，在这个全民皆拍的时代，海啸发生时的全过程早已被电视和网络视频传到了每一位观众的客厅里，文字的力量在此时显得格外无力。

我下了车，徒步走到港口，两艘十几吨重的渔船叠加着搁浅在岸上，一位外国记者正在拍照，一个渔民模样的人骑着自行车绕着渔船转了几圈。"我猜这艘船的主人很可能得自杀。"中岛悄悄对我说，"渔船都是渔民租来的，他们赔不起。"

不远处，一群渔民正在修补被损坏的渔网。我们开车过去，打算找几个人问问情况。车子刚刚驶近，一位渔民拦住去路："一边去！"他用了一个有点无礼的词，仅次于"滚开"。

我们知趣地立刻掉头走开，继续向北行驶。这一带沿海的房屋很多，凡是海拔低的房子全都受到了不同程度的损坏，家具和各种杂物散落在地上，不少人家的主人正在打扫屋子，没看到任何志愿者，更别说军人了。事实上，因为这里的受灾情况和北边的宫城县相比算是轻的，因此我们一路上几乎没有见到任何救援车辆，只有几个专业人员在测量道路和桥梁的损坏状况。这一点和汶川地震后那种全民动员抗震救灾的情景很不一样。

又开了两个多小时后我们进入了福岛县，该县最大的港口小民浜海港也是一片狼藉。这是日本东部的一座重要港口，可以看到堆成小山一样的煤，以及巨大的储油罐。港口边上就是一家大型化工厂，可以闻到轻微的化学品味道。从受灾情况看，这座海港短时间内是无法恢复的，不难想象，这次地震对日本经济的打击肯定将延续很长一段时间。

灾区的电力供应全部停止了，大部分商店都已关门，红绿灯也停止了工作，全靠司机们互相礼让。大家都很守规矩，每一位被让的司机都会礼貌地冲对面的司机挥挥手，再点下头表示谢意。

亲历日本抗震
救灾

便利店

　　路上看到一家便利店还在营业，几十名顾客在门口排了一条长队。过去一看，原来售货员在用计算器计价，怕算不过来，所以每次只放五个人进去。

　　我们又往北开了三个多小时，沿途的景象大同小异，凡是靠近海边，海拔又低于5米的房屋全都遭了殃，无一例外。不少海岸线上建有各种形状的防波堤，但对于这样百年一遇的海啸全都不起作用，受灾情况没有任何区别。14点左右我们开到了位于茨城北边的一个海滨度假村，一幢幢独门独院的两层小楼隐藏在树林里，可以想象受灾前一定是人人羡慕的海滨别墅。可在海啸面前，贫富差别被重新定义，原来价格高昂的房产一片狼藉，原本因为远离海边而价格低廉的房产却由于同样的原因而幸免于难，主人肯定大呼万幸。

　　考虑到截稿日期临近，我决定往回走，这次就不去仙台了。

人定胜天

　　到目前为止，我没有看到一幢完全损坏的房屋。沿途没有一幢房屋直接因为地震而倒塌，海啸虽然淹没了所有沿海的房子，但大概是因为这一地区的海啸不够强的缘故，所有受灾房屋都是只坏不倒，估计修一修还能使用。中岛告诉我，日本乡村居民之间的联系很

高萩市居民在排队领水

高萩市居民领水点有人举着"最后尾"的牌子指引新到的灾民

紧密，哪幢房子是谁盖的大家都知道，因此没人敢马虎，一旦偷工减料被人发现，一辈子的名声就毁了。

但是，就在距离度假村不远的一个小山谷里，我看到了第一幢彻底倒塌的房子。这是一处夹在两个山包之间的小村子，名叫富神崎，只有十几户人家。在台风频繁的日本东海岸，这里原本可以被看作一个天然的避风港。为了防止滑坡，两边的山坡都用水泥糊住了，看上去好似铜墙铁壁。沿海的一侧也修了一排防波堤，足有3米高。但是，这一切都没有阻挡住这次百年一遇的大海啸，相反，两座小山包反而让海水聚集了能量，把坐落在山谷里的富神崎村变成了海水展示力量的舞台，其结果就是整个小村子几乎被夷为平地，面朝大海的几幢房子全部倒塌，状况惨烈。

看着眼前的情景，我不禁联想到关于日本防震能力的种种神话。确实，日本可称为全世界抗震能力最强的国家，同样级别的地震，在日本造成的损坏肯定要比中国小很多。但是，即使像日本这样的发达国家，也没能防得了这次大地震造成的海啸。由此可见，起码从目前的情况看，所谓人定胜天是很难做到的，人类社会远没有达到能抵抗一切自然灾害的时代，无论怎样预防，大自然都会想出办法给你一个意外。

或者从另一个角度看，地震还算是容易防的，只要愿意花钱把房子盖结实就行了。海啸怎么防呢？总不能沿着海岸线建一排10米高的围墙吧？那样的话估计就没人愿意住在海边了，谁愿意一开门就看到一堵墙呢？而且，如果再来一次高于10米的海啸呢？谁也不敢打包票说这不会发生。

换句话说，任何预防灾害的办法都是有成本的，人类社会也远没有达到不计成本防止一切灾害的时代。

"日本在防灾方面也是分等级的，首先要防的是地震，其次是雷击和火灾，海啸得排在第四位了。"中岛对我说，"日本发生过那么多次地震，但没有一次引发这么大的海啸，像这样严重的海啸在日本近代史上还从未发生过，我们没有经验。"

那么，人类在大自然面前就只能束手就擒吗？显然不能。那么，我们应该如何减少层出不穷的自然灾害对人类造成的损害呢？我在高萩市找到了答案。我们开车经过高萩市市政府的时候，正好看到一群人在排队。下车一看，原来是在排队领水。这里完全断电断水，日本自卫队和红十字会专门从外省运来饮用水，每天24小时供应。排队领水的高萩市居民有一百多人，在市府门前的小广场自觉地排了三圈。为了方便刚到的市民找到自己的位置，专门有人站在队尾，高举一块牌子，上写"最后尾"。

这个广场的一侧有幢两层小楼，据说是市政府的办公大楼。整个楼虽然没倒，但墙体发生了严重的损坏，是我一路上所看到的破坏最为严重的建筑物。

现场有一个高萩市抗震救灾总指挥部，我找到了这个指挥部的总负责人，请求采访。这位戴着眼镜，身穿工作服，文质彬彬的中年人礼貌地对我说："我现在很忙，不便采访。"然后冲我抱歉地点一点头，继续回去工作了。

我还注意到，排队的市民表情平静，没有任何人在大声喧哗，现场安静得出奇。所有这一切，都和汶川地震形成了极为鲜明的对比。

在另一位工作人员的指引下，我们开车来到高萩市立中学，该校体育馆是高萩市最大的地震避难所。校长把我们领到体育馆里就告辞回去工作了。我看到馆里有几十人在避难，孩子们在聊天，老人们在唠家常，人人表情平静，看不出一丝异样。

"地震发生后我们立刻就开门了，最多时这里住了将近千人。现在大部分人都回家收拾屋子了，晚上再来这里睡觉，因为我们免费提供饮水和食品。"在现场负责管理的一位老师对我说，"这座体育馆是三十多年前建的，是全市最结实的建筑物。学校里一直备有应急物资，比如毯子和睡袋等，今天正好派上用场。"

我还注意到，避难所的厕所前有一块小黑板，上面写着"大便方法"。原来，因为停水，学校把游泳池的水运到这里，在小黑板上写下使用方法，教市民们如何自己舀水冲洗厕所。

恰在此时，两位政府工作人员来检查房屋质量。如果验收合格，学校马上就可以复课了。

第一次亲眼目睹日本人民面对灾难时的态度，我被彻底镇住了。你可以嘲笑说这是一个死板的民族，但在面对灾难时最需要的品质就是遵守纪律；你也可以讥讽说这是一个缺乏想象力的民族，但在面对灾难时最重要的就是务实精神；你更可以笑话他们无处不在的危机意识，但正因为他们经历过太多的自然灾难，才养成了居安思危的习惯。

大洗村居民在打扫屋子

  最重要的是，日本民族的宿命感让他们面对灾难时能够保持一种平和的心态，正是这种心态，让他们敢于正视人世间的无常，敢于承认大自然的威力，并以不变应万变，依靠良好的社会制度和行政体系，面对一切可能出现的自然灾害。

  从这个意义上说，人定胜天。

海地的天灾与人祸

> 2011年,我来到海地。这是我去过的第二个"失败国家",这样的国家正常情况下都已经很糟糕了,更别说遇到地震那样的天灾。我所看到的情景更加让我坚信,对于这样的国家来说,如果没有外来的帮助,基本上只有死路一条。

加勒比海的非洲

去海地最方便的路线是从迈阿密转机,美国航空公司每天有三班飞机从佛罗里达直飞海地首都太子港。我乘坐的那架波音757客机上200个座位全满,却只有不到十个黑人乘客,其余大都是去海地做义工的美国白人,不少人甚至穿着外科医生的手术服就上了飞机。

飞机在空中飞行了一个多小时就抵达了海地上空。从舷窗看下去,岛上沟壑纵横,几乎看不到一块平地。最令人惊讶的是,所有山丘全都光秃秃的,看不到一棵树。再飞一会儿,眼前出现了一个巨大的马蹄形港湾,这就是加勒比地区最著名的良港——太子港。此时飞机已降得很低,港湾内居然只有一艘货轮在行驶,看来海地的航运业十分萧条。

突然飞机重新拉升,并在空中绕起圈儿来,机长通过麦克风向大家通报,有一架飞机临时插队,占用了跑道。大约10分钟后,飞机再次下降,终于平稳地降落在太子港国际机场。我发现那架"加塞"的飞机机身上贴了一面醒目的巴西国旗,一队荷枪实弹的士兵正拎着行李从飞机上列队而下。原来这是运送联合国维和部队的专机,这支部队的正式名称叫作"联合国海地稳定特派团"(MINUSTAH),成立于2004年海地爆发骚乱之后,其主力来自巴西,总数将近一万人。骚乱被平息后这支部队一直没有撤走,留在海地维和,于是海地人自嘲地称自己是全世界唯一一个没有爆发内战却驻有联合国维和部队的国家。

值得一提的是，特派团位于太子港市中心的总部大楼在地震中倒塌，该部队的第一、二、三号人物全部死亡，他们的遗体正是由中国派去的救援队挖出来的。

下了飞机，我发现这个机场只有一层楼，看上去很破旧，仍有不少裂纹没有修复。地震发生后该机场完全瘫痪，最终是美军出手接管了它，用自带的发电机让机场恢复了运行，来自世界各地的救援人员这才得以空降海地。

海关人员一句话没问便放行了。这个机场异常简陋，出口处连一家换钱的银行都没有。同机到达的乘客全都有人接，只有我一个单身。一位身穿机场工作人员制服的男人自告奋勇要帮我叫出租车，谁知走出机场才发现，海地根本就没有正规出租车，全是拉私活的个体户。这位制服先生想利用职务之便赚点外快。我担心他"宰"我，跑去问一位个体户，开价50美元。"还是上我的车吧，20美元，你找不到更便宜的了。"制服先生说。

刚一出机场，眼前立刻出现了一大片帐篷区，足有五个足球场那么大。密密麻麻的帐篷紧挨着公路，一群身穿某慈善机构T恤衫的志愿者正在挖沟，把帐篷区和马路隔开。后来我才知道，整个太子港完全没有排污设施，生活污水全都直接排到路边的水沟里，志愿者们挖的这条沟显然就是做这个用的。

"你是记者还是搞建筑的？"制服先生问我，似乎他觉得来海地的外国人只有这两种。"记者。"我回答，又顺着他的话问下去："为什么地震过去一年多了还有那么多人住帐篷呢？"

"连瓦砾都还没开始清理呢，他们没地方住啊。"他回答。

车子开了不到1公里就进入了市区，马路很宽，看上去还算平整，红绿灯也运作正常，看来太子港的基本生活秩序已经恢复。马路两边到处都是人，而且清一色都是黑人。他们中的一小部分在摆摊，更多人坐在马路牙子上发呆，这个情景太像非洲了。无国界医生组织（MSF，以下简称"无国界"）的一位工作人员不久前刚从位于西部非洲的马里飞到太子港，她后来告诉我，她刚下飞机的一瞬间，觉得自己又回到了家乡。

马路两边的建筑大都完好，看不出多少地震的痕迹。《纽约时报》说，海地地震一周年后居然仅有5%的瓦砾被清理了出去，但在这条路上却看不出这一点。路边店铺很多，但绝大多数都是汽车修理站和加油站，杂货店很少，饭馆则一家也没看到。我还注意到制服先生的车里几乎没油了，后来我发现，海地的大部分私车都是这样，看来偷油的现象在这里很普遍。公车则没有这个问题，因为晚上都会停在有保安的车库里。太子港的车明显分为两类：一类是崭新的高档吉普车，车身上大都涂着联合国（UN）或者各种国际人道组织的标识，这类车大约占到1/4；其余的都是破旧的私车，很像是别国淘汰下来的二手货。

又开了1公里左右，车子拐进一条小路，眼前立刻出现了一大片倒塌的房屋，碎砖烂瓦胡乱堆放在路边，把本来就不宽的马路挡住了一半，往来车辆只能依次通过。"我们刚才走的那条路是太子港的主干道，所以还不错，一进到居民区你就会发现很多倒塌的房子。"制服先生解释说。

车子一点儿一点儿往前蹭，但制服先生一点儿也不着急。我注意到太子港的司机开车很有礼貌，不管道路多么拥挤都极少鸣笛，大概是多年的经验告诉他们，着急是没用的。车速慢，正好给了我一个观察太子港的机会。这是一个居民区，房子大都是二三层的混凝土砖房，至少有一半发生了明显的损坏，完全倒塌的房子并不多，只有几幢，但没有一幢完全清理完毕。马路上全是垃圾，大都是压扁了的饮料瓶和用过的饭盒，路边的水沟里流着污水，散发出阵阵臭气。不时有身穿校服的小学生们背着书包匆匆走过，女生们一律头戴五颜六色的发夹，脚上的白袜子和脚下的垃圾形成了鲜明的对比。

"这些都是私立学校的学生，只有私立学校才要求学生穿校服。"制服先生说，"海地人很愿意为孩子的教育花钱，稍微有点钱的父母都会把孩子送到私立学校。"

一段四百多米长的小街，足足花了十多分钟才开过去。又拐了两道弯，旅馆到了。太子港只有两种旅馆，专供来访的高官富商们居住的高档宾馆和专供其他外国人住的中档旅馆。我订的这家旅馆距离机场不到3公里，每晚要价100美元。旅馆主体是一幢两层小楼，坐落在一片居民区内，四周有高墙隔开，墙上有铁丝网，门口有武装保安，闲人免进。旅馆内居然有个游泳池，但房间并不大，好在看上去相当干净。

"请不要随便出门，如果出门，一定要雇个保安陪同。"前台服务员嘱咐我。

从此我便像其他外国人一样，被关在了一个隐形的监狱里。不过，后来发生的事情证明，海地就像很多非洲小国那样，其经济命脉和行政管理权实际上都掌握在外国人手里，甚至海地的历史走向很大一部分也是被外国人所操纵的。了解了这些外国人的所作所为，就等于了解了海地的一半。

海地的现状

第二天,我来到国际红十字会总部,与媒体负责人珍妮可·迈耶斯(Gennike Mayers)碰头。她是特立尼达和多巴哥人,会说英、法两种语言,在海地工作了半年,对这里的情况了如指掌。

"红十字会1932年就在海地设立了办事处,所以地震后得以立即投入救援。"迈耶斯向我介绍说,"按照红十字会的惯例,这类紧急救援项目以三个月为上限,现在已经过去一年多了,我们仍然有大量工作人员留在这里,为当地人提供公共服务。现在的红十字会几乎是在行使政府职能了,不过我觉得大家也不能过分指责海地政府无能,如此大的灾难面前谁也没错。"

据迈耶斯介绍,地震把海地的28个政府大楼震塌了26个,10%的政府工作人员死亡。工作人员的缺乏直接导致海地的海关完全瘫痪,救援人员在地震发生后很长一段时间无法进入这个国家,这就是一场伤亡如此惨重的地震之后,只有132个人被救援队活着救出来的原因。

"这场地震的死亡人数到现在都还没统计出来,海地政府说是31.6万人死亡,国际人道组织的估计是22万人左右,我认为真正的死亡数字永远也不会知道。"迈耶斯说,"我只知道现在仍有大约150万人无家可归,只能住在临时搭建的棚户区里。"

迈耶斯带我来到这样一个棚户区参观。这地方原来是让·文森特公园(Parc Jean Vincent)所在地,地震后立刻被难民们占领了。他们用铁板和塑料布搭起一个个小屋子,虽然四处漏风,但总算有了栖身之所。我们随便走进一户人家,正赶上男主人在做饭,炭火炉直接放在地上,炉子上煮了一锅方便面,里面什么添头儿也没有加。"我们经常好几天吃不上饭,不过上帝会帮助我们的。"他坚持要我们去参观教堂,那其实就是一个用铁皮和塑料布围成的棚屋,里面有三排凳子,前方摆着一张桌子当讲坛,上面放着一本摊开

海地街景

的《圣经》。我注意到讲坛旁边的地上放着一张床垫，上面躺着一个女人。"这是我妻子，她被上帝诅咒了，正在受惩罚。"迈耶斯走过去一问才知，她已经病了好几天了，双腿似乎都没了知觉。

"这样不行的，还是打电话叫救护车吧。"迈耶斯把急救号码写在一张纸上递给那男人的亲属，可她拨了好几次都没人应答，迈耶斯只好拿出自己的手机打给红十字会的同事，让她利用职权叫辆救护车来。"太子港的急救服务是红十字会和海地卫生部合办的，但显然有待改进。"迈耶斯叹了口气。

我们爬上一个高台俯瞰整个棚户区，满眼都是密密麻麻的屋顶，一家挨着一家，几乎看不到任何公共空间。"这里的人口密度十分惊人，每个屋檐下都有可能住着十几个人。官方估计一共有5万人住在这里，但真正的数字谁也不知道。"迈耶斯说，"以我的经验，难民们最需要的不是粮食和药品，而是工作。他们急需打工挣钱，以便搬离这里，恢复正常的生活。但工作实在太难找了，每一个找到工作的人都要负责养活一大堆亲朋好友。"

红十字会暂时没心思解决难民们的工作问题，因为有一件更紧急的事情亟待处理，这就是霍乱。从2010年底开始，海地爆发了霍乱，至今已造成3300多人死亡，在民众中引

海地的天灾
与人祸

起了极大的恐慌,甚至发生了暴民袭击维和部队的事件,因为有谣言说,霍乱病菌是来自尼泊尔的维和士兵带进来的。"海地已经有一百多年没有流行过霍乱了,老百姓完全没有抵抗力。"迈耶斯说。红十字会在这个棚户区设立了一个医疗站,单独为霍乱病人建立了隔离病房,2010年11月最高峰时一共治疗了691名病人。目前海地进入了旱季,而霍乱病菌是靠污水传播的,所以疫情得到了控制。"但我估计今年雨季来临后还会再出现一次高峰。"迈耶斯说。

我们来到隔离病房参观,发现病房里只有13名病人在输液,人数比高峰时略有下降。其实霍乱根本算不上是多么严重的病,病人只要及时补充水分就没有生命危险,但在缺医少药的海地,霍乱便成了杀手。

诊所旁边停着一辆标有联合国标记的吉普车,几个荷枪实弹的军人坐在一个凉棚下休息。一问才知他们大都来自非洲,唯一的亚洲士兵来自中国。"我来这里已经三个月了,平时没什么事,很无聊。"这位姓杨的士兵对我说。他一直戴着耳机在听音乐,不怎么和其他人聊天。另一名军官则警告我这里很危险:"难民营里有很多黑帮,他们都有枪,我们前几个月刚刚抓住一个持枪抢劫的犯人。"话音未落,就听身后传来一阵喧哗,扭头一看,一群人吵吵嚷嚷地冲了过来,把士兵们团团围住,双方发生了激烈的争吵。迈耶斯赶紧把我拉进吉普车,司机发动引擎,逃离了这个是非之地。

"那帮人好像是来要人的,似乎昨晚维和部队抓了一个打老婆的醉汉,醉汉的家人不干了。"迈耶斯解释说。"原来是家庭暴力啊,我还以为是黑帮闹事呢。"我长出了一口气,心想这种事警察就可以应付了,维和部队真是榴弹炮打苍蝇啊。不过后来发生的事情证明我错了。

迈耶斯带着我去参观红十字会负责搭建的一处临时居民点。这里原本是一片沼泽地,如今已经被填平,上面盖好了一排排临时木板房,不少房子里已经住上了人。每排房子共用一个储水箱,每两间房子共用一个厕所,条件比棚户区强太多了。"这片房子早就盖好了,可因为附近棚户区的人都来抢,发生了很多暴力事件,结果推迟了将近半年才终于住上了人。"

红十字会的原则是先帮助那些最困难的人家,但他们没有能力核实申请人的资质,只能依靠社区"强人"的推荐。"海地的社区结构很像原始部落,每个社区都有一个大家公认的最有威望的'强人',就像非洲的酋长。"迈耶斯说,"这些强人不是选举产生的,但既然政府的角色缺失,我们只能依靠他们。"

此时刚好有位新住户分到了一间新房,在大家的围观下,红十字会的工作人员将一张"房产证"交到了女主人手里。这份证明规定每户人家只拥有两年的主权,但不允许出租牟利。她还从红十字会领取了150美元安置费,用于购买一些基本的生活用品。我们又参观了一户人家,男主人是司机,出门工作去了,家里只剩下女主人,她本来是摆服装摊的,现在改行卖零食,在家门前摆了个小摊,卖点饼干和糖果。仔细看,所有的东西全都不是海地本国生产的。再一问,她一共生了八个孩子,全都未成年,生活压力很大。

"海地每对夫妇平均要生五个孩子,是整个西半球人口出生率最高、人口密度最大的国家。"迈耶斯说,"人口压力大,工作机会少,地震又雪上加霜,这个国家的麻烦太多了。红十字会不可能解决所有的问题,我们所能做的就是帮助他们尽快恢复正常的生活秩序,因为海地的问题还得靠海地人自己来解决。"

这个道理恐怕谁都懂,但做起来就难了。根据英国《每日邮报》报道,海地地震发生一年后还有2000万立方米的瓦砾没有被清理,如果用200辆重型卡车装运这些瓦砾,需要不停地工作十一年才能清理完毕。而在地震之前,整个海地连一辆这样的重型卡车都没有。

"其实海地地震后国际社会捐了很多钱,灾后重建根本不缺钱,也不缺人力,这里面还有别的原因。"迈耶斯提出了自己的看法,"我所见到的情况是,很多小区里损失惨重,但因为临街的房子没坏,主人不让大型车辆开进去,里面的瓦砾就只能一点一点地用篮子往外运。"

"为什么不用推土机推平了再重新给每户人家盖新房呢?这样效率多高啊?"我问。

"这涉及房屋产权问题。海地的物权法几乎不存在,地产权的界定方式非常原始,没有房产证,全凭邻居口头证明。如果一股脑全拆了,谁能证明那块地原来是你的呢?"

这个国家模糊的地产权也是国际人道组织最头痛的问题。红十字会原本看中了一块无人的湿地,打算填平了盖一批临时木板房,结果一下子跳出来好几个人声称那块地是他们的,红十字会不得不把大量精力都花在和这些人的讨价还价上。

"地震后无家可归的灾民见到空地就占，在上面搭帐篷，空地的主人便扬言要烧掉帐篷，由此而引发的暴力事件层出不穷。"迈耶斯说，"像太子港这种地方，如果没有一个强有力的政府管理，其结果就是灾难。"

太阳城（Cité Soleil）就是一个很好的例子。这是西半球最大的贫民窟，被公认为西半球最危险的地方，就连红十字会这样的国际组织都不敢在那里设点。我找到了无国界驻海地办事处，他们在太阳城里开了家医院，欢迎我去采访，可我的司机死活不肯载我去，最后还是无国界的媒体官员用车载我进入了这个传说中的"魔鬼之城"。

魔鬼太阳城

首先让我惊讶的是太阳城的位置，它距离我住的地方并不远，开车的话用不了10分钟。其次，这里看上去比那些棚户区要整齐多了，水泥路面相当平整，路两边是清一色的水泥平房，因为低矮不怕地震，所以基本完好无损。不过，房顶大都是用铁皮搭成的，受到的损坏较为严重。城内的人口密度极高，总人数谁也说不清，但估计有20万—40万人生活在这里。

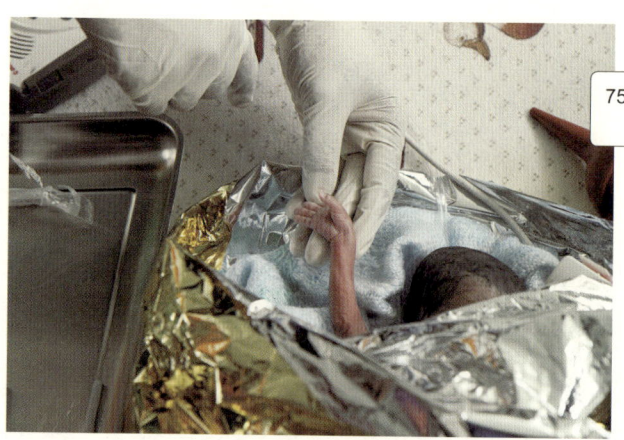

750 克早产儿

俯瞰太阳城

太子港瓦砾

"无国界"的医院位于太阳城的中心位置,周围有铁丝网围着。停车场设在医院后面,那里还有一个儿童游乐园,孩子们在玩秋千和滑梯,一片祥和气氛,一点也不像坊间传说的那样恐怖。其实太阳城原本只是附近一家糖厂的工人宿舍,后来逐渐发展成一个庞大的居民区。后来海地政府瘫痪,太阳城逐渐被黑帮所控制。曾经有报道说,当年就连海地的警察都不敢进城,直到2006年才在联合国维和部队的武装护卫下第一次在城里巡逻一小时,这在当年居然被认为海地警方取得的一次重大成果。

如今这里每天都有维和部队的装甲车在巡逻,治安状况比几年前好了不少。我从后门走进"无国界"开设的医院,见到了来自比利时的临时负责人布鲁诺·波佩(Bruno Poppe)。据他介绍,这家医院建于1981年,是由一家外国慈善机构捐款修建的,后来移交给了海地政府的卫生部负责管理。太阳城治安恶化后,这个医院也遭了殃,医生们都不敢来这里上班。2005年时,"无国界"本着人道主义精神决定接手这家医院,却遇到了黑帮的阻碍。

"我们和当地三家最大的黑帮进行了谈判,取得了他们的谅解,这才终于进到了太阳城。"波佩对我说,"我们向他们保证说,一定坚持中立立场,无论谁生病都可以来治,而且也绝不把病人交给警方。"

这家医院现在一共有十名来自外国的雇员,以及140名本地雇员。其中有三位本地雇员的身份很特殊,他们居然是相声演员!原来,海地人有个传统,两人互相比着拿新闻和时事调侃逗乐,类似于中国的相声。"无国界"专门雇用了三名相声演员为住院病人表演,逗大家开心。

转了一圈,我发现这家医院的配置非常正规,内科、外科、药房、化验室一应俱全,其中最忙碌的要算是妇产科,专供产妇休息的病房有12张床位,全都被产妇占了。

"本来这间产房是为了让普通产妇生完孩子后休息两天再出院,如今住的全都是难产或者剖宫产的妇女,一般顺产的产妇生完孩子都直接回家了。"波佩从电脑上调出该医院的生产记录对我说,"海地妇女不喜欢去医院生孩子,但从这份生产记录仍然可以推测出太阳城居民的基本生活状况。比如说,一般情况下这家医院平均每周出生60个新生儿,圣诞节和狂欢节结束后的第九个月会迎来一个出生高峰,大约每周出生120个新生儿。可2010年1月地震后的第九个月,这家医院平均每周出生175个新生儿,此后也一直稳定在每周 130 个左右，这说明地震灾区的生活还是挺丰富的。"

正说着，屋外传来一阵阵呻吟声，只见一位穿着长裙的妇女蹲在屋檐下的水泥地上，两腿间一摊鲜血。一位女护士走过去，伸手从地下抓起一团黑乎乎的肉，再仔细一看，那居然是一个婴儿。原来这位妇女怀了双胞胎，在家里产下一个死婴后挣扎着来到医院，还没来得及进屋就生下了第二胎。

这个出生在水泥地上的女婴还是个早产儿，仅重 750 克，护士立即把她送入监护病房，用锡箔纸把她包了起来以便保温。我进去一看，里面居然还有四位妇女在照顾着自己的早产儿，看来早产现象在这里十分普遍。

从产房出来，波佩带着我爬上楼顶俯瞰整个城市。太子港三面环山，一面朝向加勒比海，太阳城紧靠海边，这在其他任何国家大概都会被看作最昂贵的地段，可这里却住着全城最穷的人，这是怎么回事呢？

"太子港没有任何污水处理能力，所有生活污水全都排到室外，然后顺着山坡流向低处，最终汇入大海，所以说衡量一个太子港人是否有钱，只要看他房子的海拔就知道了。"波佩向我解释道，"太阳城的所在地正好是全城污水都要流过的地方，所以只有最穷的人才会住在这里。事实上，前面那片海滩是太阳城居民上厕所的地方，有个外号叫作'屎滩'（Shit Beach）。"

我顺着波佩手指的方向看过去，前方隐约可见一个浅滩，在阳光的照耀下发出了刺眼的光芒。这是一条小河的入海口，但这条河上根本看不到水，而是填满了各种垃圾。

"太阳城的垃圾河是很有名的，垃圾的密度大到能在上面走人。"波佩说。

话音未落，突然传来两声脆响，我还以为有人放鞭炮，未加理会，波佩却一个箭步蹿到楼梯口，然后冲我大叫："快跑，有人在开枪！"我立刻跟着他跑下楼梯，躲进屋子里。外面隐约又传来几声枪响，但听不出远近。

"估计是黑帮火并，过一会儿我们就能知道这几枪到底打中了没有。"

10 分钟后，波佩领着我来到急诊室，看见一位刚刚被送进来的男人左胸中枪，正在急救。急诊室外几个男人交头接耳、神情紧张。波佩用法语和其中一位交谈了几句之后对我说："今天上午一个本地黑帮办葬礼，遭到一个外地黑帮伏击，双方交火后，一个外地黑帮的小头目中了枪,就是刚才被送进来的那位。"

据波佩说,这家医院经常收治黑帮伤员,有14%的急诊病人都是黑帮火并的受害者。为了防止另一方进医院来报复,"无国界"规定任何进医院的人都不能带武器,黑帮们似乎也明白他们都需要这样一个医院,所以还算配合。有一次一名黑帮大头目住院治疗枪伤,他的对手组织了大批人马在门外埋伏,结果那位头目刚做完手术就命令手下人抬着他偷偷从后门逃了出去,害得医生们找了半天。这家伙一个月后伤势居然就痊愈了,挥舞着一把手枪跑到医院门前向为他动手术的医生致谢。

"如果海地警察或者联合国维和部队来你们医院抓黑帮,你会放他们进来吗?"我问。

"除非他有海地政府开具的逮捕证,我们不会放进任何人,联合国的也不行,这是'无国界'的原则,我们只管救人,不管他是谁。"波佩说。

不管你是否认同"无国界"的宗旨,有一点是肯定的,那就是海地的问题绝不是某几个国际人道组织能够解决的。要想明白海地为什么会成为今天这个样子,就必须从历史和

太阳城污水沟

地理上找原因。

被遗弃的沃土

著名历史学家贾雷德·戴蒙德认为，历史学和自然科学最大的不同就是缺乏合适的对照。有很多原因能导致一个国家变好或者变坏，如果不把某个因素单独拎出来研究，谁也不敢肯定到底哪个是主因。海地所处的伊斯帕尼奥拉岛（Hispaniola，意为"西班牙"）为历史学家提供了一个绝佳的试验场，因为与海地共享该岛的多米尼加共和国是一个典型的中等发达国家，其总人口与海地相当，同为1000万左右，但总面积是海地的两倍多，人均GDP为5000多美元，是海地的八倍。从各方面看都与海地有着天壤之别，而这种差别显然与两者的地理位置和自然环境无关。于是我租了一辆车，朝多米尼加的方向驶去。

我雇的司机名叫罗伯特·威尔（Robert Vill），1955年出生于太子港，并一直住在这里，对这个城市十分熟悉。他挑了一条小路，绕过市中心，直接开上了通往多米尼加的公路。海地的乡村留给我的最强烈的印象就是荒凉，公路两边大都是杂草和低矮的灌木丛，几乎见不到耕地，自然也就见不到正在耕作的农民。再往远处看，周围的山也都是光秃秃的，见不到一棵树。根据史料记载，哥伦布最初发现这个岛的时候，这里不是这个样子的。

1492年10月12日，哥伦布初次到达美洲，最先看到的是圣萨尔瓦多岛。一个多月后他又发现了一个更大的岛——岛上层峦叠嶂，植被丰富，看上去很像西班牙，于是哥伦布将其命名为伊斯帕尼奥拉岛。同年12月7日，哥伦布首次登上该岛，几天后他乘坐的

太阳城小学生放学

海地的天灾与人祸

船意外地触礁损坏，于是他便在今天的海地建立了欧洲人在美洲的第一个定居点，并修建了美洲有史以来第一座天主教堂。五年后，他又把定居点转移到岛的东边，这就是多米尼加首都圣多明各的雏形。

哥伦布登岛的时候，岛上生活着至少50万原住民，因为他们待人友善，被西班牙人称为泰诺人（Taino，意为"友善的人"）。据考古学家考证，泰诺人在岛上生活了大约五千年，已经发展出一套完整的社会结构和独特的文化。但是，西班牙殖民者贪婪的本性很快暴露无遗，双方的关系迅速恶化，并发生了多次冲突，最终获胜的是西班牙人，获胜原因并不完全是先进的武器，而是病毒。泰诺人对西班牙人带去的天花等欧洲病毒毫无抵抗力，到1517年底的时候，岛上的泰诺人只剩下了5000名左右，西班牙人只好从非洲贩运奴隶前来填补劳动力空缺，这些奴隶就是海地人的祖先。

当西班牙军队征服了阿兹特克帝国和印加王朝之后，来自西班牙的殖民者便把注意力都集中到了物产更加丰富的美洲大陆，伊斯帕尼奥拉岛逐渐被西班牙人遗忘。自16世纪开始，来自欧洲其他国家，尤其是英、法两国的海盗乘虚而入，极大地削弱了西班牙人对于加勒比海的控制力，电影《加勒比海盗》描述的就是这段时间发生的事情。

由于伊斯帕尼奥拉岛多山，海边多良港，成为海盗们最理想的栖息地。他们不断蚕食西班牙人的领地，最后发展成武装进攻。英国人曾经试图攻占岛东的圣多明各城，却被西班牙人击退。法国人则悄悄占领了更加原始的西部，并逐渐扩大地盘。1697年，经过一系列谈判之后，该岛西部1/3的土地被正式割让给了法国，取名法属圣多明各，这也是法国在西半球仅有的两块殖民地之一（另一块是在加拿大东部）。

此时西班牙国力渐衰，无力照顾这个小岛，留在岛东的西班牙殖民者甚至买不起奴隶，渐渐变成了自给自足的小农户，人口增长缓慢。到1785年时，西班牙这边仅有20万人，其中黑奴3万，剩下的都是自由人，大部分从事畜牧业。法国这边则花大钱从非洲进口奴隶，开荒种田。1785年，法国这边有70万黑奴，另有7万自由人，大部分人从事甘蔗和咖啡种植业，其出产的糖和咖啡豆约占全世界总产量的一半，总产值占法国整个国家总产值的1/4。这块弹丸之地成为整个欧洲在新大陆的殖民地当中最富裕的一块。

但是，无数历史事实证明，一个国家在起跑时的暂时领先往往是靠不住的，如果没有在一开始就打好基础，最后一定会被别人追上。法属圣多明各就是一个经典案例。法国殖民者光顾着挣钱，对奴隶实行残酷统治，遭到强力反弹。1789 年法国爆发大革命，并迅速波及美洲，奴隶们趁机起来造反，和农场主展开激战。1804 年 1 月 1 日，奴隶一方获胜，并宣布独立，将自己的国家命名为海地（意为多山的国家）。这是西半球第二个独立的殖民地国家（仅次于美国），也是全世界第一个以黑人为主的共和国。

海地独立后不久就爆发了内战，获胜的一方又出兵吞并了东边的西班牙殖民地，把整个伊斯帕尼奥拉岛都统一在了海地的旗帜下。可惜好景不长，东部居民坚持要求独立。经过一系列的战争和谈判之后，他们终于如愿，于 1849 年成立了多米尼加共和国。多米尼加人属于西班牙人、黑奴和原住民的混血，说西班牙语，海地人则主要是非洲黑奴的后代，官方语言为法语。历史的不同导致了两国采取了截然不同的外交政策：海地人对黑奴制度厌恶至极，严禁外国人拥有土地，或者投资本国企业；多米尼加则对外开放，允许外国人自由移民。这些移民不但为多米尼加带来了资金和技术，也带来了不同的观念和意识，海地则一步步走向封闭，成为加勒比海的非洲。

车子大约开了两个小时后，眼前出现了一个小村庄，不少人在村口摆摊，卖的东西被包在布包里，看不出是什么。"他们在卖做饭用的木炭，而且都是从多米尼加进口的，因为海地已经没树可砍了。"司机威尔对我说，"海地除了香蕉、芒果和菠萝外几乎不生产任何东西，我们把这些热带水果出口到美国，换来粮食和其他工业品。"

我突然意识到，一路上我不但没看到农田，而且也没有看到任何工厂。统计资料表明，海地有一半的 GDP 来自外国援助，剩下的一半还有相当一部分来自外国打工者寄回来的钱。太子港最多的银行就是西联汇款（Western Union），每天早上都排着长长的队。"无国界"驻海地办事处总干事西尔万·格洛克斯（Sylvain Groulx）告诉我，海地政府基本上没有任何税收，其运行经费中的 90% 以上来自外国政府的直接捐赠。"这就形成了一个悖论，海地政府要想运作下去，就必须继续维持一个贫穷的形象，否则就失去了经费来源。"

那么，普通海地人是靠什么生活的呢？"海地以前是有农业的，小杜瓦利埃强迫农民留在农村种地，不准他们进城。那时海地的粮食是自给自足的，可他下台后农民就扔下土地涌进城市，太子港就是从那个时候开始变糟的。"威尔对我说。

海地的天灾
与人祸

这个小杜瓦利埃是臭名昭著的独裁者弗朗索瓦·杜瓦利埃（François Duvalier）的儿子。老杜瓦利埃原来是个乡村医生，有个外号叫作"医生爸爸"（Papa Doc.），他在 1957 年的那次全国大选中以绝对优势获胜，上台后却实行独裁统治，甚至自封为海地的"终生总统"。1971 年老杜瓦利埃死后，他的儿子小杜瓦利埃（绰号"医生宝贝"，Baby Doc.）接任海地总统，并一直做到 1986 年。那一年海地爆发了声势浩大的民主运动，小杜瓦利埃被迫下台，流亡法国。

"1986 年是个转折点，海地就是从这一年开始变坏的。"经历过大小杜瓦利埃时代的威尔对我说，"杜瓦利埃父子在位的时候，太子港干净极了，大街上看不到垃圾，居民也远比现在要少，而且大家都很友善，互相帮助，很少有暴力事件。"

"可是杜瓦利埃父子是公认的大独裁者啊！他们屠杀反对派人士，剥夺新闻自由，并大肆贪污，把海地经济搞得一团糟，难道这些都没发生吗？"我反问道。

"这些事情我都知道，但我是个普通老百姓，我只知道 1986 年以前海地人有工作做，生活条件比多米尼加要好。那时候多米尼加人都跑到我们这边来度假、买东西，可现在完全倒过来了，你待会儿就看到了。"

又开了一个小时，眼前出现了一个大湖，湖上居然见不到一艘渔船，两岸也没有多少房屋，一个看上去像是湖滨度假村的地方如今却一片狼藉，显然被遗弃很久了。

此时我们遇到了严重的堵车，几乎走不动了。"湖的对岸就是多米尼加边境，最后的这 1 公里我开不动了，你最好自己走过去。"威尔说。

我朝对岸看过去，第一次发现了一排大树！统计数据显示，多米尼加的森林覆盖率为 28%，海地不到 1%。美国《国家地理》杂志曾经刊登过一张航拍的照片，两国边境就像一把锯齿，一边是绿色的森林，一边是黄色的裸土，其对比相当震撼。戴蒙德在那本讨论人类社会成败得失的著作《崩溃》中解释说，两国人民原来的环境意识都不高，但多米尼加出了一个热爱环境的独裁者拉斐尔·楚吉洛（Rafael Trujillo），用准军事手段保护多米尼加的森林，海地的杜瓦利埃则没有这个意识。

我下了车，沿着一条土路走到了边境的关卡，原来这里是一个巨大的集市，堆满了各种来自多米尼加的商品，除了粮食和各种包装食品外，我还看见了各种家具和电器等日常

边境集市

用品，甚至还见到有人扛着一次性纸杯和厕纸。看来海地的工业真的像威尔所说的那样，几乎完全不存在了。

今天恰好是赶集的日子，来自海地的"倒爷"们扛着各种商品往车上装，把每辆车的保险杠都压得快蹭到地上了。这些货车把正常行驶的客车和小汽车堵得死死的，喇叭声和吵架的声音响成一片，警察们只能用石头拼命敲打着堵路汽车的车门，催促司机快走。一阵风吹来，空气里全是灰尘，鼻子里同时可以闻到汗水的臭味、炸鸡的香味和廉价香水古怪的味道。如果你没见过"人间地狱"，这里就是了。

我屏住呼吸从集市中穿过，又跨过一道铁门，进入了多米尼加的境内。突然间，刚才所有那些令人不快的场景都消失了，眼前是一条笔直平整的公路，车子有序地从我身边开过。我顺着公路走到距离边境最近的一个小村庄，说着西班牙语的村民们在树下乘凉，他们的房子虽说算不上豪宅，但每家都有一个院子，里面种满了各种植物，树上开满鲜花。

就在短短的一个小时里，我仿佛从地狱走到了天堂。

"我从来没有见过相隔如此之近，差别却又如此之大的两个国家。"回去的路上我问威尔，"你觉得海地还有救吗？"

"没救了。"威尔耸了耸肩膀，平静地回答。

"民主制度会起作用吗？"我问。

"小杜瓦利埃之后的第一个民选总统是阿里斯蒂德，他是从太阳城出来的牧师，选举时说得可好了，可上台后他比杜瓦利埃更腐败，最后也被赶走了。"

"可我听说他解散了海地的军队，开放了党禁、报禁，这不是挺好的吗？"

"他解散军队是怕政变，他把枪从军人手里夺走，交给了海地的年轻人，让他们自己保护自己，结果海地民间多了很多枪支，警察又不管事，监狱形同虚设，反而比过去更糟糕了。杜瓦利埃是偷偷杀死你，阿里斯蒂德是公开处死你，结果都是一样的。"

他还告诉我，阿里斯蒂德上台后以劫富济贫的名义对富人课以重税，直接导致许多外资企业搬离海地，造成了大量工人失业。

"马上海地将举行下一届总统选举了，你们可以推举一个好的总统来管理海地么？"我问。

"海地的选举都是走形式，买选票的情况很普遍。最后一轮的两个候选人一个是前总统的老婆，年纪非常大，她的对手则是一个没有任何从政经验的流行歌手，我不觉得他们中的任何一个人会拯救海地。"

回到太子港之后，威尔特意绕到市中心，让我见识一下被震垮了的国会大楼。这座貌似白宫的大楼一直是海地的象征，可一年多过去了，大楼的圆顶仍然歪在那里没人修理。

难道这个国家真的没救了吗？我在国会大楼旁边的一个小巷子里找到了部分答案。

希望在哪里？

距离国会不到 100 米远的地方有一所残疾人学校，校长萨多尼·里昂（Sadoni Leon）牧师告诉我，该校是 1945 年由一名美国修女创办的，专收贫穷人家的残疾儿童。现在该校尚有 275 名残疾孩子，他们的学习和生活全由学校包下了，经费则来自美国教会的捐赠。

"我不是很喜欢某些国际人道组织的援助，他们总是坚持自己的想法，不考虑当地人的感受。"里昂牧师对我说,"比如有个德国的人道组织打算捐钱为我们盖校舍,却执意要求使用他们的设计方案,而我则要考虑如何让新建筑和已有的建筑搭配,所以希望由自己来设计,于是就产生了矛盾。"

里昂最终选择和一家来自日本的人道组织合作,对方负责出钱,并派出两位代表来现场帮忙。但新校舍从设计到施工、再到原材料的采购等全部由海地人负责。"这样做可以提高海地建筑工人的水平,这才是可持续的援助。"里昂说。

无独有偶,我在旅馆遇到的另一个来自美国的慈善团体也非常强调发挥海地人的自主性,在工作中尊重海地人的意愿,绝不"强行"要求对方接受援助。这个团来自北卡罗来纳州的一个基督教"长老派"(Presbyterian)教会,22名团员一半是医生护士,另一半是建筑工人。其中医生当中不乏高手,甚至还包括曾经给老布什总统看过病的培根(Bacon)医生。

"我几年前刚开始来海地做志愿者的时候,以为自己有办法解决海地的问题,非常自信。可几年下来我就意识到,任何方法都必须首先让海地人自己主动接受,任何外部强加的做法无论看上去多么有效都是不可行的。"培根医生对我说。

这支医疗队在太子港郊区一个小村庄搭建了一个临时帐篷作为医院,给周围的村民们免费看病。他们还为村民们打了一口井,所需的6000美元费用由他们出,但村民们必须出工出力。"不是我们不想出力,而是希望让村民们参与到整个工程当中,从而对这口井感到自豪。"这个慈善团体的领队杰·科克尔(Jay Coker)对我说,"另外,我们选择帮助对象的过程也不是盲目的,而是委托当地一位联系人帮我们选。"

科克尔介绍我认识了这位联系人,他叫里昂·多利斯(Leon Dorleans),是一位"长老派"教会的牧师。他在太阳城的中心盖了一座基督教堂,还在教堂旁边开了家私立学校,让那些在太阳城长大的孩子能够接受到良好的教育。

"我这个学校也不是完全免费的,而是家长出10%,教会出90%。之所以这么做,是为了让家长们感觉孩子的教育是自己出的钱,从而有一种自豪感。"多利斯对我说。

地震发生后,很多美国"长老派"教会都写信给他请求提供帮助,多利斯注意到太阳城的房屋大都墙体完好,只是屋顶受损,便建议对方派建筑工人来指导屋顶修复工作。同样,这项服务也是收费的,双方各出一半。

海地的天灾
与人祸

聋哑儿童在上课

　　我花了两天的时间专门考察了两个宗教性质的慈善团体，感觉他们和那些大的国际人道组织最大的不同就是更加尊重当地人的意愿，更倾向于鼓励当地人自己参与到救援工作当中，培养当地人的自救意识。

　　那么，依靠宗教组织的力量是否可以拯救海地呢？

　　我在海地的最后一天，正赶上多利斯牧师偕夫人杰姬（Jacky）来旅馆和团员们吃晚饭。席间杰姬告诉我，她几年前曾经遇到过一次绑架，最后多利斯不得不支付了一笔赎金才得以生还。

　　"太阳城的绑匪连宗教人士也不放过吗？"我问。

　　"那次绑架恰恰是出于某种宗教目的的。"杰姬说，"太阳城的一个黑帮头目认为我们是异教徒，想把我们赶出城去，这才策划了那次绑架。"

　　看来，依靠宗教的力量做慈善也是有问题的。宗教人士总希望接受帮助的人皈依自己的宗教，这难免会引起冲突。

　　那么，海地真的是没救了吗？出路到底在哪里？这个问题太难回答了，大概只有天知道。

哥斯达黎加：小国寡民的幸福生活

2011年，离开海地之后我直接去了另一个中北美洲小国哥斯达黎加，看到的却是完全不同的景象。我一直想做一个小国系列，探讨地球上的那些小国家是如何运作的。哥斯达黎加是典型的小国寡民，我非常想知道它是如何成为全球幸福指数最高的国家之一的。我认为我找到了答案。

加勒比海岸

圣何塞国际机场几乎只有一种颜色：绿。

墙上画着的是绿色的大树，商店里卖的是涂成绿色的动物玩具，窗外连绵的群山被绿色的森林覆盖，就连问讯处的女服务员的制服也是绿色的，她用流利的英文告诉我应该如何乘坐当地公共汽车，绕过市区直接抵达我想去的城市。

我的第一站是位于加勒比海岸的利蒙（Limon）市，这也是哥伦布第一次登陆的地方。1502年，哥伦布第四次，也是最后一次航行美洲，他的船出了故障，被迫在利蒙附近抛锚。哥伦布上岸后看到不少人身戴黄金首饰，误以为此处盛产黄金，便将这里命名为哥斯达黎加（Costa Rica），意为"富裕的海岸"。闻声而来的西班牙殖民者失望地发现这里根本不产黄金（那些黄金首饰都来自南美洲的印加帝国），便挥师南下，把中间这片盛产蚊虫和毒蛇的热带雨林放弃了。

如今的利蒙市已经成为哥斯达黎加加勒比海沿线最大的港口城市，但对于游客来说这里没什么吸引力，满载外国游客的长途车只在这里象征性地停了一分钟，便沿着海滨公路继续向南开去。路上行人很少，也看不到任何超过两层的建筑，除了偶尔闪过的甘蔗地和香蕉田之外，全都是各种林地，但显然已经不是原始森林了。

两小时后车子开到了小城卡惠塔（Cahuita），这附近有个卡惠塔国家公园，是加勒比海沿岸最著名的旅游景点。这是一片占地1000多公顷（1公顷等于1万平方米）的海滨林地，连同600多公顷的珊瑚礁一起于1978年被哥斯达黎加政府划为自然保护区，免费向公众开放。说是开放，但允许游客进入的只是其中的一小片地方，而且游客也不可以随便走动，只能在专门开辟出来的小路上活动。不过我很快就发现，普通游客其实也不敢离开小路，因为路边全是密密麻麻的藤蔓和杂草，如果不用砍刀开路，一般人根本走不进去。

　　对于那些习惯了城市公园的人来说，这座公园会让你很不适应。这里没有小卖部，没有厕所、垃圾箱，也没有供游人歇脚的长凳；泥泞的小路坑坑洼洼的，一不小心就会踩进泥坑里；路两边的植物杂乱无章，不但一点也不"美"，而且还充满了危险；蚊子在潮湿的空气里如鱼得水，肆无忌惮地对游客发起进攻。我不停地拍打着蚊子，但还是被咬了十几个包，在汗水的刺激下奇痒难当，难怪西班牙殖民者最怕的就是中北美洲的热带雨林，不敢轻易进入。

　　不过，旅游的基本定律就是有多大付出就有多大回报。热带雨林里生活着无数千奇百怪的动植物，要想看到它们在自然环境下的生活状态，就必须付出相应的代价。我刚进林子的时候急着赶路，没觉得这里有多好玩。再加上这里紧挨着大海，此起彼伏的海浪声让人静不下心来。好在不久之后我的耳朵逐渐适应了海浪的噪声，将其自动屏蔽，林子里终于安静了下来，连一片树叶落下的声音都能吓人一跳。我放慢脚步，让自己的心也安静下来，这才慢慢体会到热带雨林的妙处。

　　这片林子里生活着很多动物，它们不像在动物园里那么容易找到，但游客们可以观察到它们正常的生活状态。比较容易看到的是蝴蝶和蚂蚁，以及生活在树冠上的吼猴，它们是世界上嗓门最大的陆地哺乳动物，叫起来相当恐怖。稍微留神一下还能看到在树枝上睡大觉的树懒，它们的一举一动都像是慢动作回放，相当滑稽。我还看到了好几种绿色的南美鬣蜥（iguana），以及一对呆头呆脑的浣熊，甚至差点撞上一只盘在树枝上休息的扁斑蝰蛇（eyelash palm pitviper），这种蛇通体金黄，常识告诉我，通常越是鲜艳的蛇毒性越强，我走近一看，蛇头两侧果然鼓起两个大包，里面肯定藏着不少毒液。

　　要想看到沙蟹就得有点耐心。小路上有好多小洞，每一个洞里面都住着一只沙蟹，我必须停下脚步，蹲下身子，安静地等上好半天，才能看到沙蟹们一只一只地从洞口钻出来找吃的，此时只要稍微有一点风吹草动，它们就会以迅雷不及掩耳的速度钻回洞里，再要等上好半天才会出来。

最难发现的动物无疑是一种灰色的小蛇，它的身体和树枝颜色相同，形状相似，如果不是眼尖的导游用一根小棍子把那条灰蛇挑逗得张开大嘴，我不可能发现它，其实它就躲在距离我不到半米远的地方。

导游是个黑人，这在哥斯达黎加要算是少数民族。"我的祖先是从牙买加过来打工的，至今家里还说英语呢。"导游告诉我，"黑人只占哥斯达黎加总人口的3%，大部分都集中在加勒比海岸。"

这位导游自己就是卡惠塔人，他当导游赚小费，妻子在旅行社工作。据他说，这附近的居民基本上全都在旅游行业工作。"做导游虽说赚不到大钱，但胜在工作环境好，身体健康。"他笑着说。

我这趟旅行接触到的哥斯达黎加人大都像这位导游一样，性格平和，不贪财，对本国的自然环境感到非常自豪。后来我在附近骑自行车时还遇到过三位城里来的年轻人，在路边的树林里盖了一幢两层的木头房子，外表设计得像童话一般。三人都是大学毕业生，却甘愿选择住在乡间，靠种田以及向游客兜售椰子为生。这样的人生态度在拉丁美洲确实很少见。

他们并不是赚不到大钱。事实上，早在20世纪60年代就有一家美国石油公司在卡惠塔附近发现了一个储量巨大的油田，卡惠塔公园里还能看到当年石油勘探队挖的沼气池，这么多年过去了，仍然在不断地冒着沼气泡。"就是因为附近居民们抗议，不准石油公司开发，这才保住了卡惠塔国家公园。"导游说，"石油总有开采完的那一天，但这个公园可以一直存在下去，我们也就不愁没工作。"

据统计，目前哥斯达黎加国民生产总值（GDP）中的60%来自旅游业和国际金融等涉外第三产业，其中旅游业本身的规模已经超过了农业，成为该国最重要的经济支柱和国家象征。要想了解哥斯达黎加的幸福指数为什么这么高，就必须弄清楚该国的旅游业到底是如何运作的。

扁斑蝰蛇

阿里纳尔火山

用世俗的标准衡量，哥斯达黎加的旅游资源相当贫乏，境内没有任何拿得出手的历史或者人文古迹，地标性的自然景观比起其他美洲国家来也差得很远，唯一有点知名度的是位于该国中部的阿里纳尔火山，因其喷发频率高而得名。

我乘坐的长途车离开加勒比海岸，很快就进入山区。哥斯达黎加的地势很像字母M，中间凹进去的部分被称为中央山谷，平均海拔在1000米左右，坡度较缓，气候宜人，非常适合人类居住。放眼望去，周围全是被栏杆隔成一块块的牧场，以及同样被围栏围住的树林，它们都属于私人领地，外人禁止入内。我后来发现，这个国家到处都是栏杆，整个国家几乎都被小农场主瓜分掉了。为什么会是这样？答案必须从历史中去寻找。

当年西班牙殖民者最先征服了北美洲的阿兹特克王国，之后便挥师南下，征服了位于南美洲的印加王国。夹在两块大陆之间的这个长条带因其资源有限，再加上热带雨林危机四伏，被西班牙人忽略了，直到1560年西班牙人才第一次进入哥斯达黎加的中央山脉，并在此建立了第一个定居点。这里虽然很适合人类居住，却没有多少居民。原来西班牙人从欧洲带来的传染病比西班牙人先到，杀死了绝大多数原住民。研究表明，这块地方最多时曾经有40万原住民在此居住，1611年时这个数字骤降到不到1万人。因为缺人，西班牙人征不到足够多的奴隶，很多事情只能自己做，其结果就是哥斯达黎加的大部分西班牙人都是自力更生的小农户，这些人最终构成了这个国家的基石。这件事的另一个后果就是哥斯达黎加的原住民基本上没受过虐待，和白人通婚的非常多。如今这个国家有95%的人口都是由白人和欧印混血组成的，他们都自称是白人，哥斯达黎加也被公认为拉丁美洲最"白"的国家。

西班牙殖民者在美洲建立了数个"总督辖区"，势力最大的"新西班牙辖区"位于今天的墨西哥境内，次一级的是"格拉纳达辖区"，主体在今天的秘鲁、哥伦比亚和巴拿马。中北美洲这块地方则隶属于"危地马拉王国"，包括今天的墨西哥南部的恰帕斯省，以及危地马拉、萨尔瓦多、尼加拉瓜、洪都拉斯、伯利兹和哥斯达黎加。这块地方山地较多，气候炎热，沿海地段多为热带雨林，不易穿过，所以南北贸易大都走水路，把这段狭长的地区放弃掉了。

哥斯达黎加位于这个危地马拉王国的最南端，距离首府最远，属于典型的"三不管"地区。1821年危地马拉王国宣布从西班牙独立，哥斯达黎加人直到一个月后才知道了这个消息。当时的哥斯达黎加与其说是一个国家，还不如说是一个由四座城市为单位组成的松散联邦，早在独立之前就一直处于实际的独立状态。所以当哥斯达黎加人听到独立的消息后反应平淡，他们的回答是："我们不反对。"

独立后的哥斯达黎加需要开发一种产品能够和邻国开展贸易，他们发现了咖啡。当时中央山脉地广人稀，任何人都可以通过开垦新的土地种植咖啡而致富，因此不必依靠当官、从政或者军事掠夺等常用手段向上爬，这就是哥斯达黎加拥有一个庞大的农场主阶层，却从来没有出现职业军人和官僚阶层的原因。

14点左右，长途车突然停在半途，司机说前方一座桥上发生车祸，把桥墩撞坏了。谁知一等就是六个多小时，直到天黑才重新上路。让我惊讶的是，整个过程我没有听到一声抱怨，乘客们全都留在车上耐心等待。旁边一位乘客用不甚流利的英语向我解释说，由

哥斯达黎加：
小国寡民的幸
福生活

由于哥斯达黎加的土地私有化程度高，政府征地困难，所以全国没几条像样的高速公路，大都是像眼前这样的单行道，道边紧挨着铁丝网，想临时停车都没地方，稍微遇到点事故就会发生大堵车。

那天我直到23点才到达小镇拉方图纳（La Fontuna），这是距离阿里纳尔火山最近的镇子，几乎所有的房屋都被改装成了旅馆，互相竞争的结果就是住宿十分便宜，16美元就能租到自带浴室的房间。第二天上午遇到暴雨，一直下到14点雨才停，临时打电话询问，居然就有散客团正准备出发去火山。原来，哥斯达黎加旅游业以自助行居多，几乎任何时候都能找到足够多的散客拼团前往任意一个旅游点，价格自然也就降下来了，比如这趟带导游的登山活动只要25美元，相当超值。形成这种良性循环需要时间和耐心，哥斯达黎加通过多年的努力慢慢积累起良好的口碑，这才终于达到了这个境界。

打完电话，等了不到10分钟一辆中巴就开到旅馆门前，车里已经有十几位游客了，一问才知他们全都来自北美和欧洲，只有我一个亚洲人。车子开了半个小时后到达火山脚下，大家在导游的带领下向山上爬去。导游是个刚刚从旅游学校毕业的年轻人，英文虽有口音但很流利。他并没有带领大家闷头爬山，而是边走边讲解周围的动植物。比如，他向大家演示了印第安人如何用树叶来防蚊子，一种植物是如何将种子弹射出去，一种灌木是如何用叶子模拟花，吸引蜂鸟来为其授粉，以及小小的红蚂蚁是如何吃掉一整株大树的。

这里的红蚂蚁非常厉害，它们在草地上清理出一条足有10厘米宽的运输通道，蚂蚁们排着队向洞口爬去，每只蚂蚁的背上都背着一片1厘米见方的树叶，比它们的身体大好几倍。"蚂蚁自己是不吃树叶的，它们把叶子运到洞内作为真菌的培养基，它们再以真菌为食。"导游介绍说，"哥斯达黎加有个笑话，说我们国家没有军队没关系，蚂蚁就是我们的军队。"

哥斯达黎加早在1950年就废除了军队，此举换来了六十多年的太平日子。像哥斯达黎加这样依靠旅游业为生的国家，和平是赚钱的先决条件。举例来说，最近埃及政局动荡，损失最惨重的就是旅游业，穆巴拉克下台两个月后统计的外国游客数量仍然比同期减少了将近90%，对于埃及这样一个旅游业收入占全国GDP 11%的国家，如此大的损失必将导致国民经济出现大倒退。

"但是，如果有国家出兵打你们，你们没军队可怎么自卫呢？"我问。

"我们和美国、加拿大等北美强国保持良好关系，依靠他们来替我们保卫国家。"导游说。

有趣的是，哥斯达黎加历史上遇到过的最危险的一次侵略恰好来自美国。1853年，一位名叫威廉·沃克（William Walker）的美国狂人率领一支军队入侵中北美洲，一路所向披靡，但当他打到哥斯达黎加时却被一支临时组建的民兵部队击败，那支部队由九千个农民组成，其关键人物是原住民军鼓手胡安·桑塔玛利亚（Juan Santamaria），他单枪匹马跑到敌营放火，虽然因此被杀，却直接导致了敌军的溃败。后来哥斯达黎加人把桑塔玛利亚奉为民族英雄，这件事在一定程度上缓解了该国的民族矛盾。

一个小时之后，我们爬到了半山腰。山顶云雾缭绕，遮住了传说中的完美的圆锥形火山口。行至此处，这趟登山之旅也宣告结束。原来火山只是一个幌子，游客们真正欣赏到的是山脚下的这座纯天然的国家级自然保护区。这块地方过去是私人牧场，1968年的火山喷发在杀死48人的同时也把这块牧场尽数焚毁，牧场主人只好将其遗弃，没想到数十年之后这块肥沃的土地依靠自然的力量恢复了生机，并以其独特的地貌成为电影《刚果》和《侏罗纪公园》的外景地。哥斯达黎加政府通过协商的办法将这块地方收归国有，把它变成了国家级自然保护区，农场主们则通过参与规划并分享利润，赚到了比经营农场更多的钱。

像这样的保护区毕竟是可遇而不可求的，哥斯达黎加更多的自然保护区来自有识之士的远见，蒙特维德雾林自然保护区（Monteverde Cloud Forest Preserve）就是一个绝佳的案例。

蒙特维德的雾林

地球上的森林有很多种形态，热带雾林（Tropical Cloud Forest）是其中极为特殊的一种，这种树林必须处于热带，因此得以常年保持较高的温度，但其海拔又必须足够高，距离海洋也足够近，才能保证一年四季都笼罩在云雾之中，见不到阳光。符合这种标准的森林总面积不到地球表面积的1%，却是地球上生物多样性最丰富、密度最大的地区，全世

哥斯达黎加：小国寡民的幸福生活

界20%的植物种类，以及16%的脊椎动物种类都生活在热带雾林里。

位于哥斯达黎加中央山脉西端的蒙特维德雾林是全世界最有名的热带雾林，这里距离太平洋和大西洋都不远，海拔在1000—1500米，年平均温度18℃，具备了热带雾林的一切条件，被美国《国家地理》杂志称为"热带雾林王冠上的宝石"。

阿里纳尔火山和蒙特维德雾林之间隔着一个阿里纳尔湖，为了节省时间，我选择坐摆渡船穿湖而过。湖水清澈见底，两岸全是绿油油的森林，令人赏心悦目。这个湖原本非常小，1979年在出水口建起一座大坝，抬高了水位，湖面总面积扩大了三倍，达到了85平方公里，成为中北美洲最大的人工湖。修大坝是为了建水电站，这座电站的发电量占哥斯达黎加总用电量的70%。哥斯达黎加一直把发展可再生能源作为立国之本，不久前该国总统宣布力争到2021年让哥斯达黎加成为全世界第一个"碳中和"国家，如果没有这座水电站，这个目标是不可能实现的。

这个案例也说明，水电站并不一定就不环保，关键看你怎么建。

傍晚时分我到达了小城伊利纳（Elena），这是参观蒙特维德雾林的大本营。伊利纳的旅游服务比阿里纳尔更专业，居然有夜游热带雨林的项目，我立刻报名参加了一个散客团，价格同样十分公道。我们这个团只有十个人，导游给每人发了一个手电筒，嘱咐我们一定不能掉队。

这是我第一次在夜里进入热带雨林，看到了一个完全不同于白天的奇妙世界。导游先让大家原地站好并关掉手电筒，我的眼前立刻出现了成群的萤火虫，耳朵里也听到了鸟儿、蟋蟀和吼猴的叫声。过了一会儿，一群长鼻浣熊从我们身边走过，两只小崽子还当着大家的面打起架来。头顶上，一只树懒在挠痒痒，同一个动作重复了几百次还没有停止的迹象。

接下来，导游带领大家在林子里转悠，边走边介绍各种博物学知识。比如，如何从萤火虫的闪光方式判断雌雄，蚂蚁窝旁边堆积如山的"黄土"究竟是什么东西，以及如何用树枝引出藏在地洞中的狼蛛等。这些知识大都没什么实用价值，但大家仍然听得津津有味。

第二天的蒙特维德雾林一日游就更专业了，我们的导游阿德里安·门德斯（Adrian Mendez）是一位生态学研究者，已经在这里工作了十八年半，他带领我们沿着一条土路向山上爬，从入口处全部砍光后再长起来的二级森林开始，经过间伐后再长起来的过渡型

导游门德斯

蜂鸟

森林，最终到达完全未经人工干扰的一级原始森林。我们清楚地看到，人工干扰越是少，物种多样性就越丰富，一树独大或者一种植物集中生长的情况也就越罕见。

真正的保护区从海拔1530米开始，总面积超过16平方公里。这块地方之所以一直没人干扰，必须归功于几个来自美国的贵格教（Quaker）信徒。贵格教派属于新基督教的一支，反对一切暴力，推崇绝对的和平主义。1951年，11个来自美国的贵格教派家庭因为对美国政策不满而移民哥斯达黎加，在蒙特维德买下一大片土地并开辟成牧场。为了保护水源，他们把位于山顶的一大片森林视为禁区，严禁任何人进入。1972年，一位名叫乔治·鲍威尔（George Powell）的博物学家来到此处，对这片一直没有人类光顾的森林大为惊讶，便筹集了一笔钱买下这片山林，成立了一个非营利性质的"热带科学研究中心"（Tropical Science Center，简称TSC），靠捐款和门票收入支持生态学家们在此开展科学研究。

如今这块地方被公认为全世界研究新大陆热带动植物的最佳场所。据不完全统计，保护区里一共生活着超过3000种植物、100种哺乳动物和400种鸟类，其中光是蜂鸟就有54种之多，总数居世界之冠。昆虫的种类则更是不计其数，许多都是这里独有的。因为空气特别潮湿，这里还是全世界最大的兰花多样性研究基地，已经发现的兰花种类超过了500种。不过，这里最珍贵的物种肯定是两栖类动物，潮湿的空气为皮肤娇嫩的青蛙和蟾蜍们提供了绝佳的栖息场所。其中最珍贵的两栖类动物当属金蟾蜍，这种通体金黄色的蟾蜍曾经是蒙特维德热带雾林的象征，可惜自从1989年一位美国科学家亲眼看见一只活的雄性金蟾蜍之后，再也没人见到过一只活的金蟾蜍了，此时距离人类发现这一神奇物种还不到30年。

"一提到金蟾蜍我就十分后悔。"导游门德斯对我说，"当年我在这里当饲养员，养过好几只金蟾蜍。1989年的时候它们得了一种病，只剩下一只还活着，我觉得它可怜，就把它放生了。我要是早知道它们这么快就灭绝了，肯定会接着养。"

关于金蟾蜍的死因目前有多种解释，比如干旱假说和霉菌假说等，但主流意见都认为最根本的原因就是气候变化，这就是为什么去年出版的一期美国《新闻周刊》将蒙特维德热带雾林评选为地球上因为气候变化而将消失的一百个美景之一。

确实，气候变化的一个最直接的后果就是物种多样性的丧失，蒙特维德热带雾林是对公众进行保护生物多样性教育的最佳课堂。像门德斯这样高水平的导游带给游客的绝不仅仅是看到某种珍稀动植物的机会，而是在观察的同时学到了很多新知识。比如这片森林里有大量的气生根，门德斯会给大家解释不同的气生根所代表的寄生形态。面对一根司空见惯的断木，门德斯会提醒大家注意这里的树木都是没有年轮的。当大家对随处可见的蚂蚁熟视无睹时，门德斯会用一块硬币为大家变个小魔术，原来这些蚂蚁又名跳蚁，它们在遇到特殊的刺激时会跳出1米多远，让人类最好的跳远选手自叹弗如。

这就是生态旅游的魅力。游客从中学到的是关于大自然的知识，培养的是对生态系统发自内心的尊重。

可惜的是,因为人类活动的范围持续扩大,地球上真正原始的地方已经所剩无几了,全世界绝大部分自然保护区都需要面对的一个共同问题就是如何协调与当地原住民生活需求之间的矛盾,哥斯达黎加也不例外。

太平洋沿岸

哥斯达黎加国土狭窄,游客可以在一天的时间内欣赏到加勒比海的日出和太平洋上的日落。因为洋流的关系,太平洋海水的温度比加勒比海要低一些,气候也较干燥,更加适合人类居住。于是,很多来自北美、澳大利亚和欧洲的富人纷纷在这里买房子作为度假的地方,这一做法在哥斯达黎加国内曾经引起过不小的争议,至今余波未息。

哥斯达黎加的太平洋一侧有一个狭长的海湾,将一大块陆地隔了出去,当地人称之为尼科亚(Nicoya)半岛。该半岛面向太平洋的一侧布满了高质量的沙滩,非常适合作为度假之地。曾经有不少开发商打算将其变成另一个坎昆,吸引来自北美的大学生游客,但此举遭到了环保组织的强烈抗议。从目前的情形来看,环保组织暂时获得了这场战役的胜利,我在沿途没有看到一幢高楼,绝大部分旅馆和度假村看上去都很简朴,乡野气息尚存。据导游说,哥斯达黎加政府站在了环保组织这一边,制定了一系列法律限制旅游业的发展规模。不过他也告诉我,开发商一直在向政府施加压力要求放宽限制,这场战役的最终结果还不好说。

不过,商人也不一定都是环境保护的敌人,拉斯·托图加斯旅馆(Hotel Las Tortugas)的两位美国老板就是一个很好的例子。这座旅馆位于格兰德海滩(Playa Grande)边上,此处的海浪很高,吸引了一大批冲浪爱好者前来一展身手。这个海滩同时还是棱皮龟(Leatherback Turtle)产卵的地方。棱皮龟是全世界体积最大的海龟,成年棱皮龟可以长到 2 米多长、500 多公斤重。海龟普遍都对自己的出生地印象深刻,一定要回到出生地产卵。格兰德海滩就是太平洋棱皮龟最重要的产卵地。海龟通常只在夜里产卵,对环境要求很高,一旦发现有灯光或者异常声响就会中止,所以建在格兰德海滩边上的旅馆对棱皮龟

哥斯达黎加：
小国寡民的幸
福生活

沿海公路

的生存是一个严峻的考验。

棱皮龟在各大洋均有分布，其中印度洋和太平洋亚种处于极度濒危状态。据估计目前只剩下大约2300只雌性太平洋棱皮龟，印度洋棱皮龟的状况甚至更糟。太平洋棱皮龟的产卵季是每年的1—2月，20世纪90年代时格兰德海滩每年还能吸引上千只棱皮龟前来产卵，但随着旅馆越建越多，以及海水污染等原因，来此地产卵的棱皮龟也越来越少，2004年时只统计到46只棱皮龟，创下历史最低纪录。

事实上，哥斯达黎加政府早在1991年就把格兰德海滩划为自然保护区，严禁建造高层旅馆，并规定所有面向大海的窗户晚上21点以后都必须关闭，防止光线干扰棱皮龟。但是，最初游说政府制定这一系列环保法规的并不是环保组织，而是拉斯·托图加斯旅馆的两位美国老板，不过他们这么做的直接目的不是保护棱皮龟，而是因为游客们愿意花大价钱观看海龟产卵，如果再不加以保护的话这笔钱就挣不到了。

我到达这里的时候，棱皮龟产卵季已经结束了，好在距此地不远的宏达海滩（Playa Honda）还能看到另一种普通海龟产卵。这是一个被荒废的海滩，周围没有旅馆，因此到了晚上就显得非常黑。我和另外两名来自北欧的游客于21点左右来到这里和导游会合，他带着我们穿过树林走到沙滩上。借着月光我看到地上有成百上千只小螃蟹在爬动，这些景象在白天都是见不到的，人类正在把很多动物逼成夜游神。

偷海龟蛋

海龟蛋

我们沿着海滩向前走，眼前突然出现两条相隔半米多宽的爬痕，导游示意我们别出声，然后踮着脚尖顺着爬痕向小树林摸去。果然，一只海龟正在朝树林里爬呢。突然，它停了下来，好像感觉到了什么。过了一会儿，只见它突然掉了个头，又朝海里爬去，很快就消失在海浪之中。"它大概是不喜欢这里，重新找地方去了。"导游说。

我们又找了一会儿，终于又发现了新的爬痕。顺着爬痕摸到小树林，果然看见一只海龟正在挖坑呢。这是一只长相很普通的海龟，长约1米，两只后脚轮换着将身后的沙土一捧一捧地挖出来，动作缓慢但极有规律。我们几人躲在海龟的后面看它挖洞，连大气都不敢出，生怕惊吓了它。导游用一把特制的红色微光手电筒为我们打光，海龟对这种波长的光不敏感。

过了一会儿，又有两人悄悄来到附近，在距离我们 5 米远的地方坐了下来。我以为他们也是来看海龟下蛋的游客，未加理会。

又过了大约一个小时，连我们这些看客都感觉有点累了，海龟妈妈这才停止了挖洞，开始下蛋。在红光灯的照耀下，一颗颗圆形的海龟蛋落到了坑中，蛋表面还能看到黏稠的液体。就在这时，那两个陌生人走了过来，原来这是一对夫妻，看样子像是当地的农民。只见那位丈夫趴到坑口，一只手举着手电筒，另一只手开始向外掏海龟蛋，放进她妻子带着的一只篮子里。

"他们这是在干什么？"我悄悄问导游。

"他们是当地人，捡海龟蛋回家吃。"导游一脸无奈地说，"这种海龟不算濒危动物，政府不管。"

此时的海龟似乎已经停不下来了，它一边下蛋，那个男人就一边捡了出来，一共捡出六十多个，最后那个坑里一个蛋也没剩下。

我不明就里，没敢发作，同行的两个北欧姑娘终于忍不住发火了："海龟妈妈费了那么大的劲儿下的蛋，难道就不能留下几个吗？"

眼见形势有点紧张，导游赶紧把我们拉到一旁，低声劝我们别惹事。

回去的路上，导游告诉我们，当地人相信海龟蛋能壮阳，历来有吃海龟蛋的习俗，为此哥斯达黎加政府专门请人绘制了一批宣传画，画上一只卡通海龟拿着一颗蓝色药片（暗指"伟哥"）说：我的蛋不管用。

"这画没啥用，当地人照吃不误。"导游说。

"这些人是不是很穷，需要靠卖海龟蛋为生呢？"我问。

"也不是，海龟蛋在这里和鸡蛋一个价钱，每打只能卖 2 美元。运到圣何塞也许可以高点，也不过每打 6 美元。当地人不算穷，吃海龟蛋的主要原因就是习惯而已，加勒比海岸的黑人直到现在还吃海龟肉呢。"

导游还告诉我们，格兰德海滩的棱皮龟蛋也有人偷，政府多次下禁令也不管用，最后还是来自各国的环保志愿者轮流在海滩上站岗放哨，这才总算遏制住了偷蛋的势头。看来并不是所有的哥斯达黎加人天生就有很强的环保观念，仍然需要依靠法律的制约和环保志愿者的献身精神，这一点在加波·布兰科绝对自然保护区（Cabo Blanco Absolute Natural Reserve）再次得到了验证。

这个保护区位于尼科亚半岛的尖端，因为局部小气候比半岛的其他地方湿润，生物多样性极为丰富。20世纪50年代，一个名叫尼尔斯·盖斯勒（Nils Geissler）的瑞典人和他的丹麦妻子凯伦·摩根森（Karen Morgensen）移民到哥斯达黎加，两人在距此地不远的小镇蒙特祖玛（Montezuma）买了块地，建了一个兰花种植园。为了寻找新品种，盖斯勒经常去岛尖上的那片森林里采集标本。60年代，哥斯达黎加政府将发展农业视为国策，农民用很便宜的价格从政府手里买下土地，开荒种田。为了保住自己的兰花宝库，盖斯勒从几个国际基金会申请到一笔经费，于1963年从哥斯达黎加政府手里买下岛尖上的1250公顷土地，建成了哥斯达黎加有史以来第一个自然保护区。

以上是旅游书上的宣传材料，事实真相还得去问当事人。我在保护区门口遇到了一位正在扫地的老人，一问才知他家就是当年在此地拥有土地的20户农民之一。"虽然我那时还是个孩子，但我仍然清楚地记得我们被政府欺骗的事情。"这位名叫费利佩·阿夫莱兹（Felipe Avelez）的老人回忆道，"政府强迫我们搬离农场，保证每户人家赔偿5000科朗（当时折合1250美元），却不把这笔钱直接发给我们，而是让我们去圣何塞领。60年代的时候交通不便，去一趟首都非常不容易，很多人嫌太麻烦，最终就没去领钱。"

从老人的叙述中可以想象，当年这种自上而下式的环保运动肯定遇到了很大阻力。事实上，盖斯勒后来又去另一处地方做类似的事情，被当地人谋杀，成为哥斯达黎加环保运动的第一个牺牲者。他妻子摩根森坚持留在哥斯达黎加继续丈夫的未竟事业，直到1994年因病去世。阿夫莱兹一家被迫在另一处牧场安家，成年后他被政府聘用，回到了儿时的家乡，担任保护区的管理员。这个保护区免费向公众开放，吸引了一大批来自世界各地的环保人士和嬉皮士们在蒙特祖玛镇定居，把这个海滨小镇变成了哥斯达黎加的嬉皮士大本营。当地居民也纷纷从农场工人转型成为旅店和饭馆老板，过着悠哉游哉的日子。

"你现在所在的地方曾经是我家的牧场，如今已经变成了一片像模像样的原始森林了，这件事为全世界的自然保护区树立了一个好榜样。"阿夫莱兹对我说，"当年盖斯勒为了强

哥斯达黎加：小国寡民的幸福生活

> 保护区员工阿夫莱兹

调自然保护区和森林公园的区别，特意在起名字的时候加上'绝对'（Absolute）这个词，拒绝任何游客进入，目的就是排除一切人为干扰，纯粹依靠大自然的力量恢复生机。事实证明大自然的力量是伟大的，只要假以时日，再糟糕的地方都能恢复生机。"

"其实这个思路有些过时了，保护区正在考虑引进几种野生动物。"正在保护区做志愿者的一位圣何塞大学生态学研究生对我说，"当然引进的动物都是这里原来就有的，引进的时机和数量也需要仔细研究。"

确实，这个世界上很少有"绝对"的事情，环保也不例外。很多当年看上去很正确的选择，今天很可能是错的，而现在看上去很正确的政策，在当年也很可能怨声载道。"环保狂人"盖斯勒当年买下的这片土地如今已经变成了一块总面积3000多公顷（包括陆地和附近海域）的自然保护区，受其影响，如今的哥斯达黎加境内已经建成了125个自然保护区，总面积占国土面积的27%，这个比例高居拉丁美洲第一。我这趟旅行考察了其中四种最常见的自然保护区，分别是由政府、研究机构、商家和业余环保人士办起来的，基本上涵盖了哥斯达黎加生态旅游业的全貌。哥斯达黎加人的幸福指数之所以这么高，一个重要原因就在于这个国家把经济发展和环境保护结合得很好，而这种结合的关键就是发展生态旅游。哥斯达黎加是业内公认的全球生态旅游业的典范，高质量的自然保护区和专业服务每年吸引至少200万名来自世界各地的游客前来消费，相当于每两个哥斯达黎加人就要接待一名外国游客！但这种双赢局面会一直持续下去吗？我回到首都圣何塞寻找答案。

圣何塞

圣何塞是我此次哥斯达黎加之行的最后一站。这座城市很小，大概只相当于北京的二环路以内的面积，根本用不着打车，步行就足够了。市区内的街道很窄，布局呈标准的井字形。马路不算干净，路边能看到不少垃圾，但除了少数几个卖艺人之外很少见到乞丐，在其他拉美国家司空见惯的童乞更是一个也看不到。商店里所卖的东西无论是数量还是品种都远不如北京，电器店里还有不少9英寸电视机摆在柜台上卖，但这个城市的空气质量

圣何塞街景

不错，几乎闻不到烟尘。

圣何塞和其他拉丁美洲国家的首都一样，都有一座天主教大教堂，我去参观的时候发现正在做礼拜的人很少，显得十分冷清。事实上，我这一路上很少看到天主教堂，即使有规模也都很小。资料显示，哥斯达黎加是整个拉丁美洲世俗化程度最高的国家，教会在该国的势力一直不强，缺乏左右政局的能力。

市中心原本有一座军营，后来被改建成了哥斯达黎加国家博物馆，里面分阶段展出了哥斯达黎加的历史文物，用文字和图片向参观者揭示了这个国家之所以一枝独秀，成为拉丁美洲最幸福国家的主要原因。

据介绍，哥斯达黎加自独立之日起便实行民主选举制度，即使在"二战"期间也没有停止，此后的"冷战"时期也没有剥夺共产党的选举权，据说全世界仅有不到30个国家能够做到这两点。

不过，大多数拉丁美洲国家名义上都是民主国家，但这些国家却经常出现独裁者。事实上，整个拉丁美洲的近代史几乎都是在独裁和军事政变相互更迭中度过的。哥斯达黎加之所以能够逃过这一宿命，和一位名叫何塞·菲格雷斯·费雷尔（Jose Figueres Ferrer）的地主有很大关系。此人出生于1906年，父母都是刚来不久的西班牙移民。他中学毕业后去著名的美国麻省理工学院（MIT）工程系读书，毕业后回国买了块地，把它变成了咖啡种植园，自己成了地主。但这个地主跟别人不太一样，他为雇农们修建集体宿舍，为他们提供廉价医疗服务，还专门开辟了一块菜地和一片牧场，为雇农们提供新鲜蔬菜和牛奶。他喜欢把自己叫作"农民哲学家"，因为观点激进，费雷尔被哥斯达黎加政府认定为"恐怖分子"，并被驱逐出境。费雷尔因此来到墨西哥，并在那里学会了打游击。

1940年，卡尔德隆·瓜蒂亚（Calderon Guardia）当选总统，他是个亲共的左派，上台后推行了一系列具有共产主义性质的改革措施，受到穷人的一致拥护。1948年的那次大选中，瓜蒂亚和代表右派的总统候选人奥蒂里奥·乌拉特（Otilio Ulate）票数几乎相同，当时的左派政府在瓜蒂亚的授意下宣布选举结果作废，于是支持乌拉特的费雷尔决定起义，率领一支游击队和政府军打了一场内战。这场战争持续了44天，超过2000人战死，是哥斯达黎加建国以来伤亡最大的一次军事冲突。善于打游击的"叛军"最终获得了胜利，接管了哥斯达黎加政府，费雷尔则担任了临时总统。

如果费雷尔像其他那些拉丁美洲独裁者那样行事，那么这次内战就和发生了千百次的军事政变没什么两样了。但这个费雷尔很不一样，他上台后立即施行了一系列改革措施，左右两派各打五十大板。比如，他一方面宣布取缔共产党，另一方面则向大资本家课以重税，打击哥斯达黎加的垄断资本，鼓励经济多样化。之后，他宣布成立无党派的最高选举委员会，专门负责监督今后的总统选举，并给予黑人、华人和印第安人等少数民族，以及妇女选举权。与此同时，他宣布取消军队，从根本上杜绝了军事政变的隐患。值得深思的是，这几样事情是多年的民主政府都没有做到的，最终被一位依靠军事政变上台的"恐怖分子"做到了。

这一系列改革政策彻底改变了哥斯达黎加的政治生态和国民心态，费雷尔也因此而被公认为"哥斯达黎加之父"。18个月后，费雷尔如期退位，将总统宝座让给了乌拉特。但在此后的总统大选中他先后三次获胜，一共担任了十二年真正意义上的哥斯达黎加总统。

费雷尔并不是横空出世的奇才，他是哥斯达黎加知识精英阶层多年努力的结晶。自19世纪中期开始，哥斯达黎加出现了一大批极具忧患意识的知识精英，他们积极推广义务教育制度，向下层民众灌输现代社会思维方式，提高他们的法律意识和健康知识。1935年，一位名叫马里奥·桑卓（Mario Sancho）的教师写了一本小册子，标题叫作《哥斯达黎加——中北美洲的瑞士》。他在这本小册子中指出，哥斯达黎加实行多年的民主选举制度是一个谎言，因为农民会将选票卖给地主，地主再卖给政治家，所以光靠选举解决不了问题，仍然会出现独裁者。解决这个问题的办法就是从技术层面上改变这个国家的政治生态，使之摆脱左右两种意识形态的控制，走一条中间道路。

受桑卓的影响，一批自由派知识分子成立了"国家重大问题研究会"（The Center for the Study of National Problems），费雷尔就是这个研究会中的一名成员，他后来的一系列政治改革的思想基础就来自桑卓的小册子。1970年开始的所谓"绿色革命"也基本上沿袭了桑卓的思路，这场自上而下的革命终于使哥斯达黎加摆脱了过分依靠农业的毛病，走上了一条可持续发展的道路。1986年当选哥斯达黎加总统的奥斯卡·阿里亚斯（Oscar Arias）则自称"费雷尔精神上的学生"，正是在阿里亚斯的斡旋下，尼加拉瓜结束了多年内战，他也因此获得了诺贝尔和平奖。

那么，这套施政思路是否真的能持续下去呢？

临走的那一天，我遇到了一次游行。虽然只有30多人参加，但游行者占领了圣何塞的一条主要街道，并坐在街道中央唱歌跳舞，把后面一长串汽车堵得严严实实。20分钟后他们又跑到哥斯达黎加国会门前继续抗议，叫喊声和喇叭声此起彼伏。让我惊讶的是，现场虽然有一批哥斯达黎加警察全程跟随，但自始至终没有一个人出面干涉。从游行队伍旁边走过的当地人也大都面无表情，仿佛没有发生任何值得惊讶的事情。

一位警察告诉我，这样的游行几乎每天都会发生。今天这次游行的参加者是一群农民，他们在抗议政府鼓励大农场侵吞小农户的政策。此事与"中美洲自由贸易协定"（CAFTA）有点关系，哥斯达黎加虽然签署了这项协定，但国内的抗议浪潮此起彼伏，抗议者都担心像哥斯达黎加这样的小国一旦和美国这样的巨无霸开展自由贸易，必将损伤国内大批中小企业和农场主的利益，而这是哥斯达黎加的立国之本。

确实，像哥斯达黎加这样的小国寡民，是否真的能永远明哲保身，不被全球化的浪潮所湮没，在各种强大势力的夹缝中走出一条属于自己的路，是一道摆在哥斯达黎加人面前的难题。好在他们当中的每个人都将参与决策过程，而他们的选择将最终决定自己的幸福生活到底能持续多久。

突尼斯：沙漠中的商埠

> 这是我主动要求做的一个选题。中东革命是2011年国际社会的主旋律，我在革命发生三个月后才去往那里，是希望在尘埃落定后能够更加深入地了解革命背后的动因。突尼斯是这场革命的源头，但因为大部分人不会说英文，给我的旅行带来了很多困难，所以文章写得不够好。

最西化的非洲国家

2011年5月的一个深夜，我乘坐的突尼斯航空公司从开罗飞往突尼斯城的班机在晚点一小时后终于升空，机上只坐了一半的乘客，婴儿特别多。据统计，突尼斯去年的出生率是15.5‰，位列非洲国家榜尾，但在20世纪80年代中期这个数字却高达25‰，绝对不算低。当年超生的那群人现在都到了生育年龄，可见突尼斯的人口压力还是相当大的。

第二天凌晨1点多钟，飞机终于在孩子们的啼哭声中平稳落地。我顺利出关，换钱时有位满脸络腮胡子的出租车司机前来搭讪，我们以10第纳尔（1突尼斯第纳尔约等于5元人民币）的价格成交。谁知车子开出机场后他却改口说夜里拉客要加钱，改要30第纳尔。我虽然人生地不熟，有些害怕，但还是据理力争，没想到他竟然很快就认输，掉转车头开回机场，帮我换了辆车。

我后来注意到，突尼斯男人虽然大都长得十分彪悍，但性格却普遍偏软，很少看到他们在大街上吵架，更别说动武了。服务行业的从业人员虽然也会偷占外国人的小便宜，但只要我提出异议，对方往往往很快就妥协了。

从机场到市区的公路宽阔而又平整，路两边全是欧式建筑，城市绿化也做得不错，地上基本没有垃圾，看上去和欧洲城市毫无分别。所不同的是，此时虽然已是凌晨2点，但市中心区见不到一个行人，像是一座空城，颇为诡异。第二天上午，突尼斯城恢复了生

> 突尼斯：沙漠中的商埠

机，马路上挤满了小轿车，在女交警的指挥下，交通还算顺畅。司机们很守规矩，没有非洲国家司机常见的闯红灯和乱并线的毛病。中心区的主干道两边有好多露天咖啡馆，我挑个位子坐下，一边品着中东式的浓咖啡，一边看有轨电车从眼前叮叮当当地驶过，感觉简直和欧洲毫无分别。

不过，当我静下心来仔细观察，便发现了不少和欧洲不太一样的地方。比如，这里的咖啡馆几乎全都是男性顾客，女性几乎看不到。马路上烟摊极多，每隔30米就有一个，摊主大都是年轻力壮的男子，百无聊赖地摆弄着屈指可数的几包万宝路。几乎每条街上都有一家专营国际汇款业务的西联汇款，说明这个国家出国务工的人很多。市中心区虽然干净，但稍微僻静一点的街道上就能看到很多垃圾，不少地方污水遍地，显然人们的卫生习惯并没有完全改变。突尼斯人长得和南欧人非常相似，肤色黝黑，但面部轮廓分明，眼睛的颜色较浅。人们普遍穿得都不错，男人一律西式打扮，女人则大约只有1/3戴着伊斯兰式头巾，其中还有不少人的头巾下面是曲线毕露的紧身上衣和包腿牛仔裤，真正全身穿长袍的妇女非常少见。

"突尼斯是伊斯兰国家里面最世俗化的一个，革命前戴头巾的妇女人数比现在还要少。"萨娜对我说，"刚刚被赶下台的前总统本·阿里曾经立法禁止职业妇女在工作场合戴头巾，理由是头巾代表着落后的风俗习惯，而且有歧视妇女的嫌疑。"

萨娜是我在政府广场闲逛时遇到的一位中学老师，她是原突尼斯国家女子手球队的队员，说一口流利的英语，衣着打扮也已然完全西化了。突尼斯曾经是法国殖民地，当地居民大都会说法语，但懂英文的很少，萨娜便主动担当了我的翻译，带着我在突尼斯城逛了大半天。整座城市秩序井然，一点也看不出这个国家半年前刚刚发生了一次改朝换代的大革命。我们只在市中心一处政府建筑前看到了一圈铁丝网，里面停放着一辆装甲运兵车，车里有几名荷枪实弹的士兵。铁丝网边上就是一家露天咖啡馆，人们若无其事地在喝咖啡，好像铁丝网根本不存在一样。

"突尼斯的革命已经结束了，除了本·阿里被赶下台之外，没有任何改变。"萨娜对我说，"旧政府的官员们依然在台上，管理这个国家的依然是那帮人。老百姓很不满，但也没有办法。"

过了一会儿她又补充道："其实改变还是有的。革命前政府广场上到处都是秘密警察，如果他们看见我跟外国人说话，会把我关起来的。"

到底是什么原因让突尼斯成为这一轮阿拉伯革命风潮的肇始者？又是什么原因让这个被誉为最像欧洲的非洲国家维持了这么长时间的独裁统治？答案要从历史中去寻找。

沙漠中的商埠

突尼斯是非洲最北端的国家，总面积16万平方公里，东边紧靠利比亚，西边则和阿尔及利亚相邻。从地图上看，突尼斯很像是从非洲大陆伸向地中海的一根小手指，首都突尼斯城就位于指尖上。这一小块地方受地中海气候影响较大，降水丰富，与周围黄颜色的北非沙漠形成了鲜明的对比。

第一个在这里建立城市国家的是腓尼基人，他们起源于地中海东岸的泰尔（Tyre，现黎巴嫩南部），擅长航海，是个以经商为主的民族。公元前814年，腓尼基女王狄多（Dido）带领一批随从到达突尼斯，在距离突尼斯城北约10公里的地方建立了新的城市，取名迦太基（Carthage）。经过一百多年的努力，到公元前6世纪时，迦太基人建成了地中海地区最强大的海上帝国，拥有一支令人生畏的海军，控制了亚洲、非洲和欧洲三地之间的海上贸易。

从突尼斯城坐半小时火车就来到了迦太基城，这里实际上已经变成了突尼斯富人的聚居地，到处是用白墙围起来的花园洋房，隐藏在树荫中。不少别墅的门前还挂着欧洲的国旗，从西班牙的到意大利的应有尽有，看来很多房子都是被欧洲人买下来的。迦太基遗址有十几处，散落在居民区里。我从突尼斯旅游局拿来一张免费地图，按图索骥，找到了迦太基墓地、祭祀场所、村落遗址和迦太基海军当年出海的港口，可惜大部分遗址保护得不是很好，只剩下了几截石头墙基，很难猜出原来的样子了。

全世界保存得最完整的迦太基古城遗址位于距离突尼斯城一个半小时的邦角（Cap Bon）半岛，这座名叫柯考阿尼（Kerkouane）的古城直到1952年才被法国考古学家发现，是考古界公认的研究迦太基文化的最佳场所。这座古城一面朝向大海，另外三面被厚达

突尼斯：沙漠中的商埠

14米的两层石头城墙保护了起来。城内大约有300个房间，估计能容纳2000多居民。大多数房间都很小，有几家的浴室保存得非常完好，能看到引水渠和排水沟，只是浴盆非常小，看得出这个民族依然保持着沙漠生活的痕迹，与庞大而又奢华的罗马浴室形成了鲜明的对比。其实邦角这个半岛降水还算丰富，柯考阿尼周围到处是绿色的农田，但没有证据表明这座古城的居民们当时曾经从事过农业生产，他们似乎都是手工业者，用自己的产品和往来的商队做贸易，以此为生。

随着人口扩张，粮食不够吃了，于是迦太基人开始向非洲内陆扩张，这就必须和北非的古老居民——柏柏尔人（Berber）打交道。位于突尼斯中南部的马特玛塔（Matmata）村是体验柏柏尔人生活的最佳去处，我可以选择坐火车和长途汽车去那里，这样比较舒适，但班次少，免不了浪费时间。最终我选择了"拼车出租车"（Louage），这种车通常是八人座小面包，虽然有点挤，但租车网点遍布全国，目的地远近都有，基本不用换车，人凑齐了就走，非常方便，是突尼斯普通老百姓出远门的首选。

果然，我只换了两次车，花了十个小时就从首都来到了五百多公里外的马特玛塔，车窗外的风景也从整齐的橄榄树林逐渐过渡到了只长荒草的戈壁滩。考古证据表明，二十万年前整个北非还是一片森林，最近的一次冰期过后，由于气候变化的影响，这片地方的降水逐年减少，最终变成了撒哈拉沙漠，将北非和非洲大陆隔离开来。来自中东和南欧的部落居民逐渐取代了非洲土著居民，成为北非的主人，柏柏尔人是其中最强大的一支，足迹遍布整个北非，直到迦太基人将他们从富饶的沿海地区赶到了沙漠地区为止。随后入侵突尼斯的各个国家都曾经和柏柏尔人发生过冲突，但顽强的他们坚持留在了这片土地上，没有被完全同化，依然保留了很多传统的生活方式，马特玛塔的地下屋（Troglodyte）就是其中最富特色的一种。

这是一个位于丘陵地带的小村庄，只有1000多居民，一条质量很好的柏油马路将全村串了起来。村口有间咖啡馆，不少青年男子坐在那里闲聊，这一点与只剩下老人和孩子的中国农村形成了鲜明的对比。我走到一座小山包上俯瞰全村，发现村子里盖了不少新房子，全都通上了水电，而且几乎每家都装有卫星接收器。这些房子大都建在山坡上，低洼处则被开辟成农田，种的全都是一种北非特有的粗麦（Couscous）。此时麦子刚刚收割完毕，只留下了黄黄的麦梗。事实上，除了几棵椰枣树之外，整个村子看不到任何绿色，说明该地区降雨量很小，农田全部依靠地下水来灌溉。

在一位名叫穆罕默德的当地导游带领下，我找到了西迪·德雷斯（Sidi Driss）旅馆。这家旅馆本身就是一个传统地下屋：这种屋子通常建在山包上，中间是一个直径约10米，深7—8米的圆柱形天井，一侧有条甬道通向室外，井壁上凿出很多大小不同的窑洞，小的用作卧室和储藏室，大的则是会客室和厨房。这间旅馆把三户人家的地下屋凿通了，连接成为一个复杂的地下迷宫，但因为天井的缘故，迷宫里光线充足，一点也不像是住在地下的感觉。

马特玛塔村过去全都是这种地下屋，站在地面上根本看不出来，只有从天上航拍才能看到一个一个圆洞，非常神奇，因为被导演卢卡斯选中作为电影《星球大战》的男主角天

突尼斯城麦地那

突尼斯：沙漠中的商埠

行者卢克的训练基地，从此名声大噪，吸引了众多星球大战迷们前来参观，这个村子从此发生了天翻地覆的变化。

"自从突尼斯爆发革命后，游客人数锐减，好不容易国内局势平稳了，利比亚又开始打仗，很多难民越过边境来到我们村子避难，所以旅游业一直没能恢复。"穆罕默德对我说，"据我所知，今天来我们村住宿的游客只有你一个人，再这样下去日子就没法过了。"

果然，晚饭时偌大的地下餐厅里只有我一个食客，不过老板还是坚持给我上了一整套最具突尼斯特色的经典美食。最先端上来的是法国面包，需要蘸着突尼斯辣酱（harissa）吃，这种辣酱由西班牙进口的红辣椒面配以芷茴香（caraway）籽和大蒜末制成，吃以前需要浇一大勺橄榄油。头汤是西红柿和粗麦混在一起煮成的，配以各种当地调味料。北非粗麦果然很"粗"，吃起来更像小米。开胃小菜是源自中东的油炸鸡蛋饺子（briq），主菜则是煮土豆外加炸鸡块，同样配以各种香料和蔬菜，香味浓郁。

从这个菜单可以看出，突尼斯就是一个融合了各种文化的混搭国家，这大概也是全世界所有商埠的共同特点。"北非是香料贸易的必经之路，所有往来于非洲内陆和地中海的骆驼商队都要经过柏柏尔人的定居地，因此我们的祖先一直受到各种文化的影响，习惯于与各种不同的人打交道。"穆罕默德对我说，"比方说，'二战'时曾经有一批犹太人来我们村避难，至今村子里还保留着一座犹太教堂呢。我们和不同信仰的人之间完全没有任何矛盾，大家相处得很好。"

马特玛塔村海拔600多米，晚上竟然略有寒意，此时白天显得阴凉的窑洞又比外面高出几度，充分展示出这种设计的优点。不过，我在窑洞里睡了一夜后，也体会到了这种设计的缺点。因为洞里很潮，墙上涂的一层白色石灰掉到湿乎乎的床单上，就好像在床单上糊了一层硬壳，睡上去很不舒服。难怪年轻的柏柏尔人都选择在地上盖新房，原来的地下屋则大都开辟成了旅馆。

旧的风俗习惯应该如何去适应新的生活方式？这是全世界古老民族普遍遇到的问题，对于突尼斯这样一个沙漠中的商埠来说更是如此，因为他们不但要适应新时代，还要适应各种文化的入侵，这一点从突尼斯历史上长长的入侵者名单上就可以看得出来。

兵家和商家的必争之地

地中海的重要性不必多说，而突尼斯作为伸向地中海的一个突起，更是重中之重。迦太基人占领了突尼斯后还不甘心，为了更好地控制地中海贸易，他们依靠强大的海军不断扩张势力，并在此过程中不可避免地和周围其他国家发生了冲突。

迦太基人遇到的第一个强劲对手是古希腊人，双方为争夺西西里岛进行过多次战争。公元前3世纪时迦太基人终于控制了整个西西里岛，却发现他们必须面对另一个更强大的敌人，这就是罗马帝国。双方自公元前264年开始先后进行过三次大的战争，史称"布匿战争"。虽然迦太基出了一位骁勇善战的将军汉尼拔，迦太基的盟国叙拉古出了一位足智多谋的发明家阿基米得（他发明了能够远程摧毁敌方舰队的放大镜和投石机），但是迦太基人还是在第三次布匿战争中彻底败给了罗马人。罗马军队毫不留情地对迦太基城进行烧杀抢掠，这个曾经称霸地中海的古代王国就此完结，变成了罗马帝国的一个省。罗马人用突尼斯城附近的一个柏柏尔部落的名字"Afri"命名该省，这个词后来演变成了整个大陆的名称（Africa，非洲）。另外，"柏柏尔"这个词也是罗马人的创造，该词的词根在拉丁语中是"野蛮人"的意思。

罗马人好大喜功，在突尼斯留下了不少宏伟的古建筑遗址，迦太基古城遗址中就有一间古罗马浴室和一座圆形剧场值得一看，但最值得参观的当属位于突尼斯东北部小城艾尔杰姆（El Jam）的古罗马斗兽场。这座椭圆形的斗兽场建成于238年，长轴149米，短轴124米，最多容纳3万人，在罗马帝国建成的所有斗兽场中排名第三。我到达这里的时候正值中午，偌大的场地里竟然只有不到十位参观者，拍照时完全不必担心有人闯入镜头。角斗士们上场和野兽搏斗前走过的地下通道依然存在，可以一个人静静地体会一下他们悲壮的心情。

据估计，当时这个小城的常住居民远远低于3万人，很多观众都是不远万里来到此处观看斗兽表演的。那么，为什么这样一座小城能有如此雄厚的财力呢？答案要从地理位置上去寻找。艾尔杰姆正好处于突尼斯东北部这片绿地的中心，而这块绿地上出产一种珍贵的农产品——橄榄油。考古证据显示，当时这里是突尼斯最大的农作物交易市场，来自各

突尼斯：沙漠中的商埠

地的橄榄都要先运到这里进行交易，然后由买家通过海路发往地中海国家。

换句话说，这座宏伟的斗兽场真正体现的是商业的力量。

但是，罗马人的奢华为后来的衰亡埋下了种子。罗马帝国消亡后，突尼斯于429年被来自西班牙的汪达尔国侵占，一百多年后又落入了拜占庭帝国的手中，基督教正是在这一时期跟在北方侵略者的后面进入了突尼斯。不过，拜占庭统治也只维持了一百五十多年就被来自中东地区的阿拉伯人取代，从此便开始了长达五百多年的阿拉伯时代，又一个起源于中东沙漠的宗教——伊斯兰教也像基督教那样，跟随入侵者的脚步进入了北非。

无论从军事还是贸易的角度来看，北非的地理位置都非常重要，自古以来就是兵家必争之地。自12世纪开始，突尼斯又相继落入了奥斯曼帝国和法国人的手中，直到1956年宣布独立为止。虽说政权更迭频繁，但伊斯兰教却在和基督教等其他宗教的竞争中完胜，成为突尼斯乃至整个北非诸国绝大多数国民的共同信仰，这是为什么呢？

"伊斯兰教非常重视平等这个概念，对穷人很有吸引力。"萨娜曾经这样跟我解释伊斯兰教获胜的秘密。确实，伊斯兰教义中的"五功"专门有一项"课功"，要求穆斯林必须慷慨施舍。但是，包括基督教在内的很多其他宗教都有类似的教义，不足以成为伊斯兰教获胜的充分理由。要想解答这个问题，必须去伊斯兰教的圣城——凯鲁万（Kairouan）走一趟。

从首都向南走200多公里就到了凯鲁万，这是阿拉伯军队在北非建立的第一个根据地，"凯鲁万"的本意就是兵营。阿拉伯人以此为基地，在7世纪的时候占领了整个北非，凯鲁万因此成了伊斯兰教在北非的中心，被逊尼派认为是继麦加、麦地那和耶路撒冷之后排名第四的伊斯兰圣城。凯鲁万的大清真寺建于9世纪，其建筑是典型的阿拉伯风格，厚达2米的黄色围墙保护着一块占地约9000平方米的巨大庭院，两边走廊的拱门和石柱严格对称，修建得一丝不苟，充分显示了阿拉伯人在建筑艺术上所取得的辉煌成就。

从这座保存完好的清真寺可以想象出当年阿拉伯帝国强大的气场。事实上，阿拉伯文化应该算是600—1000年这五百年间全世界最强势的文化，代表着这一时期人类文明发展的最高成就。伊斯兰教正是依靠阿拉伯人在军事、经济和文化上的强大力量，完成了其在欧、亚、非大陆的扩张。

阿拉伯的强大靠的是什么？答案还是贸易。在航海技术还很落后的时代，中东地区作为"丝绸之路"的必经之地，一直是连接欧亚大陆的重要桥梁。阿拉伯人在各个交通要道建立定居点，为往来的商队提供歇脚地，以及货物交换的市场。这种阿拉伯人定居点叫作麦地那（Medina），几乎每座突尼斯城市都有一个大小不一的麦地那，其中最有名的当属突尼斯城的麦地那，它被联合国教科文组织评为世界文化遗产。

通常一个典型的麦地那四周都会有城墙保护，这在战火纷争的古代绝对是必须的。可惜突尼斯城麦地那的城墙早就被毁掉了，只保留下一座装饰性的城门。走进麦地那就好比走进一个迷宫，所有的道路都极为狭窄，而且弯弯曲曲的，稍不留神就会迷路。我在这里逛了一整天，近距离观察了普通阿拉伯人的生活，渐渐明白了这个民族变得强大的原因。

首先，这座古城是专为商人们建造的。入口处的拱桥修得很高，是为了让背负货物的骆驼可以直接走进来。底层的房子通常很高大，是牲口住的地方，楼上的房间则要低矮得多，那是为商人们准备的。古城分为生活区和集市区，小贩们按照所卖商品的不同而分别被安排在不同的位置。最靠近城中心的摊位卖的是祭祀用品，其次是书店，外面一点则是

麦地那的手工艺

突尼斯：沙漠中的商埠

毛毯和丝绸等纺织品，以及金银首饰、金属器物、皮革制品和香水等技术含量较高的手工制品，最外面则是食品摊，以及理发店、小饭馆等专门服务于来往商客的摊位。

其次，任何一座麦地那的正中心必定建有一座清真寺，象征着伊斯兰教在阿拉伯人日常生活中的绝对权威，突尼斯城自然也不例外。伊斯兰教不搞偶像崇拜，一切清规戒律全部来自《古兰经》，这在那个尚未开化的时代是一个不小的进步。突尼斯距离伊斯兰教的中心比较远，突尼斯的麦地那大都带有明显的混搭风格。比如在突尼斯城的麦地那我既看到了典型的阿拉伯式圆形尖塔，也看到了西班牙安达卢西亚特有的多角形方尖塔。原来，在阿拉伯帝国衰败后，安达卢西亚的穆斯林被欧洲的基督教势力排挤，纷纷逃离欧洲来到突尼斯安家，其他南欧国家也有类似的经历。于是，突尼斯汇集了来自地中海周边国家的居民，人口成分相当复杂。

作为沙漠中的商人，阿拉伯人本来就善于吸收其他民族的优点，这一特点在突尼斯表现得尤其充分。不同文化的自由交流历来是文明前进的动力，在交通不甚便利的古代，中东和地中海沿岸国家以其独特的地理位置成为这种文化交流的最大受益者，阿拉伯文明就是这种交流结出的硕果。

那么，阿拉伯文明的衰亡又是怎么发生的呢？这就要去突尼斯第二大城市斯法克斯（Sfax）走一趟，这里有一座突尼斯保存得最完整、受旅游者影响最小的麦地那。斯法克斯地处突尼斯东南部，气温比突尼斯城高出好几度，我一走进这座古城，立刻就体会到了道路狭窄的好处，这样的格局使得阳光不易照射进来，古城内的温度比城外低不少。但是，我同样也立刻体会到了它不合时宜的地方，因为道路太过狭窄，车子开不进来，所有大件的商品都没办法在这里销售。

这座古城至今保留着围墙，它显然已经没有了防卫功能，却成了藏污纳垢的地方，墙根下堆满了生活垃圾，散发出阵阵恶臭。在干旱的古代沙漠里，生活垃圾根本就不是问题，但在 21 世纪的今天，塑料饭盒、饮料瓶和大量过剩的食物要求任何一处居民区都必须有相应的垃圾处理设施，突尼斯的大部分麦地那在这一点上普遍做得不好。

美国著名历史学家斯塔夫里阿诺斯（L. S. Stavrianos）在他那本影响巨大的《全球通

史》中指出过伊斯兰教的问题所在，在他看来，阿拉伯帝国虽然在科学方面取得了惊人的成就，但伊斯兰科学家们的主要贡献在于学习并继承前人留下的成果，保存和发展原有的东西，而不是创造新的东西。

"欧洲历史上经历过文艺复兴和启蒙运动，开启了欧洲人的心智，使他们摆脱了基督教的压制，从黑暗的中世纪走了出来，在科学技术方面取得了质的飞跃。而阿拉伯国家则一直没能做到这一点，于是天平便逐渐从伊斯兰文明倒向了基督教文明。"萨娜对我说，"这就是为什么突尼斯第一任总统哈比卜·布尔吉巴（Habib Bourguiba）一直在尝试弱化伊斯兰教的统治地位，试图将突尼斯改造成为一个世俗化的国家。"

布尔吉巴是突尼斯共和国的开国元勋，历史地位极高。他出生于突尼斯中部的海滨度假城市莫纳斯提尔（Monastir），从小就见识了欧洲文化的厉害，并认识到伊斯兰教是突尼斯现代化的最大障碍。中学毕业后他去巴黎大学学习法律和政治学，学成回国后立即卷入了独立运动，并从中脱颖而出。当上总统后他立即着手发起改革，首先废除了伊斯兰法，限制宗教领袖在政治事务中的发言权。也许是因为他的妻子是法国人的缘故，布尔吉巴尤其注重解放妇女，在突尼斯强力推行一夫一妻制，并鼓励妇女不戴头巾。此外，他还实行了自由市场经济政策，在政治和经济两方面向欧洲靠拢。因为这一系列激进的改革措施，布尔吉巴和土耳其共和国开国元首穆斯塔法·凯末尔（Mustafa Kemal）并称为后殖民地国家领导人的榜样，而突尼斯也和土耳其一样，成为阿拉伯国家中世俗化和现代化都进行得最彻底的国家。

1987年，时任突尼斯总理的扎因·阿比丁·本·阿里（Zine El Abidine Ben Ali）发动了一场不流血的政变，取代布尔吉巴成为突尼斯共和国的第二任总统。新总统虽然表面上对伊斯兰教做了一些妥协，但在基本国策上依然沿袭了老总统的一贯方针，那就是坚持世俗化，与各种外部势力搞好关系。突尼斯不但分别隶属于阿拉伯联盟和非洲联盟，还是北非和中东地区第一个和欧盟签署合作协议的国家。同时，突尼斯还是世界公认的居民生活质量最高的阿拉伯国家，2009年出版的《世界经济论坛年报》显示，突尼斯是非洲最有竞争力的国家，在全世界133个国家当中排名第40位。

大概谁也不会想到，就在这份年报出版两年后，本·阿里就被一场突发的革命赶下了台。这一切都是怎么发生的？这就要去这场革命的发源地——西迪布基德（Sidi Bou Zid）看一看。

一场迟来的革命

西迪布基德市位于突尼斯中部，从首都突尼斯城需要坐五小时的长途车才能到达。与我同车的有位会说英语的大学毕业生，学法语的，毕业三年都没有找到工作，这次来首都找工作又没有成功，只好回家继续投奔父母。"突尼斯人的家庭观念很重，很多找不到工作的人都有家人接济。"他告诉我，"我父母都是农民，只要有地种就不至于饿死。但布阿齐兹一家人全靠他卖水果为生，一旦丢了这份工作全家人就没饭吃了。"

2010年12月17日，26岁的大学毕业生穆罕默德·布阿齐兹（Mohamed Bouazizi）因无照经营，被西迪布基德市一位女警察驱逐，并遭辱骂，走投无路的布阿齐兹在市政府门前自焚，由此点燃了这场阿拉伯革命的导火索。

"这人脑子有点毛病，日子再难过也不至于自杀啊！"这位青年对我说，"不过事情发生后很多人给他家捐款，现在这家人算是发财了，在突尼斯市买了幢大房子，而西迪布基

自焚者穆罕默德·布阿齐兹的塑像

突尼斯城抗议的教师

德市没有太大的变化,生活还是照旧。"

西迪布基德是一个典型的乡村小镇,全市大部分建筑都集中在一条南北向的交通主干道的两边,市政府也不例外。街道两边的店铺大都以汽车修理为主,空气中弥漫着机油的味道。市中心只有一家开张不到三个月的旅馆,门可罗雀。饭馆倒是有不少,但大都空着,没有顾客。这里地处橄榄树林和沙漠的交界处,没有古迹,外国游客没有任何理由在此停留,以至于《孤独星球旅行指南》上连西迪布基德这个名字都没有提过一次。

放下行李,我来到布阿齐兹自焚的市政府门前,发现这里人来人往,根本没人理会停靠在旁边的一辆全副武装的警车。一位荷枪实弹的士兵站在车旁抽烟,表情木然地注视着过往行人。市政府的围墙上贴着一张关于革命的招贴画,还有一张印有切·格瓦拉大头照的海报,大门南侧约100米的地方立着一座5米多高的雕像,主人公显然就是那个倒霉的

突尼斯：沙漠中的商埠

布阿齐兹。大门的北侧100米的地方则是一座清真寺，傍晚时分顶楼的扩音器准时传来了祈祷声，但马路上无人理睬。

"没错，这就是那个地方。"一个年轻人见我在拍照，主动和我打招呼，"你要是想看被烧毁的警察局，我们带你去。"

这是一群刚放学的中专生，满脸稚嫩未脱。他们告诉我，西迪布基德很穷，只有一家工厂和一家很小的医院，失业人数很多，看病也没地方去。虽然生活艰难，但一提起半年前发生的那场革命，他们便眉飞色舞起来："那阵子我们天天上街游行，与警察对着干，虽然死了一个人，但最终还是我们赢了。"他们带我来到西迪布基德市警察局，角上有一幢显然是新修的房子。"那个人就是在这里被警察打死的，后来我们烧了这间狱室，这是刚刚才修好的，新政府把旁边这条街改名叫作'革命路'，纪念那次革命。"

"革命胜利都半年多了，你们感觉生活有变化吗？"我问。

"现在还没有，但革命胜利后来了很多投资，市里新开了几个大项目，好日子快来了！"

据学生们介绍，这座前不着村、后不着店的小城市竟然有七所中专以上级别的学校，从这个数字推断，突尼斯每年进入劳动力市场的年轻人非常多。因为国家底子厚，以及家庭观念强的缘故，这些人还不至于饿死，但这些受过高等教育的年轻人很难找到像样的工作，因此也就很难实现自己的理想。也许这就是突尼斯年轻人率先发起革命的原因？

回到首都突尼斯城，我花了两天时间到处游逛，终于碰上了两次静坐示威，似乎验证了我的观点。一次是在突尼斯教育部大楼和司法部大楼之间的一小片空地上，那里搭着两顶帐篷，一群来自南部城市斯法克斯市的师范大学毕业生在那里静坐示威。他们一直找不到工作，从2011年2月23日就来这里讨说法，要求教育部解决就业问题。一开始有几十人，如今只剩下19人仍在坚持。

"临时政府承诺帮我们找工作，但至今没有任何实质性的进展。"一位示威者对我说。

"除了找工作之外你们还有别的政治目的吗？"我问。

"没有，我们就是想找到一份工作，养家糊口。"她回答。

另一次示威发生在市中心的一条主干道上，十几位青年男子围成一圈站在人行道上等媒体前来报道,每人手拿一张标语牌,上面用阿拉伯文写着他们的诉求。其中一位懂英语的示威者向我解释说,他们都是来自突尼斯西南部的一座边远城市麦特劳伊(Metlaoui)的打工者,这次示威的目的是为家乡父老请愿,要求临时政府迅速派出警察去当地维持秩序,因为当地爆发的部落冲突已经持续了一个多月,双方一共死了11人,可当地警察借口突尼斯刚刚发生了革命,撒手不管,任由部落成员以死相拼。

"部落之间为什么会发生冲突呢?"我问。

"为了争权夺利啊!"那人回答。原来,当地只有一家名叫CPG的磷矿,是当地最大的雇主,革命前迫于政府压力,雇用了很多人,因此经营状况一直不是很好。当地有两个大的部落,其实就是两大家族,他们互相监视,不允许CPG多雇用对方的人,稍微有个风吹草动就能引起很大的争执。革命后CPG打算减员,有人造谣说公司裁员时有偏心,这个谣言迅速传播开来,让两家多年积攒下来的矛盾来了个总爆发,双方动用了各种土制武器,打得不可开交。

"其实这件事背后有旧政府的人在捣鬼。"突尼斯大学传播学教授、著名的社会活动家阿诺阿·莫拉(Anouar Moalla)提出了自己的看法。他对我解释说,这场革命只是赶走了本·阿里和他的少数亲戚及死党,突尼斯的整个官僚体系并没有动摇。这个体系中的很多既得利益者都非常腐败,生怕革命者把他们的老底揭出来,所以千方百计搞破坏,希望把突尼斯搞得越乱越好。比如突尼斯的工会党(UGTT)就是一个和本·阿里集团关系很深的党派,很多骚乱事件的背后都有他们的影子。而突尼斯老百姓也还不理解什么是民主,一有不满意的地方就上街游行,这就给了少数心怀鬼胎的家伙以可乘之机。

"虽然从表面上看这些动乱事件都是因为经济问题,但背后都是有政治目的的。"莫拉教授总结道。

"那么,突尼斯革命本身有没有什么政治势力在背后指挥呢?"我问。

"革命后期也许有,但一开始绝对是民间自发的。"莫拉教授非常肯定地对我说。

"经济问题也许是革命最终获胜的主因,但这场革命的起因肯定是政府的腐败,以及警察滥用暴力。"

据莫拉教授介绍,突尼斯在革命前几乎是北非最独裁的国家,新闻被严格管制,警

突尼斯：沙漠中的商埠

察滥用权力的情况相当严重，老百姓毫无言论自由可言。早在2008年就发生过多次示威游行，但都被镇压下去了，普通老百姓根本不知道。最终起到关键作用的是"脸谱"（Facebook）网站，它让很多突尼斯年轻人有了一个不受政府控制的信息传播平台。"布阿齐兹自焚事件"发生后，有人上传了一张现场照片，激起大家的愤怒，便通过网络约好一起上街游行，掀起了第一轮抗议浪潮。

但是，能上"脸谱"网站的毕竟只是少数人，如果没有半岛电视台的参与，这次游行几乎肯定会停留在学生和知识分子阶层，得不到社会的广泛响应。半岛电视台在那段时间不断直播游行画面，这和突尼斯国家电视台的沉默形成了强烈的反差，突尼斯的普通老百姓感到被愚弄了，他们多年积攒下来的对经济状况的不满，以及对官员贪污腐败、警察滥用权力的愤怒一下子发泄了出来，终于成就了大事。

"本·阿里已经当了23年独裁总统了，像突尼斯这样一个经济很发达、老百姓教育程度很高的国家，为什么一直等到今天才起来造他的反呢？"我问。

"是'9·11'救了他的命。"莫拉教授说，"'9·11'之前，本·阿里的地位已经岌岌可危了，'9·11'之后他保证说，一定会在突尼斯严厉镇压伊斯兰激进分子，以此换取了西方国家的支持。"

莫拉教授还提到了这场革命的另一个功臣，那就是维基解密。"维基解密不但暴露了本·阿里家族的很多腐败内幕，更重要的是它还解密了一封美国驻突尼斯大使写给小布什总统的信，信中称本·阿里是个靠不住的独裁者，建议美国政府不再支持他。这个消息给突尼斯知识分子增强了信心，他们知道美国人虽然表面上支持本·阿里政权，但实际上是站在反对派这一边的。"

话虽如此，但西方国家对于这场遍布整个阿拉伯世界的革命还是有些忧心忡忡。就在这段时间，以《纽约时报》为首的一大批西方主流媒体都不约而同地发表文章，对突尼斯和埃及的伊斯兰极端势力表达了担忧。莫拉教授认为这种担忧虽然有一定的道理，但也并不那么可怕。

"突尼斯的伊斯兰极端党派叫作复兴党（Ennahda），他们以前一直被本·阿里政府打压，革命后非常活跃，从目前的情况看，他们是突尼斯势力最强的反对党，所以该党一直希望尽快举行大选。但是在各方势力的要求下,突尼斯临时政府决定将原定于2011年7月21日举行的修宪委员会选举延迟到10月16日,让反对派能够有充足的时间做些准备。"

据莫拉教授介绍,目前突尼斯至少有85个党派,几乎全部都是革命后新成立的,他们中的不少党派已经开始商讨合并的可能性,比如突尼斯共产党就已经和另外十个党派达成了合作意向,准备联合起来参加竞选。

为了保证选举的公正性,莫拉教授正在联络突尼斯的各种非政府组织和公民团体,希望大家联合起来发出一份倡议书,要求每一个参加选举的政党认同三项基本原则:第一,必须坚持男女平等,尊重妇女;第二,必须保证每一位突尼斯公民的选举权,不允许将宗教信仰和政治混在一起;第三,必须将竞选资金的来源公开,防止来自一些宗教极端势力国家的石油资本操纵突尼斯的民主进程。

"我们希望参加选举的党派都能在这份倡议书上签字,这样就能防止突尼斯开倒车。"莫拉教授说。

莫拉教授对突尼斯的未来很有信心,他说他的信心是建立在民意基础上的。确实,我在突尼斯遇到的每一个人都对这场革命表示支持,虽然他们当中的不少人对革命后的现状感到不满,但所有人都告诉我,革命前的状况更糟糕。我想这就是所谓的历史洪流吧,它是不可阻挡的。

行走在"革命"后的埃及

> 这篇本来只是一个正常的游记,后来被选为封面故事,终于可以敞开了写,不再吝惜笔墨。埃及人说英语的很多,采访相对容易一些。不过我还是不太满意,因为埃及革命掺杂了政治、军事、宗教和经济等种种因素,实在是很难把握。

2011年5月16日,我从北京飞往开罗。飞机需要在迪拜转机,起飞后窗外是一成不变的黄色沙漠,直到降落前10分钟才突然出现了密密麻麻的居民楼,它们和沙漠之间没有任何过渡性的农田或者绿化带,周围也很少见到其他类型的建筑物,整个开罗就像是一座建在沙漠中的高密度人类聚居区,让人透不过气来。

开罗机场非常破旧,海关人员一边抽烟一边漫不经心地在我的护照上盖了个戳。走出机场,第一位主动上前跟我打招呼的埃及人是一个骗子,他告诉我今天公交车停运了,只能乘坐他的出租车,要价50埃镑(1埃镑约合1.2元人民币)。我按照《孤独星球旅行指南》上的介绍,只走了50米就找到了公交车站。埃及一直没有普及所谓的"阿拉伯数字"(其实是印度人发明的),依然沿用阿拉伯语中的数字写法,我完全看不懂。好在大部分开罗人都会说一点英语,我很快就在一位旅客的指引下坐上了一辆直达市中心的22路公共汽车,票价2埃镑。

公交车开出机场后很快就进入了市区,此时正值下班时间,马路被各种车辆堵得水泄不通。开罗的司机非常不守规矩,行车道和红绿灯对他们来说完全不起作用。开罗的行人更糟糕,只要两车之间稍微露出一点空隙,立刻就会被横穿马路的行人填满。好在几个主要的十字路口都有穿着白色制服的交警在维持秩序,只有他们才能让某个方向的车子停下来,否则的话,另一个方向的车辆根本不可能过去。

不到12公里的路用了两个多小时才终于走完。我订的旅馆距离市中心不远,一路上我遇到了十几个主动跟我打招呼的人,耳边充斥着"hello"(你好)和"Japanese"(日本人)这类生硬的问候语。我一开始还冲他们笑笑,但我很快发现,一旦我和对方发生了眼神接触,哪怕只有0.1秒,他们立刻就会跟上来向我推荐旅馆,而且一跟就是几十米,很难摆脱。

虽然北半球刚刚入夏,但开罗的气候已是炎热异常,我走了一会儿便汗流浃背,但过往行人却大都穿着厚厚的长袍,似乎他们都不怕热。妇女们则大都戴着围巾,不过不像沙特妇女那样只露着眼睛。走了一会儿我实在渴得不行,便走进一家便利店准备买瓶可乐。身后一个男人主动提议帮我买,他从冰箱里拿了瓶可乐递给售货员,两人用阿拉伯语说了几句,他转身对我说:"他们要收你15埃镑,因为你一看就是游客,我带你去一家诚实的便利店,只要3埃镑。"我以为遇到了好心人,便跟着他走出这家便利店,他一边走一边向我介绍开罗的景点,显得非常热情,突然他话锋一转,开始向我推荐起旅馆来。

我后来发现,凡是主动跟我打招呼的埃及人无一例外都各怀动机,而且手段十分高明,他们很会利用人性的弱点,让像我这样的外国人即使意识到上当了也不好意思反悔。比如,开罗地铁里经常能看到有人在发放小包的擦手纸,他们把纸包放在乘客身上转身就走,丝毫没有要钱的意思。我当初还以为这是什么公益活动,没想到过了一会儿他们就走回来收钱了。我曾经见到一位不明就里的外国游客抽出了一张纸擦汗,无奈只好乖乖地交钱。

住进旅馆,我突然意识到这里距离埃及革命中心的解放广场只有几百米远,但一路上我没有看到任何动乱的迹象,大街上人来人往,商店里灯火通明,连一个防暴警察都看不到。"现在已经没事了,可当时我们旅馆楼下就是一个很大的战场呢。"旅馆服务员对我说,"支持和反对穆巴拉克的人互相扔石头,把商店的玻璃全砸烂了,还伤了好多人。"

"穆巴拉克不是人人喊打的'独裁者'吗?什么人会支持他呢?"我问。

"怀念旧时代的人呗。"这位刚刚毕业的大学生告诉我,"他们都是些心肠特别软的人,不希望看到一个当了那么多年总统的老人就这样被赶下台。"

这位服务员告诉我,虽说开罗的中心区已经基本稳定下来了,但是前几天在一个名叫伊姆巴巴(Imbaba)的穷人聚居区发生了暴乱,死了十几个人。我上网一搜,看到《纽约时报》一篇报道,称这起事件的起因是伊斯兰激进分子袭击基督徒。作者还指出,埃及革命后这类事件的发生频率暴涨，他担心埃及会被伊斯兰激进组织所控制。

"报纸都在瞎说，根本不是这么回事。"服务员向我解释说，"这事其实是有人在背后挑事，警察后来抓住了几个暴徒，发现他们都是为前政府做事的人。埃及的穆斯林和基督徒相处得很好，根本没有媒体说得那么严重。"

第二天我叫了辆出租车去伊姆巴巴实地考察，司机一听这个名字就知道我要去那里做什么，他用不太熟练的英语向我简单描述了事件的经过。原来，一位已婚的基督徒妇女因为感情不和跟一个穆斯林私奔，事情败露后双方家族自然产生了矛盾。"这事本质上就是部落冲突，革命前发生过好多次。"这位司机说，"伊姆巴巴是农村来的打工者的聚居地，部落冲突很常见。"

半个小时后，车子从一条环城高速公路上下来，路边的建筑立刻从欧式的洋房变成了简易的砖房。这些房子外表毫无装饰，窗户也很小，楼与楼之间距离极窄，一看就是当年为了在最短的时间里花最少的钱安置尽可能多的人而修建的简易工房。司机熟练地在楼之间穿行，最终停在一幢夹在两楼之间的基督教堂门前。原来这就是媒体报道过的被伊斯兰激进分子烧毁的那座教堂，从外表看并没有损坏。教堂旁边停着一辆装甲车，几个荷枪实弹的士兵在站岗。我刚一下车准备拍照，立刻就有一位军官模样的人走过来制止，还强行要求检查我的护照，我解释了半天他才终于把我放了。

既然不让进教堂参观，我只好让司机带着我在伊姆巴巴转了几圈。这是一个很典型的城中村，马路两边到处是卖廉价百货的小商店，商店门前的人行道上挤满了摊贩，居民们依然保持着农村的习惯，把马路当作垃圾场，以至于路中央堆满了垃圾，污水横流，卫生条件极差。我后来注意到，埃及人的卫生习惯很糟糕，随地吐痰和随手丢垃圾的现象非常普遍。开罗市中心之所以没有变成垃圾场，全是因为有一帮清洁工在不停地打扫。他们并不是卫生部门雇用的工作人员，而是以回收垃圾为生的普通老百姓。这些人住在开罗城外的一个名叫扎巴林（Zabbaleen）的小村子，该村位于一座小山上，有一条盘山公路通向那里。第二天我乘坐出租车去那里考察，还没进村就被一股浓烟挡住了去路，能见度几乎为零。司机降低车速慢慢开出重围，这才发现有人在路边烧垃圾，冒出的浓雾把一条高速公路全都挡住了。再往前开，眼前出现了一排没有刷外墙的简易楼房，很多窗户都没有玻璃，看上去像一个个黑洞。

出租车夹在一队运送垃圾的大卡车中间开进了扎巴林村。粗看起来，这里和伊姆巴巴没什么两样，沿街都是小门脸，穿着穆斯林服装的妇女在看店，背着书包的孩子们一边走一边打闹。但当我打开车窗时，一股浓烈的腐臭味道像一堵墙一样压了进来。司机连忙找了个空地停下车，点起一支烟。我下了车在周围转了一圈儿，发现街边的房子里竟然全都是垃圾，男人们正在努力地分拣，每个人无一例外都在抽烟。拣剩下的垃圾随便堆放在路边，几只山羊在上面找吃的。垃圾堆的上方是一群群飞舞的苍蝇，那密度和夏天的中国南方湖边的蚊子一样高。

按照《孤独星球旅行指南》上的介绍，这个村的居民都隶属于一个名叫扎巴林的基督教会，正是由于这些基督徒的存在，才使得开罗没有变成一个大垃圾场。但是，我却在现场看到了很多穆斯林，这是怎么回事呢？《今日中国》杂志中东分社的副主编侯赛因·伊斯梅尔（Hussein Ismail）向我解释说，这并不是因为穆斯林怕脏，而是另有原因。H1N1流感爆发后，拾荒者可用山羊来负责这项工作，穆斯林纷纷进来和基督徒抢生意。

"西方媒体喜欢把穆斯林妖魔化，其实除了一些风俗习惯不同之外，穆斯林和基督徒在生活上没有太大的区别。"伊斯梅尔对我说，"大家都是埃及人，都非常热爱自己的国家。埃及有着悠久的历史，虽然后来屡次遭到外族侵略，但侵略者最终都被埃及人同化了。你今天看到的埃及，就是这种同化的结果。"

看来，要想理解今天的埃及，就必须研究埃及的过去。而埃及的历史，必须从尼罗河讲起。

尼罗河孕育的农耕文明

按照地理书上的说法，埃及的总面积约为100万平方公里，人口总数约为8000万，名义上的人口密度排名世界第126位。但是如果从空中俯瞰埃及，你会发现整个国家几乎只有尼罗河两岸是绿色的，其余全是黄色的沙漠。事实上，绝大部分埃及人都生活在这个总面积只有4万平方公里的长条带上，即使再加上几个海滨城市和沙漠绿洲，全埃及也只有7%的国土面积有人居住，实际人口密度在全世界名列前茅。

这样高的人口密度很好地解释了为什么对于埃及这样一个农业大国来说，其食物种类和口味却又如此贫乏。普通埃及人的日常饮食非常简单，通常是一张大饼里卷一些煮豆子、米饭和蔬菜，蔬菜种类很少，通常只有西红柿、黄瓜和洋葱这老三样。肉的种类也很少，鸡肉最多，牛羊肉很少见。对于一个背包客来说，去埃及旅游是很难享受到美食的。

但是，当你面对的是一个长条形国家时，制定旅行计划这件事就变得简单了，只要沿着尼罗河铁路走一趟，就等于把整个埃及巡视了一遍。不过，在埃及的火车站买票却是一件极为痛苦的事情，看上去窗口前没什么人排队，但往往要等上很长的时间，因为不断有人从后门进入售票间，当着排队者的面从售票员手里买"关系票"。还会有妇女堂而皇之地插队，一问才知，原来埃及政府有个规定，每个火车站都要有专门的妇女窗口，但实际上买票的女性人数很少，所以这条规定就演变成了妇女可以随意插队。

军人也同样享受不排队的待遇。埃及有一支庞大的军队，我几乎每次坐长途车都能见到身穿军装的乘客。

等了很久，我终于买到票，坐上了南下的列车。从车窗向外望去，铁路两边全是绿油油的庄稼地，但只要稍微向远处一看就能看到黄色的沙漠，可见这条绿化带是多么的狭窄。换句话说，尼罗河对于埃及人民的重要性比孕育了中华文明的黄河和长江要大多了。

尼罗河的源头位于非洲中部，那里的降雨受天气影响很大，季风不来尼罗河就没水，季风一来则必发大水，造成尼罗河河水泛滥，淹掉下游的农田。但是，泛滥的河水给下游的土地带来了大量富含养分的淤泥，这使得尼罗河两岸的土壤异常肥沃，农作物产量很高。正是这一独特的自然条件，孕育了灿烂而又独特的古埃及文明。

首先，富饶的农田让古埃及人很早就放弃了游牧和采集的生活，建立了人类历史上最古老的农耕社会。其次，每年一次的洪水让古埃及人民苦不堪言，急需修筑防护堤和水利系统，在保证灌溉的情况下维护居住地的安全，这就为集权统治提供了一个必要的条件。早在公元前3100年，一位名叫纳尔迈（Narmer）的法老（国王）便统一了整个埃及，比秦始皇统一中国早了将近三千年。

为了更好地维护自己的统治，埃及法老们自称是"太阳神之子"，只有他们才能和神灵沟通，保佑尼罗河每年都带来丰富的淡水和淤泥。古埃及人相信人死后可以复生，于是法老们都喜欢为自己修建庞大的陵墓，并把自己的尸体制成木乃伊保存起来。位于开罗附近的吉萨（Giza）金字塔是现存金字塔中体积最大的一个，也是"人类文明七大奇迹"中硕果仅存的一个奇迹，极富传奇色彩。不少人怀疑这座金字塔是外星人建造的，这种说法不但不正确，而且是对古埃及人能力的一种轻视。还有人认为这座金字塔是奴隶们在法老的皮鞭下修建而成的，这种明显带有阶级烙印的看法也不完全正确。事实上，金字塔的建造和尼罗河有着很大的关系，正是因为尼罗河涨水期间埃及农民们无事可做，正好利用这段时间为法老们修金字塔，祈求上天保佑平安。

吉萨金字塔和旁边的狮身人面像是埃及旅游业的金字招牌，但这个地方给我留下的印象却很糟糕，不但服务差、收费高，而且管理混乱，现场充斥着大量执着的小贩，他们毫无顾忌地跟着游客兜售纪念品，让人得不到片刻安宁。不过换个角度想想，这种现象在所难免，因为金字塔是全世界旅游业最大牌的卖方市场，埃及人这种完全不在乎回头客的经营方式暂时不会受到惩罚。

不过，要想了解真正的古埃及社会到底是什么样子的，必须去南方城市卢克索（Luxor）走一趟。埃及的火车速度极慢，我花了十多个小时才从开罗到达600多公里远的卢克索。这里曾经是古埃及历史上最强大的新王国时期（公元前1567—前1085）的都城底比斯（Thebes）所在地，拥有大量珍贵古迹，被誉为世界上最伟大的露天博物馆。

卢克索大致分为河东和河西两个部分，古埃及人根据太阳的运行轨迹，把尼罗河东岸当作生命的起始之地，著名的阿蒙神庙和卡纳克神庙就建在这一侧，非常值得一去。但我最喜欢的是尼罗河西岸的法老陵墓，它们按照所葬对象的不同分为帝王谷和王后谷。这两个山谷从外面看非常普通，但几乎每一寸土地的下面都埋藏有帝王的陵墓。这些陵墓通向外面的门全都被碎石封死了，只有极富经验的盗墓者才能找到洞口。进入洞口后需要走过一个长长的甬道才能到达葬室，这些甬道从帝王登基那天开始挖，所以一个帝王在位的时

金字塔

间越长，甬道就越深。甬道的尽头是葬室，帝王的木乃伊连同各种价值连城的陪葬品就放置在葬室正中的石棺之中。

几乎所有已知的帝王陵墓都在很久之前被聪明的盗墓者找到并盗光了，只有第十八王朝年轻的法老图坦卡蒙的陵墓因为正好位于另外一个陵墓的下面而幸免于难，直到1922年才被英国考古学家卡特发现。这是迄今为止发现的保存最完整的埃及法老陵墓，里面的所有宝贝都没被动过。如今这些宝贝全都被转移到了开罗的埃及博物馆，但甬道两侧的精美壁画却原封不动地保留在原地。

初看之下，这些壁画颜色艳丽，线条细腻，让人不敢相信这是三千多年前的古人留下的作品。但当我又看了另外几座陵墓后，便发现了问题所在。这些古墓虽然间隔了五百多年，但壁画的风格全都是一模一样的，几乎所有的人物都是以侧面示人，造型和动作都只有两三种变化，而且所有人物的双脚都画得非常别扭，说明古埃及的画匠们一直没有掌握透视原理。

如果再往前、往后追索一下，我们不难发现一个让人惊讶的事实，那就是古埃及的所有画匠全都是一个师傅教出来的！他们的绘画技法在这几千年的时间里几乎没有任何进步，古埃及的雕刻艺术和建筑工艺也是如此，这样的事情只有在一个完全封闭的农业社会里才有可能发生。

王后谷附近有一座宏伟的王后神庙，这是古埃及唯一一位女法老为自己修建的。有意思的是，神庙墙壁上所有她本人的画像的面部都被人铲除了。原来，这位女法老的继子篡位后试图抹去前任的所有痕迹，便命人将她的画像尽数毁掉了。看到这里我突然想到，一路上我没在大街上看见过任何一张埃及前总统穆巴拉克的画像，导游解释说，埃及革命胜利后所做的第一件事就是把原来随处可见的穆巴拉克雕像和画像尽数销毁了，就连全国数百个以他的名字命名的道路和学校也都立即改名，看来埃及人早在三千多年前就学会了如何把一个自己不喜欢的人从历史的记忆中抹去。

离开卢克索继续南下，我来到了埃及最南端的旅游城市阿斯旺。不知是因为他们想保持尼罗河的神秘性，还是因为自身缺乏探险精神，古埃及人从来没有想到去探究一下尼罗河真正的源头，而是走到阿斯旺便停了下来，并以此为据点建立城堡和防御工事，抵抗来自南方的努比亚人的进攻。于是，埃及的国界便也到此为止了。

游客来阿斯旺的主要目的是参观阿斯旺水坝。埃及人早在11世纪时便开始考虑修水坝，因技术水平达不到要求而一直未能实现这个目标，直到19世纪末期才由当时的殖民者英国人修成了尼罗河上的第一座大坝，有史以来第一次实现了人为控制尼罗河洪水的目的。但是这座水坝高度太低，防洪能力有限，于是，当1952年埃及共和国成立后，第一任埃及总统纳赛尔便决定在其上游建造第二座大坝，这就是阿斯旺高坝（Aswan High Dam）。这座当时世界排名第一的水坝于1964年开始截流并蓄水，1976年全部完工，大坝总长度3830米，最底部宽980米，高111米，总装机容量210万千瓦，虽然这个数字仅为三峡大坝的1/10左右，但在当时已经能够满足埃及一半的电力需求。

行走在"革命"后的埃及

互联网上关于阿斯旺大坝的负面消息很多，认为它破坏了生态系统，导致尼罗河下游血吸虫病复发，弊大于利。我在开罗遇到的一位埃及纪录片制作人也对这座大坝持否定态度，他认为大坝挡住了淤泥，降低了下游土壤的肥力。但是，当我询问阿斯旺当地居民时，得到的却是正面回应。他们告诉我，大坝建成后尼罗河的水位有史以来第一次被控制住了，农民们终于可以修建相应的水利设施来灌溉远处的农田，这就为埃及增加了30%的可耕地，并一改过去的一年一收为一年两收甚至三收，极大地增加了粮食产量。而下游肥力降低的问题则可以通过人工挖掘上游淤泥再运往下游的方式来解决。

另外，修坝前的尼罗河河水涨落幅度非常大，涨水时两岸几公里范围全部被淹，落水时仅剩一条小河沟，尼罗河航运极不可靠。大坝使得尼罗河水位相对稳定，水上观光游览业务终于能够全面开通，为埃及旅游业带来了巨额外汇收入。数据显示，埃及革命前每年的旅游外汇收入高达100亿美元左右，占国民生产总值的10%，将近8%的埃及人靠旅游业生活。这场革命让埃及的旅游业减少了80%，我在阿斯旺看到的所有游轮全都停靠在尼罗河岸边，生意惨淡。

建水坝肯定会淹掉很多土地，而阿斯旺大坝的上游有很多努比亚人的遗址，淹掉了非常可惜。这是一个来自埃及南部沙漠的非洲民族，曾经和埃及人争战多年，甚至曾经统治过埃及一段时间，其遗址具有很高的研究价值。为了保护这段历史，由联合国教科文组织出面，动员全世界几十个国家为埃及提供资金和技术，将几处重要遗址整体搬迁到了安全的地方，并在阿斯旺市内建成了一座努比亚博物馆，尽可能地满足游客们的求知欲和好奇心。我注意到，埃及的许多古迹都是由外国政府和研究机构负责挖掘和保护的，这一点很值得那些自身实力不济的第三世界国家学习。

说到资金问题，当年纳赛尔政府没钱修大坝，美国为了笼络埃及人，答应出资2.7亿美元。后来纳赛尔决定"左转"，美国撤资，纳赛尔被逼无奈，只能将苏伊士运河的经营权收归国有，希望依靠这条运河的税收来筹措修大坝的经费。此举引发了苏伊士运河危机，埃及和英、法、以三国军队在苏伊士打了一仗。最后还是联合国出面斡旋，才逼得以色列撤出西奈半岛，把这条运河还给了埃及人。

这个充满神秘色彩的西奈半岛，就是我的下一个目的地。

神秘的西奈半岛

西奈半岛是亚洲和非洲之间的纽带，自古以来就是兵家必争之地。它的西侧是苏伊士运河，这是连接印度洋和地中海的一条捷径。在北冰洋航道没有开通之前，如果不走苏伊士运河，唯一的办法就是绕道好望角，那样的话要多走将近5000公里的距离。西奈半岛东侧是亚喀巴湾（Gulf of Aqaba），这是以色列和约旦两国通往红海和印度洋的出海口，同样具有很高的战略价值。

我从开罗出发，乘坐长途汽车来到运河最北端的塞得港（Port Said），这是一座位于运河西侧的中型城市，大部分老建筑都在数次埃以战争中被炸毁了，十分可惜。运河的入海口非常开阔，但只有两艘巨型游轮停靠在岸边，我等了半天也没有看到任何一艘大型船只经过这里，后来我才知道旁边另有一条水道供货轮使用，这就是这座港口戒备不严的原因所在。

苏伊士运河的对岸属于亚洲，有免费摆渡船来往于亚非之间。运河博物馆建在非洲一侧，但此时正在做内部装修，不对外开放，我只好退而求其次，去参观了苏伊士运河战争博物馆。这个馆是为了纪念那次苏伊士运河危机而建的，门口还停放着一辆缴获的美制坦克。馆里陈列着很多当时埃及军队使用的武器，并用油画的形式描绘了埃及军人的骁勇善战。不过，如果单从军事角度来看，埃及军队在苏伊士运河危机中被以色列军队击败了，后来是联合国出面斡旋才迫使以色列军队撤出了西奈半岛，苏伊士运河的经营权这才正式回到了埃及人手中。

离开塞得港，我坐车南下，只花了三个小时就到达了200公里之外的运河最南端城市苏伊士城。沿河公路质量非常好，车速极快，但沿途遇到了三个哨卡，可见埃及军队对这条运河的安全相当重视。到达苏伊士城后，我又租了辆车开到了运河最南端的陶菲克港（Port Tawfiq），旅游书上说这是看货轮的最佳地点。谁知整条运河两岸都被铁丝网围了起来，一位身背冲锋枪的士兵正在巡逻。走近一看，运河岸边本来是一条步行街，街边就是居民楼，显然是因为最近局势紧张而刚刚封起来的。铁丝网另一边是大片草地，几个家庭妇女正在逗孩子们玩。我觉得问题不大，就掏出相机准备拍照，那个士兵发现了我，立刻端起枪朝我走来，用阿拉伯语喝令我离开。此时一艘排水量至少在5万吨以上的货轮正好驶过，我赶紧拍了几张照片便准备回到出租车里，谁知他冲过来拦住我不让走，又从军营里叫出一位官员，坚持要我删掉照片。我和他们争执了几句，那位出租车司机说话了："千万别跟军人争执，他们现在就是政府。埃及军队是革命的有功之臣啊！"

确实，革命期间，埃及军队一直保持中立，没有站在任何一方。穆巴拉克下台后，埃及军队出面组成了临时政府，并保证一旦大选结束后就把权力交还给民选政府。我一路上遇到的普通埃及人都对埃及军队表示过好感，但我遇到的军人却大都态度蛮横，有的甚至完全不可理喻。

眼看争不过，我只好当着军官的面删掉了两张照片，这才得以逃脱。我回到出租车里观察了一会儿，发现苏伊士运河在陶菲克港这段非常狭窄，几乎仅能容纳一艘货轮通过。此时正值下午，所有货轮都是向南走的，大约每隔10分钟就有一艘船驶过。根据苏伊士运河官网提供的数据，近几年来苏伊士运河每年都有大约2万艘货轮通过，每艘货轮平均缴纳25万美元税款，也就是说，这条运河每年都为埃及政府带来将近50亿美元的外汇收入，是埃及仅次于旅游业的第二大外汇来源。

看惯了动辄以百亿美元为单位的中国经济数据，很多人会对这区区50亿美元不以为然，但我通过这几天的实地考察发现，外汇对于埃及人来说甚至是一种比粮食更重要的资源。埃及的制造业不算发达，但埃及人对外国产品的需求十分旺盛，商店里充斥着进口商品，从美国的可口可乐到日本的家用电器应有尽有，这就要求埃及必须有足够的外币作为后盾。可是埃及的工业产品出口总量很小，以前可以依靠旅游业以及劳动力出口换回一些外汇，但革命使得埃及旅游业损失惨重，而利比亚内战已经迫使大约200万埃及劳工离开利比亚回国，这两件事造成了埃及外汇收入大减。

虽然地处中东地区，但埃及的石油蕴藏量不大，仅够本国使用，天然气产量较大，是出口换汇的拳头产品。埃及的天然气出口经营权曾经被前总统穆巴拉克的儿子垄断,他为了收取回扣,以大大低于国际市场均价的价格将埃及天然气卖给了以色列,而且还和以色列签订了一份长期合同,此事曾经被不少西方媒体认为是导致埃及老百姓起来造反的重要原因。但伊斯梅尔先生却向我解释说:"埃及人确实讨厌以色列人,但即使天然气的买方是叙利亚或者约旦,老百姓照样也会上街抗议的,这就等于把国家给贱卖了,然后把埃及最宝贵的外汇装进了个人的钱包。"

埃及人到底有多么仇恨以色列人?这就要去西奈半岛看一看了。我坐上一辆大巴车,穿过苏伊士运河河底隧道,向位于西奈半岛东侧的港口城市努韦巴(Nuweiba)驶去。一路上全都是沙漠和戈壁滩,除了兵营之外几乎见不到任何人。西奈半岛上的兵营可真多,几乎每隔半小时就会遇到一个。这些兵营其实就是检查站,所有车辆都必须停下来接受检查。有一次士兵们居然让全车旅客下车站成一排,让一条军犬挨个闻了一遍。

大约三个多小时后,车子开到了位于西奈半岛另一边的亚喀巴湾。让我惊讶的是,亚喀巴湾非常窄,目测不到10公里,对面的沙特阿拉伯清晰可见。这里的海水十分清澈,在夕阳的照耀下泛着浅蓝色的光泽,和周围土黄色的山峰显得不太搭配。海岸线上随处可见废弃的建筑物,据当地人说,埃及政府原本打算把这片沿海地区开发成高档度假胜地,但因为安全问题始终无法解决,一直火不起来,开发商们不得不将其放弃。

来埃及前我曾经听不少人说起过埃及的烂尾楼,传说这些楼都是埃及人为了避税而故意不收尾的。但据我的实地观察,埃及烂尾楼确实很多,而且大部分都是真正的烂尾楼,里面无人居住。我猜这很可能因为埃及的局势不稳定,导致很多投资方不得不中途撤资。

我来努韦巴的目的是想去约旦走一趟,其实两国之间有一条现成的公路,开车过去用不了一个小时,只是因为中间隔着一个以色列,情况就完全不一样了。我一路上遇到的西方游客都警告我,虽然没有明文规定,但如果你的护照上有一个以色列的戳,再想回埃及就困难了。

"我有个非常要好的朋友因为长相问题曾经被埃及警察当作以色列间谍关了一整天,在监狱里受尽虐待,出来后有三个月不想见人。"我在开罗遇到的一位来自阿根廷的背包客对我讲述了一个他亲身经历的故事。

我还遇到过一位来自美国的女背包客，去过以色列、伊朗和约旦。"我进入以色列的时候让边境官在另外一张空白纸上盖章，所以没遇到什么问题。"她告诉我，"不过我再也不想去以色列了，我亲眼看见以色列人是如何歧视巴勒斯坦人的，这让我对美国政府的中东政策感到十分恶心。"

后来这位女游客又为我讲述了她在约旦的奇遇："我入境的时候被约旦海关扣了四个小时，受尽了边境官的羞辱，自始至终他们都不告诉我这是为什么，我后来才知道约旦人非常讨厌伊朗，我的护照上有个伊朗的戳，犯了大忌。"

在中东这地方旅行真的要非常小心，因为政治的缘故，这里到处都是人为的陷阱，谁也不知道会掉进哪一个。

于是，我只好乖乖地按照旅游书上的指示，像其他埃及人那样从努韦巴港坐船横穿亚喀巴湾去约旦。两国之间只有一艘渡船，每天往来一次，一旦错过就要再等一天。我到达努韦巴的时候刚好错过了当天的渡船，只好在小镇上住了一夜。第二天我去售票处询问，得到的回答是谁也不知道今天的船几点开，只能等。这一等就是一整天，直到下午3点多钟渡船才驶离了努韦巴港。因为只此一家别无分店，这艘船对外国游客开价70美元，按照埃及的标准来看这简直就是天价。一个小时后，渡船停靠在约旦的亚喀巴港。外国人再次受到特殊对待，边境官收缴了我们的护照，让我们去海关等。这一等就是两个多小时，直到其他人都坐公车离开了港口我们才领回了各自的护照。

此时已将近19点，天色逐渐暗了下来。我惊讶地发现，整个亚喀巴湾只有一个地方灯火通明，其他地方都只有零星的灯光。"那亮灯的地方就是以色列。"出租车司机对我说，"整个中东就它富裕，没办法。"

比起几乎漆黑一片的埃及和沙特，约旦这边还算有点亮光。这位出租车司机是个爱说话的老头，年轻时当过兵，退役后靠丰厚的国家补贴上了大学。如今他的四个儿女都已成年，日子过得不错。"我只有一个老婆，而我那两个兄弟每人都娶了两个老婆，开销比我大多了。"他这样解释为什么自己的生活压力要比兄弟们小。

我来约旦的最终目的地是距离亚喀巴4小时车程的佩特拉（Petra）古城，因为海关的拖拉让我错过了去那里的长途车，只好花高价租用了他的出租车，一路开到了目的地。

从旅游的角度看，佩特拉不但是约旦的头牌，甚至可以说是整个中东地区最具代表性的景点。2007年评选出来的"世界新七大奇迹"在整个中东地区唯一的入选者就是佩特拉古城，可见其历史地位是多么的重要。

这座古城的建造者是来自阿拉伯半岛的纳巴特（Nabataeans）人，这个民族大约在2200年前从沙漠迁移到了佩特拉，并在这个沙漠中的绿洲定居下来。研究一下这个民族的短暂历史，有助于理解埃及文明的长处和缺陷。

佩特拉古城建在一处山丘之中，周围全是沙漠。山中有泉水可供饮用，是丝绸之路上的一处重要的歇脚点。纳巴特人看中了这里的地理位置，将其据为己有，靠收取买路费为生。中国有句俗话，叫作"车船店脚衙，无罪也该杀"，可见中国人向来讨厌这些旅途中的占山为王者。纳巴特人利用地理之便完全控制了阿拉伯熏香、印度香料、中国丝绸和非洲象牙等名贵商品在亚非欧三地的流通，从商人那里赚了很多钱。佩特拉古城就是这笔财富的象征。

要想进入古城必须先走过一条长达1200米的峡谷（Siq），这条峡谷完全是因为地壳运动而形成的，最窄处只有2米多宽，而最高处可达80米高，具有"一夫当关，万夫莫开"的气势。峡谷周边的岩石都是褐红色的，因此整座古城也被称为"玫瑰红城"。

这条峡谷又长又弯，每拐一个弯都会让人增添一分期盼的心情。当我终于拐完最后一个弯时，一座高达43米、宽30米的石门突然出现在眼前，这就是佩特拉古城最有名的建筑——金库（Treasury）。这是一座在一整面石壁上凿刻的城门，其建筑风格混合了古罗马的宏伟、古埃及的神秘和古希腊的典雅，还有不少纳巴特人特有的装饰物，绝对让人过目不忘。城门的正上方有个棺材样的东西，传说那里面藏着埃及法老的宝贝，如今棺材上仍然可以看见很多枪眼，都是盗宝人打出来的。

这座石门为什么会有如此混搭的风格呢？这就要从纳巴特人的职业说起。纳巴特人虽然也种田，但骨子里都是商人。商人在那个时代最为见多识广，纳巴特人又非常善于学习，便把周边各国文化中好的方面学了过来。事实上，古城中保留下来的大量古墓和寺庙无论是建造方式还是雕刻技法都达到了很高的水平。因为纳巴特人曾经被罗马军队击败过，古城内甚至还有一座保存完好的古罗马圆形剧场，高处的座位显然是后来添加的，为此不得不把已经建好的石棺移到别处。从这个细节即可说明，当时古城内的文化活动非常活跃。

但是，像这种完全建立在贸易基础上的古代文明也有一个致命的缺点，那就是其命运无法掌握在自己手上。由于海上运输路径的开通，商队的路线发生了改变，不再从佩特拉经过了，于是这座曾经辉煌一时的古城便一落千丈，最终被纳巴特人遗弃，直到1812年才被一名瑞典探险家重新发现，西方人这才第一次知道了纳巴特人的这段历史。

与此相反，与佩特拉相邻的农业大国埃及，却因为那条亘古不变的尼罗河而一直繁荣到了今天。但是，在以高科技为武器的西方现代文明的冲击下，古老的农业文明终于走到了一条十字路口。埃及革命把选择的权利交还给了人民，埃及的未来取决于埃及人到底选择走哪条路。

穆斯林兄弟会

埃及的革命源于开罗市中心的解放广场。2011年1月25日这天，上万名年轻人在解放广场示威游行，抗议政府贪污腐败，要求穆巴拉克下台。此后埃及各地均爆发了抗议活动，游行的人群遭到埃及警察的暴力镇压。根据埃及官方的统计，全国一共有800多人被警察打死，超过2000人受伤。示威群众坚持了18天之后，也就是2月11日，穆巴拉克宣布下台，结束了长达30年的统治。

当我在2011年5月中旬到达开罗的时候，发现市中心地区已经看不到暴乱的痕迹了。只有位于广场西侧的埃及执政党民族民主党（NDP）总部大楼依然保留着被烧过的痕迹，就连楼前院子里被烧毁的小汽车依然没有被移走。可惜楼门口有持枪军人把守，外人不得入内。我后来意识到，开罗大街上已经看不见警察了，重要的地方全都由现役军人把守。

为了了解埃及革命的现状，我通过关系找到了半岛电视台驻开罗记者达伍德·哈桑（Dawood Hassan），他告诉我目前埃及虽然表面平静，但其实暗流涌动，很多旧政府的官员暗中捣乱，希望把埃及局势引向混乱，以便逃脱罪责，或者从中牟利。

穆斯林兄弟会保镖

"埃及革命前有135万名警察，军队人数只有40多万。革命的结果就是警察成了众矢之的，彻底失去了作用。可是你要知道，埃及过去全靠秘密警察在维持秩序，突然一下子把他们全撤掉，肯定会出一些乱子。"哈桑对我说，"再加上目前仍有53名前国会议员没有下台，他们中的很多人都有前科，生怕革命者揭了他们的老底，特别希望埃及局势越乱越好。还有不少商人也在秘密谋反，其中一个名叫穆罕默德·易卜拉欣·加莫尔（Mohammed Ibrahim Kamel）的商人前几天刚刚被抓起来了，有证据显示他就是'骆驼之战'的幕后黑手。"

哈桑所说的"骆驼之战"发生在2月2日，前一天晚上穆巴拉克刚刚发表了电视讲话，公开向民众服软，保证9月下台，不再谋求连任。据说很多埃及老百姓听了他的讲话都动了恻隐之心，不想再游行了，谁知穆巴拉克钦定的接班人、他的小儿子贾迈勒·穆巴拉克（Gamal Mubarak）不甘心失败，指使他的密友、商人加莫尔出钱雇用了一批打手，于2月2日这天骑着骆驼（就是在吉萨金字塔招徕游客的骆驼），拿着铁棍和步枪冲进解放广场，对游行者大开杀戒，当场打死了几十人。此时埃及军队继续保持中立，没有采取任何行动。如果那天游行队伍被冲散，埃及革命很可能功亏一篑。好在负责广场保安的穆斯林兄弟会迅速动员了大批成员前来助战，和骆驼队展开了殊死搏斗。兄弟会的人没有武器，只能从地上撬起砖头和对方打斗。事后很多专家都认为，这一事件是埃及革命最重要的转折点，穆斯林兄弟会的行动保住了游行队伍的士气，各地的游行示威终于得以继续下去，直到穆巴拉克宣布下台为止。

"很多西方媒体都说穆斯林兄弟会是这次埃及革命的幕后推手，是这样吗？"我问。

"这个说法不正确。起码在革命的开始阶段，没有任何组织或者党派在幕后指挥，这场革命完全是群众的自发行为。"哈桑肯定地说，"革命后期确实有不少政党出来说话，但没有一个有能力左右局势。穆斯林兄弟会之所以能起那么大作用，只是因为这是革命前埃及唯一一个有组织的党派，只有它有能力动员那么多人。"

"我还看到不少报道称，埃及民主化最大的担忧就是穆斯林兄弟会掌权，把埃及导向专制，有这种可能吗？"我接着问。

"如果现在立刻举行大选，穆斯林兄弟会确实最有可能获胜。但是这个组织并不像西方媒体说的那么极端，它的领导人在很多公开场合都表示，他们的宗旨是打倒'独裁统治'，支持结社和言论自由，倡导建立民主制度，让所有人都能自由地表达意见，并按照自己的方式生活。"哈桑说。

这个宗旨听上去和全世界任何一个自由派政党几乎没有区别，让人很难把它和穆斯林兄弟会联系起来。资料显示，穆斯林兄弟会成立于1928年，发起人是苏伊士运河公司的一名工人，名叫哈桑·班纳（Hassan al-Banna）。该组织成立之初的宗旨是：以《古兰经》和圣训为基础，在现代社会复兴伊斯兰教，实施伊斯兰教法，以哈里发为统一象征，建立一个不分民族、不受地域限制的穆斯林世界社团，最终在全世界建立一大批纯粹的伊斯兰国家。

读完这个宗旨，我们不难想象西方基督教国家对这个组织的反应。那么，如今的穆斯林兄弟会真的改变初衷、与时俱进了吗？

"现在的穆斯林兄弟会跟过去已经很不一样了。比如埃及的穆斯林兄弟会现有8000名成员，其中有一百多名基督徒，还有1000多名妇女，甚至连副会长都是由一名基督教徒担任的。"哈桑对我说。

"那为什么有那么多人都认为这是一个恐怖组织呢？"

"穆斯林兄弟会一直和穆巴拉克作对，所以一直被穆巴拉克政府打压。在穆巴拉克时代，任何一个党派，只要反对他，都会被定性为恐怖组织。"哈桑解释说，"更重要的是，穆巴拉克需要树立这样一个对手，好证明他的集权统治是合法的、有必要的，也可以通过这个组织的存在从美国人那里得到支持。"

"我正好明天要去参加一个由穆斯林兄弟会组织的秘密会议，你可以来旁听。"哈桑见我将信将疑，便向我发出了邀请，我立刻答应了下来。

埃及革命的"幕后推手"

第二天我准时到达会议地点。这是一个中产阶级小区，会议就在一幢居民楼内的一间公寓里召开，为我们开门的是一个肌肉发达的年轻人，光头而且没有蓄须。他自我介绍说他是穆斯林兄弟会的保安，这间三室一厅的公寓是兄弟会租下的一个秘密办公室。进屋一看，客厅里除了一张班纳的画像之外没有任何装饰物，主卧室被改装成了会议室，另外两间卧室几乎是空的。

与会者陆续到达，都是男人，年纪不等，衣着风格各异。一位名叫穆罕默德·塔曼（Mohamed Taman）的年轻人告诉我，这个会议的参加者都是埃及革命的幕后组织者，这个组织每周要聚会一两次，商讨下一步的行动方针。

"原来你们就是埃及革命的幕后推手啊！"我惊叹道。

"推手可算不上，我们只是一帮各有专长的人，从革命一开始就一直默默地承担着游行的各种组织和后勤工作。比如有人懂印刷，就负责印海报，有人懂演出，就负责为演讲人提供舞台和扩音设备。我是个艺术家，懂摄像，专门负责记录。"塔曼解释说，"事实上大家以前互相并不认识，都是在开罗广场游行时认识的。我们的政治观点其实很不同，对于埃及革命应采取的手段和策略看法不一，比如有人认为必须全盘推翻旧体制，有人认为应该循序渐进等。但是有一点我们是相同的，大家都想让埃及变得更好。我们就是在这个

《华夫托报》主编萨博理

基础上成立了这个组织，组织内部实行民主式管理，大家共同担负起革命的组织和后勤工作。"

"老百姓知道你们吗？听你们的指挥吗？如今革命胜利了，你们打算去参加竞选，然后从政吗？"我又问了几个问题。

"老百姓知道有这么个组织存在，但不知道我们到底是谁。我们并不想从政，据我所知我们当中没有一个人打算参加选举。至于说我们的威信，在革命期间还是很高的，我们有权决定第二天去哪里示威，打出什么样的口号。但是现在有些不同了，革命胜利后老百姓的民主意识高涨，都想去解放广场表达意见，我们已经有些控制不了局势的感觉。比如我们不认为现在的埃及还需要上街游行，但有不少人对改革的进程太慢感到不满意，便在网上号召大家在5月27日这天去解放广场游行，声称这将是埃及的'二次革命'。对于此事我们事先完全不知道，直到现在也没弄清楚到底是哪个组织在背后指使，今天开会的目的就是商讨对策。"

说话间陆陆续续来了十多人，哈桑向我一一介绍他们的背景和来历。除了大学教授、商人和艺术家之外，居然还包括几个蓝领。他们分别隶属于十个不同的政党和组织，但都属于伊斯兰教派，没有基督教或者无党派人士参加。穆斯林兄弟会虽然提供了场地，却只有一名代表出席。值得注意的是，除了哈桑外，现场还有一位半岛电视台的著名主持人。据我观察，这位名叫阿迈德·曼绍尔（Ahmed Mansaur）的主持人威信很高，他的话最多，听他讲话时大家都很认真。

虽然我被允许旁听，但我听不懂阿拉伯语，待了一会儿就出来和保安聊天。他的英语只有小学水平，但不妨碍我俩做些简单的交流。他今年22岁，白天在一家小公司上班，帮人修电脑，晚上给穆斯林兄弟会当保安，每个月能挣900埃镑。他喜欢健身，靠当健身教练挣了不少外快。他喜欢看好莱坞电影，喜欢听流行音乐，他的理想是学好英语，多挣点钱，找个漂亮的女朋友。总之，与很多国家的年轻人没什么两样。

会议开了两个多小时才结束，散会后大家依然争论不休。我抓住一位身穿西装的中年人要求采访，他名叫阿卜杜拉·舍哈塔·卡塔波（Abdallah Shehata Khattab），是开罗大学经济系的教授。"革命发生之后埃及已经损失了80亿美元，这个国家正处于严重的经济危机之中。"卡塔波教授开门见山地说，"埃及最重要的外汇来源是旅游业，受革命影响损失惨重。来自国

《华夫托报》编辑部

外的投资几乎完全停止，目前国家急需外汇，急需稳定埃镑，而要想做到这一切，必须立即稳定局势，所以我认为埃及现在的首要问题是维护治安，不是再搞一次革命。"

不过，他认为埃及革命和经济问题关系不大，肯定不是引发革命的首要目的和原因。"埃及革命最先是从富裕阶层和中产阶级开始的，起码在革命前期参加游行的大都是受过良好教育的知识分子，他们反对的是'独裁'和腐败，不是贫穷。"

正说着，客厅里传来了诵经的声音。"对不起我要去晚祷了，我们以后再聊。"卡塔波教授起身走到客厅，把皮鞋脱掉，跪在一张地毯上，与另外几位与会者一起冲着麦加的方向磕头祈祷。

为了多听听各方人士的意见，第二天我又去找《今日中国》杂志中东分社的副主编侯赛因·伊斯梅尔聊天，他曾经作为外国专家在北京居住多年，对埃及和中国的情况都非常熟悉。他告诉我，埃及革命的背后确实有不少政党在活动，但没有一个能称之为主谋，埃及革命几乎可以肯定是老百姓自发的行为。"革命前的埃及贫富分化到了非常严重的程度，10%的埃及富人拥有90%的财富，这让很多埃及老百姓非常不满。"他说，"但埃及人普遍认为穆巴拉克本人不坏，他只是人老了，糊涂了，被身边一些心怀鬼胎的人利用了。"

伊斯梅尔还告诉我，穆巴拉克刚上台时很不错，实行过不少改革开放的措施。但近年来埃及出现了很多一夜暴富的人，对埃及的社会稳定起了很不好的作用。"我觉得埃及政府最大的失误就在于没有像中国那样开放投资市场，而是只把消费市场放开了，于是大量外国商品涌了进来，而埃及本国的生产力却没有相应提高。"他继续说道，"另外，埃及对私人财产的保护太厉害了，导致很多公共设施建不起来，这一点也是埃及和中国最大的不同之处。"

《今日中国》的主编王复则认为，埃及的现状很像"文革"时的中国，没人敢对革命说一个"不"字，不少人打着揭露腐败的旗号，对旧官员实施清算，见一个抓一个，导致国家秩序遭到严重破坏，很多地方不得不实行宵禁。

伊斯梅尔对这个观点持有不同的看法："'独裁'确实有'独裁'的好处，比如法治严格等，但这种法治不是老百姓自愿的，终究会出问题。"

伊斯梅尔还介绍我认识了埃及华夫托党（Al-Wafd）的党报主编阿代尔·萨博理（Adel Sabry）。这个党是埃及最重要的反对党，属于自由派，该党党报的日发行量约为30万份，官方网站的日点击量为 200 万次，在埃及新闻类网站中排名第三。根据他的观察，这次埃及革命源于埃及的新一代年轻人缺乏社会经验，离开学校进入社会后屡屡遭挫，对前途失去信心。不过革命的后半程情况发生了变化，全社会广泛参与，各个党派也公开表示支持，最终导致政府不得不下台。"现在埃及的情况很乱，不过这也是非常正常的事情。法国大革命之后比现在的埃及乱多了，这是任何一场革命都必须付出的代价。"他说，"埃及人民必须慢慢学习民主，大家必须明白，获得自由的同时也需要承担责任，但这个过程需要时间。"

"你觉得为什么这一轮革命大都发生在阿拉伯国家呢？"我问了他一个很重要的问题。

"因为很多阿拉伯国家都是'独裁'统治，早晚会被推翻的。"他回答。

此时又到了晚祷的时间，他和同事们躲进一间小屋跪地祈祷，大约 10 分钟后出来接着跟我谈他的理想。

"我觉得阿拉伯世界有一个非常独特的地方，那就是伊斯兰教很重视互相照顾，不像基督教那么提倡个人奋斗，那么崇拜资本主义自由市场经济。我希望埃及人民能够依靠这一点来消解西方资本主义带来的弊端，在埃及闯出一条中间路线，用爱国主义和泛阿拉伯大一统的理想来纠正西方自由思想的偏差。"

不过他也承认，这个理想还太过遥远，短期内是无法变成现实的。"现在关键就看埃及军队下一步如何行动了，这是目前能够左右埃及局势的最重要的一股力量。"他最后说，"我相信埃及的局势还会乱很长一段时间，大概三年后才能看出这场革命的结果到底是好是坏。"

不管专家们持有何种态度，有一点可以肯定，那就是老百姓对现状很不满意。5 月 27 日星期五的下午，一场事先大肆张扬的"二次革命"终于如期而至。

"二次革命"

5 月 27 日这天，我和旅途中认识的一位埃及朋友在解放广场附近的一家高档餐厅见了面，我们约好一起去参加游行。这位朋友名叫穆罕默德·古达（Mohamed Gooda），曾经在美国留过学，回国后开了家旅馆。他是个极端的自由派，讨厌伊斯兰教，却又反对美

"二次革命"

国的中东政策。"穆巴拉克其实和穆斯林兄弟会是一伙的,他给兄弟会一个存在的空间,就是为了让美国人相信埃及有恐怖组织,从而寻求美国的支持。"他说,"埃及军队也不是好东西,很多军官手里都有人命,因此他们希望埃及尽快稳定下来,不希望人民了解真相。所以我支持'二次革命',一定要继续造官老爷们的反!"

那天在场的还有他的几个朋友,他们都属于埃及的"富二代",在开罗的美国学校上学,毕业后留学英美等西方国家,学成后回国当老板,或者进入文艺圈。他们每个人都能说一口流利的英语,甚至相互间也用英语交流。

酒足饭饱之后,我们一行人朝着解放广场的方向走去。路上还遇到一位埃及著名演员,大家称兄道弟,显得非常熟悉。广场入口处有临时建起的栏杆,要想进入广场必先接受民间纠察队的搜身检查。

此时的广场已经被抗议的人群挤满了,但我连一个警察都没见到。场内至少搭建了六个舞台,每个舞台都有自己的扩音设备,有的在发表演讲,有的在呼喊口号,还有一个舞台上有一支正在表演的乐队,场面乱哄哄的。我仔细观察了一下,发现除了少数像我们这样的旁观者外，大多数人真的是来抗议的，他们积极响应舞台的号召，一起跟着喊口号，情绪非常激动。还有不少人举着标语牌，我见到一个六口之家每人举着一个写满抗议文字的标语在广场一角静坐示威。

现场的记录者也很多，几乎有一半的人都拿着手机在拍照，还有好几个来自西方国家的人扛着专业摄影机在做现场采访。广场旁边有一座高档旅馆，面朝广场的高层阳台上布满了摄像机，看上去都是各大电视台的工作人员在直播。

"今天的游行示威很像第一次革命的后期，来的人以穷人居多。"古达对我说，"当时有人造谣说，凡是去游行的每人发一份免费肯德基套餐，于是好多人都来看热闹了。"

果然，从人们的衣着打扮来看，确实穷人较多，但大家的表情都非常投入，每个人的脸上都充满了激情。我觉得，不管专家学者们事后如何分析，也不管埃及是否会变得更好，有一点谁也无法否认，那就是这场革命赢得了大多数埃及老百姓的支持。从这个意义上说，这是一场注定将会发生的变革，我们所能做的，不是谈论它是否正确，而是如何去适应它，期盼它向好的方向转变。

被烧焦的执政党总部大楼

在秘鲁巧遇美国国家地理摄制组